대 산 세 계 문 학 총 서 **008**

행인

行人

夏目漱石

행인

나쓰메 소세키 지음
유숙자 옮김

문학과지성사
2001

대산세계문학총서 008
행인

지은이 나쓰메 소세키
옮긴이 유숙자
펴낸이 이광호
펴낸곳 ㈜문학과지성사
등록번호 제1993-000098호
주소 04034 서울 마포구 잔다리로7길 18(서교동 377-20)
전화 02) 338-7224
팩스 02) 323-4180(편집) 02) 338-7221(영업)
전자우편 moonji@moonji.com
홈페이지 www.moonji.com

제1판 1쇄 2001년 9월 24일
제1판 9쇄 2023년 4월 3일

ISBN 89-320-1279-2
ISBN 89-320-1246-6(세트)

이 책의 판권은 옮긴이와 ㈜문학과지성사에 있습니다.
양측의 서면 동의 없는 무단 전재 및 복제를 금합니다.

이 책은 대산문화재단의 외국문학 번역지원사업을 통해 발간되었습니다.
대산문화재단은 大山 愼鏞虎 선생의 뜻에 따라 교보생명의 출연으로 창립되어 우리 문학의 창달과 세계화를 위해 다양한 공익문화사업을 펼치고 있습니다.

행인

행인 | 차례

벗 · 9
형 · 78
돌아와서 · 175
번뇌 · 261

옮긴이 해설: 인간 존재에 깃든 에고이즘 · 372
작가 연보 · 385
기획의 말 · 389

벗

1

오사카(大阪)의 우메다(梅田) 역에 내리자마자, 나는 어머니가 일러주신 대로 곧장 인력거를 잡아타고 오카다(岡田)의 집으로 향했다. 오카다는 외가 쪽의 먼 친척뻘 되는 사람이었다. 나는 사실 그가 어머니와 몇 촌 사이인지도 모르는 채 그저 먼 친척이려니 짐작하고 있었다.

오사카에 도착해서 곧바로 그를 찾아가는 데는 이유가 있었다. 나는 이곳에 오기 일주일 전, 한 친구와 약속을 했다. 지금부터 열흘 내에 오사카에서 만나 함께 고야(高野) 산을 오르고, 만약 시간적 여유가 있다면 이세(伊勢)에서 나고야(名古屋)로 죽 둘러보자고 정했을 때, 둘 다 마땅한 지정 장소를 찾지 못했으므로 나는 그만 오카다의 이름과 주소를 친구에게 가르쳐주었던 것이다.

"그럼 오사카에 도착해서 거기로 전활 하면 자네가 있는지 없는지 금방 알게 된단 말이지?" 하고 친구는 헤어질 때 다짐을 두었다. 오카다에게 전화가 있는지 없는지는 내게도 상당히 미심쩍은 일이라, 혹 전화가 없으면 전보건 우편이건 좋으니 속히 보내줄 것을 부탁해두었다. 친구는 고슈선(甲州線)으로 스와(諏訪)까지 갔다가 거기서 되돌아와

기소(木曾)를 거쳐 오사카로 나올 계획이었다. 나는 도카이도(東海道)로 한달음에 교토(京都)까지 와서 네댓새 용무를 볼 겸 체재한 뒤, 오사카 땅을 밟을 생각이었다.

약속날을 교토에서 허비한 나는 친구의 소식을 한시라도 빨리 들어보고자, 역을 나와 그 길로 오카다의 집을 찾아가보지 않을 수 없었다. 하지만 그건 단지 나 자신의 편의를 위한, 이를테면 내 사정이 그러했을 뿐으로 아까 말한 어머니의 부탁과는 전혀 별개의 문제였다. 어머니가 내게 거기 가거든 제일 먼저 오카다를 찾아보라 하시고, 일부러 짐이 될 만큼 큼직한 상자에 든 과자를 선물이니라, 하시며 가방 속에 넣어주신 것은 고지식한 어른의 인정에서 우러난 것이기도 하지만, 심중에 또 다른 현실적 용건이 자리 잡고 있었기 때문이다.

나는 어머니와 오카다가 그들의 계보상 어떤 줄기로 뻗어나와 어떤 가지를 이루어 서로 관계를 맺고 있는지에 대해선 거의 무관심한 사람이다. 어머니가 부탁하신 용건에 대해서도 별반 기대나 흥미가 없었다. 그러나 오랜만에 오카다라는 인물 — 침착하며 각진 얼굴을 한, 아무리 수염을 기르고 싶어해도 좀처럼 수염이 나지 않는, 게다가 이마가 서서히 벗겨지게 된 — 오카다라는 인물을 만나는 호기심은 다소 발동했다. 오카다는 지금까지 용무차 가끔 도쿄(東京)로 오긴 했다. 그런데 나는 늘 엇갈려 만날 수 없었다. 하여, 상당히 술에 절은 그의 각진 얼굴을 볼 기회를 놓치고 있었다. 나는 차 안에서 손가락을 꼽아 계산해보았다. 오카다가 보이지 않게 된 것이 요 근래 일인 듯한데 벌써 5, 6년이 지났다. 그가 염려하던 머리도 지금쯤 꽤 위험한 상태에 이르렀으려니 생각하면서 민머리가 훤히 비쳐 보이는 부분을 상상해보기도 했다.

오카다의 머리카락은 상상한 대로 듬성듬성 나 있었으나, 사는 곳은 생각보다 산뜻하게 지어진 새 집이었다.

"아무래도 가미가타(上方)*식이라 쓸데없이 높은 담을 올리는 통에 어둠침침해서 말이 아닙니다. 그 대신 이층이 있으니 잠깐 올라가보시죠" 하고 그는 말했다. 나는 무엇보다 우선 친구의 소식이 궁금하여, 이러이러한 사람에게서 아직 아무런 연락이 없는지 물었다. 오카다는 묘한 표정으로, 없는데요라고 대답했다.

2

나는 오카다를 따라 이층으로 올라가보았다. 본인이 자랑할 만큼 전망은 매우 좋았으나 툇마루가 없는 방 유리창으로 햇살이 사정없이 내리쬐어 이만저만 더운 게 아니었다. 도코노마(床の間)**에 걸어놓은 족자도 비틀어져 있었다.

"뭐, 햇볕 때문이 아니고 1년 내내 늘 걸어놔서 풀이 말라 저렇게 된 겁니다"라고 오카다는 정색을 하고 변명했다.

"과연 잘도 둘러대는군" 하고 나도 말하고 싶어졌다. 그가 가정을 꾸리게 될 때를 준비하여 내 아버지로부터 받은 이 족자를 들고 득의양양해서 내 방으로 가져와 보여준 적이 있다. 그때 내가 "오카다 군, 이 고슌(吳春)*** 그림은 가짜야. 그래서 아버지가 자네에게 준 거라구"라고 놀려 오카다를 화나게 했던 일을 기억한다.

두 사람은 족자를 보고 당시를 떠올리며 아이들처럼 웃었다. 오카다는 창문턱에 걸터앉아 마냥 이야기를 계속할 모양이었다. 나도 셔츠

---

* 교토와 오사카가 있는 간사이(關西) 지방을 일컬음.
** 일본식 방의 상좌에 바닥을 약간 높게 만든 곳.
*** 에도(江戶) 시대의 화가 마쓰무라 겟케이(松村月溪, 1752~1811)의 별칭.

와 바지 바람으로 적당히 드러누워 상대해주었다. 그리고 그에게서 덴가차야(天下茶屋)*의 형세며 앞으로의 개발, 편리한 전차 등에 대해 이야기를 들었다. 나는 내게 그다지 흥미없는 문제를 그저 건성으로 네, 네 하며 듣고 있었는데, 전차가 다니는 곳에 굳이 인력거를 타고 온 것만은 바보같이 여겨졌다. 두 사람은 다시 이층에서 내려왔다.

마침내 그의 아내가 돌아왔다. 그의 아내 오카네(お兼)는 용모는 그리 뛰어나지 않지만 살결이 희고 매끄러워 먼발치서 보면 아주 멋진 여자였다. 아버지가 근무하시던 어느 관청의 하급 관리의 딸로, 그 무렵에는 더러 부탁받은 바느질감을 들고 부엌문으로 출입을 하고 있었다. 오카다는 또한 그 당시 우리집 식객으로서 부엌 근처의 문간방에서 공부도 하고 낮잠도 자고 어쩌다 군고구마도 먹었다. 그들은 이렇게 해서 서로 낯을 익히게 된 것이다. 하지만 서로 낯을 익히고 나서 결혼이 성사되기까지 어떤 경로를 지나왔는지 나는 잘 모른다. 오카다는 어머니의 먼 친척뻘 되는 사람이긴 해도 우리집에서는 하숙생과 다름없었으므로, 식모들은 나나 내 형한테는 조심하여 말하기 힘든 것이라도 오카다에게는 거침없이 털어놓았다. "오카다 씨, 오카네가 안부 전하래요"라는 말은 나도 가끔 듣곤 했다. 하지만 오카다가 전혀 마음에 두지 않는 기색이어서 흔히 있는 가벼운 농담으로만 생각했었다. 그러다 오카다는 도쿄고등상업학교를 졸업한 뒤, 혼자 오사카의 어느 보험 회사에 들어가고 말았다. 그 자리는 내 아버지가 주선해주신 거라 한다. 그리고 나서 1년 정도 지나 그는 다시 표연히 상경했다. 그리고 이번엔 오카네의 손을 잡고 오사카로 내려갔다. 이 일도 나의 부모님이 나서서 이야기를 매듭짓게 된 것이라 한다. 나는 그때 후지(富士) 산에 올라 고슈로(甲

---

* 오사카 시(市) 스미요시 신사(住吉神社) 근처의 지명. 도요토미 히데요시(豊臣秀吉)가 휴식한 찻집이 있었다는 데서 유래됨.

州路)를 걸어볼 양으로 집에 없었는데, 나중에 그 이야기를 듣고 적이 놀랐다. 곰곰이 따져보니 내가 고텐바(御殿場)에서 내린 기차와 맞스쳐, 오카다는 새 신부를 맞으러 상경했던 것이다.

오카네는 격자문 앞에서 접은 양산을 자그만 보퉁이와 함께 겨드랑이 밑으로 안고 현관에서 부엌 쪽으로 지나갈 때, 약간 멋쩍은 표정을 지었다. 그 얼굴은 뜨거운 햇볕 속을 걸어다니며 달아올라 땀이 배어 발그레해져 있었다.

"이봐, 손님 오셨어" 하고 오카다가 대뜸 큰소리로 말했을 때, 오카네는 "다녀왔어요" 하고 안채 쪽에서 상냥하게 대답했다. 나는 이 목소리의 주인공이 예전에 내가 입은 구루메가스리(久留米絣)*와 플란넬 속옷을 손수 지어준 적이 있었지 하고 문득 그리운 기억을 상기시켰다.

3

오카네의 태도는 분명하고 차분하여 천한 가정에서 자랐다는 흔적은 보이지 않았다. "2,3일 전부터 이제 곧 오시겠지 하고 학수고대했습니다"라며 눈가에 애교를 띤 모습은 내 여동생보다 품위가 있을뿐더러 외모도 다소 나아 보였다. 잠시 오카네와 이야기하는 동안 나는, 이 정도면 당연히 오카다가 일부러 도쿄까지 와서 데리고 갈 만도 하다는 생각이 들었다.

이 젊은 부인이 아직 한창 처녀 적이던 5,6년 전에 나는 이미 그 목소리며 얼굴 생김새를 알고 있어도 그다지 친하게 이야기를 나눌 기회

---

* 후쿠오카(福岡) 현, 구루메 지방에서 생산하는 감색 면직물.

가 없었던 터라, 이렇게 오카다 부인으로서 다시 만나고 보니 무턱대고 허물없는 응대가 가능한 게 아니었다. 그래서 나는 나와 같은 계층에 속하는 미지의 여성을 대하듯 격식 차린 단어를 띄엄띄엄 사용했다. 오카다는 이게 재미있는 건지 아니면 기쁜 건지 자주 내 얼굴을 보고 웃었다. 그것뿐이라면 상관하지 않겠는데 더러 오카네의 얼굴을 보고도 웃었다. 그러나 오카네는 모르는 척했다. 오카네가 일이 있어 잠깐 안채로 자리를 떴을 때, 오카다는 일부러 목소리를 낮추어 내 무릎을 쿡쿡 찌르며 "어째서 저 사람한테 그렇게 격식을 차립니까? 애당초 아는 사이가 아니던가요" 하고 놀리는 어조로 말했다.

"훌륭한 부인이 되셨군. 차라리 내가 장가 들었으면 좋았을 텐데."

"농담하지 마세요" 하고 오카다는 한층 큰소리로 웃었다. 그리곤 다소 진지하게 "글쎄, 당신은 당신 어머님께 저 사람 흉을 봤다지 않습니까?" 하고 물었다.

"뭐라고?"

"'오카다도 딱하군, 저런 여자를 오사카까지 데리고 가다니. 조금만 더 기다리면 내가 괜찮은 사람을 소개해줄 텐데'라고."

"자네, 그거야 옛날 얘길세."

대답은 이렇게 했지만 나는 약간 쑥스러웠다. 게다가 좀 당황했다. 그리고 아까 오카다가 이상한 눈짓으로 가끔 부인 쪽을 본 의미를 겨우 이해했다.

"그땐 나도 어머니께 호되게 야단맞았네. 너 같은 서생이 뭘 알겠느냐, 오카다의 일은 아버지와 내가 당사자들에게 형편이 좋도록 해두었으니까 쓸데없이 참견 말고 잠자코 보고 있으라고 말이지. 크게 한 대 얻어맞은 셈이네."

나는 어머니로부터 야단맞은 사실이 무슨 변명거리라도 되는 듯 당시의 분위기를 다소 과장해서 늘어놓았다. 오카다는 더욱 소리 내어 웃었다.

그렇긴 해도 오카네가 다시 방에 모습을 나타냈을 때, 나는 적잖이 불편한 기분을 맛보아야 했다. 짓궂은 오카다는 일부러 부인에게 "방금 지로(二郞) 씨가 당신을 굉장히 칭찬해주셨다구. 깊이 감사드려야 할 걸?" 했다. 오카네는 "당신이 너무 제 흉을 보시니까 그렇죠" 하고 남편 말에 응수하고, 눈으로는 내 쪽을 보며 미소지었다.

저녁 식사 전에 유카타(浴衣)* 차림으로 오카다와 둘이서 언덕으로 산책을 나갔다. 드문드문 지어진 가옥이며 이를 둘러싼 울타리가 도쿄의 야마노테(山の手)**를 벗어난 교외를 연상시켰다. 나는 갑자기 오사카에서 만나기로 약속한 친구 소식이 마음에 걸렸다. 나는 느닷없이 오카다를 향해 "자네 집에 전환 없을 테지?" 하고 물었다. "이런 살림에 어디 전화가 있을 것 같습니까"라고 대답한 오카다의 얼굴에는, 그저 기분좋게 들뜬 기색만이 역력했다.

4

저녁나절이 비교적 길어지는 여름날이었다. 두 사람이 걷고 있는 언덕 위는 유독 밝아 보였다. 하지만 먼 데 있는 수목이 하늘에 감싸여 차츰 거무스름해지자 하늘 빛도 금세 바뀌었다. 나는 노을 빛을 받은 오카다의 얼굴을 보았다.

"자넨 도쿄에 있을 때보다 훨씬 쾌활해진 것 같네. 혈색도 아주 좋

---

*목욕을 한 뒤 또는 여름철에 입는 무명 홑옷.
**분쿄(文京) 구(區), 신주쿠(新宿) 구 일대의 주택 지구.

고. 잘됐군."

오카다는 "아, 예, 덕분에" 식의 애매한 인사를 했는데, 그 인사에는 일말의 기쁨이 담겨 있었다.

이제 저녁 식사 준비도 됐을 터이니 슬슬 돌아가자고 하여 두 사람이 발길을 돌렸을 때, 나는 돌연 오카다에게 "자네와 오카네는 무척 사이가 좋아 보이더군" 했다. 나는 진심에서 한 말이었으나 오카다는 자신을 놀리고 있다고 생각했는지 그저 웃기만 할 뿐, 아무런 대답도 하지 않았다. 그렇다고 애써 부정하지도 않았다.

얼마 지나자 그는 지금까지의 쾌활한 기분을 갑자기 잃어버렸다. 그리곤 뭔가 비밀이라도 털어놓는 양, 목소리를 낮추었다. 마치 혼잣말을 할 때처럼 발 밑을 내려다보며 "집사람과 함께 산 지 이러구러 벌써 5, 6년쯤 되는데, 도무지 아이가 생기질 않아서 말이죠, 무슨 까닭인지. 그게 마음에 걸려서……" 했다.

나는 아무 말도 하지 않았다. 나는 아이를 낳기 위해 마누라를 얻는 사람은 세상에 한 사람도 없을 거라고 전부터 생각해왔다. 그러나 마누라를 얻고 나면 나중에 아이를 원하게 되는 건지 어떤지에 대해선 나도 판단이 서질 않았다.

"결혼하면 아이를 갖고 싶어지는 법인가?" 하고 물어보았다.

"글쎄, 아이가 귀여운지 어떤진 아직 저도 모릅니다만, 그래도 명색이 아내라는 사람이 아이를 낳지 않고선 어엿한 어른 자격이 없는 것 같기에……"

오카다는 그저 자신의 마누라를 남들과 똑같이 보이게 하기 위해 아이를 원하고 있었다. 결혼하고 싶어도 아이가 생길까 봐 두려워 어떻게든 좀더 나중으로 미루려하는 괴로운 세상이라네, 하고 나는 그에게 말해주고 싶었다. 그러자 오카다가 "게다가 둘만으로는 영 쓸쓸해서요"

라고 다시 덧붙였다.

"둘뿐이니까 사이가 좋은 거라네."
"아이가 생기면 부부애는 엷어지는 건가요?"

오카다와 나는 실상 서로의 경험 밖에 속한 일들을 자못 다 아는 듯이 이야기를 나누었다.

집에 오니 식탁 위엔 생선회며 국 등이 예쁘게 차려져 두 사람을 기다리고 있었다. 오카네는 엷게 화장한 얼굴로 두 사람에게 술을 따랐다. 때때로 내게 부채질을 해주기도 했다. 나는 그 바람이 옆얼굴에 닿을 때마다 오카네의 분냄새를 희미하게 느꼈다. 그리고 그것이 맥주나 와사비 향보다 인간다운 좋은 냄새라고 생각되었다.

"오카다 군은 늘 이렇게 저녁 반주를 합니까?" 하고 나는 오카네에게 물었다. 오카네는 미소지으며 "워낙 쉽게 끝을 보지 못하는 술꾼이라 애를 먹고 있죠"라고 대답하고 일부러 남편 쪽에 눈길을 주었다. 남편은 "글쎄, 끝을 볼 만큼 마시게 해줘야 말이지" 하고는 곁에 놓인 부채를 집어 들더니 갑자기 가슴께를 소리나게 투덕거렸다. 나는 또 갑자기 여기서 만나야 할 친구에게로 생각이 미쳤다.

"아주머니, 미사와(三澤)라는 남자한테서 내게 우편이나 전보가 오지 않았습니까? 아까 산책 나간 뒤에."

"오지 않았어요. 걱정하지 마세요. 아내는 그런 일이라면 빈틈없이 잘해내니까요. 그렇지? 오카네. ─ 미사와 한두 사람쯤이야 오거나 말거나 상관없지 않습니까? 지로 씨, 그렇게 제 집이 마음에 안 듭니까? 우선 당신은 그때 그 일부터 정리해야 할 의무가 있을 텐데요."

오카다는 이렇게 말하고 내 술잔에 맥주를 가득 넘치도록 따랐다. 이미 상당히 취해 있었다.

5

그날 밤은 결국 오카다의 집에서 묵었다. 6조*의 이층 방에 혼자 누운 나는 모기장 안의 찌는 더위를 견디지 못해, 가능한 한 부부에게 들리지 않도록 살짝 덧문을 열어젖혔다. 창문 쪽으로 머리를 두고 누웠기 때문에 하늘은 모기장 너머로도 보였다. 시험 삼아 붉은 천을 댄 모기장 자락을 들어 머리만 내밀어 바라보니, 별이 반짝반짝 빛나고 있었다. 나는 이러고 있는 동안에도 아래층에 있는 오카다 부부의 어제 오늘을 떠올려보았다. 결혼 후 저렇듯 다정해질 수 있다면 참 행복하겠다고 부러운 생각도 들었다. 미사와한테서 아무런 소식이 없는 것도 신경이 쓰였다. 그러나 이렇게 행복한 가정의 손님이 되어 그의 소식을 기다리며 네댓새 빈둥거리는 것도 나쁘진 않다고 생각했다. 오카다의 소위 '그때 그 일'은 그냥 내버려두었다.

다음날 눈을 뜨니, 창 밑의 비좁은 마당에서 오카다의 목소리가 들렸다.

"이봐, 오카네, 드디어 얼룩나팔꽃이 피기 시작했어. 잠깐 나와봐."

나는 시계를 보고 나서 엎드려 누웠다. 그리고 성냥을 그어 담배에 불을 붙이면서 은근히 오카네의 반응을 기다렸다. 그런데 오카네의 목소리는 전혀 들리지 않았다. 오카다는 "이봐" "이봐, 오카네"를 다시 두세 번 되풀이했다. 마침내 "성미도 급하신 분이야, 당신은. 지금 나팔꽃 구경할 여유가 없어요, 부엌 일이 바빠서" 하는 말이 손에 잡힐 듯 들려왔다. 오카네는 부엌에서 나와 툇마루에 서 있는 모양이다.

---

* 다다미 여섯 장을 깐 방.

"그래도 꽃이 피고 나니 예쁘군요. ― 금붕어는 어때요?"

"금붕어는 움직이긴 하는데, 아무래도 힘들 것 같아."

나는 오카네가 죽어가는 금붕어의 운명에 대해 뭔가 센티멘털한 말이라도 하는가 싶어 담배를 피우며 듣고 있었다. 그러나 아무리 기다려도 오카네는 아무 말도 하지 않았다. 오카다의 목소리도 들리지 않았다. 나는 담배를 버리고 일어났다. 그리고 꽤 급하게 계단을 한 단씩 소리를 내며 아래층으로 내려갔다.

세 사람이 식사를 끝낸 뒤, 오카다는 회사에 출근해야 했으므로 천천히 안내할 시간이 없음을 아쉬워했다. 나는 이곳에 오기 전부터 그런 건 거의 기대도 하지 않았다고 말하며 흰 목단이복 차림의 그를 앉은 채 바라보았다.

"오카네, 당신이 시간 나면 지로 씨를 안내해드려" 하고 오카다는 갑자기 생각났다는 듯한 얼굴로 말했다. 오카네는 평소와는 달리, 이때만은 남편에게도 내게도 아무런 대답을 하지 않았다. 나는 곧 "아니, 괜찮아. 자네와 같이 자네 회사가 있는 데까지 가서 그 주변을 좀 걷겠네"라고 말하며 일어섰다. 오카네는 현관에서 내 양산을 들어 내게 건네주었다. 그리고 단 한 마디 "늦지 마세요" 했다.

나는 두 번 전차를 타고 두 번 내려야 했다. 그리고 오카다가 다니는 회사의 석조 건물 주위를 어슬렁어슬렁 걸어다녔다. 같은 흐름인지 다른 흐름인지 개울물 표면이 두세 번 눈에 들어왔다. 그러다 더위를 참을 수 없게 되어 다시 어슬렁어슬렁 오카다의 집으로 돌아왔다.

이층으로 올라가 ― 나는 어젯밤부터 이 6조의 이층을 내 방이라고 생각하게 되었다 ― 쉬고 있는데 밑에서 계단 밟는 소리가 나더니 오카네가 올라왔다. 나는 놀란 나머지 부리나케 옷을 주워 입었다. 어제 앞머리를 늘어뜨리고 길게 묶었던 오카네의 머리 모양은 어느새 커다란 트레머리로 바뀌어 있었다. 그리고 분홍색 리본이 틀어올린 머리 사이로 살짝 드러났다.

6

오카네는 검은 쟁반 위에 얹은 탄산수와 컵을 내 앞에 놓으며 "드시겠어요?" 하고 물었다. 나는 "고맙습니다"라고 대답하며 쟁반을 끌어당기려 했다. 오카네는 "아녜요, 제가" 하며 불쑥 병을 집어들었다. 나는 이때 가만히 오카네의 하얀 손만을 보았다. 그 손에는 어제 저녁에 보지 못한 반지 하나가 빛나고 있었다.

내가 컵을 들어 목을 축였을 때, 오카네는 기모노 띠 속에서 엽서 한 장을 꺼냈다.

"아까 외출하신 뒤에"라고 말하며 빙긋빙긋 웃고 있다. 나는 곁에 '三澤'이라는 두 글자를 확인했다.

"드디어 소식이 왔군요. 그렇게 기다리시던……"

나는 미소지으며 곧 뒷면을 돌려보았다.

'한 이틀 늦을지도 모르네.'

엽서에 크게 쓴 글자는 겨우 이것뿐이었다.

"마치 전보나 다름없군요."

"그래서 웃고 계셨습니까?"

"꼭 그런 것은 아니지만, 어쩐지 너무……"

오카네는 여기서 입을 다물고 말았다. 나는 오카네를 더욱 웃겨주고 싶었다.

"너무, 어떻다는 겁니까?"

"너무 아깝다는 생각이 들어서."

오카네의 아버님은 매우 꼼꼼한 분으로, 오카네에게 소식을 전할 때 대개 엽서로 용건을 말하는데, 대신 거기다 파리 머리만한 깨알 같은 글자를 열다섯 줄이나 만들어 보낸다는 이야기를 오카네는 재미있게 들려주었다. 나는 미사와 일은 까맣게 잊고 다만 앞에 앉은 오카네를 상대로 이런저런 이야기를 물어보기도 하고 듣고 있었다.

"아주머니, 아이를 갖고 싶지 않습니까? 이렇게 혼자 집 지키고 있으면 지루하시겠어요."

"그렇지도 않아요. 전 형제가 많은 집에서 태어나 너무 고생하며 자란 탓인지 자식만큼 부모를 성가시게 하는 건 없다고 생각하니까요."

"그래도 하나둘쯤은 괜찮겠지요. 오카다 군은 아이가 없으니 너무 적적하다던데요."

오카네는 아무런 대답도 하지 않고 창 쪽을 바라보았다. 시선을 제자리로 돌려도 나를 보지 않고 다다미 위에 놓인 탄산수 병을 보았다. 나는 전혀 눈치를 채지 못했다. 그래서 다시 "아주머니는 어째서 아이가 생기질 않습니까?" 하고 물었다. 그러자 오카네는 갑자기 얼굴을 붉혔다. 나는 그저 허물없이 아무렇지 않게 말한 것이 몹시 민망한 결과를 초래했음을 후회했다. 하지만 어찌해볼 도리가 없었다. 그때는 다만 오카네를 난처하게 했다는 마음뿐으로, 오카네가 얼굴을 붉힌 의미를 알려는 생각은 꿈에도 하지 않았다.

나는 계속 앉아 있기도, 그렇다고 자리에서 일어서기도 거북해진 듯한 이 젊은 부인을 어떻게든 도와야만 했다. 그러자면 우선 화제를 바꿀 필요가 있었다. 마침내 나는 애초에 그리 중요하게 생각지 않은, 오카다의 소위 '그때 그 일' 이야기를 꺼냈다. 오카네는 금방 원래의 자세를 되찾았다. 그러나 남편에게 책임의 절반을 떠넘길 작정인지 결코 많은 이야기는 하지 않았다. 나 역시 그리 꼬치꼬치 캐묻지도 않았다.

7

'그때 그 일'이 정식으로 오카다의 입에서 나온 건 그날 밤이었다. 나는 탁 트인 툇마루가 좋아서 거기에 자리를 마련했다. 오카다는 그때까지 오카네를 마주 보며 방 안에 앉아 있다가 이야기가 시작되자마자 곧 일어나 툇마루로 나왔다.
"아무래도 멀리서는 이야기하기가 힘들어서 안 돼요"라며 무늬가 있는 방석을 내 앞에 놓았다. 오카네만은 여전히 원래 자리를 지켰다.
"지로 씨, 사진은 보셨겠지요, 요전에 제가 보낸."
사진의 주인이란 오카다와 같은 회사에 다니는 젊은이였다. 이 사진이 왔을 때, 가족들이 번갈아보며 제각각 비평을 늘어놓은 걸 오카다는 모르고 있다.
"응, 잠깐 봤지."
"어때요, 평판은?"
"약간 짱구라고 말한 이도 있네."
오카네는 웃음을 터뜨렸다. 나도 우스워졌다. 실은 그 남자의 사진을 보고 짱구라고 먼저 말을 꺼낸 이가 다름아닌 나였기 때문이다.
"오시게(お重) 씨겠죠? 그런 흉을 본 이는. 그 사람 입에 오르면 대부분의 사람이 당해낼 재간이 없죠."
오카다는 내 여동생 오시게를 아주 입이 건 여자라고 생각한다. 그렇게 된 것도 그가 오시게한테 당신 얼굴은 장기판 말 같다는 소리를 듣고 나서부터이다.

"오시게 씨가 뭐라건 상관없지만 정작 중요한 당사자인 오사다 씨는 어떻습니까?"

나는 도쿄를 출발할 때 어머니로부터 '사다(貞)는 물론 이의 없음'이라는 응답을 오카다에게 이미 보냈다는 사실을 확인하고 왔다. 그래서 당사자는 어머니가 드린 응답 그대로라고 대답했다. 오카다 부부는 또 사노(佐野)라고 하는 신랑 되는 사람의 성격이며 품행, 장래 희망이나 그 밖에 여러 가지 사항에 대해 일일이 내게 이야기를 들려주었다. 마지막으로 당사자가 이 혼담의 성사를 간절히 원하고 있다고 강조하기도 했다.

오사다는 외모로 보나 교육 정도로 보나 이렇다 할 특징이 없는 여자다. 그저 우리집 식객이라는 이름이 있을 뿐이다.

"저쪽에서 너무 서둘러들 대니 왠지 의심스러우니까, 거기 가거든 형편을 잘 살피고 오너라."

어머니는 내게 이렇게 부탁하셨던 것이다. 나는 오사다의 운명에 대해 별반 흥미를 가질 수 없었지만, 과연 이렇듯 데려가고 싶어하는 것은 오사다를 위해 좋은 일이면서 동시에 위험한 일일 거라고도 생각했다. 그래서 지금까지 잠자코 오카다 부부의 이야기를 듣던 나는 불쑥 입을 열었다.

"어째서 오사다 씨가 그렇게 마음에 들었을까? 아직 만난 적도 없는데."

"사노 씨는 조금도 빈틈없는 분이니까 역시 성실하게 일하는 사람을 얻을 생각이신 거죠."

오카네는 오카다 쪽을 보며 사노의 태도를 이렇게 변명했다. 오카다는 즉시 "그렇지" 하고 대답했다. 그리고 그외엔 아무것도 생각하지 않는 모양이었다. 나는 어쨌든 그 사노라는 사람을 내일 만나보자고 오카다와 약속을 하고 나서, 다시 6조의 이층 방으로 올라왔다. 베개에 머리를 얹으며, 내가 결혼할 때도 일이 이처럼 간단히 치러질까 생각하니 좀 무서운 느낌이 들었다.

8

다음날 오카다는 회사 일을 오전 중에 끝내고 귀가했다. 양복을 벗어던지기가 바쁘게 부엌으로 가서 물을 끼얹고는 "자, 갑시다" 했다.
오카네는 어느새 옷장 서랍을 열고 오카다가 입을 옷을 꺼냈다. 나는 오카다가 무얼 입을지 그리 개의치 않았지만, 오카네가 옷을 입혀주고 띠를 매는 솜씨를 나도 모르게 유심히 지켜보고 있었던 듯, "지로 씬 준비가 되셨어요?"라고 물었을 때에야 퍼뜩 정신을 차리고 일어섰다.
"오늘은 당신도 가는 거야" 하고 오카다는 오카네에게 말했다. "하지만……" 하고 오카네는 사(紗)로 만든 하오리(羽織)*를 양손에 들고 남편 얼굴을 올려다보았다. 나는 계단을 오르다, "아주머니도 가시죠" 했다.
양복을 입고 아래로 내려와보니, 오카네는 어느새 기모노와 띠를 바꿔 입고 있었다.
"빠르군요."
"네, 금방 바꿨어요."
"별로 바꿔 입은 티가 나지 않는 차림이군" 하고 오카다가 말했다.
"이걸로 충분해요, 그런 곳에 가는 덴" 하고 오카네가 대답했다.

---

* 일본 옷 위에 입는 짧은 겉옷.

세 사람은 더위를 무릅쓰고 언덕을 내려갔다. 그리고 역에서 곧 전차를 탔다. 나는 맞은편에 나란히 앉은 오카다와 오카네를 가끔 쳐다보았다. 그러다가 미사와의 엉뚱한 엽서를 떠올리기도 했다. 도대체 그 엽서는 어디서 부쳤을까 하는 생각도 해보았다. 지금 만나러 가는 사노라는 남자도 간간이 머리에 떠올랐다. 그러나 그럴 때마다 '괴짜'라는 단어가 아무래도 동시에 튀어나왔다.

오카다는 돌연 몸을 앞으로 숙이며 "어떻습니까?" 하고 물었다. 나는 그저 "좋습니다" 하고 대답했다. 오카다는 처음대로 상체를 똑바로 펴고는 오카네에게 무슨 말을 했다. 그 얼굴에는 득의에 찬 기색이 보였다. 그러자 이번엔 오카네가 얼굴을 앞으로 내밀고 "마음에 드시면 당신도 오사카로 오시지 않겠어요?"라고 말했다. 나는 얼떨결에 "고맙습니다" 하고 대답했다. 아까 느닷없이 어떻습니까, 라고 물은 오카다의 의미를 이때 겨우 알아차렸다.

세 사람은 하마데라(浜寺)*에서 내렸다. 이 지방 물정을 잘 모르는 나는 커다란 소나무와 모래 사이를 걸으며 듣던 대로 훌륭한 곳이라 생각했다. 그러나 오카다는 여기서는 "어떻습니까?"를 반복하지 않았다. 오카네도 양산을 펴든 채 바삐 걸었다.

"벌써 와 있을까?"

"글쎄, 어쩌면 먼저 와 기다리고 계실지도 모르죠."

나는 이런 대화를 들으면서 두 사람의 뒤를 따라 크고 멋진 요릿집 현관 앞에 섰다. 무엇보다 먼저 나는 그 크기에 압도당했는데, 들어가서 안내를 받고는 길고긴 통로에 더더욱 놀라고 말았다. 세 사람은 층계를 내려와 좁은 복도를 지났다.

---

* 오사카 만에 임한 관광지, 해수욕장.

"터널이에요."

오카네가 이렇게 말하며 내게 가르쳐주었을 때, 나는 그것이 농담일 뿐 정말로 땅 밑은 아닐 거라고 생각했다. 그래서 그저 웃으며 어두컴컴한 곳을 빠져나왔다.

객실에서는 사노가 혼자 문턱에서 양복 차림으로 한쪽 무릎을 세우고 담배를 피우며 바다 쪽을 보고 있었다. 우리 발소리를 들은 그는 곧바로 우리쪽을 돌아보았다. 그때 그의 이마 아래로 금테 안경이 빛났다. 방으로 들어갈 때 맨 먼저 그와 얼굴이 마주친 것은 바로 나였다.

9

사노는 사진에서 본 것보다 훨씬 짱구였다. 하지만 이마가 넓은 데다가 여름이라 머리를 짧게 깎았기 때문에 유독 그렇게 보였는지도 모른다. 대면하여 첫 인사를 할 때, 그는 "아무쪼록 잘 부탁합니다" 하고 공손히 머리를 숙였다. 특별한 자리인 만큼, 이 평범한 인사가 내게는 다소 묘하게 들렸다. 내 가슴은 지금까지 그리 책임을 느끼지 않고 있던 터라 갑자기 묵직한 속박이 생겨났다.

네 사람은 요리를 앞에 두고 이야기를 했다. 오카네는 사노와는 꽤 흉허물 없는 사이인 모양으로, 가끔 오카네 쪽에서 놀리기도 했다.

"사노 씨, 당신의 사진 평판이 도쿄에서 대단하대요."

"어떻게 대단합니까? —아마 좋은 쪽으로 대단한 거겠죠."

"그야 물론이죠. 거짓말이라고 생각되면 옆에 앉은 분께 여쭤보면 아실 거예요."

사노는 웃으며 곧 내 쪽을 보았다. 나는 뭔가를 말하지 않을 수 없었다. 그래서 진지한 얼굴로 "아무래도 사진은 오사카가 도쿄보다 발달한 것 같군요" 하고 말했다. 그러자 오카다가 "조루리(淨瑠璃)*도 아닐 테고" 하며 끼어들었다.

오카다는 내 어머니의 먼 친척뻘 되는 사람이지만 오래 우리집에서 식객을 한 탓인지, 옛날부터 나나 내 형에 대해선 한결 공손한 말투를 쓰는 습관을 가지고 있었다. 오랜만에 만난 어제 그저께 같은 날은 특히 그랬다. 한데, 이렇게 사노 한 사람이 새로 자리를 함께하고 보니, 친구 앞에서 체면이 깎인다고 생각하는지는 몰라도 나에 대한 말투가 갑자기 대등해졌다. 어떤 때는 대등 이상으로 거만스러워졌다.

네 사람이 있는 객실 건너편에는 같은 집인데도 동채가 다른 높은 이층이 보였다. 장지문을 뜯어낸 널찍한 방 안을 올려다보니, 각(角)띠를 맨 젊은이들이 여럿 모여 있고 그 중 한 사람이 수건을 어깨에 걸치고 춤인지 뭔지를 추고 있었다. "가게 점원들이 친목회 하는 거겠지"라며 서로 이야기를 하고 있는데, 열예닐곱 살 먹은 녀석이 난간 쪽으로 나와 더러운 오물을 사정없이 차양 위에다 토했다. 그러자 비슷한 또래 녀석 또 하나가 다시 담배를 피우며 나와 야, 정신 차려, 내가 곁에 있으니 아무것도 겁낼 필요 없어, 라는 의미를 오사카 토박이 사투리로 떠들어댔다. 그때까지 못마땅한 얼굴로 난간 쪽을 보고 있던 네 사람은 결국 웃음을 터뜨리고 말았다.

"둘 다 취했어. 어린 녀석들이" 하고 오카다가 말했다.

"당신처럼" 하고 오카네가 평했다.

"어느 쪽 말입니까?" 하고 사노가 물었다.

---

* 에도(江戶) 초기에 오사카에서 생겨난 예능으로 인형 조루리, 현재의 분라쿠(文樂)를 말함. 분라쿠는 조루리에 맞춰 하는 설화 인형극이며, 조루리는 음곡에 맞춰 낭창하는 옛이야기.

"둘 다예요. 토했다가 술 주정 했다가"라고 오카네가 대답했다.

오카다는 오히려 유쾌한 표정을 짓고 있었다. 나는 잠자코 있었다. 사노는 혼자 소리 높여 웃었다.

네 사람은 아직 해가 높이 떠 있는 4시경에 그곳을 나와 귀로에 올랐다. 도중에서 헤어질 때, 사노는 "그럼 또 나중에" 하고 모자를 벗어 인사했다. 세 사람은 플랫폼에서 밖으로 나왔다.

"어떻습니까, 지로 씨" 하고 오카다는 바로 내 쪽을 보았다.

"괜찮은데요."

나는 이렇게밖에 대답할 말을 찾지 못했다. 막상 이렇게 대답하고 나니, 참으로 무책임한 느낌이 드는 걸 막을 수 없었다. 동시에 이 무책임을 어쩔 수 없이 감당해야 하는 것이 결혼에 관여하는 대부분 사람들의 경험이려니 생각했다.

10

나는 미사와의 소식을 기다리며 2,3일이나 더 오카다의 신세를 졌다. 사실은 그들이 내가 다른 곳에 가서 방을 얻도록 허락지 않았던 것이다. 나는 그 동안 가능한 한 혼자 오사카를 둘러보았다. 그런데 길 폭이 좁아서인지 사람 행렬이 도쿄보다 활발하게 내 눈에 육박해오는 듯하고, 집들이 들쭉날쭉한 도쿄보다 잘 정돈되어 호감이 갔다. 또 몇몇 강 줄기가 있어 풍부한 강물이 소리 없이 흐르는 등 색다른 흥밋거리가 하루에 한두 가지는 늘 있었다.

하마데라에서 같이 식사를 한 다음날 밤, 사노를 다시 만났다. 이번에는 그가 유카타 차림으로 오카다를 찾아왔다. 나는 이때도 그럭저럭 두 시간 남짓 그와 이야기를 나누었다. 하지만 그건 단지 전날의 모임을 오카다의 집에서 간소하게 되풀이한 데에 불과하여, 새로운 인상이라 해봤자 각별히 머리에 남을 리 없었다. 따라서 솔직히 말해 그저 평범한 사람이라는 점 외에 나는 그에 대해 아무것도 알지 못했다. 그러나 역시 어머니나 오카다에 대한 의무로서, 전혀 모른 척하고 있을 수도 없었다. 나는 마침내 요 2,3일 동안, 도쿄의 어머니께 사노와의 만남이 일단락되었다는 요지의 보고서를 썼다.

도리 없이 "사노 씨는 그 사진과 매우 닮았다"고 썼다. "술은 마시지만 마셔도 얼굴이 빨개지지 않는다"고 썼다. "아버님처럼 우타이(謠)*를 부르는 대신 기다유(義太夫)**를 공부한다고 들었다"고 썼다. 마지막으로 오카다 부부와 친근한 사이임을 말하고 "그토록 사이가 좋은 오카다 부부의 주선이니까 틀림없겠지요"라고 썼다. 맨 끝에는 "요컨대 사노 씨는 대다수의 기혼 남성들과 조금도 다를 바가 없어 보입니다. 오사다 씨도 평범한 아내가 될 자격은 있는 법이니, 허락하시는 게 좋지 않을까요?"라고 썼다.

나는 이 편지를 봉하면서 겨우 의무가 끝난 듯한 기분이었다. 그러나 이 편지 하나로 오사다의 운명이 영원히 결정되고 마는가 생각하니, 얼마간 나 자신의 경솔함에 부끄러워지는 구석도 있었다. 그래서 나는 이 편지를 봉투에 넣은 채로 오카다에게 가져갔다. 오카다는 대충 눈으로 훑어보기만 할 뿐, "됐습니다" 하고 대답했다. 오카네는 아예 편지에 손을 대지 않았다. 나는 두 사람 앞에 앉아 양쪽을 번갈아보았다.

"이걸로 족할는지요. 이것만 보내고 나면 집에서는 결정이 날 겁니다. 그렇게 되면 사노 씨도 얼마간 제약이 따르게 됩니다만."

---

*일본의 대표적 가면 음악극인 노가쿠(能樂)에 맞춰 부르는 가사. 요곡(謠曲)을 말함.
**조루리의 한 파.

"괜찮습니다. 그게 바로 우리가 가장 원하는 바입니다" 하고 오카다는 정색을 하고 말했다. 오카네도 똑같은 의미의 말을 여자답게 되풀이했다. 두 사람으로부터 이처럼 수월한 대답을 들은 나는 이로 인해 안심하기보다 도리어 불안해졌다.

"무얼 그렇게 염려하십니까?" 하고 오카다가 미소지으며 담배 연기를 내뱉았다. "이 일에 제일 냉담했던 사람은 당신이 아닙니까?"

"냉담했던 건 사실이지만 너무 가볍게 진행되어 두 사람에게 좀 미안한 생각이 들어서."

"가볍게 진행되다뇨, 그렇게 긴 편지를 쓰셨는데. 그걸로 어머님이 흡족해하시고 이쪽은 이미 결정된 거고. 이처럼 경사스런 일이 또 있으려구요, 그렇죠 여보?"

오카네는 이렇게 말하고 오카다 쪽을 보았다. 오카다는 그렇고말고라는 듯한 표정을 지었다. 나는 이유를 대기가 성가셔, 두 사람이 보는 데서 3전짜리 우표를 편지에 붙였다.

11

나는 이 편지를 부치기만 하면 오사카를 떠나고 싶었다. 오카다도 어머니의 답장이 올 때까지 내가 있을 필요는 없을 거라고 말했다.

"그렇더라도 천천히 쉬다 가세요."

이것이 그가 자주 되풀이하는 말이었다. 부부의 호의는 나도 충분히 이해했다. 동시에 그들이 겪는 불편 또한 충분히 짐작되었다. 부부만 있는 집에선 나처럼 낯 두꺼운 숙박객이라도 얼마간의 거북스러움은 면하기 힘들었다. 나는 전보 같은 간단한 엽서를 써 보냈을 뿐 아무런 소식도 없는 미사와가 밉살스러워졌다. 만약 내일 중으로 아무 연락이 없으면 혼자 고야 산을 오르리라 결심했다.

"그럼, 내일은 사노를 불러 다카라즈카(宝塚)에라도 갑시다" 하고 오카다가 말을 꺼냈다. 나는 오카다가 나 때문에 시간 변통을 해주는 것이 편치 않았다. 좀더 비꼬자면, 그런 온천장에 가서 먹고 마시고 하는 것이 오카네에게 미안한 생각이 들었다. 오카네는 언뜻 보기엔 화려함을 즐기는 여자 같아도 그건 어디까지나 흰 얼굴빛이며 모습이 그렇다는 것이지, 성격 면에선 여느 도쿄 사람보다 훨씬 수수했다. 외출하는 남편의 호주머니조차 어느 정도 구속을 가하리만치 죄고 있는 게 아닐까 하고 생각되었다.

"술을 안 드시는 분은 평생 득이에요."

내가 술을 좋아하지 않는 것을 안 오카네는 언젠가 이런 말을 자못 부럽다는 듯이 발설한 적도 있다. 그렇지만 오카다가 불그레해진 얼굴로 "지로 씨, 오랜만에 씨름이라도 붙어볼까요?" 하고 상스러운 소리를 내면, 오카네는 눈살을 찌푸리면서도 즐거운 표정을 짓기가 일쑤였으므로, 오카네는 남편이 취하는 것이 싫은 게 아니라 술값이 드는 것이 싫은 걸 거라고 나는 추측했다.

모처럼의 호의이긴 했지만 나는 다카라즈카행을 사양했다. 그리고 마음속으론 내일 아침 오카다가 외출한 뒤 혼자 잠깐 전차를 타고 나가 상황을 둘러보고 올 작정이었다. 오카다는 "그렇습니까. 분라쿠좌(文樂座)*라면 좋을 텐데 마침 무더운 때라 쉬고 있으니" 하고 아쉽다는 듯 말했다.

다음날 아침, 나는 오카다와 함께 집을 나섰다. 그는 전차 안에서

---

* 오사카에 있던 인형 조루리 전용 극장.

갑자기 내가 잊고 있던 오사다의 결혼 문제를 꺼냈다.

"나는 당신의 친척이라고는 생각지 않습니다. 당신의 아버님이나 어머님이 하숙생으로 키워주신 식객이라 여기고 있습니다. 지금의 제 직장이며 오카네, 모두 당신의 부모님 덕택에 얻은 것입니다. 그래서 뭔가 은혜를 갚지 않으면 안 된다고 늘 생각하고 있습니다. 오사다 씨의 문제도 실은 이런 동기에서 비롯된 겁니다. 결코 다른 뜻이 있어서가 아닙니다."

오사다는 우리집 식객이니까 하루라도 빨리 어딘가로 시집을 보내주려는 것이 그의 주된 뜻이었다. 나는 가족의 한 사람으로서 오카다의 호의를 감사해야 할 입장에 있었다.

"댁에서는 빨리 오사다 씨를 결혼시키고 싶으시겠죠."

나의 아버지도 어머니도 사실 그랬다. 하지만 이때 내 눈에는 오사다와 사노라고 하는 아무런 연고도 없는 두 사람이 나란히 혹은 따로따로 비쳐졌다.

"잘될까요?"

"그야 잘될밖에요. 나와 오카네를 보면 아시잖습니까? 결혼하고 나서 여태 한 번도 큰 싸움을 해본 적이 없으니까요."

"당신들은 특별하니까……"

"아니, 어느 부부건 대개 비슷하게 마련이죠."

오카다와 나는 그렇게 이 이야기를 마무리지었다.

12

미사와의 편지는 역시 다음날 오후에도 오지 않았다. 성미 급한 내게 이처럼 흐리터분한 사람을 기다리는 건 울화가 치미는 일이었다. 차라리 이젠 혼자라도 출발해야겠다고 결심했다.

"하루 이틀 더 기다려보는 게 좋지 않을까요?" 하고 오카네는 붙임성 있게 말했다. 내가 유카타며 허리띠를 가방에 챙기러 이층으로 막 올라가려는데, 밑에서 "꼭 그렇게 하셔요" 하고 뒤쫓아오듯 말렸다. 그래도 아직 성에 덜 차는지 내가 가방 정리를 할 때 계단 입구에 얼굴을 들이밀며 "어머, 벌써 짐 정리를 하셨군요. 그럼 차라도 준비할 테니 천천히" 하고 내려갔다.

나는 책상다리를 하고 앉아 여행 안내를 펼쳤다. 그리고 마음속으로 이리저리 시간 안배를 맞춰보았다. 그 안배가 좀처럼 생각대로 되지 않아 잠시 천장을 보며 누워 있었다. 그러자 미사와와 함께 산책하면서 유쾌했던 여러 가지 일들이 회상되었다. 후지 산을 스바시리구치(須走口)*로 내려오다가 미끄러져 넘어지는 바람에, 허리춤에 늘어뜨린 커다란 후지 용천수 유리병을 깨진 채로 동여매고 다니던 그의 모습이 눈에 선했다. 그러고 있는데 다시 계단을 밟는 오카네의 발소리가 나기에, 나는 얼른 일어나 앉았다.

오카네는 선 채로 "참 다행이네요"라며 한숨 돌렸다는 듯 말하고는 곧바로 내 앞에 앉았다. 그리고 방금 온 미사와의 편지를 내게 건네주었다. 나는 곧 겉봉을 뜯어보았다.

"드디어 도착하셨는지요."

나는 적이 오카네에게 대답할 용기를 잃었다. 미사와는 사흘 전 오사카에 도착하여 이틀 정도 몸져누워 있다가 결국 병원에 입원한 것이었다. 나는 병원 이름을 대고 오카네에게 위치를 물었다. 오카네는 위치는 잘 알고 있어도 병원 이름은 몰랐다. 나는 어쨌든 가방을 들고 오카

---

* 후지 등산 출입구의 하나. 화산재의 모래터여서 뛰어 내려올 수 있다.

다의 집을 떠나기로 했다.

"정말 뜻밖이군요" 하고 오카네는 거듭거듭 아쉬워했다. 사양하는데도 식모가 막무가내로 가방을 들고 역까지 따라나왔다. 나는 도중에 다시 이 식모를 돌려보내려 했지만 뭔가 중얼거리며 쉬 돌아가지 않았다. 그 말을 알아듣기는 하겠는데, 나처럼 이 지방이 생소한 사람은 도저히 흉내낼 수 없는 것이었다. 헤어질 때, 지금까지 신세진 표시로 1엔을 주었더니 "살펴 가이소" 했다.

전차에서 내려 인력거를 타니, 인력거는 철길을 가로질러 좁다란 길을 곧장 내달렸다. 너무나 과격하게 내달리는 통에 맞은편에서 오는 자전거며 인력거와 몇 번이고 부딪칠 뻔했다. 나는 조마조마해하다가 병원 앞에서 내렸다.

가방을 든 채 삼층으로 올라간 나는, 미사와를 찾으러 여기저기 병실들을 기웃거리며 다녔다. 미사와는 복도 맨 끝의 8조 방*에서 얼음주머니를 가슴 위에 얹고 누워 있었다.

"어떻게 된 건가?" 하고 나는 방에 들어서자마자 물었다. 그는 아무 대답도 하지 않고 쓴웃음만 짓고 있었다. "또 과식한 게로군." 나는 나무라듯 말하고 머리맡에서 책상다리를 하고 웃옷을 벗었다.

"거기 이불이 있네" 하고 미사와는 눈을 올려 뜨며 구석 쪽을 가리켰다. 나는 그 눈과 볼의 상태로 보아 얼마나 심각한 병일까 하고 의심이 갔다.

"간호사는 있는가?"

"음. 방금 어딜 나갔네."

---

* 다다미 여덟 장을 깐 방.

13

미사와는 평소에 위장이 좋지 않았다. 걸핏하면 토하거나 설사를 했다. 이를 두고 친구들은 그가 보양을 하지 않기 때문이라고 평을 했다. 또한 미사와는 어머니 쪽 유전으로 체질이 그러하니 어쩔 수 없노라고 변명했다. 그리곤 소화기 계통의 병에 관한 서적들을 뒤적여 아토니 Atonie,* 위하수(胃下垂), 토누스Tonus**인가 하는 단어를 사용했다. 내가 더러 그에게 충고 어린 말을 할라치면, 그는 초보자가 뭘 아느냐는 식의 표정을 짓곤 했다.

"자네, 술이 위에서 흡수되는지 장에서 흡수되는지 아는가?" 하며 티를 내었다. 그런데도 병이 나면 그는 으레 나를 불렀다. 나도 거봐라고, 하는 심정으로 반드시 면회를 갔다. 그의 병은 대개 짧을 땐 2, 3일, 길어야 한두 주일 내로 나았다. 그래서 그는 자신의 병을 대수롭지 않게 여겼다. 타인인 나는 말할 것도 없었다.

하지만 이번 경우, 나는 우선 그의 입원에 깜짝 놀랐다. 더구나 배위에 얹힌 얼음주머니로 또 한 번 놀라고 말았다. 지금껏 나는 얼음주머니는 머리나 심장 이외엔 절대 얹는 게 아니라고만 믿고 있었기 때문이다. 나는 움찔움찔 맥이 뛰는 얼음주머니를 응시하다 언짢은 기분이 들었다. 머리맡에 앉아 있으면 있을수록, 듣기 좋은 위로의 말을 점점 할 수 없게 되었다.

미사와는 간호사에게 아이스크림을 사오도록 일렀다. 내가 하나 먹기 시작했을 때, 그는 나머지 하나를 먹겠다고 했다. 나는 약과 식사 외

---

*독일어로 조직의 무력한 상태를 말함.
**독일어로 '긴장'이라는 뜻. 아토니의 반대 증상.

에 이런 걸 입에 대는 건 좋지 않다고 생각되어 말렸다. 그러자 미사와는 화를 냈다.

"자넨 아이스크림 하나 소화시키는 데에 어느 정도 튼튼한 위가 필요하다고 생각하나?" 하고 진지한 표정으로 따지려 들었다. 사실 나는 전혀 아는 게 없다. 간호사는 괜찮겠지만 그래도 만약을 위해서, 라며 일부러 의사에게 물어보러 갔다. 그리고 소량이라면 아무 지장이 없다는 허락을 받아왔다.

나는 화장실에 갈 때, 미사와 모르게 간호사를 불러 대체 저 사람의 병명이 뭐냐고 물어보았다. 간호사는 아마도 위가 좋지 않은 걸 거라고 대답했다. 좀더 자세히 물었더니 오늘 아침에 막 간호사회에서 파견된 터라 아직 아는 게 없다고 태연히 말했다. 하는 수 없이 아래층으로 내려가 의사에게 물어보니 그도 아직 미사와의 이름조차 모르고 있었다. 그러나 환자의 병명이며 처방 등을 적은 종이를 펼쳐, 위가 약간 헐었다는 사실만은 가르쳐주었다.

나는 다시 미사와의 곁으로 갔다. 그는 얼음주머니를 배 위에 얹은 채, "자네, 그 창문으로 밖을 좀 보게나" 했다. 창문은 정면에 두 개, 옆으로 하나 있었는데 모두 서양식으로 보통 창보다 높은 데다가 환자는 이불을 깔고 누워 있어, 그의 눈에는 짙은 하늘과 전신주 일부가 비스듬히 보일 뿐이었다.

나는 창턱에 손을 짚고 밖을 내다보았다. 그러자 저 멀리 높은 굴뚝에서 나는 연기가 맨 먼저 눈에 들어왔다. 그 연기는 시 전체를 뒤덮듯이 커다란 건물 위를 휘감고 있었다.

"강이 보이지" 하고 미사와가 말했다.

커다란 강이 왼편으로 조금 보였다.

"산도 보이지" 하고 미사와가 다시 말했다.

산은 정면으로 아까부터 보였었다.

그것이 구라가리(暗がり) 고개*로, 옛날에는 아마 큼직한 나무들로 우거졌을 테지만 지금은 보다시피 밝은 고개로 변하고 말았다는가, 이제 곧 저 산 밑을 가로질러 나라(奈良)로 전차가 다니게 된다는 등, 방금 누군가에게서 들은 이야기들을 미사와는 기운 좋게 들려주었다. 나는 이 정도면 그리 걱정하지 않아도 되겠지 생각하고 병원을 나왔다.

14

나는 달리 갈 곳도 없어서 미사와가 묵은 여관 이름을 물어 인력거를 타고 거기로 갔다. 간호사는 바로 근처인 양 말했지만 초행인 내겐 상당한 거리로 여겨졌다.

그 여관에는 현관이고 뭐고 없었다. 안으로 들어가도 어서 오십시오 하고 인사하러 나오는 종업원도 없었다. 나는 미사와가 묵었다는 이층 방으로 안내되었다. 난간 바로 앞엔 큰 강이 있는데, 객실에서 바라보고 있자니 제법 시원스럽게 물은 흐르건만 방향 탓인지 바람은 조금도 들어오지 않았다. 밤이 되어 건너편에 켜진 반짝이는 등불도 그저 얼마간의 시각적인 정취를 보탤 뿐, 청량감이라곤 거의 느낄 수 없었다.

나는 시중드는 여자에게 미사와에 대한 이야기를 듣고 비로소 알게 되었다. 그는 이틀 여기서 자고 사흘째에 입원했다고 기억하지만, 실은 하루 더 전날 오후에 도착하여 가방을 내던진 채로 외출했다가 그날 밤 10시 지나서야 겨우 돌아왔다고 한다. 도착했을 때는 대여섯 명의 일행

---

* 오사카 부(府)와 나라 현(縣) 경계에 있는 고개.

이 있었는데 돌아올 때는 혼자뿐이었노라고 종업원이 알려주었다. 나는 그 대여섯 명의 일행이 어떤 사람들인지 몹시 궁금했다. 그러나 상상조차 하기 힘들었다.

"술 취했든?" 하고 나는 종업원에게 물어보았다. 그건 종업원도 알지 못했다. 하지만 금방 토했으니 취해 있었을 거라고 대답했다.

나는 그날 밤 모기장을 치도록 부탁한 뒤 일찍 잠자리에 들었다. 그런데 그 모기장에 구멍이 나, 모기가 두세 마리 들어왔다. 부채로 때려 쫓으며 잠을 청하니 옆방의 이야기 소리가 귀에 거슬렸다. 손님이 종업원을 상대로 술이라도 마시는 모양이었다. 그러면서 경찰이라고 했다. 나는 '경찰'이라는 두 글자에 다소 흥미가 끌렸다. 그래서 그 사람의 이야기를 들어볼 마음이 생겼다. 그런데 내 방을 맡은 종업원이 들어와 병원에서 전화가 왔다고 일러주었다. 나는 놀라 일어나 앉았다.

전화를 건 사람은 미사와의 간호사였다. 환자의 용태라도 갑자기 변한 게 아닐까 하는 생각에 마음 졸이며 용건을 물은즉, 따분해 견딜 수가 없으니 내일은 되도록 일찍 와달라는 환자의 전언에 불과했다. 나는 그의 병이 역시 그리 심각하진 않다고 단정했다. "뭐야, 그런 일 따위로. 그런 어리광은 되도록 전하지 마소." 하고 호통치듯 일러주었지만, 곧 간호사에게 미안한 생각이 들어 "하지만 가보긴 할 게요. 당신이 와달라고 한다면" 하고 덧붙인 다음 방으로 돌아왔다.

종업원은 언제 알아차렸는지 모기장에 뚫린 구멍을 바늘과 실로 꿰매고 있었다. 하지만 이미 들어온 모기는 그대로여서 눕자마자 가끔 이마나 콧등 언저리에 왱앵거리는 가느다란 소리가 났다. 그래도 꾸벅꾸벅 졸았다. 그런데 이번에는 오른쪽 방에서 나는 이야기 소리에 잠이 깨었다. 들어보니 역시 남녀의 목소리였다. 나는 이쪽으로는 손님이 한 사람도 없는 줄 알았다가 적이 놀랐다. 그러나 여자가 "그러려면 차라리 돌아가겠어요"라는 말을 두세 번이나 되풀이한 걸로 봐서, 옆방 손님이 여자의 배웅을 받아 술집에서 돌아온 모양이라고 짐작하고 다시 잠에 빠져들었다.

그러고 나서 또 한 번 종업원이 덧문을 닫는 소리에 꿈에서 깨어 마지막으로 일어나 앉은 것이, 아직 강 수면에 하얀 물안개가 엷게 깔릴 무렵이었으니 제대로 잔 시간은 얼마 되지도 않았다.

15

미사와의 얼음주머니는 그날도 여전히 배 위에 있었다.
"아직도 얼음찜질을 하고 있나?"
나는 다소 의외라는 표정으로 이렇게 물었다. 미사와한테는 친구의 이 말이 서운하게 들렸나 보다.
"코감기인 줄 아는가?" 하고 말했다.
나는 간호사를 향해 "어젯밤은 고마웠어요" 하고 한마디 인사를 했다. 간호사는 피부가 창백하고 무뚝뚝한 여자였다. 생김새가 그림에서 보는 옛날 배우를 빼닮아서인지 흔히 그들이 입는 흰옷이 조금도 어울리지 않았다. 오카야마(岡山) 출신으로 어릴 때 농혈병(膿血病)에 걸려 오른쪽 눈을 앓았다며 내쪽에서 묻지도 않은 이야기를 했다. 그래서인지 이 여자의 한쪽 눈에는 하얀 구름이 가득 끼어 있었다.
"간호사, 이런 환자에게 상냥히 대해주다간 무슨 부탁을 할지 알 수 없으니, 적당히 해두는 게 좋아요."
나는 농담 삼아 일부러 경박한 투를 드러내어 간호사를 웃겼다. 그러자 미사와가 갑자기 "이봐, 얼음" 하고 얼음주머니를 들어올렸다.

복도 끝에서 얼음 깨는 소리가 났을 때, 미사와는 다시 "이봐" 하며 나를 불렀다.

"자넨 알 리 없겠지만 이 병을 내버려두면 틀림없이 궤양이 된다네. 그게 위험해서 나는 이렇게 꾹 참고 얼음주머니를 올려놓고 있는 거야. 여기 입원한 건 의사가 권해서도 아니고, 여관에서 소개해준 것도 아니라네. 그저 나 자신이 필요하다고 생각해서 스스로 들어온 거야. 심심풀이가 아니라구."

나는 미사와의 의학 지식에 대해 그다지 신뢰할 수는 없었다. 그러나 이처럼 진지하게 나오는 걸 보면, 더 이상 끼어들 용기도 없었다. 더구나 그가 말하는 궤양이 어떤 건지 전혀 몰랐다.

나는 일어나 창가로 갔다. 그리고 강한 햇살에 반사되어 마른 흙빛을 띤 구라가리 고개를 바라보았다. 문득 나라에라도 놀러갔다 올까 하는 마음이 생겼다.

"자네, 그 상태로는 당분간 약속을 지킬 수도 없겠지."

"지키려고 이만큼이라도 양생(養生)하는 걸세."

미사와는 상당히 고집 센 사람이었다. 그의 고집을 받아들이자면 그의 건강이 여행에 견딜 수 있을 때까지 나는 이 무더운 찜통 도시 한가운데서 보내야만 했다.

"하지만 자네 얼음주머니는 좀처럼 뗄 수 있을 것 같지 않은데."

"그러니 빨리 나을 걸세."

나는 그와 이런 대화를 주고받으면서 그의 고집뿐만 아니라 그의 어리광에 대해서도 쉽게 들여다볼 수 있었다. 동시에 하루라도 빨리 환자를 내버려두고 떠나려는 나 자신의 이기심 또한 눈에 비쳤다.

"자네가 오사카에 도착했을 때 일행이 여럿 있었다면서?"

"응, 그 녀석들과 마신 게 나빴어."

그가 거론한 이름 가운데는 내가 아는 이도 두세 사람 있었다. 미사와는 그들과 나고야(名古屋)에서 같은 기차에 탔는데, 각자 바칸(馬關)이며 모지(門司), 후쿠오카(福岡) 등지로 가야 할 사람들인데도 오랜만이라는 이유로 모두 오사카에서 내려 미사와와 함께 밥을 먹었다는 것이다.

어쨌든 나는 2,3일 정도 더 환자의 경과를 살펴본 후, 뭔가 결정을 내리기로 마음먹었다.

16

그 동안 나는 미사와의 간병인인 양 낮이고 밤이고 대개는 병원에서 지냈다. 고독한 그는 사실 거의 매일 나를 기다리는 것 같았다. 그런데도 얼굴을 대하면 고맙다는 말은 절대 하지 않았다. 일부러 꽃을 사가도 왠지 부루퉁해할 때조차 있었다. 나는 머리맡에서 책을 읽거나 간호사와 얘기를 나누거나, 시간이 되면 환자에게 약을 먹이거나 했다. 아침 햇살이 강하게 내리쬐는 방이어서 간호사가 침상을 그늘진 곳으로 옮기는 일도 거들어주었다.

이렇게 소일하는 동안 나는 매일 오전 중에 회진 오는 원장을 알게 되었다. 원장은 대체로 검은색 모닝 코트를 입고 의사와 간호사를 한 사람씩 동반했다. 피부가 거무스름하고 콧날이 반듯한 멋진 남자로, 말투나 태도에도 용모에서 엿보이는 품위가 있었다. 미사와는 원장을 만나면 의학적 지식이 전혀 없는 나와 다를 바 없는 질문을 했다. "아직 마음대로 여행을 해선 안 될까요?" "궤양이 되면 위험한 겁니까?" "이렇게 큰맘 먹고 입원한 것이 지금 생각하면 역시 득이 된 걸까요?"와 같은 말을 들을 때마다 원장은 "예, 그런 셈입니다" 정도의 간단한 대답을 했다. 나는 평소에 어려운 단어를 사용해서 남을 바보로 만드는 그가, 원장 앞에서는 이렇게 초라해지는 것이 우습기까지 했다.

그의 병은 가벼워 보이기도 하고 심각해 보이기도 하는 묘한 데가 있었다. 집에 알리는 일은 본인이 절대 승낙하지 않았다. 원장에게 물어보니, 구역질이 나지 않으면 걱정할 건 없지만 그렇다 해도 좀더 식욕이 날 만한데, 라며 이상하다는 듯 깊은 생각에 잠겼다. 나는 어떻게 거취를 정해야 할지 망설였다.

내가 처음 그의 밥상을 보았을 때, 거기엔 생두부와 김, 가다랭이포 국이 놓여 있었다. 그에게는 이 이상의 식사가 금지되었다. 나는 이래서야 앞길이 요원하다고 생각했다. 동시에 그 밥상을 마주하고 묽은 죽을 훌훌 마시는 그의 모습을 보고 괜스레 마음 아팠다. 내가 자리를 떠 바로 근처의 양식당에 가서 요기를 하고 돌아오면, 그는 어김없이 "맛있었나?" 하고 물었다. 나는 그 얼굴을 보며 한층 안됐다는 생각이 들었다.

"그 집은 요전에 자네와 다퉜던 아이스크림을 가져온 집이라네."

미사와는 이렇게 말하고 웃었다. 나는 그가 좀더 건강을 회복할 때까지 그의 곁에 있고 싶어졌다.

그러나 여관에 돌아오면 후텁지근한 모기장 안에서 빨리 시원한 시골로 가고 싶은 생각이 자주 들곤 했다. 요전날 밤 여자와 얘기하느라 내 잠을 방해한 옆방 손님은 아직 머무르고 있었다. 그는 내가 잠들려 할 때쯤이면 어김없이 거나하게 취해서 돌아왔다. 어떤 때는 여관에서 술을 마시며 게이샤(藝者)를 부르라고 소리를 지르기도 했다. 종업원이 갖가지 방법으로 얼버무리려 애쓰다가 마침내, 그 여자는 당신 앞이니까 애교를 부릴진 몰라도 뒷구멍으로는 당신 욕만 늘어놓고 있으니 관두라고 충고했다. 그러자 손님은 그래도 내 앞에서 아양을 떨어준다면 그걸로 기쁘다, 뒤에서 뭐라 하든 내겐 들리지 않으니 상관없다고 대답했다. 또 어떤 때는 게이샤가 뭔가 진지한 이야기를 들고 왔는데 이번엔 손님 쪽에서 얼버무리려고 하다가 그 게이샤한테 남의 이야기를 "말짱 도루묵"으로 만들어버린다고 야단맞기도 했다.

나는 이런 일로 편한 잠을 이룰 수 없었고 사실 방해가 되었다.

17

이런저런 일로 제대로 잠을 못 잔 아침에, 이제 간병은 질색이라는 심정으로 병원 쪽으로 난 다리를 건넜다. 환자는 아직 곤히 잠들어 있었다.

삼층 창문으로 내려다보니 좁은 도로여서 문 앞에 난 길이 가늘고 예쁘게 보였다. 맞은편엔 멋진 담장이 높다랗게 이어지고, 쪽문 밖으로 주인인 듯한 사람이 나와 물뿌리개로 정성껏 길 위에 물을 뿌리고 있었다. 담장 안에는 여름 밀감처럼 짙은 초록 이파리들이 지붕을 뒤덮을 정도로 우거져 있었다.

병원에서는 사환이 정(丁)자 모양의 막대 끝에 걸레를 매달아 복도를 쭉쭉 밀며 다녔다. 걸레를 헹구지 않아 애써 닦은 곳이 도리어 허옇게 더러워졌다. 병이 가벼운 환자는 모두 세면장에 가서 세수를 했다. 간호사들이 먼지 터는 소리가 여기저기서 들렸다. 나는 어젯밤의 수면 부족을 보충하기 위해 베개를 빌려 비어 있는 미사와의 옆 병실로 들어갔다.

그 병실도 아침 햇살이 강하게 들어오는 방향이라 한잠 들자마자 곧 눈이 떠졌다. 이마며 콧등에 땀과 기름이 가득 번지는 것도 불쾌했다. 그때 내게 오카다한테서 전화가 왔다고 했다. 오카다가 병원으로 전화를 한 것은 이번이 세번째다. 그는 으레 "환자의 용태는 어떻습니까?" 하고 묻는다. "2,3일 내에 꼭 찾아뵙겠습니다"고 한다. "무슨 일이든 생기면 사양 마시고"라고 한다. 마지막으로 빼놓지 않고 오카네에 대해 한두 마디 덧붙인 뒤, "오카네가 안부 여쭙니다"라든가 "꼭 놀러 오시라고 아내도 인사드립니다"라든가 "저희가 바빠서 그만 격조했습니다"라고 한다.

그날도 오카다의 말투는 여느 때와 다름없었다. 그런데 맨 끝에 "앞으로 일주일 내에……라고 단정할 수는 없지만, 어쨌든 조만간에 당신을 약간 놀라게 해드릴 일이 생길지도 모릅니다" 하고 묘한 일을 내비쳤다. 나는 전혀 짐작이 가지 않아 도대체 무슨 이야기냐고 두세 번 되물었지만, 오카다는 웃으면서 "조금만 더 계시면 알게 됩니다" 할 뿐이고 나 역시 그만 그 의미를 묻지 않은 채 미사와의 방으로 돌아왔다.

"또 예의 그 사낸가?" 하고 미사와가 말했다.

나는 방금 온 오카다의 전화가 신경 쓰여 오사카를 떠나는 이야기를 쉽게 꺼낼 기분이 들지 않았다. 그런데 뜻하지 않게 미사와 쪽에서 "자네도 이젠 오사카가 싫어졌겠지. 나 때문에 있을 필요는 없으니 어딘가 가려거든 사양 말고 가게" 하고 말을 꺼냈다. 그는 설사 병원을 나가게 된다 하더라도 무리한 등산은 당분간 삼가야 함을 알게 되었노라고 설명했다.

"그렇다면 내가 편한 대로 하겠네."

나는 이렇게 대답하고 잠시 잠자코 있었다. 간호사는 아무 말 없이 병실 밖으로 나갔다. 나는 그녀의 슬리퍼 소리가 잦아드는 걸 듣고 있었다. 그리고 나서 목소리를 낮춰 미사와에게 "돈은 있나?" 하고 물었다. 그는 자신의 병을 여태 집에 알리지 않고 있었다. 게다가 오직 한 사람의 벗인 내가 그의 곁을 떠난다면 정신적으로보다 물질적으로 불안할 거라고 나는 염려되었다.

"자네가 변통할 수 있겠나?" 하고 미사와는 물었다.

"별 마땅한 데도 없지만" 하고 나는 대답했다.

"예의 그 사내는 어떤가?" 하고 미사와가 말했다.

"오카다 말인가?" 하고 나는 잠시 생각에 잠겼다.

미사와는 갑자기 웃음을 터뜨렸다.

"글쎄, 막상 닥치면 어떻게든 될 걸세. 자네가 마련해주지 않아도 돈이 좀 있긴 하니까" 했다.

18

돈 이야기는 그렇게 흐지부지 끝나고 말았다. 내가 오카다에게 돈을 빌리러 갈 때의 심정을 상상하면 정말 싫었다. 병에 걸린 친구를 위해서라고 생각해봐도 좀체 마음이 내키지 않았다. 반면 나는 이 지방을 떠날 것인지 머무를 것인지조차 결심하지 못한 채 우물쭈물하고 있었다.

오카다에게서 온 전화는 내 호기심을 매우 자극했으므로 일부러 그를 만나 진상을 캐물어볼까라고도 생각했으나, 하룻밤 지나고 나니 그것도 귀찮아져 그만 그대로 내버려두었다.

나는 여전히 병원 문을 드나들고 있었다. 아침 9시경 병원 현관에 도착하면, 복도며 대기실이 외래 환자들로 가득 차 있기도 했다. 그럴 땐 세상에는 이렇게 환자가 많이 있을 수 있는가 하고 새삼 놀란 표정을 짓고 그들의 모습을 휘 둘러보고는 계단에 발을 내디뎠다. 내가 우연히 그 여자를 발견한 것은 바로 이 순간이었다. 그 여자라고 하는 건 미사와가 그 여자, 그 여자 하고 부르기에 나도 그렇게 부를 뿐이다.

　그 여자는 그때 복도의 어둠침침한 의자 한쪽 귀퉁이에 웅크리고 앉아 옆모습만을 보이고 있었다. 그 옆에는 젖은 머리를 빗으로 감아올린 키 큰 중년 여자가 서 있었다. 내 시선은 우선 이 여자의 뒷모습 위에 떨어졌다. 그리고 왠지 거기서 머뭇머뭇하고 있었다. 그러자 나이 든 여자가 저쪽으로 걸어나갔다. 나이 든 여자 뒤에서 그 여자의 모습이 드러났다. 그때 그 여자는 인내의 표상처럼 웅숭그린 채 꼼짝도 않고 있었다. 그러나 혈색이며 표정에 고뇌의 흔적이란 거의 찾아볼 수 없었다. 나는 처음 그 옆모습을 보았을 때 이게 환자의 얼굴인가 하고 의심했다. 다만 가슴이 배에 닿을 만큼 등을 구부리고 있는 데서 무서운 뭔가가 감춰져 있는 듯 여겨져 몹시 불쾌했다. 나는 계단을 오르며 '그 여자'의 인내와, 아름다운 용모가 감싸고 있는 병고를 상상했다.

　미사와는 간호사에게 병원의 A라는 조수 이야기를 듣고 있었다. 이 A씨는 밤이 되어 한가해지면 자주 퉁소를 부는 젊은 남자였다. 독신으로 병원에서 잠을 자며, 방은 미사와와 같은 삼층 모퉁이 구석에 있었다. 얼마 전까지는 내내 슬리퍼 소리를 딱딱 울리며 걸어다녔는데, 요 2,3일 사이 거의 얼굴이 보이지 않기에 미사와도 나도 어떻게 된 걸까 하고 서로 궁금해하던 참이었다.

　간호사는 A씨가 가끔 발을 절며 화장실에 가는 꼴이 재미있다고 소리내어 웃었다. 그리고 간호사가 가끔 가제와 쇠대야를 들고 A씨의 방으로 들어가는 걸 보았다고 했다. 미사와는 그런 얘기에 흥미가 있지도 또 없지도 않다는 듯 시무룩한 얼굴로 그저 "흠" "음" 하며 응수했다.

　그는 다시 내게 언제까지 오사카에 있을 작정이냐고 물었다. 그는 여행을 단념한 뒤로 내 얼굴을 보면 자주 이렇게 말했다. 그것이 내게는 사양하는 듯 또한 재촉하는 듯 들려 오히려 싫었다.

"내 사정으로 그래야 한다면 언제든지 돌아갈 걸세."

"부디 그렇게 해주게."

나는 서서 창문으로 아래를 내려다보았다. '그 여자'는 아무리 보고 있어도 문밖으로 나오지 않았다.

"햇볕 드는 곳에 일부러 나가 뭘 하는 겐가?" 하고 미사와가 물었다.

"보고 있다네" 하고 나는 대답했다.

"뭘 보고 있나?" 하고 미사와가 되물었다.

19

나는 그래도 꾹 참고 쉽게 창가를 떠나지 않고 있었다. 바로 맞은편으로 보이는 빨래 너는 곳에 소나무며 석류 같은 분재 화분이 대여섯 개 놓여 있고, 그 옆에서 머리를 틀어올린 젊은 여자가 연신 빨래를 장대에 내다걸고 있었다. 나는 잠깐 그쪽을 보다가 다시 시선을 아래로 향했다. 그러나 기다리는 사람은 아무리 지나도 나타날 기색이 없었다. 나는 마침내 더위를 견디지 못하고 다시 미사와의 침상 곁으로 돌아와 앉았다. 그는 내 얼굴을 보더니 "되게 고집 센 사람이로군. 남이 친절하게 말해주면 말해줄수록 일부러 햇볕 드는 곳에 얼굴을 내놓고 있으니. 자네 얼굴이 새빨갛다네" 하고 주의를 주었다. 나는 평소에 미사와야말로 고집 센 사람이라고 생각했었다. 그래서 "내가 창문으로 목을 내밀고 있었던 건 자네 같은 무의미한 고집과는 다르다네. 특별한 목적이 있어서 일부러 목을 내민 거라구" 하고 다소 거드름을 피우며 설명했다. 그러면서 정작 중요한 '그 여자' 이야기는 오히려 하기 힘들어지고 말았다.

조금 지나, 미사와는 다시 "아까는 정말로 뭔가 보고 있었나?" 하고 웃으면서 물었다. 나는 이때 벌써 마음이 변해 있었다. '그 여자' 이야기를 하는 것이 유쾌해졌다. 어차피 고집 센 미사와인 만큼 듣고 나서는 틀림없이 바보 같다라든가 시시하다며 나를 비웃을 게 틀림없다고 생각은 했지만 이도 마음에 걸리지 않았다. 그러자 실은 '그 여자'에 대해 내가 어떤 이유로 특별한 흥미를 가지게 되었는가 정도는 대답하여, 미사와를 약간 초조하게 만들자는 속셈조차 있었다.

그런데 미사와는 나의 예견과는 전혀 반대되는 태도로 내가 말하는 한마디 한마디를 자못 감동하며 듣고 있었다. 나도 신이 나서 금세 끝낼 것을 세 배 정도로 계속 지껄였다. 이윽고 내 말이 끝났을 때, 미사와는 "그야 물론 애송이는 아닐 테지?" 하고 물었다. 나는 '그 여자'를 상세히 설명하긴 해도 굳이 게이샤라는 단어는 사용하지 않았던 것이다.

"게이샤라면 혹 내가 아는 여자일지도 모르네."

나는 놀랐다. 그러나 분명 농담이려니 생각했다. 하지만 그의 눈은 그 반대를 말하고 있었다. 그러면서 입가에는 미소가 감돌았다. 그는 거듭 '그 여자'의 눈매며 콧날 등을 내게 물었다. 나는 계단을 오를 때 그 옆모습을 보았을 뿐이어서 그리 자세히는 대답할 수 없었다. 내겐 다만 등을 몹시 구부려 몸을 반쯤 접은 채로 있던 애처로운 자세만이 또렷이 눈에 들어왔다.

"틀림없이 그 여자야. 당장 간호사에게 이름을 물어보겠네."

미사와는 이렇게 말하고 엷은 웃음을 띠었다. 그러나 나를 떠보는 기색은 전혀 보이지 않았다. 나는 다소 휘말려든 기분으로 그와 '그 여자'의 관계를 물어보려 했다.

"곧 말해주겠네. 그 여자임이 확실히 밝혀지면."

그때 간호사가 "회진입니다" 하고 알려왔기 때문에 '그 여자' 이야기는 그것으로 중단되고 말았다. 나는 회진의 혼잡을 피하기 위해 시간이 되면 자리를 떠 복도로 나가거나 물탱크가 있는 높은 곳으로 나가곤 했는데, 그날은 옆에 놓인 모자를 집어들고 일층까지 내려왔다. '그 여자'가 아직 어딘가에 있을 것 같은 느낌이 들어, 나는 현관 입구에 멈춰 서서 사방을 둘러보았다. 그러나 복도에도 대기실에도 환자의 모습은 없었다.

20

그날 저녁 하늘이 바람을 재우고 고요 속에 등불이 켜질 무렵, 나는 다시 꾸불텅한 계단을 서둘러 돌아서 미사와의 방까지 올라갔다. 그는 식사를 마친 듯 요 위에 책상다리를 하고 앉아 여유 있게 보였다.

"이젠 화장실도 혼자 가게 됐네. 맛난 것도 먹는다네."

이것이 이때의 그의 자랑이었다.

창문은 세 개 모두 활짝 열려 있었다. 방이 삼층이라 앞에 시야를 가리는 것이 없어 하늘은 바로 가까이 있었다. 하늘에 빛나는 별들도 마음껏 빛을 더해갔다. 미사와는 부채질을 하며 "박쥐가 날진 않나?"고 했다. 간호사의 흰옷이 창문 곁으로 다가가 상체를 약간 창틀 밖으로 내밀었다. 나는 박쥐보다도 '그 여자'가 신경 쓰였다. "이봐, 그 일은 알아냈나?" 하고 물어보았다.

"역시, 그 여자야."

미사와는 이렇게 말하며 다소 의미있는 눈짓으로 나를 보았다. 나는 "그런가" 하고 대답했다. 그 소리가 너무 크다는 거겠지, 미사와는 부채로 활활 내 얼굴을 부쳤다. 그리고 갑자기 바꿔 쥔 부채 손잡이 쪽을 앞으로 내밀어 우리가 있는 방 건너편을 가리켰다.

"저 방으로 들어갔네. 자네가 돌아간 뒤에."

미사와의 방은 복도 맨 끝에 길 쪽을 향해 있었다. 여자의 방은 같은 복도의 모퉁이로 마당 쪽에서 불빛을 받게 되어 있었다. 더위서 두 방 모두 입구는 열어놓은 채였고 장지문은 떼어놓았기 때문에, 내가 있는 곳에서 부채 손잡이로 가리킨 방 입구는 25도 정도 비스듬히 보였다. 그러나 거기엔 여자가 누운 침상의 가장자리가 액자처럼 삼각형으로 약간 삐져나와 있을 뿐이었다.

나는 그 이불 자락을 응시하며 잠시 아무 말도 하지 않았다.

"궤양이 심해. 피를 토한다네" 하고 미사와가 다시 작은 소리로 말했다. 나는 이때 그가 무리하면 궤양이 될 위험이 있어 입원했다고 설명해준 기억을 떠올렸다. 궤양이라는 단어는 그땐 내 머리에 아무런 인상도 남기지 않았지만, 이번엔 어쩐지 무서운 울림을 전해주었다. 궤양 뒤로 죽음이라는 두려운 것이 숨어 있기라도 하듯.

얼마 후, 여자 방에서 희미하게 캑캑 하는 소리가 났다.

"거봐, 토하고 있네" 하고 미사와가 미간을 찡그렸다. 드디어 간호사가 문 앞에 나타났다. 손에 작은 쇠대야를 든 채 슬리퍼를 끌고 잠시 우리 쪽을 둘러보고는 나갔다.

"나을까?"

내 눈에는 오늘 아침, 턱을 가슴에 바싹 갖다대고 꼼짝 않고 앉아 있던 아름다운 젊은 여자의 얼굴이 선명하게 보였다.

"글쎄, 저렇게 토하는 걸로 봐선" 하고 미사와는 대답했다. 그 표정을 보니, 안됐다기보다 오히려 근심스러운 뭔가에 사로잡혀 있었다.

"자넨 정말로 저 여자를 아는가?" 하고 나는 미사와에게 물었다.

"정말로 안다네" 하고 미사와는 진지하게 대답했다.

"하지만 자네는 오사카에 온 게 이번이 처음 아닌가?" 하고 나는 미사와에게 다그쳤다.

"이번에 와서 이번에 알게 된 걸세" 하고 미사와는 변명했다. "이 병원 이름도 실은 저 여자한테 들었다네. 나는 여기 들어올 때부터 저 여자가 어쩌면 오지 않을까 걱정했었지. 하지만 오늘 아침 자네 이야기를 듣기까지는 설마 했었네. 나는 저 여자의 병에 대해 책임이 있으니까……"

21

오사카에 도착해 그 길로 친구들과 어울려 마시러 간 어느 술집에서 미사와는 '그 여자'를 만났다.

미사와는 그때 이미 더위로 인해 위장에 탈이 났음을 느끼고 있었다. 그를 잡아끈 대여섯 명의 친구들은 오랜만이라는 구실로, 그를 취하게 만드는 걸 큰 대접이라도 하는 양 굴었다. 미사와도 숙명을 따르는 유순한 사람이라 연거푸 술잔을 비워냈다. 그러면서도 가슴 아래께에 줄곧 불안한 낌새가 있었다. 가끔 묘한 표정으로 괴로운 듯 생침을 삼켰다. 마침 그의 앞에 앉아 있던 '그 여자'는 오사카 말로 그에게 약을 드릴까요 하고 물었다. 그는 젬* 비슷한 걸 대여섯 알 손바닥에 얹어 입에 털어넣었다. 그러자 통을 받아든 여자도 똑같이 흰 손바닥 위에 작은 알을 굴려 입에 넣었다.

미사와는 아까부터 여자의 나른해 보이는 거동을 주시했던 터라, 당신도 어디가 불편하냐고 물었다. 여자는 쓸쓸한 미소를 지으며 더운

---
* 당시 인기 있었던 구강 청량제.

탓인지 전혀 식욕이 나질 않아 걱정이라고 대답했다. 특히 이번 일주일은 밥이 싫어 그저 얼음만 삼키고 있다, 더구나 삼키기 바쁘게 곧바로 또 먹고 싶어지는 통에 어쩔 도리가 없노라고 했다.

미사와는 여자에게 그런 건 대개 위가 나빠서 그럴 테니까 어디 전문가를 찾아가 진찰을 받는 게 좋을 거라고 진지하게 충고했다. 여자도 사람들에게 물어본즉 위장병이 틀림없다고 하기에 좋은 의사의 진찰을 받고는 싶지만 일이 일인 만큼, 하고 말 끝을 흐렸다. 그는 그때 여자에게서 처음 이 병원과 원장 이름을 들었다.

"나도 그런 델 한번 들어가볼까? 아무래도 좀 이상한걸."

미사와가 농담인지 진담인지 알 수 없는 투로 이렇게 말하자, 여자는 재수 없는 소리 말라는 듯 눈썹을 찌푸렸다.

"그렇다면 우선 실컷 마시고 나서 두고 보자구" 하며 미사와는 자신 앞에 놓인 술잔을 단숨에 비우고 잔을 여자 앞으로 내밀었다. 여자는 얌전히 술을 따랐다.

"당신도 마셔야지. 밥은 못 먹어도 술이라면 마실 수 있잖은가."

그는 여자를 앞으로 끌어당겨 무턱대고 잔을 쥐여주었다. 여자도 순순히 잔을 받았다. 그러나 결국 양해해달라는 말을 했다. 그래도 잠자코 앉은 채 자리를 뜨지 않았다.

"술을 마셔 위장병 독을 죽이면 밥 같은 건 바로 먹을 수 있지. 마셔야 돼."

미사와는 곤드레 취한 나머지, 난폭한 어투를 써가며 여자에게 술을 권했다. 그러는 사이 자신의 위 속에는 금방이라도 폭발할 듯한 고통스런 덩어리가 몸부림치고 있었다.

　　　　　＊　　＊　　＊

　나는 미사와의 이야기를 여기까지 듣고 오싹했다. 무슨 이유로 그는 자신의 육체를 그토록 잔혹하게 다루었을까? 자신은 자업자득이라 해도 '그 여자'의 허약한 몸을 어째서 그토록 턱없이 괴롭혔을까?

　"모르겠어. 상대방은 내 몸을 모르고 나는 또 그 여자의 몸을 몰랐던 걸세. 주변에 있던 자들도 우리 두 사람의 몸을 몰랐던 거지. 그뿐만 아니라 나도 그 여자도 자신의 몸을 알지 못했거든. 게다가 나는 내 위가 뒤틀려 견딜 수 없었네. 그래서 술힘으로 한번 압도해보려고 시도한 걸세. 그 여자도 어쩌면 그랬을지 모르지."

　미사와는 이렇게 말하고 아득한 표정을 지었다.

22

　'그 여자'는 병실 앞을 지나도 복도에서는 얼굴이 보이지 않는 위치에 누워 있었다. 간호사는 입구 기둥 옆에 바싹 다가가 안을 들여다보면 보인다고 내게 가르쳐주었지만, 나는 굳이 그렇게 할 만한 용기가 없었다.

　담당 간호사는 더운 탓인지 대개 그 기둥에 기대어 바깥쪽만 내다보고 있었다. 그녀가 간호사 가운데 유독 용모가 뛰어나 미사와는 때로 불만스런 낯으로, 사람을 바보로 안다는 따위의 말을 했다. 그의 간호사 역시 다른 의미에서 이 아름다운 간호사를 좋게 말하지 않았다. 환자를 제대로 돌보지 않는다든가 불친절하다든가, 교토(京都)에 남자가 있고 그에게서 편지가 와서 제정신이 아니라는 둥, 여러 가지를 살피고는 미사와나 내게 보고했다. 어떤 때는 환자의 변기를 질러넣고 빼내는 걸 잊은 채 그대로 잠들어버렸을 정도로 태만한 적조차 있었다고 알려주었다.

사실 이 아름다운 간호사가 용모가 뛰어난 데 비해 의무를 소홀히 하는 일은 우리 눈에도 자주 비쳤다.

"저 간호사는 바꿔줘야 할 텐데. 그 여자가 가엾군" 하고 미사와는 가끔 씁쓸한 표정을 지었다. 그래도 그 간호사가 입구 기둥에 기대어 꾸벅꾸벅 졸고 있으면, 그는 우리 방에서 그 옆모습을 물끄러미 응시하기도 했다.

'그 여자'의 병세도 이쪽 간호사의 입에서 쉽게 새어나왔다. ─ 우유건 수프건 어떤 가벼운 액체라도 망가진 위가 도저히 받아주지 않는다. 소중한 약조차 먹기를 꺼린다. 억지로 먹이면 바로 토해낸다.

"피는 토하나?"

미사와는 언제나 이렇게 간호사에게 되물었다. 나는 이 말을 들을 때마다 불쾌한 자극을 받았다.

'그 여자'의 병문안 손님은 끊이지 않았다. 하지만 다른 병실처럼 떠들썩한 얘기 소리는 전혀 들리지 않았다. 나는 미사와의 병실에 드러누워 '그 여자'의 병실을 드나드는 여자들의 그림자를 수도 없이 보았다. 그 가운데는 눈이 번쩍 뜨일 만큼 화려한 무늬의 기모노를 입은 이도 있었지만, 대개 보통 사람 같은 수수한 복장을 하고 살짝 왔다가 살짝 돌아가는 사람이 많았다. 입구에서 어머, 언니 하는 감탄사를 쓰는 이도 있었으나, 그건 단 한 번뿐이었다. 그마저 복도 끝에 양산을 두고 방 안에 들어가자마자 갑자기 사라진 양 고요해졌다.

"자넨 저 여자의 병문안을 갔었나?" 하고 나는 미사와에게 물었다.

"아아니" 하고 그는 대답했다. "하지만 병문안 가는 이상으로 걱정해주고 있네."

"그렇담 저쪽에서도 아직 모르는 게로군. 자네가 여기 있다는 걸."

"모를 테지, 간호사가 말하지 않는 이상은. 그 여자가 입원할 때 난 그 여자의 얼굴을 보고 철렁했지만, 상대방은 내 쪽을 보지 못했으니 아마 모를 걸세."

미사와는 병원 이층에 '그 여자'의 단골 손님이 있어 그가 '당신은 위(胃) 때문, 나는 장(腸) 때문, 함께 괴로우니 술 때문이라' 라는 속요(俗謠)를 종이 쪽지에 적어 그 여자에게 보내고는 퇴원 시에 정장을 차려입고 일부러 병문안 온 이야기를 하며 얼마나 바보짓이냐 하는 표정을 지었다.

"조용히, 자극을 주지 않도록 해야 하네. 방에 살짝 들어갔다가 살짝 나가주는 게 마땅해" 하고 그는 말했다.

"엄청 조용한데?" 하고 내가 말했다.

"환자가 말하기 싫어해서라네. 좋지 않은 증거지" 하고 그가 다시 말했다.

23

미사와는 '그 여자'에 대해 내 예상 밖으로 상세히 알고 있었다. 그리고는 내가 병원에 갈 때마다 그 얘기를 제일 먼저 꺼냈다. 그는 내가 없는 사이에 얻은 '그 여자'의 소식을 마치 자신과 관계가 있는 부인의 비밀 이야기라도 털어놓는 양 들려주었다. 또한 이러한 소식을 내게 전해주는 걸 자랑스러워하는 듯 보였다.

그의 말에 의하면 '그 여자'는 어느 게이샤 집에서 딸처럼 애지중지 보살핌을 받던 인기 있는 게이샤였다. 허약한 자신 또한 이를 유일의 만족으로 알고 장사를 배웠다. 어지간히 몸이 불편해도 결코 쉬거나 약은 짓은 하지 않았다. 더러 참을 수 없어 자리에 눕는 일이 있어도 어서 객실에 나가야지, 나가야지 하고 입버릇처럼 말했다……

"지금 저 여자 방에 와 있는 건, 그 게이샤 집에서 오래 일해온 하녀라네. 이름은 하녀지만 오래 지낸 만큼 자연히 권력이 생겨 하녀처럼 굴진 않지. 마치 친척 아주머니라도 된 투라네. 저 여자도 이 하녀 말이라면 고분고분 잘 듣는 터라, 싫어하는 약을 먹이거나 고집 부리는 걸 막기 위해선 필요한 인물이지."

미사와는 이러한 모든 내막의 출처를 전부 그의 간호사에게 돌리고, 모조리 그녀에게 들은 양 설명했다. 그렇긴 해도 나는 여기에 약간 의심 가는 점이 없지 않았다. 나는 미사와가 화장실에 가고 없는 틈에 간호사를 붙잡고 "미사와는 이렇게 말하지만 내가 없을 때 저 여자 병실에 가 얘길 나누는 게 아닌가?" 하고 물어보았다. 간호사는 진지한 표정으로 "그런 일은 없구먼요"라는 한마디로 내 의심을 부정했다. 그녀는 또 설령 손님이 병문안 간다 한들, 신상 이야기가 가능할 리가 없다고 변명했다. 그리곤 '그 여자'의 병이 점점 악화일로로 치닫는 불안한 예를 들려주었다.

'그 여자'는 구토가 멎지 않아 입으로 영양을 취할 방법이 없어져 어제 드디어 자양 관장(滋養灌腸)*을 시도했다. 그러나 그 결과는 뜻대로 되지 않았다. 소량의 우유와 계란을 섞은 단순한 액체마저 극도로 쇠약한 그 여자의 장에는 너무 부담스러웠던 듯, 기대만큼 흡수되지 않았다.

간호사는 이렇게만 말하고 이토록 중환자의 방에 들어가 누가 느긋하게 신상 이야기를 듣고 있을 수 있겠느냐 하는 표정을 지었다. 나도 그녀 말이 옳다고 생각했다. 그래서 미사와 일은 잊어버리고 다만 곱게 차려입은 인기 있는 게이샤와 무서운 병에 걸린 가련한 젊은 여자를 가

---

* 영양분을 항문으로 주입하여 대장에서 흡수시키는 관장법.

만히 마음속으로 대조해보았다.

'그 여자'는 용모와 재주를 파는 덕분에 어느 게이샤 집의 딸로 간주되어 그 집 사람들로부터 사랑을 받아왔다. 장사를 할 수 없게 된 지금도 역시 이제껏 그랬듯이 그 집 사람들의 사랑을 받을 수 있을까. 만약 그들의 대우가 저 여자의 병과 더불어 점점 경박하게 바뀌어간다면, 무서운 병과 싸우는 저 여자의 마음은 얼마나 불안할까. 어차피 게이샤 집의 딸이 된 처지이고 보면, 낳아준 부모는 신분이 낮을 게 뻔하다. 경제적 여유가 없으면 아무리 걱정한들 도움이 될 리 없겠지.

나는 그렇게 생각했다. 화장실에서 돌아온 미사와에게 "저 여자의 친부모가 있는지 아는가?" 하고 물어보았다.

24

미사와는 '그 여자'의 친어머니를 단 한 번 본 적이 있다고 말했다.
"겨우 뒷모습만" 하고 그는 굳이 토를 달았다.

어머니라는 이는 내 상상대로 그리 여유 있는 형편은 못 된 듯하다. 겨우 큰맘 먹고 말쑥한 차림으로 챙겨입고 나오는 모양이었다. 드물게 와도 몹시 스스러워하며 살그머니 왔다가 어느 틈에 다시 계단으로 남의 눈에 띄지 않게 돌아간다는 것이다.

"아무리 부모라도 사정이 그러하면 나서지 못하는 게지" 하고 미사와는 말했다.

'그 여자'의 병문안 손님은 모두 여자였다. 더욱이 젊은 여자가 대부분이었다. 이들은 또한 흔히 보는 아가씨나 부인들과 달리 미색(美色)이 생명인 아름다운 사람들뿐이라, 그들 사이에 낀 이 어머니는 한층 우중충해 보이고 수수했다. 나는 가난하고 나이 든 이 어머니의 뒷모습을 상상으로 그려보며 속으로 연민을 느꼈다.

"부모 자식 간의 정을 생각하면 딸이 저렇게 큰 병에 걸렸을 때, 어미 되는 이는 종일 곁에서 지켜주고 싶은 마음이 생길 테지. 생판 남인 하녀가 설쳐대고 친부모가 남 취급당하는 걸 보고 있자니 영 기분이 안 좋은걸."

"아무리 부모라도 도리 없네. 우선 곁에 있어줄 시간도 없고, 시간은 있더라도 돈이 없으니."

나는 안타까웠다. 저렇듯 들뜬 생업을 하는 여자의 일상은 부러울 만큼 화려해도, 정작 병이 나면 보통 사람보다 훨씬 비참해지고 마는 게 아닌가 생각했다.

"남편이 있을 법도 한데."

미사와의 머리도 이 점만은 준비가 부족한 듯, 내가 이렇게 떠보아도 그는 아무런 대답 없이 가만히 있었다. 그 여자에 관한 온갖 새 소식을 공급하는 간호사도 여기에 이르러선 아무런 도움도 되지 못했다.

'그 여자'의 가냘픈 몸은 그 무렵의 더위에도 그럭저럭 견디고 있었다. 미사와와 나는 이를 거의 기적처럼 서로 이야기를 나누었다. 반면 두 사람 다 너무 노골적이 되기를 꺼려 결국 기둥 뒤에서 방 안을 들여다본 적이 없어, 현재의 '그 여자'가 얼마만큼 야위어 있는지는 헛된 상상화에 불과했다. 자양 관장마저 뜻대로 되지 않았다는 소식이 우리 두 사람의 귀에 들렸을 때조차, 미사와의 눈에는 아름답게 차려입은 게이샤의 모습만이 비쳐졌다. 내 머리 속에도 오직 혈색이 나쁘지 않은 입원 전의 '그 여자' 얼굴이 그려질 뿐이었다. 그러면서 둘 다 저 여자는 이제 가망 없을 거라는 얘기를 주고받았다. 하지만 두 사람 모두 실제로 죽을 거라는 생각은 하지 않았다.

동시에 여러 환자가 병원을 들락날락했다. 어느 날 밤 '그 여자'와 비슷한 연배로 이층에 있던 부인이 들것에 실려 내려왔다. 물어보니, 목숨이 오늘 내일인 위험한 환자를 간병하던 모친이 시골로 데려간다는 것이다. 그 모친은 미사와의 간호사에게 얼음 비용에만도 이십몇 엔을 썼다며 아무래도 퇴원하는 수밖에 방도가 없노라고 어려운 형편을 내비쳤다고 한다.

　　나는 삼층 창문으로 시골로 돌아가는 들것을 내려다보았다. 들것은 어두워 보이지 않았으나, 준비해둔 등불이 마침내 움직이기 시작했다. 창이 높고 길목이 좁아, 등은 산골짝 아래로 소리 없이 움직이며 가는 듯 보였다. 등불이 맞은편 어두운 모퉁이를 돌아 언뜻 꺼지자, 미사와는 나를 돌아보며 "도착할 때까지 살아야 할 텐데" 했다.

25

　　이처럼 비참한 퇴원을 할 수밖에 없는 환자가 있는가 하면, 매일 아이를 업고 복도며 전망대, 남의 병실을 어슬렁어슬렁 돌아다니는 태평스런 사내도 있었다.

　　"마치 병원을 오락실이라 여기는가 보군."

　　"도대체 누가 환자일까?"

　　우리는 우습고 또 신기하기도 했다. 간호사에게 물으니, 업은 이는 숙부이고 업힌 건 조카였다. 이 조카가 입원 당시엔 피골이 상접해 있던 것을 숙부의 정성 하나로 이만큼 살이 오른 거라 한다. 숙부는 메리야스 장사인가를 한다고 했다. 아무튼 돈 걱정 없는 사람이겠지.

　　미사와의 병실을 한 칸 건너 옆에는 또 이상한 환자가 있었다. 손가

방 따위를 들고 보통 사람들처럼 태연히 나돌아다녔다. 가끔 병원을 비우는 일도 있었다. 돌아오면 알몸으로 병원 밥을 맛있게 먹었다. 그리곤 어제는 잠깐 고베(神戶)까지 갔다 왔지요, 라며 얼버무렸다.

기후(岐阜)에서 일부러 혼간지(本願寺)를 참배하러 교토까지 나온 김에 부부가 함께 이 병원에 들렀다가, 꼼짝없이 그대로 눌러앉은 일도 있었다. 이 부부 방의 침상에는 후광을 띤 아미타불의 족자가 걸려 있었다. 둘이 마주 앉아 즐겁게 바둑을 두기도 했다. 그런데 부인에게 물은즉, 올봄 떡을 먹고선 피를 사기잔으로 한 잔 반 정도 토하는 바람에 데리고 왔노라고 과장되게 이야기를 했다.

'그 여자'의 간호사는 여전히 입구 기둥에 기대어 자신의 무릎을 두 손으로 감싸고 있는 일이 많았다. 이쪽 간호사는 그것과 용모를 비꼬아, 일부러 저렇게 사람들 눈에 띄기 쉬운 곳에 나와 있는 거라고 평했다. 나는 "설마" 하며 변호하기도 했다. 그런데 '그 여자'와 이 아름다운 간호사와의 관계는 냉담한 정도에 있어 처음이나 지금이나 별반 변화가 없는 것 같았다. 나는 두 미인이 알게 모르게 서로 질투하는 거라고 설명했다. 미사와는 그렇지 않아, 오사카의 간호사는 자존심이 세니까 게이샤 따윈 깔보아 애당초 상대가 되지 않는다며 이게 바로 냉담한 원인임에 틀림없다고 주장했다. 이렇게 주장하면서도 그는 이 간호사를 그리 미워하는 기색은 없었다. 나도 이 여자에 대해 그다지 나쁜 느낌은 갖지 않았다. 못생긴 미사와의 간호사는 "참말로 예쁜 여잔 득이라니까"라며 우리에겐 멋쩍게 들리는 말로 두 사람을 웃겼다.

이런 환경에 둘러싸인 미사와는 몸이 회복됨에 따라 '그 여자'에 대한 흥미가 날로 증폭해가는 것 같았다. 내가 어쩔 수 없이 흥미라는 묘한 단어를 여기에 사용하는 까닭은 그의 태도가 연애도 아니며 또한 완전한 친절도 아닌, 흥미라는 두 글자로 표현하는 것 외에 적절한 단어를 쉽게 찾기 힘들기 때문이다.

처음 '그 여자'를 대기실에서 보았을 때는 내 흥미도 미사와에 못지않게 예민했다. 하지만 그에게서 '그 여자'의 이야기를 듣자마자 주객(主客)의 구분이 이미 분명해지고 말았다. 그렇긴 하나 '그 여자'의 소문이 날 때마다 그는 언제나 선배의 태도로 나를 대했다. 나도 한동안은 그에게 이끌려 당초의 흥미가 점점 윤기를 더해가는 듯한 기분이 되었다. 하지만 객(客)의 위치에 머문 나는 그다지 오래 흥미의 고조 상태를 유지할 수 없었다.

26

내 흥미가 깊어졌을 때, 그의 흥미는 나보다 한층 깊어졌다. 나의 흥미가 한풀 꺾이자, 그의 흥미는 갈수록 깊어졌다. 그는 원래 무뚝뚝한 남자지만, 가슴속엔 남보다 갑절 상냥한 감정을 지니고 있었다. 그리고 무슨 일이 생기면 쉽게 열중하는 구석이 있었다.

나는 이미 병원을 어슬렁어슬렁 돌아다닐 정도로 회복한 그가 어째서 '그 여자' 병실로 들어가지 않는지가 궁금했다. 그는 결코 나처럼 부끄럼을 타는 일은 없었다. 동정의 인사를 건네려, 한번 만난 적이 있는 '그 여자'의 병실에 병문안 갈 정도는 그의 성격상 대수로울 게 없었다. 나는 "그렇게 저 여자가 신경 쓰인다면, 직접 가서 만나 위로해주면 될 거 아닌가"라고까지 말했다. 그는 "글쎄, 실은 가고 싶은데……" 하고 말을 흐렸다. 사실 이는 평소의 그에게 걸맞지 않은 인사였다. 게다가 그 의미를 알 수 없었다. 알 수 없었지만 실제로 그가 가지 않는 게 나의 바람이었다.

언젠가 나는 '그 여자'의 간호사에게서 ─ 나와 이 아름다운 간호사와는 어느새 서로 얘기를 나누는 사이가 되었다. 그렇다고는 하나 그녀가 예의 기둥에 기대고 앉아 그 앞을 지나는 내 얼굴을 올려다볼 때, 날씨 인사를 건네는 정도에 불과했지만 ─ 어쨌든 이 아름다운 간호사에게서 나는 운세표인가 하는 장난감 점(占) 책을 빌려 미사와 방에서 이걸 가지고 놀았다.

이것은 빨강과 검정을 양쪽에 칠한 바둑돌처럼 둥글고 납작한 걸 몇 개쯤 들고 눈을 감은 채 다다미 위에 나란히 놓은 다음, 빨강이 몇 개 검정이 몇 개 하는 식으로 나중에 계산하는 거였다. 그리고 이 숫자를 한 번은 가로로 한 번은 세로로 맞춰 양쪽이 한 점에서 만난 지점을 책에서 찾으면, 점괘가 씌어진 문구가 나오게 되어 있었다.

내가 눈을 감고 돌을 하나하나 다다미 위에 놓자, 간호사는 빨강이 몇, 검정이 몇 해가며 점괘의 문구를 찾아주었다. 그러자 "이 사랑 혹여 성취될 시는 크게 창피당할 일이 생길 수"라고 적혀 있어, 그녀는 읽으면서 웃음을 터뜨렸다. 미사와도 웃었다.

"이봐, 조심해야겠는걸" 하고 말했다. 미사와는 전부터 '그 여자'의 간호사에게 내가 인사를 하는 게 수상쩍다며 연신 나를 놀리곤 했다.

"자네야말로 조심해야 할 걸세" 하고 나는 미사와에게 되쏘아붙였다. 그러자 미사와는 진지한 표정으로 "어째서?" 하고 반문했다. 이 경우, 이 고집 센 사내에게 더 이상 말했다간 일이 귀찮아지므로 나는 입을 다물었다.

사실 나는 미사와가 '그 여자' 병실로 출입하는 기색이 없는 걸 궁금히 여겼는데, 한편 그의 몰두하기 쉬운 기질을 생각해서 지금까지는 그렇다 치더라도 앞으로 그가 언제 어떻게 돌변할지 모른다고 염려했다. 그는 이미 아래층의 세면소까지 가서 아침마다 세수할 정도로 기력을 회복하고 있었다.

"어떤가, 이제 그만 퇴원하는 게."

나는 이렇게 권해보았다. 그리고 만약 금전상의 문제로 퇴원을 주저하는 낌새가 보이면, 그가 집에서 돈을 부쳐받는 수고와 시간을 절약하기 위해 내가 큰맘 먹고 한번 오카다에게 의논해보리라고까지 생각했다. 미사와는 내가 하는 말에 아무런 대답도 없었다. 오히려 반대로 "도대체 자넨 언제 오사카를 떠날 작정인가?" 하고 물었다.

27

이틀 전에 나는 덴가차야(天下茶屋)의 오카네로부터 예기치 않은 방문을 받았다. 그 결과로 요전에 오카다가 전화로 내게 한 말의 의미를 겨우 이해했다. 그래서 나는 이때 이미 일주일 내로 나를 놀라게 해주겠다던 그의 예언에 구속되어 있었다. 미사와의 병, 아름다운 간호사의 얼굴, 목소리도 모습도 알 수 없는 젊은 게이샤 그리고 아무런 차도도 없이 이불 위에서 시간을 보내는 협소한 그녀의 생활,―나는 단지 이런 것들만으로 오사카에 꾸물대고 있는 게 아니었다. 시인이 즐기는 표현을 빌려 말한다면, 어떤 예언의 실현을 기대하면서 무더운 여관방에 머무르고 있었던 것이다.

"내겐 그런 사정이 있으니 좀더 여기서 기다려야만 한다네" 하고 나는 점잖게 미사와에게 대답했다. 그러자 미사와는 적이 유감스런 표정을 지었다.

"그러면 같이 바닷가로 가서 요양할 수도 없겠군."

미사와는 묘한 남자였다. 이쪽에서 보살펴주는 동안은 그쪽에서 늘

뿌리치고, 이쪽이 물러나려 하면 갑자기 사람의 소맷자락을 붙잡고 놓지 않는 식으로, 기분의 기복이 눈에 띄게 심했다. 그와 나의 교제는 여태까지 언제나 이런 양상을 되풀이하며 오늘에 이른 것이다.

"바닷가로 같이 갈 마음이 있었나?" 하고 나는 다짐을 두며 말했다.

"없진 않았네" 하고 그는 먼 해안을 눈앞에 그려보는 듯 대답했다. 이때 그의 눈엔 사실 '그 여자'도, '그 여자'의 간호사도 없고 다만 나라는 벗이 있을 뿐이라는 것 같았다.

나는 그날 미사와와 기분좋게 헤어져 여관으로 돌아왔다. 그러나 돌아오는 길에 바로 기분좋게 헤어지기 전의 불쾌함도 생각했다. 나는 그에게 퇴원을 권했다. 그는 내게 언제까지 오사카에 있을 거냐고 물었다. 겉으로 드러나게 주고받은 말은 단지 이것에 불과했다. 그러나 미사와도 나도 여기에 묘하게 씁쓸한 의미를 맛보았다.

나의 '그 여자'에 대한 흥미는 사그라졌지만 나는 아무래도 미사와와 '그 여자'를 가깝게 만들고 싶지 않았다. 미사와 또한 그 아름다운 간호사를 어떻게 할 심사도 없으면서 나만이 점점 그녀에게 접근해가는 걸 보고 태연히 있을 수는 없었다. 여기에 우리가 깨닫지 못한 암투가 있었다. 여기에 인간이 타고난 이기심과 질투가 있었다. 여기에 조화로도 충돌로도 발전할 수 없는 중심을 잃은 흥미가 있었다. 요컨대 여기에는 성(性)의 다툼이 있었던 것이다. 그리고 양쪽 모두 이를 솔직히 말할 수 없었다.

나는 걸으면서 나의 비겁함을 부끄러워했다. 동시에 미사와의 비겁함을 미워했다. 하지만 어리석은 인간인 이상, 앞으로 몇 년이고 교제를 지속해간들 이 비겁함을 없애기란 도저히 불가능하다는 자각이 있었다. 이때 나는 몹시 불안해졌다. 그리고 슬퍼졌다.

다음날 나는 병원에 가서 미사와의 얼굴을 보자마자, "더 이상 퇴원은 권하지 않겠네" 하고 미리 말했다. 나는 엎드려 그의 앞에 내 죄를 사죄하는 심정으로 이렇게 말한 것이다. 그러자 미사와는 "아냐, 나도 마냥 우물쭈물하고만 있을 수 없네. 자네의 충고를 따라 드디어 나가기로 했네" 하고 대답했다. 그는 오늘 아침 원장으로부터 퇴원 허가를 얻었다고 말하고 "너무 움직이면 나쁘다고 하니 침대차로 도쿄까지 직행하기로 했네" 하고 알렸다. 나는 너무 갑작스런 일이라 놀랐다.

28

"어째서 또 갑자기 퇴원할 마음이 생긴 건가?"

나는 이렇게 물어보지 않을 수 없었다. 미사와는 이 물음에 대답하기 전에 물끄러미 내 얼굴을 바라보았다. 나는 자신의 얼굴을 통해 내 마음이 읽혀지는 듯한 느낌이 들었다.

"별반 이렇다 할 이유도 없지만 이제 나가는 게 좋을 거라 생각돼서……"

미사와는 이렇게 말할 뿐이었다. 나도 잠자코 있는 수밖에 도리가 없었다. 우리 두 사람은 여느 때보다 침울하게 서로 마주하고 있었다. 간호사는 이미 돌아간 뒤라, 병실 안은 더욱 쓸쓸했다. 줄곧 이불 위에 책상다리를 하고 있던 그는 갑자기 쓰러지듯 벌렁 드러누웠다. 그리고 눈을 치켜 뜨며 창밖을 보았다. 밖은 여느 때처럼 새파란 하늘에 이글거리는 태양열로 가득 넘쳤다.

"이보게, 자네" 하고 그는 마침내 말했다. "자네가 자주 얘기하던 그 사내 말일세. 그 사낸 돈을 좀 가졌는가?"

나는 애초에 오카다의 경제 사정을 알 리 만무했다. 그 절약가인 오카네를 생각하면 돈 이야기를 입에서 꺼내기조차 싫었다. 하지만 일단 미사와가 퇴원하게 되면 그 정도의 수고는 감수하리라고 어제 이미 각오한 참이었다.

"절약가니까 조금은 있겠지."

"조금이라도 좋으니 빌려다 주게."

나는 그가 퇴원할 때 지불할 입원비가 없나 보다고 생각했다. 그래서 얼마나 부족한가를 확인했다. 그런데 실제는 뜻밖이었다.

"이곳의 지불과 도쿄로 돌아갈 여비 정도는 그럭저럭 되네. 그뿐이라면 굳이 자넬 귀찮게 할 필요는 없지."

그는 대단한 부잣집에 태어난 행운아는 아니었지만, 외아들인 만큼 이러한 점에서는 나보다 훨씬 자유로운 편이었다. 게다가 어머니와 친척들로부터 교토에서 물건을 사달라는 부탁을 받은 처지인 데다, 새 길동무가 생기는 바람에 그만 오사카까지 지나쳐와, 아직 손대지 않은 돈이 남아 있었다.

"그럼 단지 혹시나 해서 가져가는 거로군."

"아니" 하고 그는 서둘러 말했다.

"그럼 무얼 할 텐가?" 하고 나는 다그쳤다.

"무얼 하든 내 마음대로일세. 그저 빌려주기만 하면 되네."

나는 다시 화가 났다. 그는 나를 마치 남처럼 대하고 있다. 나는 부루퉁해서 잠자코 있었다.

"화내지 말게" 하고 그가 말했다. "숨기는 게 아닐세, 자네와 상관없는 일을 일부러 떠드는 양 보일까 봐 그냥 덮어두려고 했을 뿐이니까."

나는 여전히 잠자코 있었다. 그는 누운 채 내 얼굴을 쳐다보았다.

"그럼 얘기하지" 하고 그가 말을 꺼냈다.

"난 아직 저 여자의 병문안을 가지 못했네. 저쪽에서도 그런 걸 고대할 리 없을 테고, 나도 반드시 병문안 가주어야 할 정도의 의리는 없네. 하지만 아무래도 나는 뭔가 저 여자의 병을 위험하게 한 장본인이라는 자각을 떨칠 수 없네. 그래서 어느 쪽이 먼저 퇴원하게 되더라도 그전에 한번 만나봐야겠다고 늘 생각했었네. 병문안이 아니라 사과하기 위해서네. 미안하게 됐노라고 한마디 사과하면 그걸로 충분하네. 그래도 그저 사과만 할 수도 없으니까 자네한테 부탁해본 걸세. 허나 자네 사정이 나쁘다면 굳이 그러지 않고도 어떻게든 되겠지. 집으로 전보라도 치면."

29

나는 내친김에 일단 오카다에게 알아볼 필요가 있었다. 집으로 전보를 치려는 미사와를 잠시 기다리게 한 뒤, 불쑥 병원 문을 나섰다. 오카다가 근무하는 회사는 미사와의 병실과는 반대 방향에 있어, 그의 창문으로 내다볼 수는 없지만 거리로 치면 얼마 되지 않았다. 그래도 날씨가 더워 걸어가는 동안 땀이 등을 적실 만큼 흘렀다.

그는 내 얼굴을 보자마자 자못 오랜만에 만난 사람처럼 "야아, 오랜만입니다" 하고 외치듯 말했다. 그리곤 지금까지 자주 전화로 반복한 인사를 다시 새삼스럽게 코앞에서 늘어놓았다.

나와 오카다는 지금은 다소 격식 차린 말투를 쓰기도 하지만, 예전엔 전혀 허물없는 사이였다. 그땐 돈도 얼마만큼은 그를 위해 융통해준 적도 있다. 나는 용기를 북돋우기 위해 일부러 당시의 기억을 환기시키고자 했다. 영문을 모르는 그는 일어서며 힘찬 소리로 "어떻습니까? 지로 씨, 내 예언이" 하고 말했다. "그럭저럭 일주일 내로 당신이 놀랄 일이 생길 것 같은데요."

우선 나는 과감히 중요한 용건을 얘기했다. 그는 의외라는 표정으로 듣다가, 다 듣고 난 뒤엔 바로 "좋습니다, 그 정도라면 얼마든지 해드리겠습니다" 하고 수월히 떠맡아주었다.

그는 물론 주머니 속에 필요한 돈을 지니고 있지는 않았다. "내일이라도 괜찮습니까?" 하고 물었다. 나는 또 한 번 과감하게 "가능하면 오늘 중으로 해주게" 하고 요구했다. 그는 잠깐 당황한 것 같았다.

"그럼 어쩔 수 없군요, 번거로우시겠지만 편지를 써드릴 테니 집으로 가져가서 오카네에게 전해주시겠습니까?"

나는 이 일로 인해 오카네와 직접적인 교섭은 가능한 한 피하고 싶었지만, 이 경우엔 어찌할 도리 없었기 때문에 오카다의 편지를 품에 넣고 덴가차야로 갔다. 오카네는 내 목소리를 듣자마자 현관까지 달려나와 "이렇게 더운데 오시다니" 하고 놀라워했다. 그리곤 "어서 들어가세요"를 두세 번 되풀이했으나, 나는 선 채로 "좀 급해서"라고 말한 뒤 오카다의 편지를 건넸다. 오카네는 입구에 양 무릎을 대고 앉은 자리에서 봉투를 뜯었다.

"일부러 와주셔서 송구스럽습니다. 그럼 바로 같이 가시지요" 하고 곧 안채로 들어갔다. 안채에서는 장롱의 고리 흔들리는 소리가 났다.

나는 오카네와 전차 종점까지 함께 타고 와서 거기서 헤어졌다. "그럼 나중에" 하면서 오카네는 양산을 펼쳤다. 나는 다시 인력거를 타고 급히 병원으로 돌아왔다. 세수도 하고 몸을 닦고 나서 잠시 미사와와 얘기하는 동안에 나는 기다리던 오카네의 연락을 받고 병원 현관까지 나갔다. 오카네는 띠 사이에서 은행 통장을 뽑더니 거기에 끼워둔 지폐를 내 손 위에 얹었다.

"그럼 한번 확인해보세요."

나는 형식적으로 돈을 계산한 다음, "맞군요. ─갑작스레 수고를 끼쳤습니다. 날씨도 더운데" 하고 인사를 했다. 사실 서두른 듯 오카네의 이마 양쪽에는 작은 땀방울로 촉촉이 젖어 있었다.

"어떻습니까, 잠깐 올라가서 더위를 식힌 뒤 가시는 게."

"아녜요, 오늘은 바빠서 이만 실례하겠습니다. 환자께 안부 전해주세요. ─ 그래도 참 다행이군요, 일찍 퇴원하시게 돼서. 남편도 한때는 매우 염려하여, 자주 전화로 용태를 여쭈었다는 말을 하더군요."

오카네는 이렇듯 붙임성 있게 말하고는 예의 크림색 양산을 펴들고 돌아갔다.

30

나는 적이 마음이 급해졌다. 지폐를 쥔 채 계단을 뛰어올라 삼층까지 왔다. 미사와도 평소보다 덜 침착했다. 방금 불붙인 궐련을 다짜고짜 재떨이에 내던지고 고맙다는 말도 없이 내 손의 돈을 받았다. 나는 건넨 돈의 액수를 들어 "그만하면 됐는가?" 하고 물었다. 그래도 그는 그저 음, 할 뿐이었다.

그는 물끄러미 '그 여자'의 병실 쪽을 응시했다. 시간상 복도 끝에는 병문안 온 이의 신발이 한 켤레도 나와 있지 않았다. 평소에도 너무 조용한 병실 안은 더욱 적막했다. 예의 아름다운 간호사는 변함없이 모퉁이 기둥에 기대어 산파학(産婆學) 책인가를 읽고 있었다.

"그 여잔 자고 있을까?"

그는 '그 여자'의 병실에 들어갈 기회를 엿보면서도 오히려 그 잠을 방해할까 봐 머뭇거리는 것 같았다.

"자고 있을지도 모르지" 하고 나도 생각했다.

잠시 후 미사와는 작은 소리로 "저 간호사에게 상황을 물어볼까?" 하고 말을 꺼냈다. 그는 아직 이 간호사와 얘기를 나눈 적이 없다 하기에 내가 그 역을 떠맡아야 했다.

간호사는 깜짝 놀란 듯한, 또 이상하다는 듯한 표정으로 나를 보았다. 그러나 곧 나의 진지한 태도를 받아들이고 방 안으로 들어갔다. 그런데 2분도 채 지나지 않아 웃으며 다시 나왔다. 그리고 마침 지금이 기분좋을 때니까 뵐 수 있다는 환자의 승낙을 받아왔다. 미사와는 말없이 일어섰다.

그는 내 얼굴도 간호사의 얼굴도 보지 않고 말없이 일어서자마자, '그 여자'의 병실로 휙 모습을 감추었다. 나는 원래 자리에 앉아 멍하니 그 뒷모습을 지켜보았다. 그의 모습이 보이지 않아도 역시 허공의 같은 곳을 응시하고 있었다. 냉담한 건 간호사였다. 잠깐 멸시의 미소를 입술에 띤 채 나를 보았으나, 그뿐 처음대로 기둥에 등을 기대고 말없이 아까 읽고 있던 책을 다시 무릎 위에 펼쳐들었다.

병실 안은 미사와가 들어간 후에도, 그가 들어가기 전처럼 조용했다. 말소리는 물론 들리지 않았다. 간호사는 가끔 문득 눈을 들어 병실 안을 들여다보았다. 그러나 내겐 아무런 신호도 주지 않고 곧 시선을 책갈피 위로 떨어뜨렸다.

나는 해거름에 이삼층 방에서 시원한 벌레 소리를 들은 적이 있어도 한낮에 시끄럽게 우는 매미 소리는 들어보지 못했다. 달랑 혼자 앉아 있는 병실은 그때 환한 태양빛을 받으며 한밤중보나 한결 고요했다. 나는 이 죽음 같은 정적 때문에 오히려 신경이 곤두서서 '그 여자' 병실에서 미사와가 나오기를 기다리기가 힘들었다.

이윽고 미사와는 느릿느릿 나왔다. 방문턱을 넘을 때 미소지으며 간호사에게 "실례했어요. 공부에 열심이군" 하는 인사만이 내 귀에 들려왔다.

그는 실내화 소리를 일부러 크게 내며 자기 방으로 들어오기 바쁘게 "겨우 끝났네" 했다. 나는 "어땠나?" 하고 물었다.

"겨우 끝났네. 이젠 나가도 되네."

미사와는 같은 말을 되풀이할 뿐, 그외엔 아무 말도 하지 않았다. 나도 더 이상 물을 수 없었다. 어쨌든 퇴원 수속을 서두르는 게 편할 것 같아 여기저기 흩어져 있는 물건을 정리하기 시작했다. 미사와 역시 가만히 있지는 않았다.

31

두 사람은 인력거를 불러 병원을 나왔다. 앞쪽으로 채를 올린 미사와의 인력거꾼이 너무 기세 좋게 달리는 통에, 나는 큰소리로 이를 저지하려 했다. 미사와는 뒤를 돌아보며 손을 흔들었다. "괜찮아, 괜찮아" 하는 듯이 들려 나도 그냥 내버려두고 주의는 주지 않았다. 여관에 도착했을 때, 그는 강변의 난간에 양손을 짚고 밑으로 흐르는 넓은 강물을 물끄러미 바라보았다.

"왜 그러나. 기분이 안 좋기라도 한가?" 하고 나는 뒤늦게 물었다. 그는 돌아보지도 않았다. 그러나 "아니" 하고 대답했다. "여기 와서 이 강을 보기까지 이 방은 까맣게 잊었었네."

그렇게 말하고 그는 여전히 강물을 지켜보았다. 나는 그를 내버려두고 마(麻) 방석 위에 책상다리를 하고 앉았다. 그래도 기다리기 지루해 소맷부리에서 시키시마(敷島) 담배를 꺼내 피우기 시작했다. 그 담배가 3분의 1 가량 연기로 변했을 즈음, 미사와는 마침내 난간을 떠나 내 앞에 와 앉았다.

"병원에서 지낸 지가 바로 어제 오늘 같은데 생각해보니 벌써 꽤 됐군" 하더니 손가락을 꼽아가며 날짜를 계산했다.

"삼층 풍경이 당분간 잊혀지지 않겠지" 하고 나는 그의 얼굴을 보았다.

"뜻밖의 경험을 했네. 이것도 무슨 인연일 테지" 하고 미사와도 내 얼굴을 보았다.

그는 손뼉을 쳐서 하녀를 불러 오늘밤 급행 열차 침대표를 주문했다. 그리고 식사를 끝낸 뒤 시계를 꺼내 시간 여유가 얼마나 있는지를 보았다. 갑갑한 게 싫은 두 사람은 그만 벌렁 드러누웠다.

"그 여잔 나을 것 같은가?"

"글쎄. 어쩌면 나을지도……"

하녀가 주문한 빙과를 그릇에 담아 계단을 올라왔기 때문에 '그 여자' 이야기는 이렇게 끊기고 말았다. 나는 드러누운 채로 빙과를 먹었다. 그 동안 그는 그저 내 입 언저리를 볼 뿐, 아무 말도 하지 않았다. 마침내 자못 환자다운 투로 "나도 먹고 싶군" 하고 한마디 했다. 아까부터 풀죽은 모습을 지켜보던 나는 "상관없어, 먹어도 돼. 어서 먹게" 하고 권했다. 미사와는 다행히 내가 아이스크림을 못 먹게 했던 그날을 잊고 있었다. 그는 쓴웃음을 지을 뿐, 고개를 돌렸다.

"아무리 좋아해도 나쁜 줄 알면서 무리하게 먹었다가 그 여자처럼 되면 큰일이니까."

그는 아까부터 '그 여자'를 생각하는 듯했다. 그는 여전히 '그 여자'를 생각하고 있다고 여길 수밖에 없었다.

"그 여잔 자넬 기억하던가?"

"기억하고말고. 나 때문에 억지로 술을 먹은 게 바로 요전 일이 아닌가?"

"원망했겠지."

지금까지 고개를 딴 데로 돌려 말을 하던 미사와는 이때 갑자기 얼굴을 마주하고 똑바로 정면에서 나를 보았다. 그 변화를 알아챈 나는 바로 진지한 표정을 지었다. 하지만 그가 그 여자의 병실에 들어갔을 때, 둘 사이에 어떤 대화가 오갔는지에 대해 그는 결국 아무 말도 하지 않았다.

"그 여잔 어쩌면 죽을지도 모르네. 죽으면 이제 만날 기회가 없어. 만약 낫는다 해도 역시 만날 기회는 없을 테지. 묘한 일이야. 회자정리(會者定離)라 말하면 과장이겠지만. 하긴 내 입장에선 사실 회자정리의 감이 있기도 하니까. 그 여잔 오늘밤 내가 도쿄로 돌아가는 걸 알고 웃으면서 안녕히 가세요, 하더군. 나는 그 쓸쓸한 웃음을 오늘밤 어쩐지 기차 안에서 꿈에 볼 것 같으이."

32

미사와는 단지 이렇게만 말했다. 그리고 꿈에 보기 전부터 이미 '그 여자'의 쓸쓸한 미소 띤 얼굴을 눈앞에 떠올리는 것 같았다. 미사와에게 감상적인 구석이 있는 건 나도 잘 알고 있었으나, 겨우 그 정도의 관계로 이처럼 그 여자에게 흔들리는 건 의아했다. 나는 미사와와 '그 여자'가 헤어질 때 어떤 이야기를 나누었는지 자세히 물어볼 양으로 조금 떠보았지만, 아무런 효과도 없었다. 그러나 그의 태도가 아까운 걸 절반 남에게 나눠주면 절반이 없어지니까 싫다는 듯 보여, 나는 더욱더 묘한 기분이 들었다.

"슬슬 나가볼까. 밤의 급행 열차는 붐비니까" 하고 결국 내 쪽에서 미사와를 재촉하게 되었다.

"아직 이르네" 하고 미사와는 시계를 보여주었다. 사실 기차가 출발하기까지는 아직 두 시간 가량 남아 있었다. 더 이상 '그 여자'에 관해 묻지 않으리라 결심한 나는 되도록 병원 이름을 입에 담지 않고 빈둥거리며 그와 그저 그런 일상적인 얘기를 나누었다. 그럴 때 그는 평범한 응답을 했다. 하지만 어딘가 내키지 않는 듯한 구석이 있고, 왠지 불쾌해 보였다. 그래도 자리는 뜨지 않았다. 그리곤 결국 말없이, 흐르는 강물만 바라보았다.

"아직도 생각하는군" 하고 나는 일부러 큰소리로 외쳤다. 미사와는 깜짝 놀라 나를 보았다. 그는 이런 경우 으레 자넨 천박해, 하는 눈길로 모욕적인 일별을 내게 던지기 일쑤였으나, 이때만은 그런 낌새를 전혀 비치지 않았다.

"음, 생각하고 있네" 하고 가볍게 말했다. "자네한테 털어놓을까, 털어놓지 말까 하고 고민하던 참이네" 했다.

나는 그때 그에게서 묘한 이야기를 들었다. 그리고 그 이야기가 실제 '그 여자'와 아무런 관계도 없었기 때문에 한결 의외라는 느낌이 강했다.

지금부터 5, 6년 전 그의 부친이 어느 지인(知人)의 딸을 다른 어느 지인의 집안으로 시집 보낸 적이 있었다. 불행하게도 그 따님은 어떤 뒤엉킨 사정으로 인해, 1년이 채 될까 말까 할 즈음, 남편의 집을 나오게 되었다. 하지만 여기에 또한 복잡한 사정이 있어, 바로 친정으로 들어갈 수도 없는 처지였다. 그래서 미사와의 부친이 중매인이라는 도리에서 잠시 이 따님을 돌보기로 했다. ─미사와는 한 번 시집갔다 돌아온 여자를 아가씨, 아가씨 하고 불렀다.

"그 따님은 너무 근심을 한 탓인지 정신이 약간 이상했었네. 그게 집으로 오기 전인지 아니면 오고 나서인진 알 수 없지만, 아무튼 집 식구들이 눈치를 챈 건 오고 나서 좀 지나서였지. 원래 정신이 이상했던 게 틀림없을 테지만 언뜻 봐선 전혀 몰라. 그저 말없이 침울해 있을 뿐이니까. 그런데 그 따님이……"

미사와는 이쯤에서 약간 주저했다.

"이상한 얘기 같지만 그 따님은 내가 외출하면 어김없이 현관까지 배웅하러 나왔네. 아무리 몰래 나오려 해도 꼭 배웅을 나왔지. 그리곤 반드시 '일찍 들어오세요' 하고 말하는 걸세. 내가 '예, 일찍 돌아올 테니까 얌전히 기다리고 계세요' 하고 대답을 하면 고개를 끄덕였지. 만약 아무 말도 하지 않으면 '일찍 들어오세요, 네?' 하고 몇 번이고 되풀이했어. 나는 집 식구들에게 거북해서 어쩔 줄 몰랐네. 하지만 또한 이 따님이 애처로워 견딜 수 없었지. 그래서 외출하더라도 되도록 일찍 돌아오기로 마음먹었지. 돌아오면 그 사람 곁에 가서 선 채로, '나 왔어' 하고 꼭 한 마디 해주었네."

미사와는 그쯤에서 또 시계를 보았다.

"아직 시간이 남았군" 하고 말했다.

33

그때 나는 여기서 그 따님 이야기가 중단되어선 안 된다고 생각했다. 다행히 시간이 아직 꽤 있었으므로 내가 뭐라 말하기도 전에 그는 다시 이야기를 계속했다.

"식구들이 그 따님의 정신이 이상한 걸 분명히 알고 난 뒤부턴 그래도 괜찮았지만, 모르는 동안은 방금 말한 대로 나도 그 따님의 노골적인 태도에 적이 낭패를 당했다네. 부모님은 낯을 찌푸리셨지. 하녀들은 부엌에서 킥킥대며 웃고. 나는 하는 수 없이 그 따님이 나를 배웅하러 현관까지 왔을 때 호되게 야단쳐주려고 두세 번 뒤를 돌아보았지만, 얼굴을 마주치자마자 화는커녕 딱해서 매정한 말 따윈 도저히 입 밖에 내지 못하고 말았네. 그 따님은 창백한 빛이 도는 미인이었지. 그리고 검은 눈썹에다 검고 큰 눈동자를 가졌어. 그 검은 눈동자는 늘 저 멀리 꿈을 바라보듯 황홀하게 촉촉이 젖어 뭔가 애처로움을 띠고 있었지. 내가 화내려고 뒤돌아보면 그 따님은 현관에 무릎을 꿇자마자 마치 자신의 고독을 호소하듯 그 검은 눈동자로 나를 보았네. 나는 그때마다 따님이, '이렇게 살아본들 외톨이로 쓸쓸해 견딜 수 없으니 부디 도와줘요' 하며 소매를 잡고 매달리는 듯 느꼈네.—그 눈, 그 크고 검은 눈동자가 내게 그렇게 호소했네."

"자네한테 반한 건가?" 하고 나는 미사와에게 물어보고 싶었다.

"그게 말일세, 환자니까 연애인지 병인지 아무도 알 턱이 없네" 하고 미사와는 대답했다.

"색정광(色情狂)이란 그런 게 아닐까?" 하고 나는 다시 미사와에게 물었다.

미사와는 언짢은 표정을 지었다.

"색정광이란 아무한테나 꼬리 치는 게 아닌가? 그 따님은 오직 나만 현관까지 배웅해주며 일찍 들어오세요, 할 뿐이니까 다르네."

"그런가."

이때의 내 대답은 정말이지 너무 싱거웠다.

"나는 병이든 뭐든 개의치 않으니 그 따님의 사랑을 받고 싶었지. 적어도 나로선 그렇게 해석하고 싶네" 하고 미사와는 나를 응시하며 말했다. 그의 얼굴 근육은 오히려 긴장되어 있었다. "그런데 아무래도 사실은 그렇지 않은 모양이야. 그 따님과 헤어진 전 남편이라는 자가 방탕

꾼인지 사교가인지 알 수 없지만, 신혼 초에 자주 집을 비우고 밤늦게 돌아오곤 해서 그 따님의 속을 어지간히 썩였나 보더군. 하지만 그 따님은 남편에게 자신의 고통을 한마디 말도 않고 꾹 참고 있었지. 그때의 일로 머리에 탈이 나서 이혼 후에도 남편에게 말하고 싶었던 걸 병 때문에 내게 말한 거라더군.—그래도 난 그렇게 믿고 싶지 않아. 억지로라도 그렇지 않다고 믿고 싶네."

"그렇게까지 자넨 그 따님이 마음에 들었었나?" 하고 나는 다시 미사와에게 물었다.

"마음에 들게 된 걸세. 병이 심해지면 심해질수록."

"그리고—그 따님은?"

"죽었네. 병원에서."

나는 입을 다물었다.

"자네가 퇴원을 권유한 날 밤, 나는 그 따님의 세번째 기일을 계산해보고 단지 그 이유만으로도 돌아가고 싶어졌지" 하고 미사와는 퇴원의 동기를 설명했다. 나는 여전히 말이 없었다.

"아참, 중요한 걸 잊었군" 하고 그때 미사와가 외쳤다. 나는 얼떨결에 "뭔가?" 하고 되물었다.

"실은 그 여자 얼굴이 그 따님과 매우 닮았다네."

미사와의 입가에는 이제 알았나 하는 미소가 번졌다. 그런 다음 둘은 곧바로 우메다(梅田) 역으로 인력거를 재촉했다. 역 안은 급행 열차를 기다리는 승객들로 이미 가득 차 있었다. 두 사람은 맞은편으로 다리를 건너 상행 열차를 기다렸다. 열차는 채 10분도 못 되어 땅을 울리며 들어왔다.

"또 만나세."

나는 '그 여자'를 위해, 그리고 '그 따님'을 위해 미사와의 손을 굳게 잡았다. 그의 모습은 기적 소리와 함께 순식간에 어둠 속으로 사라졌다.

형

1

　나는 미사와를 배웅한 다음날 다시 어머니와 형님 부부를 마중하기 위해 같은 역으로 나가야만 했다.
　나로서는 거의 상상조차 할 수 없었던 이 일을 처음부터 계획해서 마침내 성사시키기까지 힘쓴 건 예의 오카다였다. 그는 평소에도 자주 이런 재주를 부려 그 성과를 자랑하는 걸 즐겼다. 내게 일부러 전화를 걸어 조만간 꼭 나를 놀라게 해주겠다고 먼저 말 건넨 이가 그다. 그리고 얼마 지나지 않아 오카네가 여관으로 찾아와 그 까닭을 이야기했을 때, 사실 나도 깜짝 놀랐다.
　"무슨 일로 온답니까?" 하고 나는 물었다.
　내가 도쿄를 떠나기 전에 어머니가 가지고 있던 어느 변두리 땅이 새로 깔리게 되는 전찻길에 해당되어 그 앞쪽 몇 평인가가 팔린다고 들었을 때, 나는 어머니에게 "그럼 그 돈으로 올 여름 모두 데리고 여행하시죠"라고 권유했다가, "또 지로의 목소리가 커졌군" 하고 웃음거리가 된 적이 있다. 어머니는 전부터 만약 기회가 되면 교토와 오사카를 둘러보고 싶다고 말했는데, 어쩌면 그 돈이 손에 들어온 참에 오카다의 권유가 있어 이렇듯 거창한 계획이 된 건 아닐까? 그렇긴 하나 오카다는 어째서 그런 권유를 했을까?

"무슨 특별한 생각이 있는 건 아니겠지요. 다만 예전에 신세진 보답으로 안내라도 해드릴 생각일 테죠. 게다가 그 일도 있고 하니."

오카네의 '그 일'이란 예의 결혼 사건이다. 나는 아무리 오사다(お貞)가 어머니의 마음에 든다 한들, 그 일로 일부러 멀리 오사카까지 오실 리 없다고 생각했다.

나는 그때 이미 주머니가 비어가고 있었다. 더구나 나중에 미사와를 위해 오카다에게 약간의 돈을 빌렸다. 다른 의미는 제쳐두고서라도 어머니와 형님 부부가 오는 건 이 잔고 보충의 방편으로서 내겐 호기였다. 오카다도 그걸 알고 흔쾌히 내가 필요한 만큼 바로 편의를 봐준 게 틀림없다고 생각했다.

나는 오카다 부부와 함께 역으로 나갔다. 세 사람이 기차를 기다리는 동안 오카다는 "어떻습니까, 지로 씨. 깜짝 놀라셨지요?"라고 말했다. 나는 이런 유의 비슷한 말은 그에게 몇 번이고 들은 터라 아무런 대답도 하지 않았다. 오카네는 오카다를 향해 "당신은 요즘 혼자서 신났군요. 지로 씬 지겨울 정도로 듣고 계신걸요, 그 말을" 하면서 나를 보고 "그렇죠?"라며 사과하듯 덧붙였다. 나는 오카네의 애교 속에 어딘가 창녀다운 아양을 발견하고 갑자기 대답할 기회를 놓치고 말았다. 오카네는 모르는 척 오카다에게 말을 걸었다.

"사모님도 못 뵌 지 한참 됐으니 많이 변하셨겠죠?"

"일전에 뵈었을 땐 역시 예전의 아주머님이셨어."

오카다는 내 어머니를 아주머님이라 부르고 오카네는 사모님이라 하는 것이 내겐 묘하게 들렸다.

"늘 곁에 있으면 변하는지 안 변하는지 몰라요"라고 내가 대답하며

웃는데, 기차가 도착했다. 오카다는 세 사람을 위해 특별히 여관을 잡아
두었다면서 곧바로 인력거를 남쪽으로 달리게 했다. 덩달아 탄 인력거
안에서 나는 그가 사람을 쉽게 놀라게 하는 데에 놀랐다. 그러고 보면
그가 돌연 상경해서 오카네를 낚아채듯 데리고 간 것도 나를 놀라게 한
눈부신 공적 가운데 하나가 분명했다.

2

　어머니가 묵을 여관은 그리 크진 않았지만 내가 머무르고 있는 곳
보다는 훨씬 품위 있는 꾸밈새였다. 방에는 선풍기며 앉은뱅이 책상, 그
리고 특별히 이 앉은뱅이 책상 옆에 비치된 전등 따위가 있었다. 형은
바로 가까이 놓인 전보 용지에 오사카 도착의 내용을 써서 하녀에게 건
네주었다. 오카다는 어느새 준비해온 서너 장의 그림 엽서를 소맷부리
에서 꺼내, 이건 아저씨, 이건 오시게 씨, 이건 오사다 씨라고 일일이
이름을 적어 "자아, 한마디씩 모두 쓰세요" 하며 각자에게 나눠주었다.
　나는 오사다의 그림 엽서에 "축하해요"라고 썼다. 그러자 어머니가
그 밑에 "몸조리 잘해요"라고 쓰기에 깜짝 놀랐다.
　"오사다 씨는 아픈가요?"
　"실은 그 일도 있고 해서 마침 좋은 기회니까 이번에 데려오려고
준비까지 시켰는데, 하필 배탈이 났지 뭐냐. 정말 아쉽구나."
　"하지만 심한 건 아녜요. 이제 죽도 조금씩 먹을 수 있게 됐으니"
하고 형수가 옆에서 설명했다. 형수는 아버지께 보낼 그림 엽서를 쥔 채
뭔가 생각하고 있었다. "아저씨는 풍류인이니까 시가 좋겠죠" 하고 오
카다가 권하자, "시를 지을 줄 알아야 말이죠" 하고 거절했다. 오카다는

또 오시게에게 "당신의 입이 건 소리를 들을 수 없는 게 유감이오"라고 작게 조심스레 썼다가, 형이 "장기 말이라 한 게 아직도 안 풀렸군" 해서 웃음거리가 되었다.

그림 엽서 쓰기를 끝내고 잠시 이런저런 이야기를 한 뒤, 오카다와 오카네는 다시 오겠다고 하며 어머니와 형이 말리는 것도 듣지 않고 돌아갔다.

"오카네는 정말 부인 티가 나는구나."

"우리집에 바느질감을 들고 왔을 때를 생각하면 영 몰라보겠는걸."

어머니가 형과 오카네를 서로 평한 말 뒤에는 자신이 그만큼 나이 들었다는 아련한 애수를 담고 있었다.

"오사다 씨도 이제 곧이에요, 어머니" 하고 나는 곁에서 거들었다.

"정말이야" 하고 어머니는 대답했다. 어머니는 마음속으로 아직 마땅한 혼처가 없는 오시게를 생각하는 것 같았다. 형은 나를 돌아보며 "미사와가 병이 나, 아무 데도 가지 못했다지?" 하고 물었다. 나는 "예, 엉뚱한 일이 걸리는 바람에 아무 데도 가지 못하고 말았습니다" 하고 대답했다. 나와 형은 늘 이 정도의 거리가 있는 말로 응대하는 게 예사였다. 이는 나이 차가 조금 나는 것과 아버지가 고지식한 옛날 분이라 장남에게 최고의 권력을 떠맡기는 식으로 키운 결과이다. 어머니도 드물게 나를 지로 씨라고 높여 불러줄 때도 있지만, 이는 그저 형인 '이치로(一郎)'의 우수리에 불과한 거라고 나는 믿었다.

모두들 이야기에 정신이 팔려 유카타로 갈아입는 것도 잊고 있었다. 형은 일어나 빳빳하게 풀 먹인 걸로 어깨에 걸치며 "어떠냐" 하고 나를 재촉했다. 형수는 유카타를 내게 건네며 "헌데 당신 방은 어디에 있어요?" 하고 물었다. 난간으로 나가 코앞에 있는 높은 담장을 짜증스럽게 바라보던 어머니는 "좋은 방인데 좀 음침하구나. 지로, 네 방도 이러니?" 하고 물었다. 나는 어머니 옆으로 다가가 밑을 내려다보았다. 밑은 널판 같은 갸름한 마당에 가느다란 대나무가 드문드문 돋았고, 녹슨 쇠등롱을 돌 위에 얹어놓았다. 그 돌이며 대나무가 모두 물을 뿌려 촉촉이 젖어 있었다.

"좁지만 아담하군요. 그 대신 제 방처럼 강이 없는데요, 어머니."

"어머, 어디에 강이 있니?"라는 어머니의 말에 이어 형도 형수도 그 강이 보이는 객실과 맞바꾸자는 말들을 꺼냈다. 나는 내 여관이 있는 방향과 길을 설명해주었다. 그리고 우선 돌아가 짐을 정리한 다음, 다시 오겠다는 약속을 하고 여관을 나왔다.

3

나는 그날 저녁 무렵, 여관비를 지불하고 어머니, 형과 합류했다. 세 사람은 저녁 식사가 다소 늦은 듯, 밥상을 둔 채로 이쑤시개를 쓰고 있었다. 나는 그들에게 산책하러 가자고 제안했다. 어머니는 피곤하다며 응하지 않았다. 형은 귀찮아했다. 형수만은 가고 싶은 기색이었다.

"오늘밤은 관두렴" 하고 어머니가 말렸다.

형은 드러누워 얘기를 했다. 제법 오사카를 안다는 듯한 말투였다. 하지만 잘 들어보면 아는 건 덴노지(天王寺)라든가 나카노지마(中の島), 센니치마에(千日前) 같은 이름뿐이고, 지리상의 지식은 마치 꿈처럼 산만하기 짝이 없었다.

하긴 "오사카 성(大阪城) 돌담의 돌은 정말 컸다"거나 "덴노지의 탑 위에 올라가 아래를 보니 눈이 아찔했다"와 같은 단편적 광경은 실제로 기억하고 있는 모양이었다. 그 중에서 가장 재미있게 내 귀에 들린 건 그가 예전에 묵었다는 여관의 밤풍경이었다.

"좁은 길 모퉁이였는데, 난간으로 나가니 버드나무가 보였지. 집들이 빽빽이 늘어선 데 비해 한적해서 창문으로 내다보이는 긴 다리도 그림처럼 정취가 있었어. 그 위를 지나는 차 소리도 유쾌하게 들리더군. 그렇긴 해도 여관 자체는 불친절하고 지저분해서 불편했지만……"

"도대체 오사카의 어디였죠?" 하고 형수가 물어도 형은 전혀 알지 못했다. 방향조차 모르겠다고 대답했다. 이것이 형의 특징이었다. 그는 사건의 단면을 놀라울 정도로 선명하게 기억하는 반면, 장소 이름이나 날짜를 까맣게 잊어버리는 버릇이 있었다. 그래도 그는 태연했다.

"어딘지 모르고선 시시해요" 하고 형수가 다시 말했다. 형과 형수는 이런 점에서 자주 서로 어긋났다. 형의 기분이 나쁘지 않을 때는 그런대로 넘어가지만, 사소한 일로 난처해지는 예도 드물지 않았다. 이런 내막에 정통한 어머니는 "어디라도 상관은 없지만 달리 또 뭐가 있을 것 같구나. 나머지를 얘기해보렴" 하고 말했다. 형은 "어머님이나 나오(直)에겐 시시할걸요"라고 뜸을 들이고 "지로, 그곳 이층에 머무르면서 재미있다고 생각한 건 말이지" 하며 내게 말을 걸었다. 나는 처음부터 형 이야기를 혼자서 듣게 되는 책임을 떠맡았다.

"무슨 일인데요."

"밤에 한잠을 자고 깨어보니, 환한 달이 떠 있고 그 달이 푸른 버드나무를 비추고 있더군. 그걸 누워서 보는데 밑에서 갑자기 얏, 하는 기합 소리가 들렸어. 사방이 의외로 죽은 듯 고요했으니까 그 기합 소리가 유독 크게 들렸던 게지. 나는 곧장 일어나 난간 옆으로 나가 밑을 내려다보았어. 그러자 건너편에 보이는 버드나무 밑에서 알몸의 사내가 셋이서 번갈아가며 큼직한 돌 들어올리기 시합을 하고 있더군. 얏, 은 양손에 힘을 넣어 들어올릴 때 내는 소리였지. 세 사람 모두 정신없이 열심히 하고 있었는데, 너무 열심히 하는 탓인지 아무도 말 한마디 않더군. 나는 훤한 달빛 아래 묵묵히 움직이는 알몸의 그림자를 보며 묘하고 신기한 느낌이 들었지. 그런데 그 중 한 사람이 길다란 멜대 같은 걸 빙글빙글 돌리기 시작하더군……"

"뭔가 수호전에나 나올 법한 분위기군요."

"그때부터가 이미 아득해지는 느낌이었어. 지금 생각해보면 마치 꿈만 같아."

형은 이런 일을 회상하기를 좋아했다. 그리고 그건 어머니에게도 형수에게도 통하지 않는, 오직 아버지와 나만이 이해할 수 있는 분위기였다.

"그때 오사카에서 재미있다고 생각한 건 단지 그것뿐이지만, 어쩐지 그런 기억은 전혀 오사카다운 느낌이 안 드는걸."

나는 미사와가 지낸 병원 삼층에서 내려다보이는 좁고 예쁜 길목을 떠올렸다. 그리고 형이 본 막대 무술가나 힘센 장사들은 그런 마을에 사는 젊은이들이 아닐까 상상했다.

오카다 부부는 약속대로 그날 밤 다시 찾아왔다.

4

오카다는 상당히 공들인 유람 목록 비슷한 걸 일부러 집에서 만들어와, 어머니와 형에게 보였다. 그게 또한 너무나 주도면밀한 것이어서 어머니도 형도 "이거 참" 하고 놀랐다.

"며칠이나 머무르실 겁니까, 거기에 따라 프로그램 작성도 달라지니까요. 여긴 도쿄와 달라서 약간만 시내를 벗어나면 얼마든지 구경할 만한 곳이 있습니다."

 오카다의 말에는 다소 불만이 담기긴 해도 동시에 자신감 넘치는 기색이 엿보였다.

 "마치 오사카를 자랑하는 것 같군요, 당신 말을 옆에서 듣고 있으니."

 오카네는 웃으며 이렇게 말하고 진지한 남편에게 주의를 주었다.

 "아니, 자랑이 아냐. 자랑은 아니지만⋯⋯"

 주의를 받은 오카다는 한층 진지해졌다. 그게 다소 우스꽝스럽게 보여 다들 웃음을 터뜨렸다.

 "오카다 씨는 5, 6년 사이에 완전히 이쪽 지방 사람이 되고 말았군요" 하고 어머니가 놀렸다.

 "그래도 용케 도쿄 말씨만은 잊지 않고 있잖습니까?" 하고 형이 그 뒤를 따라 다시 놀려댔다. 오카다는 형의 얼굴을 보고 "오랜만에 만나면 바로 이렇게 나오니까 못 당하겠군. 도쿄 사람들은 정말이지 입이 걸어" 하고 말했다.

 "더구나 오시게의 오라버니 아닙니까, 오카다 씨" 하고 이번엔 내가 끼어들었다.

 "오카네, 좀 도와줘" 하고 급기야 오카다가 말했다. 그리고 어머니 앞에 놓인 조금 전의 프로그램을 집어 소맷부리에 넣으며 "바보짓을 했군, 괜한 수고로 놀림만 당하다니" 하고 일부러 화난 척했다.

 농담이 한바탕 끝나자, 내가 예상한 대로 사노의 얘기가 어머니 입에서 나왔다. 어머니는 "이번 일로 두루 애쓰셨습니다"라며 전혀 다른 정중한 말투로 오카다에게 감사의 뜻을 전하고 오카다 역시 점잔을 빼고 격식 차린 어조로, 별로 도움이 되질 못했습니다라는 식의 인사를 나누는 게 내겐 양쪽 모두 과장되게 보였다. 그리고 나서 오카다는 마침 좋은 기회니까 꼭 당사자를 만나달라며 다시 만날 일을 의논했다. 형도 그 이야기에 끼지 않으면 의리가 서지 않는다고 생각해선지 담배를 피우며 두 사람을 상대했다. 나는 병으로 누워 있는 오사다에게 이런 모습을 보여주어, 고맙게 여길지 쓸데없는 간섭이라고 여길지 진심을 들어보고 싶은 기분이었다. 동시에 미사와가 헤어질 때, 새롭게 내 머리에 남기고 간 아름다운 정신병자인 '따님'의 불행한 결혼을 떠올렸다.

형수와 오카네는 별 친분이 없는 사이였지만 젊은 여자끼리라는 이유로 아까부터 둘이서만 이야기를 나누었다. 그러나 속내를 알지 못한 탓인지 서로 눈치만 볼 뿐, 도무지 어색하기만 했다. 형수는 과묵한 편이었다. 오카네는 애교가 있는 사람이었다. 오카네가 열 마디 하는 동안 형수는 겨우 한 마디 했다. 게다가 얘깃거리가 바닥나면 그때마다 어김없이 오카네 쪽에서 말문을 열었다. 마지막에 아이 얘기가 나왔다. 그러자 형수가 갑자기 우세해졌다. 그녀는 어린 외동딸의 일과를 자못 흥미롭게 들려주었다. 오카네는 형수의 지루한 이야기를 꽤나 감동한 듯 듣고 있었으나 실제로는 거의 무관심해 보였다. 딱 한 번 "기특하게도 혼자 집을 지키는군요"라고 한 말은 진심인 것 같았다. "오시게 씨를 잘 따르니까요" 하고 형수는 대답했다.

5

어머니와 형 부부의 체재는 의외로 짧았다. 우선 시내에서 2,3일, 교외에서 2,3일, 합해서 일주일 남짓 있다가 도쿄에 돌아갈 예정으로 온 모양이었다.

"그래도 조금만 더 계셔도 괜찮겠지요. 모처럼 여기까지 오셨으니까. 또 오신다지만 그건 쉬운 일이 아닙니다, 번거로워서."

이렇게 말은 해도 오카다에겐 어머니의 체재 동안 회사를 완전히 쉬고 매일 안내만 하며 돌아다닐 정도의 여유는 물론 없었다. 어머니도 도쿄의 집이 신경 쓰이는 모양이었다. 내가 보기엔 어머니와 형 부부라는 것부터가 애당초 묘한 편성이었다. 본래, 부모님이 함께 오신다든가 형과 형수만이 동행해서 피서하러 온다든가, 만약 오사다의 결혼 문제가 목적이라면 당사자의 병이 낫기를 기다렸다가 어머니나 아버지가 데리고 와서 빨리 일을 마무리지어버린다든가, 자연스런 방법은 두세 가지씩이나 있었다. 그런데 이렇듯 묘한 형태로 나타난 까닭이 뭔지 나는 처음부터 납득할 수 없었다. 어머니 역시 이 점을 가슴속에 접어두고 있는 것 같았다. 어머니뿐만 아니라 형님 부부도 이 점을 알아차린 듯한 구석이 있었다.

사노와의 대면은 틀에 박힌 듯 마쳤다. 어머니도 형도 오카다에게 고맙다는 인사를 했다. 오카다가 돌아간 뒤에도 두 사람 모두 사노의 평은 하지 않았다. 이미 일이 결정되어 평을 할 여지가 없다고 여기는 모양이었다. 결혼은 연말에 사노가 도쿄로 나오는 기회를 기다렸다가 식을 올리기로 합의가 되었다. 나는 형에게 "너무나 경사스런 일이 착착 진행되어가는데 당사자가 전혀 모른다니 재미있군요" 하고 말했다.

"당사자는 물론 알고 있어" 하고 형이 대답했다.

"아주 기뻐한단다" 하고 어머니가 장담했다.

나는 입을 다물었다. 조금 있다가 "하긴 이런 문제를 스스로 착착 진행시킬 용기가 일본 여성들에겐 없을 테니까" 하고 말했다. 형은 잠자코 있었다. 형수는 묘한 표정으로 나를 보았다.

"여자뿐만이 아냐. 남자라도 제멋대로 함부로 진행시키면 곤란하지" 하고 어머니는 내게 주의를 주었다. 그러자 형이 "차라리 그러는 게 나을지도 몰라요" 하고 말했다. 그 말투가 너무 쌀쌀했던 탓인지 어머니는 다소 언짢은 표정을 지었다. 형수 역시 묘한 표정이었다. 하지만 두 사람 모두 말이 없었다.

잠시 후 어머니가 마침내 입을 열었다.

"하지만 사다만이라도 정해지고 나니, 엄마는 굉장히 마음이 편하구나. 다음은 시계뿐이니까."

"이것도 아버님 덕분이지요" 하고 형이 대답했다. 그때 형의 입술에 엷게 빈정대는 그림자가 스친 것을 어머니는 알아채지 못했다.

"그럼 아버지 덕분이고말고. 오카다가 지금 저만큼 해내는 것도 그래" 하고 어머니는 꽤 흡족한 모습이었다.

안타깝게도 어머니는 아버지가 지금도 사회적으로 예전만한 세력을 가지고 있다고만 믿었다. 형은 형대로 이제 사회에서 은퇴한 거나 다를 바 없는 아버지에겐, 그 절반의 영향조차 힘들다는 사실을 간파하고 있었다.

형과 같은 견해인 나는 가족 전체가 한통속이 되어 사노를 속이고 있는 듯한 느낌이 자꾸만 들었다. 하지만 또 한편으로는 사노는 속임을 당할 만하다는 생각이 처음부터 머릿속 어딘가에 자리 잡고 있었다.

어쨌든 대면은 만족스럽게 끝났다. 형은 더위가 뇌에 좋지 않다는 말을 하며 어서 오사카를 떠나자고 주장했다. 물론 나는 찬성이었다.

6

사실 그 무렵의 오사카는 더웠다. 특히 우리가 묵은 여관은 더 더웠다. 마당이 좁고 담장이 높아 햇빛이 들 여지는 없었으나, 대신 바람이 통할 틈이 부족했다. 어느 때는 눅눅한 객실 사방에서 모닥불을 지피는 듯 괴로웠다. 나는 밤새 윙윙 소리나도록 선풍기를 켜놓았다가, 멍청하게 감기라도 걸리면 어떡할 거냐고 어머니한테 핀잔을 듣기도 했다.

오사카를 떠나자는 형의 의견에 찬성한 나는 아리마(有馬)라면 시원해서 형의 머리에 좋을 거라 생각했다. 나는 이 유명한 온천에 아직 가본 적이 없었다. 인력거꾼이 수레 채에 밧줄을 달고 그 밧줄 끝을 다시 개에게 묶어 비탈길을 오른다고 하는데, 더위로 인해 개가 걸핏하면 계곡의 물을 마시려 드니까 인력거꾼이 화가 나 대막대기로 정신없이 후려치면 개가 끼잉낑 헐떡이며 인력거를 끈다는 얘기를 오래전에 들은 대로 늘어놓았다.

"그런 인력거를 타고 싶진 않구나, 불쌍해서" 하고 어머니가 눈살을 찌푸렸다.

"어째서 물을 안 먹이나. 인력거가 늦어지기 때문인가?" 하고 형이 물었다.

"도중에 물을 먹으면 지쳐서 도움이 안 된다는군요" 하고 내가 대답했다.

"어머나, 왜요?" 하고 이번엔 형수가 신기하다는 듯 물었으나, 나도 대답해줄 수가 없었다.

아리마행은 개 탓은 아닐 테지만 결국 흐지부지해졌다. 그리고 뜻밖에 와카노우라(和歌の浦) 구경이 형의 입에서 나왔다. 이곳은 나도 전부터 가보고 싶었던 명소였다. 어머니도 어릴 적부터 많이 들어본 곳이라며 바로 동의했다. 형수만이 어디라도 상관없다는 식이었다.

형은 학자였다. 또한 견식가였다. 게다가 시인다운 순수한 기질을 타고난 멋진 남자였다. 그러나 장남인 만큼 어딘가 제멋대로인 구석이 있었다. 내 생각엔 보통의 장남보다 상당히 응석을 부리며 자랐다고밖에 여겨지지 않았다. 나뿐만 아니라 어머니나 형수를 대할 때도 기분이 좋을 땐 매우 좋지만 일단 심사가 꼬이기 시작하면 며칠이고 못마땅한 표정으로 일부러 입을 열지 않았다. 그런데 남 앞에 나서면 완전히 딴사람이 된 것처럼 어지간해선 함부로 신사의 자세를 잃지 않는 원만한 동반자였다. 그래서 그의 친우들은 하나같이 그를 온화한 좋은 사람이라 믿고 있었다. 부모님은 그런 평판을 들을 때마다 의외라는 표정을 지었다. 하지만 역시 자기 자식인지라 어딘가 기뻐하는 기색이 보였다. 형과 사이가 좋지 않을 때 이런 평판이 귀에 들어오기라도 하면, 나는 마구 화가 났다. 일일이 그 사람 집까지 찾아가 그들의 오해를 풀어주고 싶은 생각마저 들었다.

어머니가 와카노우라행을 바로 찬성한 것도 실은 어머니가 형의 성격을 너무나 잘 파악하고 있기 때문이라고 나는 생각했다. 어머니는 오랫동안 자식의 고집을 키워낸 결과로서, 지금은 어쩔 수 없이 그 고집 앞에 무릎 꿇어야 하는 운명을 받아들일 수밖에 없는 자리에 있었다.

나는 화장실에 가려다, 손 씻는 물독 옆에 멍하니 서 있는 형수를 발견하고 "형수님, 어때요 요즘은. 형님의 기분이 좋은 편입니까, 나쁜 편입니까?" 하고 물었다. 형수는 "늘 그대로예요" 하고 단 한 마디만 대답할 뿐이었다. 형수는 그러면서 쓸쓸한 볼에 짝보조개를 띄워 미소지었다. 그녀의 볼은 쓸쓸한 빛이 감돌았다. 그리고 그 한가운데 쓸쓸한 짝보조개가 떠 있었다.

7

　나는 떠나기 전에 오카다에게 빌린 돈을 정리하고 싶었다. 하긴 그에게 말만 하면 도쿄에 돌아간 후에라도 괜찮겠다고 여겼지만, 그런 사람의 돈은 되도록 빨리 갚아두는 게 내 마음도 편할 거라는 생각이었다. 그래서 옆에 아무도 없는 틈을 타, 어머니께 편리를 봐달라고 부탁했다.
　어머니는 형을 아끼는 만큼, 당연히 그를 진심으로 사랑했다. 하지만 장남이기 때문인지 아니면 성미가 까다로운 탓인지, 어딘가 조심스런 데가 있었다. 사소한 문제로 주의를 줄 때도 가능한 한 신경을 건드리지 않으려 처음부터 거리를 두고 대했다. 그런 점에서 나는 어머니로부터 마치 아이나 다름없는 대우를 받았다. "지로, 그런 법이 어디 있니?" 하며 막무가내로 윽박질렀다. 대신 형 이상으로 귀여움도 받았다. 형에게는 비밀로 용돈 같은 걸 자주 받은 기억이 있다. 아버지 옷이 어느새 내 것으로 수선이 되어 있는 적도 드물지 않았다. 이런 어머니의 처사가 예의 형에게는 영 마음에 들지 않았다. 사소한 일에 형은 쉽게 기분이 언짢아졌다. 그리곤 밝은 집안을 음침한 공기로 가득 채웠다. 어머니는 눈살을 찌푸리며 "또 이치로의 병이 시작이구나" 하고 내게 가끔 속삭였다. 나는 어머니로부터 심복 부하로 여겨지는 게 기쁜 나머지, "버릇이니까 내버려두세요"라며 시침을 떼는 시절도 있었다. 형의 성격이 까다로울 뿐만 아니라, 크든 작든 뒤에서 몰래 무슨 일을 꾸미는 걸 싫어하는 정의심의 발로라는 사실을 나중에 알고 나서부터, 나는 형에 대해 이런 경박한 비평을 던지는 걸 부끄럽게 여겼다. 하지만 드러내놓고 형의 승낙을 구하려면 도저히 실행되기 힘든 용건이 많아, 나는 그저 틈을 봐서 어머니 품에 혼자 안기기로 했다.

어머니는 내가 미사와를 위해 오카다에게 돈을 빌린 사정을 듣고 나서 놀란 표정을 지었다.

"그런 여자를 위해 돈을 쓸 까닭이 없지 않니, 미사와도 어리석구나" 하고 말했다.

"하지만 거기엔 응당 미사와도 의리가 있으니까" 하고 나는 변명했다.

"의리, 의리 하는데 엄만 네 말을 이해할 수가 없구나. 딱하다고 생각되면 빈손으로 병문안 가면 될 거 아니냐. 만약 빈손이라 민망하다면 과자 한 상자 들고 가도 충분해."

나는 잠시 아무 말도 하지 않았다.

"설사 미사와에게 그 정도의 의리가 있다 한들, 굳이 네가 오카다한테서 돈을 빌려줄 정도의 의리는 없을 게 아니냐."

"그만 됐습니다" 하고 나는 대답했다. 그리곤 일어나 아래층으로 가려고 했다. 형은 탕에 들어가 있었다. 형수는 아래의 작은 객실을 빌려 머리를 올리고 있었다. 방에는 어머니 외엔 아무도 없었다.

"기다리렴" 하고 어머니가 불러 세웠다. "안 주겠다는 말은 하지 않았어."

어머니의 말에는 형 하나만으로도 벅찬데, 무슨 이유로 나까지 이 늙은이를 못살게 구느냐 하는 듯한 불안이 담겨 있었다. 나는 어머니가 시키는 대로 원래 자리에 앉았으나, 마음이 아파 얼른 고개를 들 수 없었다. 그리고 볼품없는 자세로 사뭇 어린아이처럼 어머니로부터 필요한 만큼의 돈을 받았다. 어머니가 한결 목소리를 낮추어 여느 때처럼 "형에겐 비밀이야" 했을 때, 나는 불현듯 형용할 수 없는 불쾌감에 휩싸였다.

8

다음날 아침, 우리는 와카야마(和歌山)로 떠나게 되어 있었다. 어차 피 일단 여기로 되돌아와야 하니까 오카다의 돈도 그때 주면 되겠지 생 각했으나, 성미 급한 나는 돈을 그대로 주머니 속에 넣고 있기가 여간 싫 은 게 아니었다. 그날 밤도 오카다가 어김없이 여관으로 이야기하러 올 걸로 짐작했다. 그래서 그때 살짝 돌려주자고 나는 마음속으로 정했다.

형이 탕에서 나왔다. 띠도 매지 않고 유카타를 웃옷처럼 걸친 채 바 로 난간으로 나가 거기에 젖은 수건을 널었다.

"기다렸지요?"

"어머니, 어떠세요?" 하고 나는 어머니를 재촉했다.

"들어가렴, 너 먼저"라고 말한 어머니는 형의 목이며 가슴께를 보 고 "아주 혈색이 좋아졌구나. 그리고 약간 살도 붙었는걸" 하고 칭찬했 다. 형은 타고난 말라깽이였다. 식구들은 그 이유를 모두 신경 탓으로 돌리고 좀더 살이 쪄야 한다는 말을 했다. 그 중에서 어머니가 가장 애 타했다. 당사자 자신도 마른 걸 무슨 형벌처럼 꺼리고 무서워했다. 그래 도 전혀 살찌지 않았다.

나는 어머니의 말을 들으면서 이 괴로운 애교를, 위로의 표시로 자 식 앞에 바쳐야 하는 그녀의 심정을 안타깝게 여겼다. 나는 형에 비해 훨씬 튼튼한 몸을 일으키며 "그럼, 먼저" 하고 어머니께 인사드린 다음 아래로 내려왔다. 목욕탕 옆의 작은 객실을 잠깐 들여다보니, 형수는 방 금 머리를 올린 참으로 거울을 앞뒤로 맞대어 귀밑머리며 뒷머리를 매 만지고 있었다.

"벌써 끝났습니까?"

"네. 어딜 가세요?"

"탕에 들어가려구요. 먼저 실례해도 될까요?"

"그러세요."

나는 탕으로 들어가면서 형수가 어째서 오늘 굳이 마루마께 같은 거창한 트레머리를 하려는 걸까 생각했다. 큰소리로 "형수님, 형수님" 하고 탕 안에서 불러보았다. "왜 그러세요?" 하는 대답이 복도 출구 쪽에서 들렸다.

"수고가 많습니다, 이 더운데" 하고 내가 말했다.

"어째서요?"

"어째서라뇨, 그런 요란한 머리가 형님의 취향입니까?"

"몰라요."

형수가 복도 계단을 오르는 슬리퍼 소리가 똑똑히 들렸다.

복도 앞은 중간 뜰로 팔손이나무가 보였다. 나는 그 어두운 뜰을 마주 바라보며 당번에게 등을 씻기고 있었다. 그러자 입구 쪽에서 툇마루를 따라 또 한 번 활발한 발소리가 들려왔다.

그러더니 흰 목달이 양복을 입은 오카다가 내 앞을 지나갔다. 나는 다짜고짜 "이봐, 자네 자네" 하고 불렀다.

"아이구, 지금 탕 안에 계시는군요. 어두워서 전혀 못 알아봤습니다" 하고 오카다는 한 걸음 뒤로 물러나 목욕탕을 들여다보며 인사를 했다.

"당신한테 할 이야기가 있네" 하고 나는 대뜸 말했다.

"이야기? 뭡니까?"

"어서 들어오게."

오카다는 심각한 표정을 지었다.

"오카네는 왔습니까?"

내가 "아니" 하고 대답하자, 이번엔 "다른 분들은?" 하고 물었다.

내가 다시 "모두 있네" 하고 말하자, 이상한 듯이 "그럼 오늘은 아무 데도 가지 않았습니까?" 하고 물었다.

"갔다가 벌써 돌아온 거지요."

"실은 나도 지금 회사에서 돌아오는 길입니다만. 어찌나 더운지.—어쨌든 잠깐 인사드리고 올 테니, 실례."

오카다는 이렇게 말을 내뱉고는 결국 내 용건을 듣지도 않고 이층으로 올라가버렸다. 나도 잠시 후 탕에서 나왔다.

9

오카다는 그날 밤 상당히 술을 마셨다. 그는 형편을 봐서 꼭 와카노우라까지 함께 갈 예정이었으나, 하필 동료가 아파서 결근했기 때문에 계획대로 되지 않은 게 매우 유감이라며 연신 어머니와 형에게 사과했다.

"그럼 오늘밤이 마지막이니 좀더 있다 가게" 하고 어머니가 권했다.

공교롭게도 우리 가족은 술을 가까이하는 사람이 없어 아무도 그의 상대가 될 수 없었다. 그래서 모두 실례를 무릅쓰고 오카다보다 먼저 식사를 끝냈다. 오카다는 그러면 자신도 마음대로라는 식으로 혼자 음식을 앞에 두고 술잔을 홀짝거렸다.

그는 건강을 타고난 사내였다. 게다가 술을 마시면 더더욱 힘이 나는 좋은 습관을 가졌다. 그리고 상대가 듣건 말건 아랑곳없이 실컷 지껄이고 나서, 가끔 혼자 소리 높여 웃었다.

그는 오사카의 부(富)가 과거 20년 간 얼마나 늘었고, 앞으로 10년 지나면 다시 그 부가 지금의 몇십 배가 되는가 하는 통계를 들어가며 아주 만족해했다.

"오사카의 부보다 자네 자신의 부는 어떤가?" 하고 형이 비꼬자, 오카다는 벗겨지기 시작한 머리에 손을 얹으며 웃음을 터뜨렸다.

"그러나 제가 오늘날 이만큼 살 만한 것도, ─ 이렇게 말하면 너무 자랑하는 게 됩니다만, 뭐 그럭저럭 살아가는 것도 오로지 아저씨와 아주머님 덕분입니다. 나는 아무리 이렇게 술을 마시고 마구 떠들어대도 그것만은 결코 잊지 않습니다."

오카다는 이렇게 말하고 곁에 있는 어머니와 멀리 있는 아버지께 감사의 뜻을 표했다. 그는 취하면 같은 말을 몇 번이고 반복하는 버릇이 있는 사내였는데, 특히 이 감사의 뜻은 조금씩 다른 형식으로 거듭 그의 입에서 흘러나왔다. 마침내 그는 나다만(灘万)*의 병어인가 뭔가 하는 생선을 꼭 아버지께 대접하고 싶다고 되풀이했다.

나는 그가 아직 학생이었을 무렵의 어느 설날 저녁, 어디에선가 술을 얻어 마시고 돌아와선 아버지 앞에 길이 세 치 정도의 붉은 게 다리를 놓고 엎드려, "삼가 북해(北海)의 진미를 헌상합니다"라고 말해, 아버지가 "그 붉게 칠한 문진(文鎭)처럼 생긴 건 뭔가? 필요없으니 어서 저리로 가져가" 하고 화낸 옛날을 떠올렸다.

오카다는 언제까지고 마셔대며 돌아가지 않았다. 처음에는 흥을 돋우던 그의 좌담도 점점 모두를 질리게 만들었다. 형수는 부채를 얼굴에 갖다 대고 몰래 하품을 했다. 나는 하는 수 없이 그를 밖으로 데리고 나가야만 했다. 나는 산책 삼아 1킬로미터 남짓 그와 함께 걸었다. 그리고 품에서 예의 돈을 꺼내 그에게 돌려주었다. 돈을 받아들 때의 그는 취했음에도 불구하고 놀랄 만큼 말짱했다. "지금이 아니라도 되는데. 하

---

* 오사카 시의 유명한 요정.

지만 오카네가 기뻐하겠군. 고맙습니다" 하며 양복 안주머니에 집어넣었다.

길은 조용했다. 나는 문득 하늘을 올려다보았다. 하늘에는 별빛이 의외로 흘렀다. 나는 속으로 내일 날씨를 염려했다. 그러자 오카다가 느닷없이 "이치로 씨는 정말 까다로운 분이더군요" 하고 말을 꺼냈다. 그리곤 옛날 형과 내가 장기를 둘 때, 내가 무슨 한마디 한 걸 빌미 삼아 갑자기 장기 말을 내 이마에 집어던진 소동을 새삼 기억에서 불러냈다.

"그 무렵부터 사실 제멋대로이긴 했죠. 그런데 요즘은 꽤 기분이 좋아 보이지 않습니까?" 하고 그가 다시 말했다. 나는 떨떠름하게 건성으로 대답했다.

"하긴 가정을 가진 지 벌써 상당히 지났으니까. 그래도 부인 쪽에선 얼추 마음 고생을 하겠지요, 그런 분에겐."

나는 여전히 아무런 대답도 하지 않았다. 어느 네거리에 와서 그와 헤어질 때, 단지 "오카네에게 안부 전하게" 하고는 다시 오던 길로 되돌아왔다.

10

다음날 아침 기차로 출발한 우리는 좁은 열차 안 식당에서 점심을 먹었다. "종업원이 모두 여자라서 재미있습니다. 게다가 상당한 미인도 있죠, 하얀 에이프런을 걸친. 꼭 안에서 점심을 드셔보세요"라고 오카다가 내게 일렀기 때문에, 나는 접시를 나르거나 사이다를 따르는 여자들을 유심히 보았다. 그러나 별 이렇다 할 용모를 갖춘 이는 없었다.

어머니와 형수는 진기한 듯 창밖을 내다보고 시골다운 풍경을 감상했다. 실제로 창밖의 경치는 오사카를 막 떠나온 우리에겐 하나의 변화였다. 특히 기차가 해안 근처를 달릴 때는 소나무의 초록과 바다의 쪽빛이, 매연에 지친 눈에 산뜻한 청색을 비추었다. 나무들 뒤로 보였다 가려졌다 하는 기와 지붕을 인 방식도 도쿄 지방 사람에겐 신기했다.

"지로, 저건 묘하구나. 절 같지도 않고. 역시 농가일까?" 하고 어머니가 비교적 커다란 지붕을 일부러 손가락으로 가리키며 내게 물었다.

나는 기차 안에서 형과 나란히 앉아 있었다. 형은 뭔가 생각에 잠겨 있었다. 나는 속으로 또 예의 그게 시작된 건 아닐까 싶었다. 이야기라도 좀 해서 기분을 바꿀까, 아니면 가만히 모른 척하고 있을까 주저했다. 형은 뭔가 언짢을 때나, 어렵고 고상한 문제를 생각할 때나 똑같이 이런 모습이어서 나는 전혀 분간할 수 없었다.

나는 결국 내 쪽에서 뭔가 이야기를 꺼내기로 했다. 왜냐하면 맞은편에 앉은 어머니가 형수와 대화하는 사이사이, 형 얼굴을 훔치듯 한두 번 보았기 때문이다.

"형님, 재미있는 얘기가 있는데요" 하고 나는 형을 보았다.

"뭐냐?" 하고 형이 말했다. 형의 상태는 내가 예상한 대로 무뚝뚝했다. 그러나 그건 이미 각오한 바였다.

"바로 일전에 미사와한테서 들은 얘깁니다만……"

나는 예의 정신병 걸린 따님이 일단 시집 갔다가 헤어져 미사와의 집으로 옮겨왔을 때, 미사와가 외출하는 뒤를 따라와선 일찍 들어오세요, 라고 늘 말했다는 이야기를 할 생각으로 잠시 거기서 말을 끊었다. 그러자 형은 갑자기 흥미로운 표정으로 "그 얘기라면 나도 들어 알고 있어. 미사와는 그 여자가 죽었을 때 차가운 이마에 키스했다는 얘길 테지" 하고 말했다.

나는 깜짝 놀랐다.

"그런 일이 있었습니까? 미사와는 키스에 대해선 한 마디도 안 했는데요. 모두 지켜보는 앞에서 말입니까? 미사와가 키스했다는 건."

"그건 몰라. 모두 보는 앞에서 했는지 아니면 아무도 없을 때 했는지."

"글쎄, 미사와가 혼자 그 따님의 시신 옆에 있었을 리는 없다고 생각하는데요. 만약 곁에 아무도 없을 때 키스했다면."

"그래서 모른다고 말한 게 아니냐."

나는 가만히 생각했다.

"그런데 형님은 어떻게 그 얘길 압니까?"

"H한테 들었지."

H란 형의 동료로 미사와를 가르친 사람이었다. 그 H는 미사와의 보증인이었으니까 다소 관계가 깊은 사이일 테지만, 어째서 이런 절박한 이야기를 얻어 듣고 형에게 전한 것인지는 그도 몰랐다.

"형님은 왜 지금까지 그 얘길 하지 않고 가만히 계셨습니까?" 하고 나는 마지막으로 형에게 물었다. 형은 씁쓸한 표정으로 "할 필요가 없으니까"라고 대답했다. 내가 분위기를 봐가며 좀더 육박해볼까 생각하는 터에, 기차가 멈췄다.

11

역을 나오자마자 바로 전차가 기다리고 있었다. 형과 나는 손가방을 든 채로 여자들을 도와 서둘러 올라탔다.

전차는 우리 네 사람이 한꺼번에 들어왔을 뿐, 좀처럼 움직일 줄 몰랐다.

"전차가 느긋하군요" 하고 내가 빈정거리듯 말했다.

"이 정도라면 우리 짐을 실어도 될 것 같은데"라며 어머니는 정거장 쪽을 돌아보았다.

그러는 사이, 책을 든 서생으로 보이는 사내, 장사꾼 같은 사내 두세 명이 부채질하며 잇달아 차에 올라 뿔뿔이 자리를 잡고 앉자, 운전사는 마침내 핸들을 돌리기 시작했다.

우리는 어쩐지 시내 외곽인 듯한 쓸쓸한 토담이 이어지는 좁은 동네를 돌아 두세 번 정거장을 지난 뒤에, 높은 돌담 밑의 수로(水路)를 보았다. 수로 안에는 연꽃이 가득 푸른 잎사귀를 띄우고 있었다. 그 푸른 잎새 위에 군데군데 핀 붉은 꽃이 들뜬 우리의 눈에 어른거렸다.

"아아, 이게 옛날 성이로구나" 하고 어머니는 감탄했다. 어머니의 숙모 되는 이가 옛날 기슈(紀州) 가(家)의 안채에서 일했다고 하니, 어머니는 한층 감개무량한 심정이었으리라. 나도 어릴 때 더러 들은 적이 있는 기슈 영주님, 기슈 영주님 하는 봉건 시대의 말을 언뜻 떠올렸다.

와카야마 시(市)를 지나 얼마간 시골길을 달리고 나서 전차는 곧 와카노우라에 닿았다. 빈틈없는 오카다는 미리 신경 써서 이 고장의 일류 여관에 방을 알아보았지만, 하필 피서객이 몰리는 바람에 전망 좋은 객실이 꽉 찼다고 해서 우리는 바로 인력거를 불러 해변 쪽 모퉁이를 돌았다. 그리고 바다가 눈앞에 보이는 높다란 삼층짜리 위층 방에 들었다.

그곳은 남(南)과 서(西)가 트인 넓은 객실이었지만 건축은 도쿄의 세련된 하숙집 수준이고, 품위로 보면 오사카의 여관과는 아예 비교도 되지 않았다. 가끔 대연회라도 있을 때 사용하는 이층은 휑뎅그렁한 큰 방이고, 텅 빈 한복판에 서서 울퉁불퉁한 싸구려 다다미를 바라보자니 어쩐지 살풍경한 느낌이 들었다.

형은 그 널찍한 방에 간이 칸막이로 세워놓은 여섯 폭짜리 병풍을 말없이 보고 있었다. 그는 이런 물건에 관해 아버지의 가르침에서 얻은 약간의 감식안을 지니고 있었다. 그 병풍에는 묘하게 하늘하늘한 대나무 잎새가 멋지게 그려져 있었다. 형은 불쑥 뒤를 돌아보며 "이봐, 지로" 하고 말했다.

그때 형과 나는 아래층의 탕에 갈 셈으로 두 사람 다 수건을 들고 있었다. 그래서 나는 그에게서 멀찍이 떨어져서 병풍의 댓잎을 바라보는 그를 또한 바라보고 있었다. 나는 형이 이 병풍 그림에 대해 뭔가 비평을 할 게 틀림없다고 생각했다.

"뭡니까?" 하고 대답했다.

"아까 기차 안에서 한 그 미사와 얘기 말인데, 넌 어떻게 생각하니?"

사실 형의 질문은 내게 뜻밖이었다. 그는 왜 지금까지 그 얘기를 내게 하지 않았느냐고 기차 안에서 물었을 때, 곧바로 씁쓸한 표정으로 할 필요가 없었노라고 대답하지 않았던가.

"키스 얘기 말입니까?" 하고 나는 되물었다.

"아니, 키스가 아니라 그 여자가 미사와 뒤를 따라나와 '일찍 들어오세요'라고 꼭 말했다는 얘기 말야."

"제겐 둘 다 재미있지만, 키스 쪽이 왠지 좀더 훨씬 순수하고 아름답다는 느낌이 드는군요."

이때 우리는 이층 계단을 반쯤 내려가고 있었다. 형은 도중에 문득 걸음을 멈추었다.

"그야 시적(詩的)인 표현이고. 시를 읽는 눈으로 본다면 양쪽 다 똑같이 재미있겠지. 하지만 내가 말하는 건 그게 아냐. 좀더 현실적인 문제를 얘기하는 거야."

12

 나는 형이 말하는 의미를 잘 이해하지 못했다. 말없이 계단 아래까지 내려왔다. 형도 도리 없이 내 뒤를 따라왔다. 목욕탕 입구에 멈춰 선 나는 뒤돌아보며 형에게 물었다.
 "현실적인 문제라는 게 무슨 뜻입니까? 전 잘 이해가 안 되는군요."
 형은 안타깝다는 듯 설명했다.
 "즉 그 여자가 말이다, 미사와가 상상하듯 정말로 그를 좋아했는지 아니면 전 남편에게 하고 싶었던 말을 못하고 꾹 참았던 걸 정신병으로 인해 술술 입 밖에 낼 수 있었던 건지, 어느 쪽이라 생각하느냔 말이다."
 나도 이 문제는 처음 이야기를 들었을 때 약간 생각은 했었다. 그러나 어느 쪽이 사실인지 도저히 알아낼 재간이 없다고 단념한 뒤, 더 이상 개의치 않았다. 그래서 나는 형의 질문에 대해 이렇다 할 의견이 없었다.
 "전 모르겠는데요."
 "그래."
 형은 이렇게 말하고 여전히 탕에 들어가려고도 하지 않은 채 그대로 서 있었다. 나도 하는 수 없이 옷 벗는 걸 미루고 있었다. 탕은 생각보다 작은 데다 좀 낡았다. 나는 우선 어둑한 탕을 들여다보고 다시 형과 마주했다.
 "형님은 뭔가 의견이 있습니까?"
 "나는 아무래도 그 여자가 미사와에게 마음이 있었다고만 생각되는걸."
 "어째서죠?"

"어째서라니, 나는 그렇게 해석해."

두 사람은 이야기의 결론을 내지 못한 채 탕에 들어갔다. 탕에서 나와 여자들과 교대했을 때, 방에는 저녁 해가 가득 비쳐들고 바다 위는 쇳덩이가 녹듯 뜨겁게 번쩍거렸다. 두 사람은 해를 피해 옆방으로 들어갔다. 그리고 거기에 마주 앉았을 때, 조금 전의 문제가 다시 형 입에서 화젯거리로 떠올랐다.

"나는 자꾸만 이런 생각이 드는데……"

"예" 하고 나는 그저 얌전히 듣고 있었다.

"사람이 정상일 경우에는 세상 체면이나 의리 때문에 아무리 하고 싶어도 할 수 없는 말이 많이 있겠지."

"그야 많이 있죠."

"헌데 그게 정신병에 걸리면—이렇게 말하면 모든 정신병을 포함하는 것 같아 의사들이 비웃을지 모르지만—그러나 정신병에 걸리면 아주 마음이 편해지는 게 아닐까?"

"그런 종류의 환자도 있겠죠."

"그런데 말야, 만약 그 여자가 정말로 그런 종류의 정신병 환자라고 한다면, 모든 시시한 책임은 그 여자 머리에서 사라져 없어져버릴 게 틀림없겠지. 사라져 없어지면 마음에 떠오르는 일은 뭐든 상관하지 않고 솔직하게 털어놓을 수 있겠지. 그렇다면 그 여자가 미사와에게 한 말은 흔히 우리가 발설하는 그럴듯한 인사보다도 훨씬 진심 어린 순수한 게 아닐까?"

나는 형의 해석에 흠뻑 감동하고 말았다. "그거 재밌군요" 하고 나도 모르게 손뼉을 쳤다. 그러자 형은 뜻밖에 언짢은 표정을 지었다.

"재미있다, 재미없다는 식의 가벼운 얘기가 아냐. 지로, 정말로 이 해석이 정확하다고 생각하니?" 하고 다그치듯 물었다.

"글쎄요."

나는 어쩐지 머뭇거릴 수밖에 없었다.

"아아, 여자도 미치광이로 간주하지 않고선 도저히 속내를 알 수 없는 걸까?"

형은 이렇게 말하고 괴로운 한숨을 내쉬었다.

13

여관 밑에는 꽤 큰 수로가 있었다. 그게 어떻게 바다로 이어지는지 알 수는 없었으나, 저녁 무렵엔 어선이 한두 척 어디선가 물살을 가르며 다가와 여유 있게 누각 앞을 지나갔다.

우리는 그 수로를 따라 오른쪽으로 한두 정(丁)* 걸은 뒤, 다시 왼쪽으로 꺾어 논두렁 길을 가로질렀다. 건너편을 보니 밭이 언덕 비탈처럼 경사지게 죽 뻗어 있고 그 끝 제방 가엔 소나무가 좌우로 길게 이어져 있었다. 우리는 쏴아쏴아 큰 파도가 돌에 부서지는 소리를 들었다. 삼층에서는 부서진 파도가 금세 흰 연기로 변해 위로 솟구치는 모습이 선명하게 보였다.

우리는 마침내 그 제방 위로 나왔다. 파도는 제방 앞의 두껍게 쌓아 올린 돌담에 부딪혀 멋들어지게 산산이 부서지면서 끓어오를 듯한 빛깔로 허공을 치기 일쑤였으나, 가끔은 큼직한 게 힘없이 밀려들었다가 돌담 위로 넘쳐흐르며 슬그머니 안쪽으로 잦아드는 수도 있었다.

우리는 한참 동안 그 장관에 넋을 잃었으나, 이윽고 거센 파도 소리

---

* 시가지의 구분, 가(街).

를 들으며 걸음을 옮겼다. 그때 어머니와 나는 이게 가타오나미(片男波)*일 거라는 둥 제멋대로의 상상을 화제 삼아 둘이서 나란히 걸었다. 형 부부는 우리보다 조금 앞서 걸었다. 둘 다 유카타 차림이고, 형은 가느다란 지팡이를 짚고 있었다. 형수는 폭이 좁고 점잖은 무늬의 마(麻) 띠를 매고 있었다. 그들은 우리보다 약 40미터 정도 앞서고 있었다. 그리고 둘 다 나란히 걸음을 옮기고 있었다. 하지만 그들 사이에는 대략 2미터 되는 간격이 있었다. 어머니는 그걸 신경 쓰는 듯한 혹은 개의치 않는 듯한 눈길로 가끔 보았다. 그 눈길이 너무나 신경질적이어서 어머니의 마음은 이 두 사람에 대해 뭔가를 생각하며 걷고 있다고 쉽게 짐작이 갔다. 그러나 나는 이야기가 복잡해지는 걸 꺼려 모르는 척 일부러 느릿느릿 걸었다. 그래서 되도록 태평스럽게 보일 셈으로 어머니를 웃길 만한 익살스런 얘기들을 떠들어댔다. 어머니는 여느 때와 다름없이 "지로, 너처럼 산다면 세상엔 괴로움이 없겠구나" 하셨다.

결국 어머니는 도저히 참을 수 없다는 듯 "지로, 저것 좀 보렴" 하고 말을 꺼냈다.

"뭔데요?" 하고 나는 되물었다.

"저러니까 정말이지 속상해" 하고 어머니가 말했다. 그때 어머니의 눈은 앞서가는 두 사람의 뒷모습을 물끄러미 응시하고 있었다. 나는 적어도 어머니가 속상하다고 말한 의미를 겉으로나마 수긍하지 않을 수 없었다.

"또 뭔가 형님을 언짢게 할 일이라도 생겼습니까?"

"그거야 그 애 일이니까 뭐라 할 수 없지만 말이다. 허나 부부가 된 이상은 애야, 아무리 남편이 쌀쌀맞게 군다지만 그래도 여자 아니냐?

---

* 높고 세찬 파도.

조금은 기분이 나아지도록 나오가 먼저 애써주는 게 마땅하단 말이다. 저걸 좀 보렴, 저래서는 도무지 생판 남끼리 한 방향으로 걷는 것과 다를 바 없잖니? 아무리 이치로인들 나오에게 옆에 다가오지 말라고 부탁했을 리 만무하건만."

어머니는 아무 말 없이 떨어져 걷고 있는 부부 가운데 오직 형수 쪽에만 잘못을 씌우고 싶어했다. 이 점엔 나도 약간 동감하는 바가 있었다. 그리고 이 동감은 평소에 형님 부부의 관계를 곁에서 지켜보는 이의 심중에 틀림없이 생기는 자연스런 것이었다.

"형님은 또 무얼 골똘히 생각하는 거예요. 그래서 형수도 사양해서 일부러 아무 말 하지 않는 거겠죠."

나는 어머니를 위해 굳이 이런 듣기 좋은 위로의 말로 얼버무리려 했다.

14

"설사 무얼 생각한들 그렇지, 나오가 저렇듯 무심해서는 이쪽에서도 말을 건넬 수가 없잖니. 마치 일부러 떨어져 걷는 것 같구나."

형에게 동정이 많은 어머니가 보기에, 형수의 뒷모습은 너무나 냉담하게 여겨졌으리라. 하지만 나는 이에 대해 아무 대답도 하지 않았다. 다만 걸으면서 형수의 성격을 좀더 일반적으로 생각하게 되었다. 나는 어머니의 비평이 반드시 틀리다고는 생각지 않았다. 그러나 당신 자식만을 너무 귀여워한 탓으로 다소 형수의 결점을 가혹하게 보고 있는 건 아닌지 의심했다.

내가 본 형수는 결코 따뜻한 여자는 아니었다. 그러나 상대방이 열을 전해주면 따스히 데울 줄 아는 여자였다. 천성적으로 애교가 없는 대신 이쪽 하기 나름으로, 상당히 애교를 끌어낼 수 있는 여자였다. 나는 그녀가 시집 온 뒤에 화가 치밀 정도의 냉담함을 발견한 적이 더러 있었다. 하지만 설마 고치기 힘든 불친절이나 잔혹한 마음은 갖지 않았을 거라고 믿었다.

불행하게도 형은 지금 내가 형수에 대해 말한 것 같은 기질을 적잖이 갖추고 있었다. 따라서 닮은꼴로 이루어진 이 부부는 자신이 필요로 하는 걸 갖지 못한 상대에게 처음부터 서로 요구해왔고, 여태껏 제대로 손발이 맞지 않는 상태로 있는 게 아닐까? 가끔 형의 기분이 좋을 때만 형수도 유쾌하게 보이는 건, 달궈지기 쉬운 성질의 형이 여자에게 전달하는 온기의 효험으로 보는 게 당연하리라. 그렇지 못할 때는 어머니가 형수를 너무 냉담하다고 평하듯, 형수 또한 형을 너무 냉담하다고 속으로 평하고 있을지도 모른다.

나는 어머니와 나란히 걸으면서 앞서가는 두 사람을 이렇게 생각했다. 그렇지만 어머니에게 이런 까다로운 이치를 말할 기분은 아니었다. 그러자 "아무래도 이상해" 하고 어머니가 입을 열었다.

"도대체 나오는 애교가 있는 편은 아니어도, 아버지나 나한테는 늘 한결같은데 말이다. 지로, 네게도 그럴 테지?"

이건 전적으로 어머니 말씀대로였다. 나는 원래 성미가 급한 기질로 툭하면 크게 소리를 지르거나 호통을 치는데, 신기하게도 아직 형수와 싸워본 적도 없을 뿐만 아니라, 경우에 따라선 형보다도 오히려 스스럼없이 이야기를 나누었다.

"저한테도 그래요. 그러고 보면 좀 이상하긴 하군요."

"그러니까 난 아무래도 나오가 이치로에게만 일부러 저런 식으로 분풀이하는 걸로 여기지 않을 수 없잖니."

"설마."

고백하자면 나는 이 문제를 어머니만큼 깊이 생각지 않았다. 따라서 그런 의심을 품을 여지가 없었다. 있어도 그 원인이 우선 궁금했다.

"글쎄 집안에서 형님이 가장 중요한 사람 아닙니까, 형수에겐."

"그래서 엄만 영문을 모르겠단 말이다."

나는 모처럼 이렇게 경치 좋은 곳에 와서 어머니와 줄곧 뒤에서 형수 흉을 보고 있다는 게 바보같이 느껴졌다.

"조만간 기횔 봐서 형수에게 제가 조용히 진심을 물어보죠. 그리 염려할 건 없어요" 하고 말을 끝낸 뒤, 건너편 돌담으로 늘어선 간이 찻집에서 방파제 위로 뛰어올랐다. 그리고 힘껏 소리를 높여 "어―이, 어―이" 하고 불렀다. 형 부부는 놀라 돌아보았다. 그때 돌 제방에 부딪혀 부서진 파도의 솟구치는 거품과 다리를 적신 물결로, 나는 물에 빠진 생쥐 꼴이 되고 말았다.

나는 어머니의 핀잔을 듣고 뚝뚝 물방울을 떨어뜨리며 세 사람과 함께 여관으로 돌아왔다. 돌아오는 길에 쏴아쏴아 하는 파도 소리가 연신 내 고막을 울렸다.

15

그날 밤 나는 어머니와 함께 새하얀 모기장 안에서 잤다. 보통의 마(麻)보다 훨씬 얇은 탓에, 바람이 불어 예쁜 레이스가 살랑대는 모양이 서늘해 보였다.

"좋은 모기장이군요. 우리도 이런 걸 하나 사는 게 어때요?" 하고 어머니께 권했다.

"이건 보기에 예뻐도 그리 비싼 건 아냐. 오히려 집에 있는 그 흰 마가 좋은 거란다. 그저 이게 가볍고 이음새가 없어 고급스럽게 보일 뿐이지."

어머니는 옛날 사람이라 집에 있는 이와구니(岩國)인가 어딘가에서 나는 마 모기장을 칭찬했다.

"우선 차게 자지 않는 것만 해도 그게 득이지" 했다.

하녀가 와서 장지문을 닫은 후로, 모기장은 조금도 움직이지 않았다.

"갑자기 후텁지근해졌는데요" 하고 나는 탄식하듯 말했다.

"그렇구나"라는 어머니의 대답은 전혀 더위가 고통스럽지 않은 듯 차분했다. 그래도 부채질하는 소리만은 희미하게 들렸다.

어머니는 그런 다음, 뚝 말이 없었다. 나도 눈을 감았다. 맹장지 하나 사이에 둔 옆방에는 형 부부가 자고 있었다. 그쪽은 아까부터 조용했다. 나의 이야기 상대가 없어져 이쪽 방이 갑자기 고요해지자, 형의 방은 한결 적요한 느낌이었다.

나는 눈을 감은 채, 가만히 누워 있었다. 그러나 아무리 지나도 잠이 오지 않았다. 마침내 정적의 화(禍)를 입은 듯한 이 무더운 고통을 절실히 느끼게 되었다. 그래서 어머니의 잠을 방해하지 않도록 살짝 요 위에 일어나 앉았다. 그리고 모기장 자락을 들어올리고 툇마루로 나갈 생각으로 가능한 한 소리 나지 않게 장지문을 슬며시 열어젖혔다. 그러자 지금까지 잠들었다고만 생각한 어머니가 갑자기 "지로, 어디 가니?" 하고 물었다.

"좀체 잠이 안 와 툇마루에 나가 더위를 식히려구요."

"그러니?"

어머니의 목소리는 또렷하고 차분했다. 나는 그 느낌으로 어머니가 한잠도 못 자고 지금까지 깨어 있었음을 알았다.

"어머니도 아직 안 주무셨군요."

"그래, 잠자리가 바뀐 탓인지 왠지 어수선해서."

나는 빌린 유카타에 허리띠를 대충 한 겹만 두르고, 품에 담뱃갑과 성냥을 넣고 툇마루로 나왔다. 툇마루에는 흰 커버를 씌운 의자가 두 개 놓여 있었다. 나는 그 중 하나를 끌어당겨 걸터앉았다.

"너무 부스럭대서 형을 방해하진 마라."

어머니에게서 이러한 주의를 받고 나는 담배를 피우며 말없이 눈앞의 꿈 같은 경치를 바라보았다. 밤이라 경치는 물론 희미했다. 달 없는 밤인 탓에 한결 어둠이 짙었다. 그 가운데 낮에 본 제방의 소나무 행렬만이 더욱 시커멓게 좌우로 긴 띠를 만들고 있었다. 그 밑으로 파도가 부서진 흰 거품이 밤새 끊임없이 일렁대는 모양이 꽤 인상적이었다.

"이제 그만 들어오렴. 감기 걸릴라."

어머니는 장지문 안에서 이렇게 주의를 주었다. 나는 의자에 기대며 어머니께 밤풍경을 보여드릴 생각으로 잠깐 권했지만, 어머니는 듣지 않았다. 나는 순순히 다시 모기장 안으로 들어와 베개 위에 머리를 얹었다.

내가 모기장을 들락날락하는 사이, 형 부부의 방은 원래대로 죽은 듯이 고요했다. 내가 다시 자리에 누운 뒤에도 여전히 같은 침묵에 갇혀 있었다. 다만 방파제에 부딪혀 부서지는 파도 소리만이 쏴아쏴아 언제까지나 울려왔다.

16

아침에 일어나 밥상을 마주하고 보니, 네 사람 모두 하나같이 잠이 부족한 얼굴이었다. 그리고 네 사람 다 충분히 자지 못한 그늘을 밥상 위에 펼친 채, 일부러 대화를 어둡게 만드는 것 같았다. 나도 괜히 거북스러웠다.

"어제 저녁에 먹은 도미찜이 안 좋았던 것 같군요" 하고 나는 난감한 표정으로 자리에서 일어났다. 난간으로 나와 옆에 보이는 '동양 제일 엘리베이터'라는 간판을 바라보았다. 이 승강기는 흔히 보듯 건물의 아래층에서 위층으로 통하는 것과 달리, 땅에서 바위 산 정상까지 호기심 많은 사람들을 끌어올리는 장치였다. 장소에 어울리지 않는 멋없는 장치가 분명하지만, 도쿄의 아사쿠사(淺草)에도 아직 없는 생소함이 어제부터 내 관심을 끌었다.

과연 일찍 일어난 손님 두세 명이 이미 슬슬 타기 시작했다. 먼저 식사를 끝낸 형이 어느새 내 뒤에 와서 이쑤시개를 사용하며, 나와 다름없이 오르락내리락하는 철제 상자를 바라보았다.

"지로, 오늘 아침엔 잠깐 저 승강기를 타보지 않겠니?" 하고 형이 불쑥 말했다.

나는 형으로선 적이 어린애 같은 말을 한다고 생각하며 문득 뒤돌아보았다.

"왠지 재미있을 것 같은데?" 하고 형은 걸맞지 않은 치기를 입에 담았다. 나는 승강기를 타는 건 좋지만, 어딘가 닿게 될 목적지가 있는지 어떤지 궁금했다.

"어디로 가는 걸까요?"

"어디든 상관없어. 자, 가자."

나는 어머니와 형수도 물론 함께 데려갈 셈으로 "자아, 갑시다" 하며 큰소리로 불렀다. 그러자 형은 갑자기 나를 말렸다.

"둘이서 가자, 둘이서만"이라고 했다.

그때 어머니와 형수가 "어딜?" 하며 얼굴을 내밀었다.

"아니, 잠깐 저 엘리베이터를 타보려는 겁니다. 지로와 같이. 여자들은 위험하니까 어머니와 나오는 관두는 게 좋겠어요. 우리가 먼저 시험 삼아 타볼 테니까요."

어머니는 공중으로 올라가는 철제 상자를 보며 얼굴을 찡그렸다.

"나오, 넌 어떡하련?"

어머니가 이렇게 물었을 때, 형수는 늘 그렇듯 쓸쓸한 보조개를 띠며 "전 아무래도 괜찮아요"라고 대답했다. 이 대답은 얌전하게 보이는 반면, 듣기에 따라선 냉담하고 무뚝뚝하게 받아들여질 수도 있었다. 이에 대해 나는 형에게 안됐다고 여기고 형수에겐 손해라고 생각했다.

우리 두 사람은 유카타 차림으로 여관을 나와 바로 승강기에 올랐다. 상자는 한 칸짜리 네모난 꼴로 대여섯 명이 들어차자, 문을 닫고 곧바로 끌어올려졌다. 형과 나는 얼굴조차 내밀 수 없는 쇠창살 틈으로 밖을 보았다. 그리고 몹시 울적한 기분이 들었다.

"감옥 같군" 하고 형이 낮게 속삭였다.

"그렇군요" 하고 내가 대답했다.

"인간도 마찬가지야."

형은 가끔 이렇듯 철학자연한 말을 하는 버릇이 있었다. 나는 그저 "그렇지요"라고 대답할 뿐이었다. 하지만 형의 말을 나는 단지 그 윤곽 정도밖에 알아듣지 못했다.

감옥 같은 상자가 올라온 정상은 자그마한 돌산 꼭대기였다. 군데

군데 키 작은 소나무가 안간힘을 쓰듯 푸른빛으로 단조로움을 깨는 것이, 여름의 눈에 반갑게 비쳤다. 그리고 얼마 안 되는 평지에 위치한 간이 찻집에서는 원숭이 한 마리를 기르고 있었다. 형과 나는 원숭이에게 고구마를 주거나 놀리기도 하면서 10여 분을 족히 그 찻집에서 보냈다.

"어디 단둘이서 얘기할 만한 데가 없을까?"

형은 이렇게 말하고 사방을 둘러보았다. 그 눈은 정말로 둘이서만 얘기를 나눌 수 있는 조용한 장소를 찾고 있었다.

17

그곳은 높은 지세 덕분에 사방이 잘 내려다보였다. 특히 울창한 숲속의 유명한 기미이데라(紀三井寺)*를 멀리 바라볼 수 있었다. 그 산기슭 후미진 곳에 한가로이 반짝이는 물결이 바닷가와는 다른 못가의 경치를 복잡한 빛깔로 그려내고 있었다. 옆에 앉은 사람이 내게 조루리에 나오는 사가리마쓰(下り松)라는 걸 가르쳐주었다. 그 소나무는 과연 절벽을 따라 거꾸로 가지를 뻗고 있었다.

형이 찻집 여자에게 이 근처에 조용히 얘기할 만한 적당한 장소가 없느냐고 물었으나, 찻집 여자는 형의 질문이 이해가 안 되는지 아무리 설명해도 전혀 요령부득이었다. 그리고는 지방 사투리인 '노시(のし)'라는 어미(語尾)를 연신 되풀이했다.

마침내 형은 "그럼 그 곤겐사마(權現樣)**에나 가볼까"라고 말했다.

"곤겐사마도 명소 중 하나니까 좋겠지요."

---

* 와카야마 시에 있는 순례지로 유명한 절.
** 와카노우라의 도쇼구(東照宮)를 가리킴.

둘은 곧 산을 내려왔다. 인력거도 타지 않고 양산도 없이 밀짚모자만 쓴 채, 뜨거운 모랫길을 걸었다. 이렇게 형과 함께 승강기를 타고 곤겐에도 가보고 하는 것이 그날의 내겐 왠지 불안하게 느껴졌다. 평소에도 형을 마주 대하면 다소 기분이 울적해지긴 했지만, 그날만큼 안절부절못하는 것 또한 드문 일이었다. 나는 형이 "이봐 지로, 둘이서만 가자, 둘이서만" 할 때부터 이미 이상한 느낌이 들었던 터였다.

두 사람의 이마엔 비지땀이 송송 맺혔다. 더구나 나는 사실 어제 저녁 먹은 도미찜에 약간 탈이 나 있었다. 거기에 점점 높아만 가는 태양이 어지러운 머리를 사정없이 내리쬐었기 때문에, 나는 하는 수 없이 묵묵히 걸었다. 형도 아무 말 없이 걸음을 옮겼다. 여관에서 빌린 허름한 게다(下駄)*가 사각사각 모래에 파고드는 소리가 들렸다.

"지로, 왜 그래?"

형의 목소리는 그야말로 아닌 밤중에 홍두깨식으로 불쑥 튀어나와 나를 놀라게 했다.

"기분이 좀 안 좋습니다."

두 사람은 다시 말없이 걷기 시작했다.

드디어 곤겐 아래까지 왔을 때 좁고 경사가 급한 돌계단을 올려다본 나는, 그 높이에 기가 질릴 뿐 쉽게 올라갈 용기를 내지 못했다. 형은 계단 밑에 놓인 짚신을 걸쳐 신고 열 계단 가량 혼자 오르다가 뒤따라오지 않는 나를 알아채고 "어서 와" 하고 거칠게 불렀다. 나도 하는 수 없이 할머니에게 짚신을 한 켤레 빌려, 힘껏 돌계단을 오르기 시작했다. 하지만 중간쯤에서 걸음마다 무릎 위에 양손을 얹고 몸의 중심을 가누지 않을 수 없었다. 밑에서 형을 올려다보니, 자못 답답해하며 꼭대기

---

* 왜나막신.

산문(山門) 모퉁이에 서 있었다.

"마치 술주정뱅이 같구나, 한 계단씩 어긋나게 밟아 오르는 꼴이."

나는 뭐라 하거나 개의치 않을 양으로, 대뜸 모자를 바닥에 내던지자마자 웃통을 벗었다. 부채가 없어 손에 든 손수건으로 연거푸 가슴께를 훔쳤다. 나는 뒤에서 "이봐, 지로" 하고 틀림없이 뭔가 한마디 할 것이라 여겨 내심 불안했던 탓인지, 땀에 젖은 수건을 마구 이리저리 내둘렀다.

그리곤 "덥다 더위"를 연발했다.

이윽고 형은 내 곁으로 와, 근처의 돌 위에 자리를 잡았다. 그 돌 뒤로는 조릿대가 가득 자라나 깊숙이 돌담 끝을 가릴 만큼 우거져 있었다. 그 속에 커다란 동백꽃이 군데군데 엷게 색 바랜 줄기를 내보이는 게 유독 눈에 띄었다.

"과연 여기가 조용하군. 여기라면 천천히 얘기할 수 있을 것 같구나" 하고 형은 사방을 둘러보았다.

18

"지로, 네게 할 얘기가 좀 있는데" 하고 형이 말했다.

"뭡니까?"

형은 잠시 머뭇거릴 뿐 입을 열지 않았다. 나 역시 별로 듣고 싶지 않아 재촉하지도 않았다.

"여긴 시원하군요"라고 말했다.

"음, 시원해" 하고 형이 대답했다.

실제로 그곳은 햇빛과 먼 탓인지 서늘한 바람이 불어오는 높은 지대였다. 나는 3,4분 정도 수건으로 닦고 나서 금방 웃통을 가렸다. 산문 뒤로는 작고 황폐한 배례전(拜禮殿)이 있었다. 상당히 오래된 건물인 듯, 처마에 새겨진 사자 머리의 물감이 절반 가량 벗겨져 있었다.

나는 일어나 산문 밑을 지나 배례전 쪽으로 갔다.

"형님, 여기가 더 시원합니다. 이쪽으로 오시죠."

형은 대답도 하지 않았다. 나는 그걸 기회로 배례전 앞을 이리저리 서성댔다. 그리고 뜨거운 해를 가려주는 키 큰 상록수를 보고 있었다. 그때 형이 불쾌한 표정으로 내게 다가왔다.

"지로, 할 얘기가 있다고 말했잖아."

나는 도리 없이 배례전 계단에 걸터앉았다. 형도 나와 나란히 앉았다.

"뭡니까?"

"실은 나오 말인데" 하고 형은 무척 말하기 힘든 걸 겨우 말문을 열었다는 기색이었다. 나는 '나오'라는 단어를 듣자마자 오싹했다. 형 부부 사이는 어머니가 내게 하소연한 대로 나도 대강은 짐작하고 있었다. 그리고 어머니에게 약속했듯이 언젠가 기회를 봐서 형수에게 속내를 찬찬히 알아낸 뒤, 이쪽에서 얻은 정보로 적극적으로 형을 대할 생각이었다. 그런데 내가 하기도 전에 혹시 형이 한 발 앞서기라도 한다면 곤란하니까, 나는 은근히 그걸 염려하고 있었다. 사실, 오늘 아침에 형이 "지로, 둘이서 가자, 둘이서만" 했을 때, 나는 어쩌면 이 문제를 꺼내는 게 아닐까 걱정이 되어 괜히 언짢았던 것이다.

"형수에게 무슨 일이 있습니까?" 하고 나는 어쩔 수 없이 형에게 되물었다.

"나오가 너한테 반한 게 아닐까?"

형의 말은 너무 뜻밖이었다. 더욱이 평소에 형이 지닌 품위와도 걸맞지 않았다.

"어째서죠?"

"어째서라고 물으면 곤란해. 그리고 실례라고 화낸다면 더더욱 곤란해. 가령 편지를 주웠다든가 입 맞추는 장면을 봤다든가 하는 실증에서 하는 얘기가 아니니까. 진심을 말하자면 누가 봐도 어리석은 이런 질문을 적어도 남편인 내가 남에게 할 까닭이 없잖느냐? 하지만 상대가 너니까 나도 내 체면을 팽개치고 묻기 힘든 걸 꾹 참고 묻는 거다. 그러니 말해다오."

"글쎄, 상대가 형수님 아닙니까? 남편 있는 부인, 더구나 지금의 형수님 아닙니까?"

나는 이렇게 대답했다. 그리고 이렇게 대답하는 것 외에 달리 할말도 없었다.

"그야 표면상 형식적으로 말한다면 누구든 그렇게 대답해야 할 거야. 너도 평범한 사람이니까 그렇게 대답하는 게 마땅하겠지. 나도 그 한마디를 듣고 그저 부끄러워할밖에 도리가 없어. 하지만 지로, 넌 다행히 솔직한 아버님의 유전을 이어받았어. 게다가 근래 아무것도 숨기지 않는 주의(主義)를 제일로 믿기에 묻는 거다. 형식적인 대답은 나도 이미 묻기 전에 아는 바지만, 그저 듣고 싶은 건 깊고깊은 마음 속 너의 느낌이야. 부디 그 진심을 들려다오."

19

"그 깊고깊은 마음 속의 느낌 따위, 저한테 있을 리가 없지 않습니까?"

이렇게 대답할 때 나는 형의 얼굴을 보지 않고 산문의 지붕을 바라보았다. 형의 말은 잠시 내 귀에 들어오지 않았다. 그러자 그게 약간 새 되고 자못 흥분을 억누르는 듯한 느낌으로 울려왔다.

"이봐 지로, 어째서 그런 경박한 대답을 하는 거냐. 너와 난 형제가 아니냐?"

나는 놀라 형의 얼굴을 보았다. 형의 얼굴은 상록수 그늘 아래서 보는 탓인지 조금 창백한 빛을 띠고 있었다.

"형제고말고요. 나는 당신의 친동생입니다. 그러니 진심으로 대답한 겁니다. 방금 말한 건 절대 건성으로 한 인사도 아무것도 아닙니다. 진심으로 그러니까 그렇게 말한 겁니다."

형의 신경이 예민한 것처럼 나는 성미가 급해 쉽게 흥분했다. 평소의 나라면 어쩌면 이런 대답은 나오지 않았을지도 모른다. 형은 그때 짧은 한마디를 쏘았다.

"틀림없이?"

"예, 틀림없이."

"하지만 네 얼굴이 빨개졌는걸."

실제로 그때 내 얼굴이 빨개졌는지도 모른다. 형의 안색이 창백한 데 비해, 나는 나도 모르게 양쪽 볼이 화끈거리는 걸 분명히 느꼈다. 게다가 나는 뭐라 대답을 해야 좋을지 알 수 없었다.

그러자 형은 무슨 생각에선지 돌연 계단에서 몸을 일으켰다. 그리고 팔짱을 끼고 앉은 내 앞을 좌우로 왔다갔다했다. 나는 불안한 눈으로 그 모습을 지켜보았다. 그는 처음부터 시선을 땅 위에 떨어뜨리고 있었다. 두세 번 내 앞을 지나쳤지만 결코 한 번도 그 눈을 들어 나를 보지 않았다. 세번째, 그는 대뜸 내 앞에 멈춰 섰다.

"지로."

"예."

"나는 너의 형이지. 참으로 어린애 같은 얘길 꺼내 미안했다."

형의 눈에는 눈물이 홍건했다.

"어째섭니까?"

"나는 그래도 너보다 학문을 더 하지 않았니. 견식도 보통 사람보다 많이 갖추었다고 줄곧 생각해왔다. 그런데 이런 어린애 같은 얘길 그만 입 밖에 내고 말았구나. 정말 면목없다. 부디 형을 경멸하지 말아다오."

"어째섭니까?"

나는 간단한 이 질문을 거듭 반복했다.

"어째섭니까라고 그렇게 정색하고 묻지 마라. 아아, 난 바보다."

형은 이렇게 말하고 손을 내밀었다. 나는 얼른 그 손을 잡았다. 형의 손은 차가웠다. 내 손도 차가웠다.

"그저 네 얼굴이 약간 빨개졌다고 해서 네 말을 의심하다니, 참으로 너의 인격을 무시한 못난 짓이다. 부디 용서해다오."

나는 형의 기질이 여자를 닮아, 날씨처럼 흐렸다 개었다 쉬 변하는 걸 잘 알고 있었다. 그러나 내게 그건 어느 정도 견식을 갖춘 그의 장점으로서 천진난만한 어린애 같기도 하고, 또는 구슬처럼 영롱한 시인 같기도 했다. 나는 그를 존경하면서도 어딘가 어리숙한 구석이 있는 남자로 생각지 않을 수 없었다. 나는 그의 손을 잡은 채 "형님, 오늘은 머릿속이 좀 편치 않은 모양이군요. 그런 시시한 얘긴 이제 이걸로 끝내고 그만 돌아갑시다"라고 말했다.

20

형은 돌연 내 손을 뿌리쳤다. 하지만 결코 그 자리에서 움직일 줄 몰랐다. 처음대로 선 채 아무 말도 하지 않고 나를 내려다보았다.

"넌, 남의 심정을 알 수 있니?" 하고 불쑥 물었다.

이번에는 내가 아무 말 하지 않고 형을 올려다보아야 했다.

"형님은 제 마음을 모르십니까?" 하고 약간 사이를 두고 말했다. 내 대답에는 형의 말보다 얼마간 단호함이 담겨 있었다.

"나는 네 마음을 잘 알고 있지" 하고 형은 바로 대답했다.

"그럼 그걸로 족하지 않습니까?" 하고 나는 말했다.

"아니, 네 마음이 아니라 여자의 마음을 말이다."

형의 말 가운데 뒷부분에는 불붙는 듯한 예리함이 있었다. 그 예리함이 내 귀에 언뜻 심상찮은 울림을 전했다.

"여자의 마음이든 남자의 마음이든" 하고 말하려는 나를 그는 갑자기 가로막았다.

"넌 행복한 남자다. 필시 그런 걸 아직 연구할 필요가 없었던 게지."

"그야 형님 같은 학자가 아니니까……"

"허튼소리 마라!" 하고 형은 호통치듯 외쳤다.

"문서 연구나 심리학적 설명 같은 그런 번거로운 연구를 말하는 게 아냐. 당장 내 눈앞에 있고 가장 가까워야 할 사람, 그 사람의 마음을 연구하지 않고선 도저히 안절부절못할 정도의 필요에 맞닥뜨린 적이 있느냐고 묻는 거다."

가장 가까워야 할 사람이라고 말한 형의 의미를 나는 금방 알아차렸다.

"형님은 학문을 한 탓에 지나치게 생각이 많은 것 아닙니까? 조금은 바보가 되어보는 것도 좋겠지요."

"그쪽에서 일부러 생각하게끔 행동하는 거야. 생각이 많은 내 머리를 역이용해서. 바보가 되도록 좀처럼 내버려두질 않는 거다."

나는 이 대목에서 거의 위로의 말을 잃었다. 나보다 몇 배나 훌륭한 머리를 가진 형이 이런 묘한 문제에 대해 나보다 몇 배나 더 머리를 쥐어짜고 있을 생각을 하면, 안타깝기 짝이 없었다. 형이 나보다 신경질적인 건 형도 나도 잘 알고 있었다. 하지만 지금까지 형이 이토록 히스테리컬한 반응을 보인 적이 없었던 만큼, 사실 나는 당황하고 말았다.

"넌 메러디스*라는 사람을 아니?" 하고 형이 물었다.

"이름은 들었습니다."

"그 사람의 서간집을 읽은 적은 있니?"

"읽기는커녕 책표지도 못 봤습니다."

"그렇군."

그는 이렇게 말하고 다시 내 옆에 걸터앉았다. 나는 이때 뒤늦게 품속에 시키시마 담배와 성냥이 있음을 떠올렸다. 그걸 꺼내 직접 불을 붙여 먼저 형에게 건넸다. 형은 기계적으로 담배를 피웠다.

"그는 자신의 서간에서 이렇게 말하고 있어. ──나는 여자의 용모에 만족하는 사람을 보면 부럽다. 여자의 몸에 만족하는 사람을 봐도 부럽다. 나는 아무래도 여자의 영(靈)이나 혼(魂), 이를테면 정신spirit을 획득하지 않으면 만족할 수 없다. 그래서 내겐 도무지 연애 사건이 생기지 않는다."

"메러디스라는 사람은 평생 독신으로 지냈습니까?"

"그건 알 수 없어. 또 그런 건 아무래도 상관없지 않느냐? 하지만 지로, 내가 영이나 혼, 이를테면 정신도 획득하지 못한 여자와 결혼한 것만은 분명해."

---

* 조지 메러디스George Meredith(1828~1909): 영국의 시인, 소설가.

21

형의 얼굴에는 고뇌의 표정이 역력히 드러났다. 여러 가지 면에서 형에 대한 존경을 잊지 않은 나는, 이때 가슴속에서 거의 공포에 가까운 불안을 느끼지 않을 수 없었다.

"형님" 하고 나는 짐짓 태연한 척 말했다.

"뭐냐?"

나는 이 대답을 듣자마자 일어섰다. 그리고 앉아 있는 형 앞을 아까 형이 한 것과 마찬가지로, 그러나 전혀 다른 의미에서 일부러 좌우로 두세 번 왔다갔다했다. 형은 내겐 거의 무관심했다. 양손가락을 얼추 자란 머리카락 속에 빗살처럼 깊이 파묻고 고개를 숙이고 있었다. 그는 상당히 윤기나는 머리카락을 가졌다. 나는 그의 앞을 가로지를 때마다 칠흑 같은 머리카락과 그 사이로 드러난 관절이 가늘고 긴 손가락에 시선을 빼앗겼다. 그 손가락은 평소 내 눈엔 그의 신경질을 나타내는 듯 부드러우면서도 고집스럽게 비쳤다.

"형님" 하고 내가 다시 불렀을 때, 그는 겨우 천천히 고개를 들었다.

"형님에게 제가 이런 말을 하면 대단히 실례될지 모르지만, 사람의 마음이란 아무리 학문을 하건 연구를 하건 알 턱이 없다고 전 생각합니다. 형님은 저보다 훌륭한 학자니까 이미 그 점을 간파하고 계실 테지만, 아무리 가까운 부모 자식이건 형제건, 마음과 마음이란 그저 서로 통하고 있는 듯한 느낌이 들 뿐이지, 실제 저쪽과 이쪽은 몸이 떨어져 있는 만큼 마음도 떨어져 있는 것이니 별수 없잖습니까."

"사람의 마음을 외부에서 연구하는 건 가능해. 하지만 그 마음이 되어볼 수는 없지. 그 정도는 나도 알아."

형은 내뱉듯 또한 성가시다는 듯 이렇게 말했다. 나는 곧이어 말했다.

"그걸 초월하는 게 종교가 아닐까요? 저 같은 사람은 바보라 어쩔 수 없지만, 형님은 그래도 생각이 많은 편이니까……"

"생각만으로 누가 종교에 다가갈 수 있다는 거냐? 종교는 생각하는 게 아니라 믿는 거다."

형은 자못 화가 치미는 듯 이렇게 단언했다. 그러고 나서 "아아, 나는 도저히 믿을 수 없어. 도저히 믿을 수 없어. 그저 생각하고 생각하고 또 생각할 뿐이다. 지로, 부디 내가 믿을 수 있게 해다오" 하고 말했다.

형의 말은 훌륭한 교육을 받은 사람의 말이었다. 그러나 그의 태도는 거의 열여덟아홉 살 아이에 가까웠다. 나는 이런 형을 내 앞에서 보는 게 슬펐다. 그때의 그는 흡사 진흙 속에서 몸부림치는 미꾸라지와 다름없었다.

어느 면에서 보나 나보다 뛰어난 형이, 이런 태도를 내게 보인 건 이때가 처음이었다. 나는 이를 슬프게 생각하는 동시에, 이런 경향으로 그가 점점 나아간다면 어쩌면 머잖아 그의 정신에 이상이 오지는 않을까 염려되어 갑자기 무서워졌다.

"형님, 실은 이런 문제는 저도 전부터 생각하고 있었습니다……"

"아니, 네 생각 따윌 들으려는 게 아냐. 오늘 널 여기 데려온 건 네게 좀 부탁이 있어서다. 부디 들어다오."

"뭡니까?"

일이 점점 꼬이는 것 같았다. 하지만 형은 쉽사리 그 부탁이라는 걸 털어놓으려 하지 않았다. 그러는 참에 우리처럼 관광객으로 보이는 남녀가 서너 명 돌계단 밑에 나타났다. 그들은 제각기 게다를 짚신으로 바꿔 신고, 우리 쪽으로 높은 돌계단을 올라왔다. 형은 사람 그림자를 보자마자 서둘러 일어섰다. "지로, 돌아가자"라고 말하며 돌계단을 내려 가기 시작했다. 나도 곧 그 뒤를 따랐다.

22

형과 나는 다시 오던 길로 발길을 돌렸다. 아침에 올 때도 배와 머리 상태가 좋지 않았는데, 돌아올 즈음엔 햇빛이 강한 탓인지 더욱 괴로웠다. 하필 둘 다 시계를 놓고 왔기 때문에 몇 시나 됐는지 가늠하기 힘들었다.

"몇 시나 됐을까?" 하고 형이 물었다.

"글쎄요" 하고 나는 이글거리는 태양을 올려다보았다. "아직 정오는 아니겠지요."

두 사람은 왔던 길을 다시 되돌아가는 거라 생각했으나 뭐가 잘못됐는지, 묘하게 해변가 둔치 쪽으로 나오고 말았다. 그곳엔 어부의 집이 잡화점들과 섞여 가난한 마을을 형성하고 있었다. 낡은 깃발을 지붕 위에 세운 기선(汽船) 회사의 대합실도 보였다.

"어쩐지 길이 다른 것 같지 않습니까?"

형은 여전히 고개를 숙이고 생각하면서 걸었다. 길에는 조가비가 여기저기 흩어져 있었다. 그걸 밟아 부숴뜨리는 두 사람의 발소리가 때로 단조로운 보행에 적이 시골다운 변화를 주었다. 형은 잠깐 멈춰 서서 주위를 둘러보았다.

"여긴 갈 때 지나지 않았나?"

"예, 지나지 않았어요."

"그렇군."

두 사람은 다시 걷기 시작했다. 형은 여전히 고개를 숙인 채였다. 나는 길을 잘못 들어 여관에 도착하는 시간이 의외로 늦어지지는 않을까 우려했다.

"무얼, 좁은 동네니까. 어디서 길을 잘못 들었건 돌아가긴 마찬가지다."

형은 이렇게 말하고 성큼성큼 걸었다. 나는 그의 걸음걸이를 뒤에서 지켜보며, 발길 닿는 대로라는 옛말을 떠올렸다. 그리고 이 경우, 형보다 10여 미터 뒤처지게 된 걸 무엇보다 다행으로 여겼다.

나는 둘이서 돌아가는 길에, 형이 예의 부탁이라는 걸 틀림없이 털어놓을 거라고 생각하여, 마음속으로 각오를 했다. 그런데 실제는 정반대로, 그는 가능한 한 말을 삼가고 재빨리 걷는 방향으로 나갔다. 그게 조금은 마음에 걸리기도 했으나 또한 매우 다행스럽기도 했다.

여관에서는 어머니와 형수가 난간에다 시마로(縞絽)인지 아카시(明石)인지 외출용 여름 견 기모노를 걸어두고 둘 다 유카타 차림으로 마주 앉아 있었다. 우리를 알아본 어머니는 "아이구, 어딜 갔던 거냐?" 하고 놀란 표정을 지었다.

"두 분은 아무 데도 안 갔습니까?"

난간에 널어놓은 기모노를 보며 내가 이렇게 묻자, 형수는 "물론 갔었죠" 하고 대답했다.

"어딜?"

"맞춰보세요."

그때의 나는 형이 보는 앞에서 형수가 이렇듯 거리낌없이 말을 거는 게, 형에 대해 뭐라 변명할 여지가 없는 것 같았다. 뿐만 아니라 형이 보기엔 그녀가 고의로 내게만 친밀감을 나타낸다고밖에 해석할 수 없으리라고 생각되어 아무한테도 말할 수 없는 고통을 느꼈다.

형수는 아주 태연했다. 나는 그게 냉담하기 때문인지, 무심하기 때문인지 아니면 상식을 무시해서인지 좀 이해하기 힘들었다.

그들이 구경하고 온 곳은 기미이데라였다. 다마쓰시마(玉津島) 신사(神社)에서 거리로 나가, 거기서 전차를 타면 금방 절 앞에 닿는다고 어머니가 형에게 설명했다.

"높은 돌계단이라 이렇게 쳐다만 봐도 난 어지럼증이 날 것 같더구나. 이래선 도저히 못 오르겠다 싶어 어떡할까 망설이는데, 나오가 손을 잡아주어 겨우 참배를 끝내긴 했다만. 그 대신 기모노가 땀으로 폭 젖었지 뭐냐……"

형은 "예에, 그랬군요, 그랬군요" 하고 이따금 건성으로 대답했다.

23

그날은 아무 일 없이 지나갔다. 저녁 무렵엔 넷이서 트럼프를 했다. 모두 네 장씩 카드를 들고 그 중 한 장을 엎어서 차례로 다음 사람에게 건네주는 동안 수가 갖춰진 걸 내보이면, 어딘가에 스페이드 하나가 남는다. 그걸 쥔 자가 지게 되는, 온천장 등지에서 흔히 유행하는 아주 간단한 놀이였다.

어머니와 나는 스페이드를 쥐었다 하면 쉽게 묘한 표정을 짓는 바람에 금방 탄로나고 말았다. 형도 가끔 쓴웃음을 지었다. 제일 냉담한 건 형수였다. 스페이드를 쥐든 안 쥐든 내겐 전혀 상관없다는 척했다. 이는 그런 척한다기보다 오히려 그녀의 성질이었다. 나는 그래도 형이 조금 전 대화 이후, 용케 그토록 흥분된 신경을 가라앉혔다고 여겨져 은근히 감탄했다.

밤엔 잠이 오지 않았다. 어젯밤보다 더욱 잠이 오지 않았다. 나는 쏴아쏴아 울리는 파도 소리 뒤로, 형 부부가 자는 방에 귀를 기울였다. 하지만 그들의 방은 여전히 어젯밤처럼 조용했다. 나는 어머니께 야단맞을까 봐 이날 밤은 굳이 툇마루에 나가지 않았다.

다음날 아침, 나는 어머니와 형수를 예의 동양 제일 엘리베이터로 안내했다. 그리고 어제처럼 산 위의 원숭이에게 고구마를 주었다. 이번엔 원숭이를 다룰 줄 아는 여관의 하녀가 함께 따라왔기 때문에, 원숭이를 안거나 소리를 지르게도 하여 전날보다는 무척 소란스러웠다. 어머니는 찻집 걸상에 앉아, 신와카노우라(新和歌の浦)인가 하는 갈색 민둥산을 가리키며 뭐냐고 물었다. 형수는 연신, 망원경 있어요? 없어요? 하며 수선을 떨었다.

"형수님, 여긴 시바(芝)의 아타고사마(愛石樣)*가 아니에요"라고 내가 응수했다.

"그래도 망원경쯤은 있어야 되는 거 아녜요?" 하고 형수는 여전히 불만스러워했다.

저녁 무렵, 나는 결국 형에게 이끌려 기미이데라에 갔다. 여자들이 어제 이미 참배했다는 걸 구실로 이곳에는 우리 둘만이 가게 된 것인데, 실은 자신의 부탁을 말하기 위해 형이 나를 불러낸 것이다.

우리는 어머니가 쳐다보기만 해도 겁이 났다는 높은 돌계단을 똑바로 올랐다. 그 위는 평평한 산중턱으로 전망 좋은 곳에 벤치가 하나 놓여 있었다. 본당 옆으로 오층탑이 있고 흔히 보는 보통 절보다 정취가 있었다. 차양 한가운데 내려뜨린 하얀 끈이 너무나 한가로워 보였다.

우리는 시야가 탁 트인 벤치 위에 나란히 앉았다.

---

* 도쿄 시바 구(區)의 아타고 신사를 가리킴.

"경치가 좋군요."

눈 아래 저 멀리로 바다가 정어리떼처럼 빛났다. 거기에 석양이 가득 눈부시게 비쳐, 뺨을 붉게 물들이는 듯했다. 바다보다 가까운 곳에선 또한 못으로 보이는 불규칙한 물결이 매끄러운 수면을 거울처럼 펼쳐 보였다.

형은 예의 지팡이를 턱밑에 받치고 아무 말 없다가 이윽고 결심했다는 듯 내 쪽을 보았다.

"지로, 실은 부탁이 있는데."

"예, 그걸 들을 셈으로 일부러 따라온 거니까 천천히 말씀하세요. 할 수 있는 일이라면 뭐든지 할 테니."

"지로, 실은 좀 말하기 힘든 거라서."

"말하기 힘든 거라도 저한텐 상관없지요."

"그래, 난 널 믿으니까 말하지. 하지만 놀라진 마라."

나는 형의 이 말에, 이야기를 듣기도 전에 미리 놀라고 말았다. 그래서 어떤 부탁이 형의 입에서 나올지 겁이 났다. 형의 기분은 전에 말한 대로 변덕이 심했다. 그러나 일단 뭔가 말을 꺼냈다 하면 오기로라도 그걸 관철시키지 않고선 물러서지 않았다.

24

"지로, 놀라면 안 돼" 하고 형이 거듭 말했다. 그리곤 실제로 이미 놀란 나를 조롱하듯 보았다. 나는 지금의 형과 곤겐 신사 앞에서의 형을 비교해보고, 전혀 딴사람인 양 여겨졌다. 지금의 형은 번복하기 힘든 굳은 결심으로 나를 마주하고 있다고밖에 볼 수 없었다.

"지로, 난 널 믿는다. 네가 결백하다는 건 이미 너의 말이 증명하는 바다. 그게 틀림없겠지?"

"틀림없습니다."

"그러면 솔직히 말하겠는데, 네가 나오의 정조를 시험해봐다오."

나는 '정조를 시험한다'는 말을 듣고 정말로 놀라고 말았다. 당사자로부터 놀라지 말라는 주의가 두 번 있었음에도 불구하고, 너무나 놀랐다. 그저 어안이 벙벙하여 멍한 기분이었다.

"어째서 새삼 그런 표정을 짓지?" 하고 형이 말했다.

나는 형의 눈에 비친 내 얼굴을 참으로 한심하게 느끼지 않을 수 없었다. 그야말로 형제의 입장이 요전에 만났을 때와는 서로 맞바뀐 데에 불과했다. 그래서 얼른 마음을 다잡았다.

"형수의 정조를 시험하다니, ― 관두는 게 좋겠습니다."

"어째서?"

"어째서라뇨, 너무 바보 같지 않습니까?"

"바보 같다니, 뭐가?"

"바보 같지 않을진 몰라도, 그럴 필요가 없지 않습니까?"

"필요가 있으니까 부탁하는 거다."

나는 잠시 침묵했다. 넓은 경내에는 참배하는 사람들도 보이지 않아, 의외로 사방이 고요했다. 나는 주변을 둘러보고 마지막으로 우리 두 사람의 쓸쓸한 모습을 한 귀퉁이에서 발견했을 때, 어쩐지 불쾌한 느낌이 들었다.

"시험하다니, 어떻게 해야 시험당하는 겁니까?"

"너와 나오, 두 사람이 와카야마로 가서 하룻밤 묵기만 하면 돼."

"말도 안 돼" 하고 나는 한마디로 뿌리쳤다. 그러자 이번엔 형이 침묵했다. 물론 나도 말이 없었다. 바다로 내리꽂히는 석양빛이 점차 엷어짐에 따라 얼마 남지 않은 열을 불그레 먼 저편으로 한층 길게 늘어뜨렸다.

"싫으냐?" 하고 형이 물었다.

"예, 다른 일이라면 모를까, 그것만은 싫습니다" 하고 나는 분명히 단언했다.

"그렇다면 부탁하지 않겠다. 대신, 난 평생 널 의심하겠다."

"그건 곤란합니다."

"곤란하면 내 부탁대로 해다오."

나는 그저 고개를 숙이고 있었다. 평소의 형이라면 일찌감치 손찌검을 하고도 남을 순간이었다. 나는 고개를 숙인 채, 이제 곧 형의 주먹이 모자 위로 날아오든가 아니면 그의 손바닥이 볼 언저리에서 찰싹 소리를 낼 거라 짐작하며, 꼼짝 않고 울화통이 터지기만 고대했다. 그런 다음 으레 화풀이 후에 생기는 반동을 기회로, 형의 마음을 차분히 가라앉힐 생각이었다. 나는 남들보다 갑절로 쉽게 이 반동에 걸려들고 마는 형의 기질을 잘 꿰뚫고 있었다.

나는 상당한 인내심을 발휘해서 형의 주먹이 날아오기만 기다렸다. 그러나 내 기대는 완전히 헛수고였다. 형은 죽은 사람처럼 고요했다. 급기야 내가 묘한 여우눈을 치켜 뜨고 형의 얼굴을 훔쳐보아야 했다. 형의 얼굴은 창백했다. 하지만 결코 충동적으로 움직일 기색은 보이지 않았다.

25

잠시 후, 형은 흥분한 상태로 이렇게 말했다.

"지로, 난 널 믿는다. 하지만 나오가 의심스러워. 게다가 의심받는 당사자의 상대는 불행히도 너다. 하지만 불행이라 함은 너에게 불행하다는 말이고, 내겐 오히려 다행인지도 몰라. 왜냐하면 방금 분명히 말했다시피, 난 네가 하는 말이라면 뭐든지 믿을 수 있고 또 뭐든지 털어놓을 수 있으니까. 그래서 내겐 다행이라는 거야. 그러니까 부탁하는 거다. 내가 하는 말에 아주 일리가 없는 것도 아닐 테지."

나는 그때 형의 말 속에 뭔가 깊은 의미가 담겨 있는 건 아닐까 의심하기 시작했다. 형은 내심 나와 형수 사이에 육체 관계가 있었다고 믿고 일부러 이런 난제(難題)를 들고 나오는 게 아닐까? 나는 "형님" 하고 불렀다. 형의 귀엔 어떻게 들렸을지 몰라도 나로선 꽤나 힘주어 낸 소리였다.

"형님, 다른 문제와는 달리 이건 윤리상의 큰 문젭니다……"

"물론이야."

나는 형의 대답이 무척 냉담한 게 뜻밖이라 여겼다. 동시에 조금 전의 의심이 더욱더 깊어졌다.

"형님, 아무리 형제간이라지만 나는 그런 잔혹한 짓은 하고 싶지 않습니다."

"아니, 상대방이 내게 잔혹한 거야."

나는 형에게 어째서 형수가 잔혹한가의 의미를 물어보려고도 하지 않았다.

"그렇다면 다시 말씀드립니다만, 어쨌든 지금 하신 부탁만은 사절입니다. 제겐 저만의 명예가 있으니까요. 아무리 형님을 위해서라도 명예까지 희생할 순 없습니다."

"명예?"

"물론 명옙니다. 다른 사람 부탁으로 남을 시험하다뇨, — 그러잖아도 싫은 마당에. 하물며 그런…… 탐정도 아닐 테고……"

"지로, 난 그런 비열한 행위를 네가 상대방에게 해주길 부탁하는 게 아냐. 그저 형수, 동생으로서 함께 갔다가 한 여관에 묵고 오라는 거다. 불명예가 될 게 뭐가 있니?"

"형님은 절 의심하시는 거죠? 그런 무리한 부탁을 하시는 걸 보면."

"아니, 믿으니까 부탁하는 거다."

"입으로만 믿고 속으론 의심하시는 거죠?"

"멍청하긴."

형과 나는 이런 대화를 몇 번이고 되풀이했다. 그리고 되풀이할 때마다 양쪽 다 한층 격해졌다. 그러다 대수롭잖은 한마디에 갑자기 열이 식은 듯, 두 사람 모두 가라앉았다.

그렇게 격해진 어느 한순간, 나는 형을 영락없는 정신병 환자로 단정한 적조차 있었다. 그러나 그 발작이 바람처럼 스친 뒤에는 다시 보통 사람으로 느껴졌다. 마침내 나는 이렇게 말했다.

"실은 전부터 저도 그 점에 대해 약간 생각이 있어 기회를 보아 형수께 찬찬히 속내를 물어볼 참이었으니 그것뿐이라면 승낙하지요. 이제 곧 도쿄로 돌아갈 테니까."

"그럼, 그걸 내일 해다오. 내일 낮에 함께 와카야마에 가서 해 지기 전에 돌아오는 건 괜찮겠지?"

나는 왠지 그게 싫었다. 도쿄에 돌아가 천천히 짬을 봐가며 그럴 요량이었지만, 하나를 기절한 지금, 새삼스레 나머지 하나도 싫다고는 하기 힘들어 결국 와카야마 구경만은 떠맡기로 했다.

26

그 다음날 아침 일어났을 때, 공교롭게도 하늘이 찌뿌둥했다. 더구나 바람마저 높이 일어, 예의 방파제에 부서지는 파도 소리가 어마어마하게 들려왔다. 난간에 기대어 바라보니, 하얀 안개가 자욱이 해안 전체를 가득 메우고 있었다. 오전엔 네 사람 모두 해안에 나갈 엄두가 나지 않았다.

정오가 조금 지나서야 하늘은 다소 말개졌다. 겹쳐진 구름 사이로 햇살이 드문드문 내비치기도 했다. 하지만 어선 네다섯 척이 여느 때보다 일찍 누각 앞의 수로로 노를 저으며 들어왔다.

"심상찮아. 어쩐지 태풍이 올 것 같구나."

어머니는 평소와 다른 하늘을 쳐다보며 이렇게 말하고 다시 객실로 돌아왔다. 형은 얼른 일어나 다시 난간으로 나갔다.

"뭐, 괜찮은걸요. 별일 없을 게 확실해요. 어머니, 제가 보증할 테니 나가시죠. 인력거도 이미 불러놓았으니까."

어머니는 아무 말도 없이 내 얼굴을 보았다.

"그야 가도 되지만, 간다면 모두 같이 가야잖니?"

나는 그러는 게 훨씬 편했다. 할 수 있다면 아무쪼록 어머니와 동행해서 와카야마행을 그만두고 싶었다.

"그럼 우리도 같이 그 새로 낸 산길 쪽으로 가볼까요?"라며 일어섰다. 그러자 형의 험악한 눈초리가 내게 바로 쏟아졌다. 나는 이래선 도저히 약속을 이행할밖에 방법이 없겠다고 다시금 생각을 고쳤다.

"아 참, 형수와 약속이 있었지."

나는 형에게 얼떨결에 시치미를 떼며 말하지 않고선 면목이 없었다. 그러자 이번엔 어머니가 쓸쓸한 표정이었다.

"와카야마는 관두렴."

나는 어머니와 형의 얼굴을 번갈아보며 어떻게 된 건가 하고 망설였다. 형수는 늘 그렇듯 냉담했다. 내가 어머니와 형 틈에서 머뭇거리는 동안, 그녀는 거의 한 마디도 하지 않았다.

"나오, 당신은 지로와 와카야마에 가기로 한 거지?" 하고 형이 말했을 때, 형수는 그저 "예"라고 대답할 뿐이었다. 어머니가 "오늘은 관두렴" 하고 말렸을 때도 형수는 역시 "예"라는 대답뿐이었다. 내가 "형수님, 어떡할까요?" 하고 돌아봤을 때도 "아무래도 좋아요"라고 대답했다.

나는 잠깐 볼일이 있어 아래층으로 내려왔다. 그러자 어머니가 뒤따라 내려왔다. 어머니는 어쩐지 안절부절못했다.

"넌 정말로 나오와 둘이서 와카야마에 갈 거니?"

"예, 형님이 승낙한걸요."

"아무리 승낙했어도 엄마가 곤란하니까 관두렴."

어머니의 얼굴 어딘가에 불안한 기색이 엿보였다. 나는 그 불안의 요인이 형에게 있는 건지 아니면 형수와 내게 있는 건지 쉽게 판단할 수 없었다.

"왜요?" 하고 물었다.

"왜요라니, 너와 나오가 가는 건 안 돼."

"형님에게 안 좋다는 말입니까?"

나는 노골적으로 이렇게 물어보았다.

"형한테만 안 좋은 게 아니라……"

"그럼 형수님이나 제게도 안 좋다는 말입니까?"

내 질문은 처음 것보다 더욱 노골적이었다. 어머니는 말없이 그대로 멈춰 서 있었다. 나는 어머니의 표정에서 드물게 의심의 그림자를 보았다.

27

나는 나를 더없이 신뢰하고 또 사랑하고 있다고만 생각해온 어머니의 표정을 보자마자 주눅이 들었다.

"그럼 관두겠습니다. 원래 저의 제안으로 형수를 데리고 가는 게 아니에요. 형님이 둘이서 갔다 오라고 하니까 갈 뿐입니다. 어머니가 허락지 않으시면 언제라도 관두겠어요. 그 대신 어머니가 형님과 담판을 지어 안 가도 되게 해주세요. 전 형님과 한 약속이 있으니까."

나는 이렇게 대답하고 뭔가 어색한 듯 어머니 앞에 서 있었다. 실은 어머니 앞을 지날 용기가 없었던 것이다. 어머니는 적이 당황해하는 기색이었다. 그러나 마침내 결심한 모양으로 "그럼 형에겐 내가 얘길 할 테니 그 대신 넌 여기서 기다리렴. 삼층에 같이 가면 또 일이 복잡해질지도 모르니까" 하고 말했다.

나는 어머니의 뒷모습을 지켜보며, 일이 이렇듯 뒤엉킨 날은 도저히 형수를 데리고 와카야마 따위로 갈 기분이 아니다, 가봤자 정작 중요한 용건을 말할 수 없다, 어떻게든 어머니 생각대로 일이 바뀌면 좋을 텐데라고 생각했다. 그리고 진정되지 않는 가슴을 안고 넓은 객실을 이리저리 무턱대고 서성거렸다.

이윽고 삼층에서 형이 내려왔다. 나는 그 얼굴을 언뜻 보았을 때, 이건 아무래도 가지 않고는 못 배기겠는걸 하고 바로 알아차렸다.

"지로, 이제 와서 약속을 깨면 내가 곤란해. 네놈도 사내가 아니냐?"

나는 가끔 형한테 '네놈'이라고 불리는 수가 있었다. 그리고 이 '네놈'이 그의 입에서 나올 때는 으레 조심해서 뒤탈을 피했다.

"아니, 갑니다. 갑니다만 어머니가 관두라고 하시니까."

내가 이렇게 말하는 사이, 어머니가 다시 걱정스러운 듯 삼층에서 내려왔다. 그리곤 바로 내 곁에 다가와 "지로, 엄마는 아까 그렇게 말했다만, 이치로에게 자세히 물어보니 뭔가 기미이데라에서 약속한 바가 있다니까 유감이지만 어쩔 수 없구나. 역시 그 약속대로 하렴" 하고 말했다.

"예."

나는 이렇게 대답하고 이젠 아무 말도 하지 않기로 했다.

이윽고 어머니와 형은 밑에서 기다리는 인력거를 타고 누각 앞에서 오른쪽으로 쇠바퀴 소리를 내며 떠났다.

"그럼 우리도 슬슬 나가볼까요" 하고 형수를 돌아다보았을 때, 사실 나는 기분이 썩 좋은 건 아니었다.

"어떻습니까, 나가실 용기가 있습니까?" 하고 물었다.

"당신은?" 하고 상대방도 물었다.

"난 있습니다."

"당신에게 있으면 내게도 있죠."

나는 서서 옷을 갈아입기 시작했다.

형수는 웃옷을 걸쳐주면서 "당신은 오늘 어쩐지 용기가 없어 보여요" 하고 거의 놀리다시피 말했다. 나는 전혀 용기가 없었다.

두 사람은 전차가 출발하는 곳까지 걸어갔다. 하필 지름길을 택한 탓에, 형수의 낮은 게다와 흰 버선이 한 걸음 옮길 때마다 모래 속으로 빠졌다.

"걷기 힘들죠?"

"예" 하며 그녀는 양산을 손에 든 채 고개를 돌려 자신의 발뒤꿈치를 돌아보았다. 나는 빨간 구두를 모래 속에 묻으며 오늘의 임무를 어디서 어떻게 완수해야 하나를 생각했다. 생각하면서 걸어서인지 대화는 조금도 무르익지 않는 느낌이었다.

"당신은 오늘 드물게 말이 없군요" 하고 결국 형수에게 한 소리 들었다.

28

나는 형수와 전차에 나란히 앉았다. 하지만 중요한 용건을 앞두고 있다는 생각을 품은 탓에 아무래도 기분좋게 이야기를 나눌 수 없었다.

"어째서 그렇게 말이 없어요?" 하고 그녀가 물었다. 나는 여관을 나온 이후, 이와 비슷한 의미의 질문을 그녀로부터 이미 두 번이나 들었다. 그 속을 들여다보면, 둘이서 좀더 재미있는 얘기를 하는 게 어때요, 라는 의미가 내비쳤다.

"당신은 형님한테 그렇게 말한 적이 있습니까?"

내 표정은 약간 진지했다. 형수는 언뜻 내 얼굴을 보더니 바로 창밖을 내다보았다. 그리고 "경치가 좋군요" 했다. 과연 그때 전차가 달리는 곳의 경치는 나쁘지 않았지만, 그녀가 모른 척 창밖을 내다본 것은 분명했다. 나는 일부러 형수를 불러 다시 아까 한 질문을 되풀이했다.

"어째서 그런 시시한 걸 묻는 거죠?"라는 그녀의 말은 거의 일고의 가치도 없다는 식이었다.

전차는 계속 달렸다. 나는 다음 정류장에 닿기 전에 다시 끈질기게 같은 질문을 해보았다.

"귀찮은 사람이야" 하고 그녀가 마침내 말했다. "그런 걸 물어 뭘 하시게요? 그야 부부니까 그런 말을 한 적은 있을 테죠. 그게 어떻다는 거예요?"

"어떻다는 게 아닙니다. 형에게도 상냥한 말을 늘 해주셨으면 하는 것뿐입니다."

그녀의 창백한 볼에 약간 혈색이 돌았다. 그 양이 부족한 탓인지, 볼 안쪽에 켜진 등불이 멀리서 피부를 달아오르게 한 것 같았다. 그러나 나는 그 의미를 깊이 생각지 않았다.

와카야마에 닿았을 때, 우리 두 사람은 전차에서 내렸다. 내리고 나서 비로소 나는 와카야마에 처음 왔음을 깨달았다. 실은 이곳을 구경한다는 구실로 형수를 데려온 만큼, 형식적이나마 어디를 가보아야만 했다.

"어머, 당신은 아직 와카야마를 몰라요? 그러면서 날 데려오다니 참 태평이셔."

형수는 불안한 듯 주변을 둘러보았다. 나 역시 다소 멋쩍은 느낌이었다.

"인력거라도 타고 인력거꾼에게 적당한 곳으로 데려가달라고 할까요? 아니면 천천히 성(城) 쪽으로 걸어갈까요?"

"글쎄."

형수는 먼 하늘만 바라볼 뿐, 가까이 있는 내겐 눈길도 주지 않았다. 이곳 하늘도 해변과 마찬가지로 흐렸다. 농담(濃淡)을 흐트러뜨리며 어지러운 구름이 몇 겹이고 두 사람의 머리 위에 내려앉아, 똑바로 해를 받는 것보다 후텁지근했다. 게다가 언제 소나기가 쏟아질지 알 수 없을 정도로 하늘 한 편은 어느새 검게 물들고 있었다. 그 검게 물든 원의 사방이 흐릿하게 빛나며 방금 우리가 떠나온 와카노우라 일대에 무시무시한 하늘을 연출했다. 형수는 지금 그 험상궂은 광경을 눈썹을 찡그리고 바라보는 것 같았다.

"비가 올까요?"

나는 처음부터 비가 올 게 틀림없다고 생각했다. 그래서 어쨌든 인력거를 불러 볼 만한 곳을 달려보는 게 최선책이라 여겼다. 나는 곧장 인력거꾼에게 어디든 상관없으니 가능한 한 빨리 구경할 수 있게 몰아달라고 일렀다. 인력거꾼은 말을 알아들었는지 알아듣지 못했는지 마구 내달렸다. 작은 마을로, 예의 연꽃이 핀 수로로, 다시 작은 마을로 돌아다녔지만 전혀 이렇다 싶은 곳이 없었다. 마침내 나는 인력거 위에서 이렇게 달리고만 있다가는 중요한 얘기를 할 수 없을 거라 판단하여, 인력거꾼에게 어디든 조용히 앉아서 얘기를 나눌 만한 데로 가달라고 지시했다.

29

인력거꾼은 알았다는 듯 끄덕이고 내달렸다. 지금까지와는 달리 너무 기세 좋게 달린다 싶었는데, 두 사람이 탄 인력거는 좁은 골목길을 돌아 갑자기 커다란 문으로 들어갔다. 당황한 내가 인력거꾼을 불러 세우려 했을 때는 이미 채를 현관 앞에 고정시킨 뒤였다. 우리 두 사람은 어찌해볼 수도 없었다. 더구나 예쁘게 차려입은 젊은 하녀가 안내하러 나온 터라, 두 사람은 그만 들어갈밖에 도리가 없었다.

"이런 델 오려고 한 건 아니었습니다만" 하고 나는 변명조로 말했다.

"어째서? 이 정도면 훌륭한 요정인걸요. 좋아요" 하고 형수가 대답했다. 대답하는 투로 봐서, 그녀는 처음부터 이런 요릿집 같은 곳으로 올 거라 예상한 모양이었다.

사실 형수가 말한 대로 그 객실은 아담하면서도 탄탄하게 지어져 있었다.

"도쿄 주변의 싸구려 요릿집보단 오히려 낫군요" 하고 나는 나무 기둥이며 도코노마의 족자 등을 둘러보았다. 형수는 난간으로 나가 중간 뜰을 내다보고 있었다. 오래 묵은 매화나무 아래 난이 우거져 검푸른 그림자를 짙게 만들었다. 매화 줄기에도 단단하고 길다란 이끼 비슷한 것이 군데군데 달라붙어 있었다.

하녀가 유카타를 들고 목욕탕을 안내하러 왔다. 나는 목욕하는 시간이 아까웠다. 그리고 날이 저물지는 않을까 염려했다. 가능하면 한시라도 빨리 용건을 끝내고 약속대로 환할 때 해안까지 돌아갈 수 있기를 바랐다.

"형수님, 목욕은 어떡하시겠어요?" 하고 물어보았다.

형수도 해 지기 전까진 돌아오라고 형한테 들은 바가 있어, 이 점은 충분히 이해하고 있었다. 그녀는 기모노 띠 사이로 시계를 꺼내보았다.

"아직 이른걸요. 지로 씨, 목욕해도 괜찮아요."

그녀는 시간이 늦어 보이는 걸 오로지 날씨 탓으로 돌렸다. 하긴 잿빛 구름이 몇 겹이고 하늘을 둘러치고 있어, 시계의 시간보다 밖이 어둡게 보이는 건 확실했다. 나는 또 당장이라도 쏟아질 듯한 비가 걱정되었다. 어차피 비가 온다면 한바탕 실컷 뿌린 후에 돌아가는 게 오히려 나을 거라고 생각했다.

"그럼 잠깐 땀을 씻고 갈까요?"

두 사람은 결국 목욕을 했다. 탕에서 나오자, 밥상이 날라져왔다. 시간으로 봐서 식사하기엔 너무 일렀다. 술은 사양하고 싶었다. 더구나 원래 많이 마시지도 못했다. 나는 하는 수 없이 국물을 마시거나 회를 집어먹거나 했다. 하녀가 방해되었으므로 볼일이 있으면 부르겠다 하고 내보냈다.

형수에게 격식 차린 말을 꺼내야 할지, 아니면 슬그머니 이야기하는 도중에 본론으로 들어가야 할지 궁리했다. 궁리하면 할수록 어느 쪽이든 상관없을 것 같기도 하고, 어느 쪽이든 좋지 않을 것 같았다. 나는 국그릇을 손에 든 채 멍하니 정원 쪽을 바라보았다.

"뭘 생각하세요?" 하고 형수가 물었다.

"아니, 혹시 비라도 내리진 않나 해서요" 하고 나는 대답을 얼버무렸다.

"그래요? 그렇게 날씨가 무서워요? 당신에게 안 어울려요."

"무서운 건 아니지만, 만약 소나기라도 쏟아지면 큰일이니까요."

내가 이렇게 말하는 사이, 빗방울이 후드득 떨어졌다. 꽤나 일찍부터 시작된 연회인 듯, 건너편에 보이는 이층 객실에는 가문(家紋)을 넣은 예복 차림의 모습이 두세 명 보였다. 그 언저리에서 게이샤가 샤미센(三味線)*을 조율하는 소리가 들려왔다.

여관을 나올 때 이미 뒤숭숭하던 내 마음은 이때 더욱 침착성을 잃고 있었다. 나는 마음속으로 오늘은 도저히 차분하게 얘기할 기분이 못 된다고 우려했다. 어째서 하필이면 오늘, 이런 묘한 일을 떠맡았을까, 후회도 되었다.

30

형수는 그걸 눈치 챌 리가 없었다. 비 걱정하는 나를 보며 그녀는 오히려 이상하다는 듯 나무랐다.

---

* 줄이 세 개인 일본의 전통 악기.

"어째서 그렇게 비 걱정을 하는 거죠? 비 온 뒤엔 시원해져서 좋지 않아요?"

"글쎄 언제 그칠지 알 수 없으니까 곤란한 겁니다."

"곤란할 거 없어요. 아무리 약속했다지만 날씨 때문이라면 어쩔 수 없으니까."

"하지만 형님에 대한 내 책임이 있습니다."

"그럼 당장 돌아가요."

형수는 이렇게 말하고 바로 자리에서 일어났다. 그 모습은 일말의 결단을 내비치고 있었다. 건너편 객실에서는 손님 수가 채워졌는지, 사미센 소리가 빗속으로 상쾌하게 들려왔다. 전등이 이미 환하게 켜져 있었다. 나도 하마터면 형수의 결심에 덩달아 일어설 뻔했으나, 떠맡아온 이야기를 아직 한 마디도 입 밖에 내지를 못했다는 데에 생각이 미쳤다. 늦게 돌아가는 게 어머니나 형에게 미안하듯, 형수에게 중요한 용건을 조금도 털어놓지 못한 것 또한 내 마음이 개운치 못했다.

"형수님, 이 비는 쉽사리 그칠 것 같지도 않군요. 그리고 난 형수님께 좀 용건이 있어 왔으니까."

나는 대충 하늘을 쳐다보고 나서 형수를 뒤돌아보았다. 나는 물론이고 자리에서 일어선 그녀도 아직 돌아갈 채비는 하지 않고 있었다. 그녀는 일어서기는 했어도 내 낌새를 봐가며 이후의 태도를 결정하려고 만반의 준비를 갖추고 있는 것 같았다. 나는 다시 처마 끝으로 고개를 내밀어 위를 올려다보았다. 중간 뜰을 지나 건너편에 커다란 이층짜리 연회실이 자리잡고 있는 방 위치 때문에, 하늘은 여느 때처럼 넓게 시야에 잡히지 않았다. 따라서 구름의 움직임이나 앞으로 더 내릴 비의 양을 쉽게 짐작할 수 없었다. 하지만 아까보다 훨씬 더 요란하게 정원수가 흔들리고 있는 것만은 사실이었다. 나는 비나 하늘보다 우선 이 바람에 질리고 말았다.

"당신도 이상한 분이야. 돌아간다고 해서 막상 채비를 했는데 다시 주저앉다니."

"제대로 채비를 한 것도 아니잖습니까, 고작 일어선 게 전부인걸."

내가 이렇게 말했을 때, 형수는 방긋 웃었다. 그리고 일부러 자신의 소매며 옷자락께를 정말이야라는 듯한, 혹은 뜻밖이라는 듯 깜짝 놀란 눈으로 둘러보았다. 그리고는 그 모습을 미소로 지켜보던 내 앞에 다시 털썩 앉았다.

"뭐죠? 용건이 있다는 건. 난 그런 어려운 건 잘 몰라요. 차라리 건너편 객실의 사미센이나 듣는 게 나아요."

비는 처마에 울린다기보다 오히려 바람에 실려 제멋대로 아무 데나 후려치는 듯한 소리를 냈다. 그 사이에 사미센 소리가 변덕스럽게 가끔 두 사람의 귀를 스쳐 지나갔다.

"용건이 있으면 어서 말씀하세요" 하고 그녀는 재촉했다.

"재촉한다고 해서 쉽게 말할 수 있는 게 아닙니다."

사실 나는 그녀가 재촉했을 때, 뭐라 말문을 열어야 좋을지 알 수 없었다. 그러자 그녀는 싱글싱글 웃었다.

"당신은 올해 몇 살이죠?"

"그렇게 놀리면 안 됩니다. 정말 진지한 일이니까."

"그러니 어서 말씀하세요."

나는 점점 격식을 차려서 충고 어린 말을 하기가 싫어졌다. 그리고 그녀 앞에 나선 지금의 내가 어쩐지 그녀에게 훨씬 낮게 얕보이는 듯한 느낌이 드는 걸 막을 수 없었다. 그럼에도 또한 여기에 일종의 친근감을 느끼지 않는 것도 아니었다.

31

"형수님은 몇 살입니까?" 하고 나는 그만 엉뚱한 질문을 하고 말았다.

"이래봬도 아직 젊어요. 당신보다 훨씬 밑일걸요."

나는 애당초 그녀의 나이와 내 나이를 비교할 마음은 없었다.

"형님한테 시집 온 지 벌써 몇 년 됐습니까?" 하고 물었다.

형수는 그저 시치미를 떼고 "글쎄요" 했다.

"난 그런 건 모두 잊어버렸어요. 하물며 내 나이조차 잊어버릴 정도니까요."

형수의 이 능청스러움은 너무나 형수답게 들렸다. 그리고 내게 오히려 교태로 보이는 이 어색함이, 진지한 형에겐 심한 불쾌감을 주는 게 아닐까 생각했다.

"형수님은 자신의 나이에조차 냉담하군요."

나는 무심코 이렇게 비꼬았다. 그러나 말할 때의 불순한 마음을 금방 눈치 채고, 갑자기 형에 대한 미안함과 두려움으로 휩싸였다.

"자신의 나이 따위엔 아무리 냉담해도 상관없으니 형님한테만은 좀더 신경 써서 친절하게 대해주세요."

"내가 그렇게 형님한테 불친절해 보이나요? 그래도 형님에겐 할 수 있는 데까지 해드린다고 생각하는데. 형님뿐이 아녜요. 당신에게도 그렇죠. 지로 씨, 안 그래요?"

나는 내게 훨씬 불친절해도 상관없으니 형에게는 좀더 상냥하게 대해달라고 부탁할 작정으로 형수의 눈을 보았을 때, 또 한 번 문득 나 자신의 안이함을 깨달았다. 형수와 이렇게 서로 얼굴을 마주하고 나앉기는 했어도, 도저히 진심에서 우러난 성실함으로 형을 위해 일을 꾀할 수는 없다고까지 생각했다. 나는 전혀 말에는 궁하지 않았다. 어떤 표현이라도 형을 위해 사용하려 한다면 충분히 그럴 수 있었다. 하지만 그걸 사용하는 내 마음은 형을 위해서가 아니라, 도리어 날 위해 사용하는 거나 다름없는 결과가 되기 쉬웠다. 나는 결코 이런 역할을 떠맡을 만한 위인이 못 되었다. 나는 새삼 후회했다.

"당신은 갑자기 말이 없군요" 하고 그때 형수가 말했다. 마치 내 급소를 찌르듯.

"형님을 위해 내가 아까부터 당신에게 부탁하는 걸 형수님은 진지하게 듣지 않으니까."

나는 부끄러운 마음을 억누르고 일부러 이렇게 말했다. 그러자 형수는 아주 쓸쓸한 웃음을 지었다.

"글쎄 그건 무리예요, 지로 씨. 난 바보라 둔해서 모두들 냉담하다고 생각하는지 모르겠지만, 그래도 정말이지 할 수 있는 껏 형님한테 하고 있는 거예요. —난 참으로 얼뜨기예요. 특히 요즘은 얼빠진 사람이 되고 말았으니까."

"그렇게 상심치 말고 좀더 적극적으로 해보시면."

"적극적으로, 어떻게요? 아양을 떨라고요? 난 아양 떠는 건 질색이에요. 형님도 싫어해요."

"아양 떠는 걸 좋아할 이는 없겠지만, 조금만 더 애를 쓰시면 형님도 행복할 테고 형수님도 행복해질 수 있으니까……"

"됐어요. 더 이상 듣지 않아도"라며 형수는 그 말이 채 끝나기도 전에 눈물을 뚝뚝 흘렸다.

"나처럼 얼빠진 사람은 틀림없이 형님 마음에 들 턱이 없지요. 하지만 전 이대로 만족합니다. 이걸로 충분한걸요. 지금껏 형님에 대한 불평을 아무한테도 말한 적 없어요. 그 정도쯤은 지로 씨도 지켜보아 대강 알 텐데……"

　울면서 하는 형수의 말은 띄엄띄엄 들릴 뿐이었다. 그러나 그 띄엄띄엄 끊기는 말이, 예리한 힘을 지니고 내 머리에 들어와 박혔다.

32

　경험 많은 한 어른이 여자의 눈물에 다이아몬드는 전혀 없고 대부분 모두 유리 세공이라고 일찍이 내게 가르쳐준 적이 있다. 그때 나는 과연, 그런가 보다며 감동해서 들었다. 하지만 그건 단순히 언어상의 지식에 불과했다. 아직 미숙한 나는 형수의 눈물을 가까이 보며 어쩐지 너무 애처로운 느낌이 들었다. 상황만 다르다면, 그녀의 손을 잡고 같이 울고 싶었다.

　"그야 형님이 까다롭다는 건 누구나 잘 압니다. 당신이 참고 지내기도 여간 쉬운 일이 아니겠지요. 하지만 형님은 그래도 지나칠 정도로 결백한 데다, 지나칠 정도로 정직하고 고상한 남자입니다. 존경할 만한 사람입니다……"

　"지로 씨가 굳이 그런 말을 하지 않아도 형님의 성격쯤은 나도 잘 알아요. 아내인걸요."

　형수는 이렇게 말하고 다시 훌쩍거렸다. 나는 점점 더 가엾어졌다. 그리고 그녀의 눈을 닦은 작은 손수건이 온통 쭈글쭈글해져 젖어 있는 걸 보았다. 나는 깨끗한 내 손수건으로 그녀의 눈이며 볼을 어루만져주기 위해 그녀의 얼굴에 손을 갖다 대고 싶어 견딜 수 없었다. 하지만 영문을 알 수 없는 힘이 다시 그 손을 꽉 눌러 움직이지 못하도록 단단히 동여매고 있다는 느낌이 강하게 들었다.

"솔직히 말해 형수님은 형님을 좋아하는 겁니까, 아니면 싫어하는 겁니까?"

나는 이렇게 말하고 나서, 이 말은 손을 내밀어 형수의 볼을 닦아주지 못하는 대신, 저절로 입에서 나온 것임을 깨달았다. 형수는 손수건으로 눈물을 훔치며 내 얼굴을 빤히 들여다보았다.

"지로 씨."

"예."

이 간단한 대답은 흡사 자석에 빨려 들어가는 쇠붙이처럼 내 입에서 전혀 거부감 없이, 아무런 자각도 없이 이끌려나왔다.

"당신은 무슨 이유로 그런 걸 묻는 거죠? 형님을 좋아하느냐, 싫어하느냐라니. 내가 형님 말고 좋아하는 남자라도 있다고 생각하세요?"

"그런 건 절대 아닙니다만."

"그러니까 아까부터 말하지 않았어요? 내가 냉담하게 보이는 건 오로지 내가 얼뜨기인 탓이라고."

"자꾸 얼뜨기라고 일부러 자랑 삼아 말하면 곤란해요. 식구 중 아무도 그런 흉을 보는 이는 한 사람도 없으니까."

"말하지 않아도 얼뜨기예요. 나도 잘 알아요. 하지만 이래도 가끔은 사람들한테 친절하다고 칭찬받기도 하는걸요. 그렇게 바보는 아니랍니다."

나는 예전에 형수가 커다란 쿠션에 잠자리며 화초들을 여러 가지 색실로 꿰매준 데 대한 인사치레로, 당신은 친절하다고 고마워한 적이 있었다.

"그거, 아직 있을 테죠? 예뻤는데" 하고 그녀가 말했다.

"예. 소중히 간직하고 있습니다"라고 나는 대답했다. 나는 사실이니까 이렇게 대답할 수밖에 없었다. 이렇게 대답한 이상, 그녀가 내게 친절했다는 사실을 은연중에 받아들인 셈이 되고 말았다.

문득 귀 기울여보니, 건너편 이층에서 사미센 켜는 소리가 어느새 그쳐 있었다. 남은 손님 가운데 술 취한 이의 목소리가 가끔 바람을 타고 들려왔다. 벌써 이렇게 늦었나 하고 마침 시계를 찾는 터에, 하녀가 정원의 징검돌을 밟고 와 툇마루에서 고개를 들이밀었다.

우리는 이 하녀를 통해 와카노우라가 지금 폭풍우에 휩싸여 있음을 알았다. 전화가 끊겨 연락이 두절되었음을 알았다. 길가의 소나무가 쓰러져 전차가 다니지 못하게 된 것도 알았다.

33

나는 그때 바로 어머니와 형을 떠올렸다. 눈썹에 불이 붙은 듯 다급하게 떠올렸다. 요동치는 바람과 파도의 소용돌이에 휘말리게 된 그들의 여관이 상상의 눈앞에 또렷이 떠올랐다.

"형수님, 큰일인데요" 하고 나는 형수를 돌아보았다. 형수는 그다지 놀란 것 같지도 않았다. 하지만 생각 탓인지, 평소 창백한 볼이 한층 창백하게 느껴졌다. 그 창백한 볼과 눈가에 아까 울었던 흔적이 아직 남아 있었다. 형수는 그걸 하녀에게 들키기 싫어서인지 불빛이 먼 반대 방향으로 고개를 돌려 일부러 입구 쪽을 보지 않았다.

"아무래도 와카노우라에는 돌아갈 수 없나요?" 하고 말했다.

예상치 못한 쪽에서 나온 이 질문은 내게 하는 건지 아니면 하녀에게 묻는 건지 알 수 없었다.

"인력거로도 안 되겠지?" 하고 나는 비슷한 질문을 하녀에게 던져

보았다.

하녀는 안 된다는 말은 하지 않았으나 위험하다는 뜻을 거듭 설명해서 들려준 뒤, 오늘밤만은 꼭 여기 머무르라고 충고했다. 그녀의 얼굴은 오직 우리 두 사람의 안전이 목적이라는 듯 진지한 표정이었다. 나는 하녀의 말을 믿으면 믿을수록 어머니가 염려되었다.

방파제에서 어머니가 묵는 여관까지는 얼추 대여섯 정(町)*의 거리였다. 파도가 높아 약간 제방을 넘어설 정도라면, 단번에 삼층 객실까지 올 염려는 없을 거라고 생각했다. 그러나 만약 해일이 일시에 밀려든다면……

"한데, 해일로 그 일대의 여관이 완전히 파도에 쓸려나가기도 하나?"

나는 정말로 걱정이 된 나머지, 하녀에게 이렇게 물었다. 하녀는 그런 일은 없다고 단언했다. 하지만 파도가 방파제를 넘어 제방 밑으로 떨어져 들어와, 호수처럼 가득 찬 적은 두세 번 있었다고 말했다.

"그렇다 해도 물에 잠긴 집은 큰일일 테지?" 하고 내가 다시 물었다.

하녀는 기껏해야 물속에서 집이 빙글빙글 돌 뿐, 바다까지 쓸려나갈 염려는 절대 없을 거라고 대답했다. 걱정 가운데서도 이 태평스런 대답이 나를 실소하게 만들었다.

"빙글빙글 도는 것만으로 충분해. 더구나 바다까지 쓸려나가는 날엔 그야말로 재난인 거야."

하녀는 아무 말 하지 않고 웃었다. 형수도 어두운 데서 전등을 똑바로 보았다.

"형수님, 어떡할까요?"

"어떡하다뇨, 난 여자니까 어떡해야 좋을지 몰라요. 만약 당신이

---

* 6,7백 미터 정도의 거리.

돌아간다고 하면, 어떤 위험이 있어도 난 함께 가겠어요."

"가는 건 상관없지만, ─ 낭패로군. 그럼 오늘밤은 하는 수 없으니 여기서 묵기로 할까요?"

"당신이 묵는다면 나도 그럴 수밖에 도리가 없죠. 이렇게 어두운데 여자 혼자 도저히 와카노우라까지 갈 수는 없으니까."

하녀는 지금까지 잘못 생각하고 있었다는 듯한 눈길로 두 사람을 번갈아보았다.

"이봐, 전화는 영락없이 불통이겠지?" 하고 나는 혹시나 싶어 다시 물어보았다.

"불통입니다."

나는 전화를 걸어 직접 확인해볼 용기도 없었다.

"그럼 도리 없지, 묵기로 합시다" 하고 이번엔 형수를 향했다.

"예."

그녀의 대답은 여느 때처럼 간단하고 또한 침착했다.

"시내라면 인력거가 다니겠지?" 하고 나는 다시 하녀에게 물었다.

34

두 사람은 이제 요릿집에서 주선해준 여관까지 가야 했다. 채비를 해서 현관을 내려올 때, 거기에 불 밝힌 전등이며 인력거꾼의 초롱은 빗소리와 바람의 울부짖음에 환해지며 흡사 어둠에 날뛰는 광폭함을 비추는 도구처럼 여겨졌다. 먼저 색깔이 눈에 띄는 아리따운 형수의 모습이 검은 포장 안으로 감춰졌다. 나도 따라서 비좁고 깊숙한 동유지(桐油紙) 우비 속으로 몸을 집어넣었다.

포장에 둘러싸인 나는 전혀 거리의 엄청난 광경을 내다볼 정황이 아니었다. 내 머리는 아직 경험하지 못한 해일에 온통 지배되었다. 그런 가 하면, 변덕스런 날씨 덕분에 내가 형 앞에서 그토록 단호하게 물리친 일을 꼼짝없이 실행하게끔 되어버린 운명을 괴로운 심정으로 지켜보았다. 물론 내 머리는 차분히 상상하거나 지켜볼 정도의 여유를 갖지 못했다. 다만 난잡한 화재터처럼 두서없이 빙글빙글 맴돌기만 했다.

그러는 사이, 인력거의 채가 여관으로 보이는 집 입구로 다가가 멈춰 섰다. 나는 어쩐지 포렴 밑을 지나 토방으로 들어온 느낌이었으나 자세히 기억이 나지를 않는다. 토방은 폭에 비해 세로 길이가 꽤 길었다. 계산대도 보이지 않고 지배인도 없이 그저 하녀 한 사람이 손님을 맞으러 나왔을 뿐, 초저녁치고는 더없이 쓸쓸한 광경이었다.

우리는 말없이 거기에 우두커니 서 있었다. 나는 무슨 이유에서인지 형수에게 말을 걸고 싶지 않았다. 그녀도 모른 척 비단 양산 끝을 비스듬하니 토방에 짚은 채, 서 있었다.

하녀가 두 사람에게 안내한 방은 툇마루 앞으로 고운 발이 처마에 쳐진 고풍스러운 객실이었다. 기둥은 오래되어 검게 번들거렸다. 천장도 온통 거뭇한 빛깔이었다. 형수는 예의 양산을 옆방 옷걸이에 걸며
"여긴 건너편의 용마루가 높고 이쪽으로 두꺼운 담장이 있어 바람 소리가 별로 들리지 않지만, 아까 인력거를 탔을 땐 굉장했어요. 덮개 위에서 히잉히잉 하는 소리가 기분 나쁠 정도예요. 바람의 무게가 인력거 덮개 위로 덮쳐 누르는 건 당신도 함께 탔으니 느꼈을 테죠. 난 하마터면 인력거가 뒤집히는 건 아닌가 했어요."

나는 적이 흥분된 상태였기 때문에 그런 건 주의 깊게 살피지 못했었다. 하지만 솔직하게 그대로 대답할 만한 용기도 없었다.

"예, 바람이 대단했었지요" 하고 얼버무렸다.

"여기서 이 정도면 와카노우라는 훨씬 엄청나겠죠?" 하고 형수가 비로소 와카노우라를 입 밖에 꺼냈다.

나는 다시 가슴이 두근거리기 시작했다. "형수님, 여기도 전화가 끊겼을까요?" 하며 대답도 기다리지 않고 목욕탕 근처의 전화통까지 갔다. 거기서 전화번호부를 뒤적여 벨을 연신 울려대며 어머니와 형이 묵고 있는 와카노우라 여관으로 걸어보았다. 그러자 신기하게도 저쪽에서 두세 마디 뭔가 말하는 느낌이 들어 다행이다 생각하며 좀더 폭풍우에 대해 물어보려는데, 그만 뚝 불통이 되고 말았다. 그리고 여보세요를 몇 번이나 불러보고 아무리 벨을 울려봐도, 부르는 보람도 울리는 보람도 전혀 없기에 그만 고집을 꺾고 방으로 돌아왔다. 형수는 요 위에 앉아 차를 마시다가 내 발소리를 듣고 뒤돌아보며, "전화는 어때요? 통화했어요?" 하고 물었다. 나는 방금 건 전화에 대해 자세히 설명했다.

"대개 그럴 거라고 짐작했어요. 도저히 불가능해요, 오늘은. 아무리 걸어봤자 바람으로 전화선이 잘려나갔으니까. 저 소릴 들어보면 알 수 있잖아요?"

바람은 어디선가 두 갈래로 뒤엉켜왔다가 갑자기 엇갈리며 신음하는 듯한 괴상한 소리를 내고 다시 아득히 허공으로 솟구치는 것 같았다.

35

두 사람이 바람 소리에 귀 기울이고 있을 때, 하녀가 목욕탕을 안내하러 왔다. 그리고 저녁 식사를 하겠느냐고 물었다. 나는 전혀 식사를 할 기분이 아니었다.

"어떻게 할까요?" 하고 형수에게 물어보았다.

"글쎄요, 아무래도 좋지만. 기왕 묵게 됐으니 밥상만이라도 받는 게 좋겠지요" 하고 그녀는 대답했다.

하녀가 알아듣고 일어서기 바쁘게, 집 안의 전등이 일시에 꺼졌다. 검은 기둥과 그을린 천장으로 인해 그러잖아도 음침한 방이 이번엔 깜깜해졌다. 나는 코앞에 앉은 형수의 냄새조차 맡을 수 있을 듯한 느낌이었다.

"형수님, 무섭지 않습니까?"

"무서워요" 하는 목소리가 예상했던 언저리에서 들려왔다. 하지만 그 목소리에 무서움을 타는 기색은 전혀 담겨 있지 않았다. 또한 일부러 무서운 척하는, 어리고 경박한 태도도 보이지 않았다.

두 사람은 암흑 속에 앉아 있었다. 꼼짝도 않고 아무 말 없이 가만히 앉아 있었다. 시야가 깜깜한 탓인지 밖의 폭풍우는 지금까지보다 훨씬 생생하게 귀에 박혔다. 비는 바람에 흩날려 그다지 무서운 소리는 내지 않았지만, 바람은 지붕이며 담장, 전신주 등 가리지 않고 휘몰아치며 비명을 질러댔다. 우리 방은 땅 위의 움막처럼 사방이 튼튼한 건물과 두터운 벽으로 둘러싸여 있어 툇마루 앞의 작은 중간 뜰조차 비교적 안전해 보였으나, 주변을 가득 채운 엄청난 음향은 어둠과 더불어 찾아온, 인간이 저항하기 힘든 불가사의한 위협이었다.

"형수님, 조금만 더 참으세요. 이제 곧 하녀가 등을 가져오겠죠."

나는 이렇게 말하고 예의 언저리에서 형수의 목소리가 내 고막에 울려올 것을 속으로 기대했다. 그런데 그녀는 아무 대답도 하지 않았다. 그건 마치 칠흑 같은 어둠의 위력이 여자의 가녀린 목소리마저 삼켜버리는 듯 여겨져 나는 다소 기분이 언짢았다. 마침내 내 곁에 분명히 앉아 있을 형수의 존재가 신경 쓰이기 시작했다.

"형수님."

형수는 여전히 말이 없었다. 나는 전등이 꺼지기 전, 내 맞은편에 앉았던 형수의 모습을 적당한 거리에 상상으로 그려보았다. 그리고 그 걸 의지 삼아 다시 "형수님" 하고 불렀다.

"뭐죠?"

그녀의 대답은 어쩐지 귀찮아 보였다.

"거기 있습니까?"

"있고말고요. 사람인걸요. 거짓말이라 생각되면 이리 와서 손으로 만져보세요."

나는 손으로 더듬어 가까이 다가가고 싶었다. 그러나 그 정도의 배짱이 없었다. 그러는 사이, 그녀가 앉은 언저리에서 여자 띠 스치는 소리가 났다.

"형수님, 뭔가 하시는 겁니까?" 하고 물었다.

"예."

"뭘 하십니까?" 하고 다시 물었다.

"아까 하녀가 유카타를 가져왔기에 갈아입을까 하고 지금 띠를 풀고 있는 참이에요" 하고 형수가 대답했다.

내가 어둠 속에서 띠 푸는 소리를 듣고 있을 때, 하녀는 고풍스런 촛불을 밝혀 툇마루를 따라 가져왔다. 그리고 그걸 객실 도코노마 옆의 앉은뱅이 책상 위에 세웠다. 촛불의 불꽃이 폴폴 좌우로 흔들리는 탓에, 검은 기둥과 그을린 천장은 물론 불빛이 가 닿는 곳마다 스산하고 침침한 빛에 술렁거려, 내 마음을 쓸쓸하고 초조하게 만들었다. 더욱이 도코노마에 걸린 족자와 그 앞에 꽂아놓은 꽃이 기분 나쁠 정도로 환하게 촛불 빛을 받았다. 나는 수건을 들고 다시 땀을 씻으러 탕으로 갔다. 목욕탕은 어설픈 칸델라 빛이 비추고 있었다.

36

나는 흐릿한 불빛에 겨우 알아볼 수 있는 작은 바가지를 사용해 소리나게 물을 끼얹었다. 나오면서 혹시나 싶어 다시 전화벨을 따르릉따르릉 울려보았지만, 새삼스레 연결될 기색이 보이지 않아 그만두었다.

형수는 나와 교대로 탕에 들어가자마자 바로 나왔다. "어두워서 어쩐지 기분이 나빠요. 그리고 바가지며 욕조가 낡아 차분히 씻을 마음이 나질 않아요."

그때 나는 정좌하고 앉은 하녀 앞에서 촛불에 의지해 숙박부를 적어야 하는 처지였다.

"형수님, 숙박부는 어떻게 적을까요?"

"마음대로. 적당히 쓰세요."

형수는 이렇게 말하고 작은 주머니에서 빗이며 여러 가지가 든 화려한 사라사(更紗) 무늬의 종이 지갑을 꺼냈다. 그녀는 뒤로 돌아앉아 촛불 하나를 차지하고 경대 앞에서 뭔가 하고 있었다. 나는 할 수 없이 도쿄의 주소와 형수의 이름을 적고 일부러 옆에다 '이치로(一郎)의 처'라고 덧붙였다. 같은 의미로 내 옆에도 '이치로의 동생'이라고 굳이 토를 달았다.

식사가 나오기 전, 뜻밖에 아까 불이 나갔던 전등이 다시 화들짝 들어왔다. 그때 부엌 쪽에서 와아 하고 반가운 탄성을 지른 이가 있었다. 폭풍우로 인한 흉어(凶漁)에 생선이 없다고 하녀가 변명을 했으나, 우리 밥상은 환했다.

"마치 다시 살아난 것 같아요" 하고 형수가 말했다.

그러자 다시 전등이 꺼졌다. 나는 황급히 젓가락을 그 자리에 멈추고 잠시 움직이지 않았다.

"어머나."

하녀는 큰소리로 동료의 이름을 부르며 등불을 찾았다. 나는 전등이 일시에 환해진 순간, 형수가 어느새 엷은 화장을 마쳤다는 요염한 사실을 간파했다. 전등이 꺼진 지금, 그 얼굴만이 깜깜한 어둠 속에 그대로 남아 있는 듯한 느낌이었다.

"형수님, 언제 화장하신 겁니까?"

"어머 싫어요, 깜깜해진 뒤에 그런 말을 하면. 언제 봤어요?"

하녀는 어둠 속에서 웃음을 터뜨렸다. 그리고 나의 예리한 눈을 칭찬했다.

"여기까지 분(粉)을 가져오다니 정말 꼼꼼하군요, 형수님은" 하고 나는 다시 어둠 속에서 형수에게 말했다.

"분을 가져온 게 아녜요. 가져온 건 크림이에요" 하고 그녀는 또 어둠 속에서 변명했다.

나는 어둠 속에서 더구나 하녀 앞에서 이런 농담을 하는 게 여느 때보다 재미있었다. 그때 하녀의 동료가 새 촛불을 두어 개 들고 왔다.

방 안은 촛불로 인해 소용돌이치듯 동요했다. 나도 형수도 눈살을 찌푸리고 타오르는 불꽃 끝을 응시했다. 그리고 불안한 쓸쓸함이라 형용될 법한 심정을 맛보았다.

조금 있다가 우리는 누웠다. 화장실에 가려고 일어났을 때, 나는 창문을 통해 하늘을 올려다보았다. 지금까지 다소 잠잠하던 폭풍우가 이때는 밤이 깊어짐에 따라 거세지는지, 새까만 하늘이 새까만 대로 활동하며 한 순간도 쉬지 않는 것 같았다. 나는 무서운 하늘에서 검은 전광이 맞부딪쳐 서로 검은 바늘 비슷한 걸 쉴 새 없이 내보내어, 이 어둠을 굉장한 소리로 유지하는 거라 상상하며 또한 이 상상 앞에 위축되었다.

모기장 밖에는 하녀가 이부자리를 펼 때 촛불 대신 놓고 간 사방등(四方燈)이 켜져 있었다. 그 고풍스럽고 음침한 사방등은 차라리 불을 끄고 어둡게 하는 편이, 오히려 희미한 불빛에 비쳐지는 불쾌감보다 기분좋게 느껴질 정도였다. 나는 성냥을 켜고 어둑한 데서 담배를 피우기 시작했다.

37

나는 아까부터 도무지 잠을 이루지 못했다. 소변을 보러 일어나 궐련을 한 개비 피우는 동안에도 많은 생각을 했다. 그 생각들이 두서없이 한꺼번에 마구 밀려드는 바람에, 나도 뭐가 중요한 문제인지 가려낼 수가 없었다. 나는 성냥을 켜고 담배를 피우고 있다는 사실조차 가끔 잊었다. 더구나 정신을 차려 피우던 담배를 다시 입술에 갖다 댈 때의 싱거운 담배 맛은 각별했다.

내 머리 속에는 방금 본 정체를 알 수 없는 검은 하늘이 험상궂게 한결같이 움직였다. 그리고 어머니와 형이 있는 삼층 여관이 연거푸 파도를 맞아 빙글빙글 돌아갔다. 그 생각이 채 마무리되기도 전에 이 방에 누워 있는 형수가 다시 신경 쓰이기 시작했다. 천재(天災)라고는 해도, 둘이서 여기 묵게 된 변명을 어떻게 해야 하나를 생각했다. 변명한 뒤에는 또 형의 기분을 어떻게 맞추어야 할지도 생각했다. 동시에 오늘 형수와 같이 외출해서 좀처럼 하기 힘든 이런 모험을 함께한 기쁨이 어디선가 솟구쳤다. 이 기쁨이 솟아나왔을 때, 나는 바람도 비도 해일도 어머니도 형도 모두 잊었다. 그러자 그 기쁨이 다시 놀랍게도 일종의 두려움으로 바뀌었다. 두려움이라기보다 오히려 두려움의 전조(前兆)였다. 어디엔가 잠복해 있을 것 같은 불안의 징후였다. 그리고 그때는 밖에서 미친 듯 날뛰는 폭풍우가 나무를 뿌리째 뽑거나 담장을 넘어뜨리고 지붕의 기와를 날려버릴 뿐만 아니라, 지금 어둑한 사방등 아래에서 맛없는 담배를 피우고 있는 나를 산산이 파괴하고 말 예고처럼 여겨졌다.

내가 이런 걸 두루두루 생각하는 동안, 모기장 안에서 죽은 사람처럼 조용하던 형수가 갑자기 몸을 뒤척였다. 그리고 내게 들리도록 긴 하품을 했다.

"형수님, 아직 안 잡니까?" 하고 나는 담배 연기 사이로 형수에게 물었다.

"예, 글쎄 이렇게 비바람이 쳐대니, 암만 애써도 잠을 이룰 수가 없네요."

"나도 저 바람 소리가 귀에 박혀 어쩔 수가 없군요. 그런데 전등이 꺼진 건 이 근방의 전신주가 한두 개 쓰러졌기 때문이라는군요."

"그래요, 아까 하녀가 그렇게 말했었죠."

"어머니와 형은 괜찮을까요?"

"나도 아까부터 계속 그것만 생각하는걸요. 하지만 설마 파도가 들이치진 않겠죠. 들이쳤다 하더라도 떠내려가는 건 그 제방의 소나무에서 가까운 허술한 초가집 정도일 거예요. 만약 진짜 해일이 와서 그쪽 일대를 죄다 휩쓸어가버린다면, 난 정말로 아까운 걸 놓쳤다 싶어요."

"왜요?"

"왜냐면, 난 그런 무시무시한 광경을 보고 싶거든요."

"농담 마세요" 하고 나는 형수의 말을 잘라버릴 양으로 말했다. 그러자 형수는 진지하게 대답했다.

"어머 정말이에요, 지로 씨. 난 죽는다면 목매달거나 목을 찌르는 그런 잔재주 부리는 건 싫어요. 홍수에 휩쓸리거나 벼락을 맞든가 해서 맹렬하고 단숨에 죽는 방법을 택하고 싶어요."

나는 소설 같은 걸 별로 애독하지 않는 형수에게서 처음으로 이런 로맨틱한 말을 들었다. 그리고 마음속으로 이건 오로지 흥분된 신경 때문임에 틀림없다고 판단했다.

"무슨 책에라도 나올 법한 죽음이군요."

"책에 나오는지 연극에 나오는지 알 수 없지만, 난 진지하게 그렇게 생각해요. 거짓말이라고 생각되면 지금 둘이서 와카노우라에 가서 파도든 해일이든 상관없어요, 같이 뛰어들어 직접 보여드릴까요?"

"당신은 오늘밤 흥분한 것 같군요" 하고 나는 달래듯 말했다.

"오히려 내가 당신보다 훨씬 침착한걸요. 대개 남자들이란 겁쟁이야, 막상 닥치면" 하고 그녀는 이부자리 안에서 대답했다.

38

나는 이때 비로소 여자에 대해 아직 제대로 파악하지 못했음을 깨달았다. 형수는 어디를, 어떻게 떼밀어도 밀려나지 않는 여자였다. 이쪽에서 적극적으로 나아가면 마치 포렴처럼 흐물흐물했다. 하는 수 없이 이쪽이 물러나면 돌연 엉뚱한 곳에서 강한 힘을 보였다. 그 힘 가운데는 도저히 가까이 다가갈 수 없는 무서운 것도 있었다. 또는 이 정도라면 상대해줄 수 있으니 한번 시도해볼까 하다가 미처 시도하지 못하고 있는 사이, 금세 사라져버리는 것도 있었다. 나는 그녀와 이야기하는 동안 내내 그녀로부터 농락당하는 듯한 기분이었다. 신기하게도 그 농락당하는 기분이 내겐 불쾌해야 함에도 불구하고 오히려 유쾌하기 짝이 없었다.

그녀는 마지막으로 무서운 결심을 들려주었다. 해일에 휩쓸리고 싶다거나 벼락에 맞아 죽고 싶다거나, 어쨌든 평범하지 못한 장렬한 최후를 바라고 있었다. 나는 평소에(특히 둘이서 이 와카야마에 온 뒤로) 체력이나 근력 면에서 훨씬 우세한 위치에 섰으면서도, 형수에겐 어딘지 모르게 섬뜩한 느낌이 있었다. 그리고 이 섬뜩함이 친숙해지기 쉬운 느낌과 묘하게 서로 아주 잘 어울렸다.

나는 시나 소설을 별로 즐기지 않는 형수가 무엇 때문에 흥분해서 해일에 휩쓸려 죽고 싶다느니 하는 건지 그 점을 좀더 밝혀보고 싶었다.

"형수님이 죽는 얘길 꺼낸 건 오늘밤이 처음이군요."

"예, 입 밖에 꺼낸 건 오늘밤이 처음일지도 몰라요. 하지만 죽는 일, 죽는 일만은 어떻게든 마음속에서 잊은 날이 없어요. 그러니까 거짓말이라 생각되면 와카노우라까지 데려가주세요. 틀림없이 파도 속으로 뛰어들어 죽는 걸 보여줄 테니."

어둑한 사방등 아래에서 폭풍우 소리 사이로 이 이야기를 듣는 나는 사실 무서웠다. 그녀는 원래 침착한 여자였다. 히스테리컬한 부분은 거의 없었다. 그러나 과묵한 그녀의 볼은 늘 창백했다. 그리고 어쩌다가 눈 속에 의미심장하고 알 수 없는 빛을 발했다.

"형수님은 오늘밤 아무래도 이상하군요. 무슨 흥분할 일이라도 있습니까?"

나는 그녀의 눈물을 보진 못했다. 또한 그녀의 울음 소리를 들은 것도 아니었다. 하지만 금방이라도 그렇게 될 듯한 느낌이 들어, 어둑한 사방등 불빛으로 모기장 안을 들여다보았다. 그녀는 붉은 요를 두 장 겹쳐 깔고 그 위에 가선을 두른 흰 마(麻) 이불을 가슴께까지 얌전하게 덮었다. 내가 어두운 등으로 그 모습을 들여다보았을 때, 그녀는 베개를 움직여 내 쪽을 보았다.

"흥분, 흥분이라고 자꾸 말하는데, 난 당신보다 훨씬 침착하다니까요. 언제라도 각오가 되어 있다구요."

나는 뭐라 대답할 말이 없었다. 잠자코 두 개비째 시키시마를 어두운 불빛 아래서 피우기 시작했다. 나는 내 코와 입에서 나오는 하얀 연기만을 바라보았다. 그러면서 나는 불쾌한 눈을 돌려 가끔 모기장 안을 살폈다. 형수의 모습은 죽은 듯 조용했다. 어쩌면 벌써 잠든 건 아닐까 생각되었다. 그러자 느닷없이 똑바로 누운 자리에서 "지로 씨" 하는 목소리가 들렸다.

"무슨 일입니까?" 하고 내가 대답했다.
"거기서 뭘 하세요?"
"담배 피우고 있습니다. 잠이 안 와서."
"일찍 주무세요. 안 자면 해로워요."
"예."
나는 모기장 자락을 걷고 내 이부자리로 들어갔다.

39

다음날은 어제와 영 딴판으로 아침 일찍부터 화창한 하늘을 올려다 볼 수 있었다.
"날씨가 활짝 개었군요" 하고 나는 형수에게 말했다.
"정말이에요" 하고 그녀도 대답했다.
두 사람은 제대로 잠을 이루지 못해, 꿈에서 깨었다는 기분은 들지 않았다. 다만 일어나자마자, 마(魔)에서 깨어났다는 느낌이 들 정도로 하늘은 푸르게 물들어 있었다.

나는 아침 밥상을 마주하고 차양으로 비쳐드는 환한 빛을 보며 갑자기 변화된 기분을 알아차렸다. 따라서 마주 앉은 형수의 모습이 어젯밤의 형수와는 완전히 다르게 여겨졌다. 오늘 아침에 보았을 때는 그녀의 눈 어디에고 낭만적인 빛은 어려 있지 않았다. 다만 잠이 부족한 눈가에 갑자기 상쾌한 빛을 받아 그걸 물리치기가 몹시 귀찮다는 듯한 일종의 권태로움이 드러났다. 볼이 창백한 것도 여느 때와 다르지 않았다.

우리는 가능한 한 빨리 아침 식사를 끝내고 여관을 나왔다. 전차는 아직 다니지 않을 거라는 여관 사람의 주의를 듣고 인력거를 불렀다. 인력거꾼은 토방에서 밖으로 나온 우리를 언뜻 보고 바로 부부라 짐작한 모양이었다. 인력거에 오르자마자 나의 채를 먼저 들어올렸다. 나는 그걸 말리듯 "나중에, 나중에" 했다. 인력거꾼은 알아듣고 "사모님이 먼저다" 하고 신호했다. 형수의 인력거가 내 옆을 지나갈 때, 그녀는 예의 짝보조개를 보이며 "그럼, 먼저" 하고 인사했다. 나는 "그러세요"라고 말하긴 했으나 마음속으론 인력거꾼이 말한 사모님이라는 단어가 매우 신경 쓰였다. 형수는 그런 기색도 없이 나를 앞서가자마자, 호박단(琥珀緞)에 자수가 놓인 양산을 펴 들었다. 그녀의 뒷모습은 참으로 시원해 보였다. 사모님이라 불리건 말건 전혀 상관없다는 태도로 모른 척 인력거를 타고 있다고밖에 여겨지지 않았다.

나는 형수의 뒷모습을 응시하면서 다시 그녀의 사람 됨됨이에 생각이 미쳤다. 나는 평소에 형수의 성격을 어느 정도 확실히 파악하고 있다고 믿었으나, 막상 정식으로 그녀의 입을 통해 진심을 듣게 되고 보니 도무지 깊은 미로에 빠진 듯 뭐가 뭔지 알 수 없게 되고 말았다.

모든 여자는 남자가 관찰하려 들면 누구나 정체를 알 수 없는 형수 같은 모습으로 귀착되는 게 아닐까? 경험이 부족한 나는 이렇게 생각하기도 했다. 또한 그 정체를 알 수 없는 부분이 바로 다른 여자에게선 찾아보기 힘든 형수만의 특징이라는 생각도 해보았다. 어쨌든 형수의 정체는 전혀 알지 못한 채, 하늘은 파랗게 개고 말았다. 나는 김빠진 맥주 같은 심정으로, 앞서가는 그녀의 뒷모습을 줄곧 바라보았다.

갑자기 나는 여관에 돌아가 형수에 대해 형에게 보고할 의무가 아직 남아 있다는 사실을 깨달았다. 나는 뭐라고 보고해야 좋을지 잘 몰랐다. 해야 할 이야기는 많았지만 그걸 일일이 형 앞에 늘어놓는 건 도저히 내 용기로는 불가능했다. 설사 늘어놓은들 마지막 한마디는 정체를 알 수 없다는 간단한 사실로 끝날 뿐이었다. 아니면 형 자신도 나와 마찬가지로 이 정체를 알아내기 위해 고민하고 또 고민한 결과, 결국 일이 이렇게 된 건 아닐까? 나는 내가 만약 형과 똑같은 운명에 맞닥뜨려진다면 어쩌면 형 이상으로 신경을 괴롭히지 않았을까 하는 생각이 들어, 비로소 두려움을 느꼈다.

인력거가 여관에 닿았을 때, 삼층 툇마루에는 어머니 그림자도 형 모습도 보이지 않았다.

40

형은 해가 들지 않는 삼층 방에서 예의 검고 윤기나는 머리를 베개에 얹고 똑바로 누워 있었다. 그러나 잠든 건 아니었다. 오히려 충혈된 눈을 크게 떠 긴장한 채, 천장을 응시하고 있었다. 그는 우리의 발소리를 듣자마자, 재빨리 그 충혈된 시선을 나와 형수에게 쏟았다. 나는 이미 전부터 그런 눈초리를 예상하지 못할 만큼 형을 모르진 않았다. 하지만 방 입구에 형수와 나란히 서서, 어젯밤 뜬눈으로 밤을 새웠다고 자백하는 듯한 그의 붉고 날카로운 눈초리를 보았을 때는 적이 놀랐다. 나는 이런 상황에서의 완화제로서 여느 때처럼 어머니를 찾았다. 어머니는 객실에도 툇마루에도 어디에도 보이지 않았다.

내가 어머니를 찾는 동안, 형수는 형의 머리맡에 앉아 인사를 했다.

"다녀왔어요."

형은 아무 대답도 하지 않았다. 형수는 꼼짝 않고 그 자리에 계속 앉아 있었다. 나는 분위기로 보아 무슨 말인가 해야만 했다.

"어젯밤 여긴 폭풍우가 굉장했다더군요."

"응, 바람이 꽤 심했지."

"파도가 저 돌제방을 넘어 소나무숲 아래로 흘러들었어요?"

형수가 이렇게 물었다. 형은 잠시 그녀의 얼굴을 바라보았다. 그리고 천천히 대답했다.

"아니 그렇지도 않아. 집은 별일 없었어."

"그럼, 무리해서라도 돌아올 수는 있었군요."

형수는 이렇게 말하고 나를 돌아보았다. 나는 그녀보다 오히려 형 쪽을 향했다.

"아니, 도저히 못 돌아옵니다. 우선 전차가 다니지 않은걸요."

"그랬을지도 모르지. 어제는 저녁 무렵부터 파도가 매우 높아 보였으니까."

"한밤중에 집이 흔들리진 않았어요?"

형수는 또 형에게 이런 질문을 했다. 이번엔 형이 곧 대답했다.

"흔들렸지. 어머니는 위험하다고 아래층으로 내려갔을 정도로 흔들렸지."

나는 형의 안색이 사나운 반면, 그다지 살기를 띠지 않은 그의 언어와 동작을 확인하고 나서야 겨우 안심했다. 그는 나의 성급함에 비해 약 다섯 배나 쉽게 짜증을 내는 사람이었다. 하지만 다소 천부적인 능력으로 가끔 그 짜증을 능숙하게 억제할 수 있었다.

얼마 후, 다마쓰시마 신사에 참배하러 간 어머니가 돌아왔다. 어머니는 내 얼굴을 보고 이제야 안심했다는 듯한 기색이었다.

"무사히 일찍 돌아와서 다행이구나. —글쎄 어젯밤 무서웠던 걸 생각하면, 지로, 그건 이루 말할 수가 없을 정도란다. 이 기둥이 삐걱삐걱 울 때마다 객실이 이리저리 흔들리질 않나. 그런데다 저 파도 소리가. —난 지금 들어도 정말이지 오싹해지는구나……"

어머니는 어젯밤의 폭풍우를 몹시 무서워했다. 특히 그때를 연상시키며 방파제를 부술 듯 넘실대는 파도 소리를 싫어했다.

"이젠 더 이상 와카노우라도 싫고 바다도 싫다. 아무것도 필요 없으니 어서 도쿄로 돌아가고 싶구나."

어머니는 이렇게 말하고 눈살을 찌푸렸다. 형은 해쓱한 볼에 주름을 만들며 쓴웃음을 지었다.

"두 사람은 어젯밤 어디서 묵었나?" 하고 물었다.

나는 와카야마의 여관 이름을 대며 대답했다.

"좋은 여관인가?"

"도무지 그냥 어둡고 음침했습니다. 그렇죠, 형수님?"

그때 형은 재빨리 형수에게로 시선을 던졌다.

형수는 그저 내 얼굴을 보며 "마치 도깨비라도 나올 만한 집이에요"라고 말했다.

그날 저녁 무렵, 나는 형수와 계단 아래에서 우연히 마주쳤다. 그때 나는 그녀에게 "어떻습니까, 형님은 화났습니까?" 하고 물어보았다. 형수는 "속마음은 어떤지 알 수 없죠" 하고 쓸쓸하게 웃으며 위층으로 올라갔다.

41

어머니가 폭풍우에 겁먹고 어서 떠나자고 한 것을 기회로, 모두 이곳을 접고 한시라도 바삐 돌아가기로 했다.

"아무리 명소라도 하루 이틀은 괜찮지만, 오래 있으면 시시하지요"라며 형은 어머니에게 동의했다.

어머니는 나를 구석진 곳으로 불러 "지로, 넌 어떡할 셈이냐? 하고 물었다. 나는 내가 없는 동안, 형이 모든 걸 어머니에게 털어놓은 것일까 생각했다. 그러나 평소의 형을 봐서는 그런 활달하고 담백한 성격이 못 되었다.

"형님은 어젯밤 우리가 돌아오지 않아 기분이 언짢아진 겁니까?"

내가 이렇게 물었을 때, 어머니는 잠시 아무 말이 없었다.

"어젯밤은 너도 알다시피 파도에다 바람 때문에 그런 얘길 할 틈도 없었다만……"

어머니는 겨우 이 정도밖에 말하지 않았다.

"어머닌 아무래도 저와 형수 사이를 의심하고 계신 모양인데……" 하고 말하려는데, 지금까지 내 눈을 가만히 응시하던 어머니는 갑자기 손을 내저으며 내 말을 가로막았다.

"얘야, 그럴 리가 있니, 더구나 엄마가."

어머니의 말은 실제 확실한 게 틀림없었다. 표정도 시선도 무척 시원스러웠다. 하지만 어머니의 심중은 도저히 헤아릴 수 없었다. 나는 자식으로서 더러 부모님과 마주한 자리에서 거짓말인 줄 알면서도 정색을 하고 뭐라 충고해주시는 경험을 한 이래, 세상에서 있는 그대로의 진실을 말하는 이는 하나도 없다고 단념했다.

"형님에겐 제가 다 말하기로 했습니다. 그런 약속을 했으니 어머니께서 걱정하실 필요는 없습니다. 안심하고 계세요."

"지로, 그럼 되도록 빨리 끝내는 게 좋겠구나."

우리는 다음날 저녁, 급행 열차로 도쿄에 돌아가기로 정했다. 실은 아직 오사카를 중심으로 구경 삼아 다닐 만한 장소는 많이 있었지만, 어머니의 마음이 내키지를 않고 형의 흥미도 시들해져, 오사카에서 차를 갈아타는 시간조차 아깝다며 바로 도쿄까지 침대차로 곧장 가자는 게 어머니와 형의 주장이었다.

우리는 반드시 내일 아침 기차로 와카야마에서 오사카로 떠나야만 했다. 나는 어머니가 시키는 대로 오카다의 집으로 전보를 쳤다.

"사노 씨에겐 할 필요 없겠죠?"라며 나는 어머니와 형의 얼굴을 바라보았다.

"없겠지" 하고 형이 대답했다.

"오카다에게만 알리면 사노 씨도 틀림없이 배웅하러 올 거다."

나는 전보 용지를 든 채, 꼭 오사다 씨와 결혼하고 싶다던 사노의 짱구 이마와 금테 안경을 떠올렸다.

"그럼 그 짱구 씨는 말고."

나는 이렇게 말해 모두를 웃겼다. 내가 처음부터 사노의 짱구를 염두에 두었듯이, 다른 사람들도 동일 인물의 같은 특징을 눈여겨본 모양이었다.

"사진으로 보기보다 더 짱구예요" 하고 형수는 진지한 표정으로 말했다.

나는 농담 속에 나를 얼버무리며 기회를 봐서 어떻게 형수 이야기를 형에게 들려줄 것인지를 생각했다. 그래서 가끔 상대방이 알아채지 못하게 형의 낌새를 훔쳐보았다. 그러나 형은 내 예상과 반대로 거기엔 전혀 무관심한 것 같았다.

42

형이 나를 별실로 부른 건 그 일이 끝나고 얼마 지나서였다. 그때 형은 평소와 다름없는 모습으로(형수의 말을 빌리면, 평소와 다름없는 모습으로 가장하고), "지로, 할 얘기가 있다. 저쪽 방으로 와주렴" 하고 부드럽게 말했다. 나는 고분고분 "예" 대답하고 일어섰다. 그런데 무슨 영문에선지 일어서면서 형수의 얼굴을 언뜻 보았다. 그땐 무심코 지나쳤지만 이 평범한 동작이 이후의 내 가슴에 줄곧 교만의 발현(發現)으로서 소리를 울렸다. 형수는 나와 얼굴이 마주치자, 여느 때처럼 짝보조개를 보이며 웃었다. 나와 형수의 눈은 남 보기에 어딘가 득의의 빛을 띠고 있었던 건 아닐까? 나는 일어서면서 옆방에서 유카타를 개키는 어머니를 잠깐 돌아보다가, 나도 모르게 주춤했다. 어머니의 시선은 아까부터 혼자 은근히 우리를 관찰하고 있었음이 분명했다. 나는 어머니로부터 의혹의 화살이 가슴에 꽂힌 듯한 기분으로 형이 있는 방으로 들어갔다.

그 무렵은 마침 음력 백중맞이로, 흔히 이때쯤에 험해지는 파도 때문인지 숙박객은 물론 당일치기로 온 놀이객조차 여느 때보다 모습을 보기 힘들었다. 그래서 넓은 삼층 건물은 빈방이 많았다. 형편에 따라 방을 쓰려고 하면 얼마든지 자유롭게 가능했다.

형은 미리 하녀에게 부탁해놓은 듯, 방에는 마(麻) 이불이 나란히 두 장, 멋진 담배합에다 부채까지 갖춰져 있었다. 나는 형 앞에 앉았다. 하지만 뭐라 말을 꺼내야 할지 적당한 말이 떠오르지 않아 그저 잠자코 있었다. 형도 쉽게 입을 열지 않았다. 그러나 이런 경우엔 성격상 틀림없이 형 쪽에서 적극적으로 나올 거라고 짐작한 나는, 일부러 궐련을 계속 피워댔다.

나는 이제 와서 돌아보건대, 그때의 내 심리 상태를 해부해보면 형을 놀린다고 할 정도는 아니지만, 다소 그를 애태우려는 속셈이었던 게 확실하다고 자백하지 않을 수 없다. 그렇긴 해도 어째서 내가 그렇게 형에 대해 대담해질 수 있었는지는 나 역시 알 수 없다. 필시 형수의 태도가 은연중에 내게도 옮겨붙은 거겠지. 나는 돌이킬 수도 변상할 수도 없는 이 태도를 지금에야 깊이 참회하고픈 심정이다.

내가 궐련을 피우며 잠자코 있자, 형은 역시 "지로" 하고 불렀다.

"넌 나오의 성격을 알겠더냐?"

"모르겠습니다."

나는 형의 질문이 너무나 엄격한 나머지, 그만 이렇게 간단히 대답하고 말았다. 그리고 너무나 형식적인 대답이었음을 뒤늦게 깨닫고 아차 싶었으나, 이미 어쩔 도리가 없었다.

형은 그러고 나서 한마디 묻지도 않고 대답하지도 않았다. 두 사람이 이렇듯 말이 없는 동안, 나는 너무나 고통스러웠다. 지금 생각하면 형에겐 한층 더 큰 고통이었음에 틀림없다.

"지로, 나는 너의 형으로서 그저 모르겠습니다라는 냉담한 인사를 듣게 될 줄은 생각 못 했다."

형은 이렇게 말했다. 그리고 그 목소리는 낮게 떨렸다. 그는 어머니의 체면, 여관의 체면, 또 자신의 체면과 문제의 체면을 고려해, 높아지려는 목청을 간신히 억누르고 있는 것 같았다.

"넌 그런 냉담한 인사 한마디 한 걸로 그만이라고 깔보는 거냐, 어린애도 아닐 테고."

"아니, 결코 그런 건 아닙니다."

이렇게 대답할 때의 나는 참으로 순진한 동생이었다.

43

"그런 게 아니라면 그렇지 않다고 좀더 자세히 얘기해야 될 거 아니냐?"

형은 못마땅한 표정으로 부채의 그림을 응시했다. 나는 형에게 얼굴이 보이지 않는 걸 다행으로 여기며 몰래 그의 기색을 살폈다. 내가 이렇게 말하면 형을 경멸하는 것 같아 대단히 미안하지만, 그의 표정 어딘가라기보다 그의 태도 어딘가에는 다소 어른스러움이 부족한 치기마저 띠고 있었다. 지금의 나는 이 순수한 외골수에 대해 어느 정도 존경을 표할 만한 견지를 갖추었다고 여긴다. 하지만 인격이 완성되지 못한 당시의 내겐 그저 상대방의 빈틈을 봐가며 대응하는 게 현명하다는 현실적 판단이 이런 문제에까지 달라붙었다.

나는 잠시 형의 낌새를 지켜보았다. 그리고 이 정도면 다루기 쉽다는 마음이 생겼다. 그는 짜증을 부리고 있다. 그는 몹시 초조해하고 있다. 그는 억지로 그걸 억누르려 하고 있다. 전혀 여유가 없을 만큼 긴장되어 있다. 그러나 고무 풍선처럼 가벼운 긴장이다. 조금만 더 기다리다 보면 제풀에 터지든가 아니면 제풀에 어딘가로 날아갈 게 틀림없다— 나는 이렇게 관찰했다.

형수가 형에게 버거운 상대인 이유도 오로지 여기에 기인하는 거라고, 나는 이때 겨우 짐작했다. 또한 형수로서 존재하기 위해서는 그녀의 방식이 가장 교묘한 것일 거라는 생각도 했다. 나는 여태껏 그저 형의 정면만을 보며, 사양하거나 스스러워하고 때에 따라선 몸둘 바를 몰랐다. 그러나 어제 하루, 하룻밤을 형수와 지낸 경험은 뜻밖에도 이 껄끄러운 형을 뒤에서 대수롭잖게 보게 되는 결과로 눈앞에 나타났다. 형수가 형을 이렇게 보라고 내게 가르쳐준 건 결코 아니었다. 하지만 형 앞에서 이만큼 배짱이 두둑해져본 적도 없었다. 나는 비교적 시치미를 떼고, 부채를 들여다보는 형의 이마 언저리를 바라보았다.

그러자 형이 갑자기 고개를 들었다.

"지로, 아무 말도 하지 않을 셈이냐" 하고 격앙된 말을 내 고막에 꽂았다. 나는 그 목소리에 퍼뜩 정신이 들어 평소의 나를 되찾았다.

"지금 말하려던 참입니다. 그러나 일이 복잡한 만큼 무슨 얘기부터 해야 좋을지 몰라 좀 걱정입니다. 형님도 다른 일과는 달리 좀더 마음을 터놓고 천천히 들어주셔야 합니다. 그렇게 재판관처럼 딱딱하게 호통을 치시면, 말이 겨우 목구멍까지 나왔다가도 혼비백산 기어 들어가버리지 않습니까?"

내가 이렇게 말하자, 형은 과연 일견식을 갖춘 사람답게 "아아, 그런가. 내가 나빴군. 너는 성미가 급하고 더군다나 난 쉬 짜증을 부리는 사람이라 그만 이상해지고 마는구나. 지로, 그럼 언제 천천히 얘기할 수 있겠니? 천천히 듣는 거라면 지금이라도 난 가능한데"라고 말했다.

"글쎄 도쿄로 돌아갈 때까지 기다려주시죠. 도쿄에 돌아가는 것도 내일 밤 급행 열차니까 이제 얼마 남지 않았습니다. 그러면 차분히 제 생각도 말씀드릴 테니까요."

"그래도 좋아."

형은 침착하게 대답했다. 지금까지의 그의 짜증이 자신의 신뢰로 싹 가셨다는 듯이.

"그럼 그렇게 알겠습니다" 하고 내가 일어서려 할 때, 형은 "음" 하고 끄덕이다가 내가 문지방을 넘으려는 순간 "이봐, 지로" 하고 다시 불러 세웠다.

"자세한 건 나중에 도쿄에서 듣기로 하고, 한 마디만 간단히 들을 수 없을까?"

"형수님에 대해……"

"물론."

"형수님의 인격에는 의심하실 만한 구석이 전혀 없습니다."

내가 이렇게 말하자, 돌연 형의 안색이 바뀌었다. 하지만 아무 말도 하지 않았다. 나는 바로 자리를 떴다.

44

나는 그때 경우에 따라서는 형에게 주먹을 얻어맞든가 아니면 등 뒤로 심한 욕을 뒤집어쓰게 되리라고 예상했다. 안색이 변한 그를 뒤에 내버려두고 혼자서 자리를 뜰 정도였으니, 나는 평소보다 어지간히 그를 얕보았던 게 분명하다. 게다가 나는 여차하면 완력을 써서라도 형수를 변호할 기개를 충분히 갖추고 있었다. 이는 형수가 결백해서라기보다도 형수를 새삼스레 동정하게 되었기 때문이라 말하는 편이 적절할지도 모른다. 바꿔 말하면 나는 형을 그 정도로 경멸하기 시작했던 것이다. 자리를 뜰 때는 다소 그에 대해 적개심마저 일었다.

내가 방으로 돌아왔을 때, 어머니는 벌써 유카타를 다 개킨 뒤였다. 하지만 작은 고리짝을 챙기느라 정신없이 손을 바쁘게 움직였다. 그래도 마음은 딴 데 있었던 듯, 내 발소리를 듣자마자 바로 이쪽을 보았다.

"형은?"

"곧 오겠죠."

"벌써 얘긴 끝났니?"

"끝나고 말 것도 없이 처음부터 그리 대단한 얘기가 아니에요."

나는 어머니의 기분을 안정시키기 위해 일부러 성가신 양 이렇게 말했다. 어머니는 다시 고리짝 안에 자질구레한 물건들을 넣었다 꺼냈다 하기 시작했다. 나는 이번엔 창피한 생각이 들어, 옆에서 거들고 있는 형수의 얼굴을 굳이 보지 않았다. 그럼에도 그녀의 젊고 쓸쓸한 입술에는 냉소적인 웃음의 그림자가 내 눈을 스치듯 지나갔다.

"벌써 짐을 꾸리는 겁니까? 너무 빠른데요" 하고 나는 일부러 나이든 어머니를 놀리듯 한마디 던졌다.

"기왕 떠난다면 되도록 빨리 준비해두는 게 편리하니까."

"그렇고말고요."

형수의 대답은 내가 뭐라 말하기 앞서 목소리에 응하는 울림처럼 나왔다.

"그럼 제가 줄로 동여매지요, 남자 일이니까."

나는 형과 반대로 인력거꾼이나 직공들이 하는 험한 일에 재주가 있었다. 특히 고리짝을 묶는 건 특기였다. 내가 줄을 십자로 얽어매자, 형수는 곧 일어나 형이 있는 방 쪽으로 갔다. 나는 얼떨결에 그 뒷모습을 지켜보았다.

"지로, 형 기분은 어떻든?" 하고 어머니가 애써 작은 목소리로 내게 물었다.

"별로 대수로울 건 없습니다. 걱정하실 일이 뭐가 있을라고요. 괜찮습니다" 하고 나는 일부러 퉁명스레 말하고 오른발로 고리짝 뚜껑을 눌러 소리나게 동여맸다.

"실은 너한테도 할 얘기가 있다만. 우선 도쿄에 돌아가서 천천히 하자꾸나."

"예, 천천히 듣지요."

나는 이렇게 되는 대로 대답하면서 속으로는 어머니의 소위 이야기라는 것의 내용을 어렴풋이나마 떠올려보았다.

잠시 후, 형과 형수가 별실에서 나왔다. 나는 태연한 척 꾸미며 어머니와 얘기를 나누는 동안에도 두 사람의 대면과 그 대면의 결과에 대해 약간 마음에 걸리는 데가 있었다. 어머니는 두 사람이 나란히 오는 모습을 보고 겨우 안심하는 눈치였다. 내게도 어딘가 비슷한 구석이 있었다.

나는 고리짝을 동여매느라 얼굴이며 등줄기에서 땀이 줄줄 흘러내렸다. 팔을 걷어붙이고 유카타 소매로 연신 땀을 닦았다.

"이봐, 더운 모양인데 부채질 좀 해주라구."

형은 이렇게 말하고 형수를 돌아보았다. 형수는 가만히 일어나 내게 부채질했다.

"아니, 괜찮습니다. 이제 다 된걸요."

내가 이렇게 거절하는 사이, 드디어 내일 떠날 준비가 끝났다.

돌아와서

1

나는 형의 부부 사이가 어떻게 될 것인가를 염려하며 와카야마에서 돌아왔다. 내 예상은 과연 틀리지 않았다. 나는 자연의 폭풍우에 이어 형의 머리에 회오리 바람이 일 징후를 충분히 감지하고 그의 앞을 물러나왔다. 그런데 그 징후는 형수가 가서 10분이나 15분 남짓 이야기하는 동안, 거의 경계를 하지 않아도 될 만큼 누그러들었다.

나는 내심 이 변화에 놀랐다. 고슴도치처럼 곤두서 있던 형을 단번에 구슬려낸 형수의 수완에는 더더욱 감탄했다. 나는 이제야 안심이라는 표정을 환하게 짓는 어머니를 보는 것만으로도 만족했다.

형의 기분은 와카노우라를 떠날 때도 바뀌지 않았다. 기차 안에서도 마찬가지였다. 오사카에 와서도 여전했다. 그는 배웅하러 나온 오카다 부부에게 심지어 농담도 했다.

"오카다 군, 오시게한테 뭔가 전할 말은 없나?"

오카다는 얼떨떨한 표정으로 "오시게 씨한테만 말입니까?"라며 되물었다.

"그래, 자네의 원수인 오시게 말일세."

형이 이렇게 대답하자, 오카다는 겨우 알아차렸다는 듯 웃음을 터뜨렸다. 같은 뜻으로 수수께끼가 풀린 오카네도 웃었다. 어머니의 예언대로 배웅하러 와준 사노도, 드디어 웃을 기회가 왔다는 듯 거리낌 없이 크게 웃어젖혀 주위 사람을 놀라게 했다.

나는 그때까지 형수에게 어떻게 형의 기분을 돌릴 수 있었는지를 물어보지 못했다. 그후에도 그만 물어볼 기회를 놓치고 말았다. 하지만 이처럼 신통한 수완을 가진 그녀인 까닭에 형에 대해서도 시종 그렇게 여유를 부릴 수 있는 거라고 생각했다. 그리고 그녀는 그 수완을 고의로 내보이기도 하고 감추기도 한다, 단지 때와 상황을 봐서가 아니라 오로지 제멋대로 내보였다 감추었다 하는 게 아닐까 의심이 갔다.

기차는 늘 그렇듯 붐볐다. 우리는 칸막이 쳐진 침대를 간신히 네 개 샀다. 네 개가 방 하나로 되어 있어 아주 적당했다. 형과 나는 체력이 우수한 남자라는 이유로 두 부인에게 아래 침대를 내주고 위에서 잤다. 내 밑에는 형수가 누워 있었다.

나는 어둠 속을 달리는 기차 소리를 들으면서도 아무래도 내 밑에 있는 형수를 잊을 수가 없었다. 그녀를 생각하면 유쾌했다. 동시에 불쾌했다. 어쩐지 부드러운 구렁이에게 온몸이 휘감기는 느낌이었다.

형은 통로 하나를 사이에 두고 건너편에 누워 있었다. 그는 마치 몸이 누워 있다기보다 참으로 정신이 누워 있는 듯 여겨졌다. 그리고 이 누워 있는 정신을, 예의 흐물흐물한 구렁이가 비스듬히 머리부터 발끝까지 친친 휘감고 있는 듯이 느껴졌다. 내 상상으로 그 구렁이는 때로 뜨거워졌다 차가워졌다 했다. 그리고 느슨히 휘감았다 옥죄었다 했다. 형의 안색은 구렁이의 열기가 변할 때마다, 또는 휘감는 힘이 변할 때마다 달라졌다.

나는 내 침대 위에서 반쯤은 상상으로, 반쯤은 꿈인 듯 이 구렁이와 형수를 줄곧 떠올렸다. 나는 이 시(詩)와 흡사한 잠이 나고야, 나고야 하고 외치는 역무원의 목소리에 돌연 깨진 걸 지금도 기억한다. 그때 기차 소리가 덜컹 멈추는 동시에 솨아 하는 빗소리가 들렸다. 내가 양말 바닥에 습기를 느끼고 일어나보니, 발 쪽에 난 창문이 먼지막이 사(紗)로 쳐져 있었다. 나는 황급히 창문을 닫았다. 다른 사람의 창은 어떤가 싶어 물어보았지만 대답이 없었다. 단지 형수만이 비가 들이치는 것 같다 하기에 할 수 없이 위에서 뛰어내려 창문을 닫아주었다.

2

"비가 오나 보군요" 하고 형수가 물었다.

"예."

바람이 불어 거의 창문을 가리게 된 축축하고 두꺼운 커튼을 나는 한쪽으로 드르륵 밀어젖혔다. 그러자 바로 어머니가 몸을 뒤척이는 소리가 들렸다.

"지로, 여기가 어디니?"

"나고얍니다."

나는 엷은 사(紗) 창문으로 사람 그림자라곤 전혀 보이지 않는 역 풍경을 빗속에 바라보았다. 나고야 나고야, 외치는 소리가 아직 멀리서 들려왔다. 그리고 발소리가 타박타박 홀로 살아 움직이는 양 울렸다.

"지로, 하는 김에 내 발 쪽 창문도 닫아주렴."

"어머니 쪽도 창문이 열려 있습니까, 아까 불렀더니 푹 주무시는 것 같아서……"

나는 형수 쪽을 손본 다음, 곧장 어머니에게로 갔다. 두꺼운 커튼을

밀치고 손으로 더듬어보니, 뜻밖에 유리문이 제대로 닫혀 있었다.

"어머니, 이쪽은 비가 들이칠 리 없습니다. 괜찮아요, 이것 보세요."

나는 이렇게 말하며 어머니 발 쪽의 유리를 톡톡 손으로 두드려 보였다.

"저런, 비가 안 든다고?"

"들이칠 리가요."

어머니는 미소지었다.

"언제부터 비가 내렸는지 엄만 전혀 몰랐구나."

어머니는 자못 다정하게, 혹은 변명하듯 말을 던지고 "지로, 수고했다. 어서 자렴. 벌써 꽤 시간이 됐겠지" 했다.

시계는 12시를 지나고 있었다. 나는 다시 살짝 윗침대로 올라왔다. 기차 안은 원래대로 조용해졌다. 형수는 어머니가 입을 연 뒤로 아무 말도 하지 않았다. 어머니는 또 내가 내 침대에 오르고 나서는 아무 말도 하지 않았다. 오직 형만이 처음부터 끝까지 한 마디도 하지 않았다. 그는 성자(聖者)처럼 그저 편안히 잠들어 있었다. 이때의 편안한 잠은 내게 지금도 의문 중의 하나이다.

그는 가끔 스스로 공언하듯 약간의 신경쇠약에 걸려 있었다. 그리고 가끔 불면에 시달렸다. 또한 그걸 솔직하게 가족 모두에게 하소연했다. 하지만 잠이 와서 걱정이라고 한 적은 여태까지 한 번도 없었다.

후지 산이 보이기 시작하고 비가 걷히는 구름이 열차와 반대 방향으로 흩어지는 경치를 모두가 일어나 진기한 듯 바라볼 때조차, 그는 정신없이 기분좋게 자고 있었다.

식당이 열려 승객 대부분이 아침 식사를 끝낸 뒤, 나는 어머니를 모시고 어젯밤부터의 공복을 채우기 위해 좁은 복도를 따라 뒤쪽으로 갔다. 그때 어머니는 형수에게 "이제 그만 이치로를 깨워 같이 저쪽으로 오너라. 우리는 건너가서 기다릴 테니" 하고 말했다. 형수는 여느 때와 마찬가지로 쓸쓸하게 웃어 보이며 "예, 곧 뒤따라가겠어요"라고 대답했다.

우리는 객실 청소를 시작하려는 급사를 뒤에 남기고 식당으로 들어갔다. 식당은 아직 상당히 붐볐다. 들락날락하는 사람들로 좁은 통로가 끊임없이 북적댔다. 내가 어머니에게 홍차와 과일을 권할 때쯤, 형과 형수의 모습이 마침내 입구에 나타났다. 그러나 불행히도 우리 옆에 자리를 낼 수 있을 만큼 식탁은 넉넉지 못했다. 그들은 입구 쪽에 서로 마주 보며 자리를 잡았다. 그리고 보통 부부처럼 웃으며 얘기하거나 창밖을 내다보기도 했다. 나를 상대로 차를 마시던 어머니는 때때로 그런 모습을 만족스럽게 바라보았다.

우리는 이렇게 도쿄로 돌아왔다.

3

거듭 말하건대, 우리는 이렇게 도쿄로 돌아왔다.

도쿄의 집은 평소 그대로여서 별반 달라진 게 없어 보였다. 오사다는 앞치마를 두르고 여전히 바삐 움직였다. 그녀가 수건을 머리에 쓰고 빨래하는 뒷모습을 보며 예전의 오사다를 떠올린 건, 돌아온 다음날 아침이었다.

요시에(芳江)는 형 부부 사이에 생긴 외동딸이었다. 자리를 비운 동안 오시게가 떠맡아 모든 걸 돌봐주었다. 요시에는 원래 어머니와 형수를 잘 따랐지만, 여차하면 오시게 혼자서도 감당해낼 수 있을 정도로 온순한 아이였다. 나는 그 이유가 형수의 기질을 타고났기 때문이든가,

아니면 오시게의 애교 때문이라고 해석했다.

"오시게, 너 같은 애도 용케 요시에를 돌볼 줄 아는구나. 역시 틀림없는 여잔걸" 하고 아버지가 말하자, 오시게는 뾰로통해져서 "아버지도 어지간한 분이셔"라고 굳이 어머니에게 달려와 하소연했다는 얘기를 기차 안에서 들었다.

나는 돌아온 지 얼마 안 되어 그녀에게 "오시게, 아버지가 널 역시 여자라 해서 화났다면서?" 하고 물었다. 그녀는 "화났죠"라고 대답하고는 아버지 서재의 꽃병 물을 갈며 마른 수건으로 물기를 닦았다.

"아직도 화났니?"

"아직이라뇨, 벌써 잊은걸요. — 예뻐요, 이 꽃 이름이 뭘까요?"

"오시게, 하지만 여자라고 한 건 그야 칭찬이지. 여자답고 친절하단 말이야. 화내는 녀석이 어디 있담?"

"상관없어요."

오시게는 기모노 띠로 가린 엉덩이께를 좌우로 흔들며 두 손으로 꽃병을 들고 아버지 방 쪽으로 갔다. 그 모습이 내겐 마치 그녀가 엉덩이로 화난 걸 보여주는 것 같아 우스웠다.

요시에는 우리가 돌아오자마자 바로 오시게의 손에서 어머니와 형수에게로 넘겨졌다. 두 사람은 아이를 서로 빼앗듯 안아 올렸다 내렸다 했다. 내가 평소에 신기하게 여기는 건, 이처럼 겉보기에 냉정한 형수에게 천진난만한 요시에가 다행히 이만큼이나 따르게 되었다는 눈앞의 사실이었다. 검은 눈동자에 숱 많은 머리, 그리고 엄마의 피를 받아 유난히 뺨이 창백한 이 소녀는 결코 따르기 쉽지 않은 제 엄마 뒤를 기적처럼 따라다녔다. 형수는 이를 일본 제일의 자랑으로 삼아 집안 식구 모두에게 과시했다. 특히 자신의 남편에게는 과시한다는 의미를 지나쳐 오히려 잔혹한 앙갚음을 하는 듯 비쳐졌다. 형은 늘 사색을 가까이하는 독서가로서 대개 서재에 머무는 사람인지라, 아무리 마음속으로 이 소녀를 끔찍이 사랑한다 해도 사랑을 표시하는 친근감의 정도는 극히 희박한 것이었다. 감정적인 형이 이를 서운하게 여기는 것도 무리가 아니었다. 형의 성격으로선 더러 식탁 앞에서 표정으로 드러날 때조차 있었다. 그렇게 되면 어느 누구보다 오시게가 가만히 있지를 않았다.

"요시에는 엄마 딸인가 봐. 어째서 아빠 곁엔 안 가니?" 하고 구태여 물었다.

"그냥……" 하고 요시에는 말했다.

"그냥, 뭐야?" 하고 오시게가 다시 물었다.

"그냥 무서우니까" 하고 요시에는 일부러 작은 소리로 대답했다. 그것이 오시게에겐 한층 아니꼽게 들렸다.

"뭐? 무섭다고? 누가 무서워?"

이런 문답이 자주 되풀이되어 때로 5분이고 10분이고 이어졌다. 형수는 이런 경우, 결코 낯을 찌푸리지 않았다. 언제나 창백한 볼에 미소를 띤 채 줄곧 태연한 반응을 보였다. 결국은 아버지나 어머니가 양쪽을 달래기 위해 형이 과일이나 과자를 집어주도록 시켜 "자, 그만 됐어. 아빠한테 맛있는 걸 받으럼" 하여, 겨우 어물쩍 넘기기도 했다. 오시게는 그래도 속이 덜 풀린 양 내내 볼이 뾰루퉁해 있었다. 형은 말없이 혼자 서재로 물러나는 게 예사였다.

4

아버지는 그해 처음으로 누군가에게서 나팔꽃 재배를 배워, 연신 색다른 꽃이며 잎을 감상했다. 색다르다고는 하나, 평범한 것이 오그라

들어 볼품없을 뿐이어서 식구들 가운데 관심을 보이는 사람은 하나도 없었다. 그저 아버지의 열의와 이른 기상, 줄줄이 늘어선 화분, 깨끗한 모래, 그리고 마지막으로 몹시 뒤틀린 꽃이나 이파리 모양에 감탄하는 정도에 불과했다.

아버지는 그걸 툇마루에 늘어놓고 아무나 붙잡아 열심히 설명했다. "정말 재미있는데요" 하고 정직한 형마저 사뭇 감동한 듯 겉인사를 해야 했다.

아버지는 늘 우리와 멀리 떨어진 안채의 방 두 개를 차지했다. 발이 쳐진 그 툇마루에 나팔꽃은 언제고 늘어섰다. 따라서 우리는 "이봐, 이치로"라거나 "이봐, 오시게" 하는 소리에 일부러 그곳까지 불려나가곤 했다. 나는 형보다 훨씬 아버지의 마음에 들 법한 찬사를 드리고 물러났다. 그리곤 아버지가 안 듣는 데서 "정말이지 저런 나팔꽃을 칭찬해야 하다니 기가 막히는군. 아버지 별난 취미엔 질리겠어"라며 흉을 보았다.

워낙 아버지는 강의 체질에다 설명하기를 좋아했다. 게다가 시간이 남아도니 벨을 울려 아무나 불러들이고는 이런저런 얘기들을 했다. 오시게는 으레 불려갈 때마다 "오빠, 오늘은 부탁이니 대신 가줘요" 하곤 했다. 그런 오시게에게 아버지는 알아듣기 힘든 얘기를 하는 걸 무척 좋아했다.

우리가 오사카에서 돌아왔을 때, 나팔꽃은 아직 피어 있었다. 그러나 아버지의 흥미는 이미 나팔꽃을 떠나 있었다.

"어떻게 됐습니까, 예의 별종은" 하고 내가 묻자, 아버지는 쓴웃음을 지으며 "실은 나팔꽃도 별로 신통찮아 내년부턴 그만 관둬야겠어"라고 대답했다. 나는 대부분 아버지가 자랑 삼아 우리에게 보여준 묘한 꽃이며 잎이, 필시 전문가가 감정해보건대 실패작이었을 거라고 판단하고 거실에서 큰소리로 웃어댔다. 그러자 예의 오시게와 오사다가 아버지를 변호했다.

"그렇진 않아요. 너무 손이 많이 가는 일이라 아버진 더 이상 버티지 못한 거예요. 그래도 아버지니까 그 정도나마 할 수 있었다고 모두 칭찬하던걸요."

어머니와 형수는 내 얼굴을 보더니, 자못 내 무지를 놀리듯 웃음을 터뜨렸다. 그러자 옆에 있던 어린 요시에까지 형수와 다름없이 의미있는 웃음을 지었다.

이런 사소한 일로 하루하루 지내는 동안, 형과 형수 사이는 자연히 우리의 관심을 벗어나게 되었다. 나는 전에 약속한 대로 형 앞에 나가 형수에 대해 설명할 필요가 없어진 듯한 느낌이 들었다. 어머니가 도쿄로 돌아가서 천천히 얘기하자고 한 성가신 사건도 어머니의 입에서 쉽사리 나올 것 같지 않았다. 심지어 그토록 형수에 대해 알고 싶어하던 형이 차츰 냉정을 되찾았다. 그 대신 부모님이나 내게 예전만큼은 말을 걸지 않았다. 무더울 때라도 대개 서재에 틀어박혀 뭔가 열심히 하고 있었다. 나는 가끔 형수에게 "형님은 공부합니까?" 하고 물었다. 형수는 "예, 아마 다음 학기 강의라도 준비하는 거겠죠"라고 대답했다. 나는 그렇군, 하며 그 다망한 일이 계속 이어지도록 그의 마음을 완전히 그쪽으로 전환시킬 수는 없을까 하고 궁리했다. 형수는 평소대로 쓸쓸한 가을 풀처럼 주변을 서성거렸다. 그리고 때로 짝보조개를 보이며 웃었다.

5

그럭저럭 어느새 여름도 지났다. 매일 보는 별빛이 밤마다 깊어져 갔다. 벽오동 잎이 아침 저녁으로 바람에 일렁이는 게 피부에 와닿듯 눈을 서늘하게 흔들었다. 가을이 되면 나는 새로 태어난 듯 유쾌한 기분을 가끔 느낄 수 있었다. 나보다 시적인 형은 일찍이 투명한 가을 하늘을 바라보며 아아, 삶의 보람을 주는 하늘, 이라고 기쁜 듯 푸르른 창공을 올려다본 적이 있었다.

"형님, 드디어 삶의 보람을 주는 계절이 왔군요" 하며 나는 형 서재의 베란다에 서서 그를 돌아보았다. 그는 등의자 위에 앉아 있었다.

"아직은 제대로 가을 기분이 나질 않아. 좀더 지나봐야 해"라고 대답한 그는 무릎 위에 엎어둔 두꺼운 책을 집어들었다. 식사 전 저녁 무렵이었다. 나는 바로 서재를 나와 아래층으로 가려 했다. 그러자 형이 갑자기 나를 불러 세웠다.

"요시에는 밑에 있나?"

"있겠지요. 아까 뒤뜰에서 본 것 같은데요."

나는 북쪽 창문을 열어 밑을 내려다보았다. 밑에는 특별히 그녀를 위해 정원사가 만든 그네가 있었다. 그러나 아까 있던 요시에의 모습은 보이지 않았다. "아니, 어딜 갔나?" 하고 내가 혼자 중얼거리는데, 그녀의 날카로운 웃음 소리가 목욕탕 안에서 들려왔다.

"아아, 목욕하고 있군요."

"나오와 같이? 어머니와?"

요시에의 웃음 소리 사이엔 분명히 여자치곤 너무 묵직한 형수의 목소리가 들렸다.

"형수님입니다" 하고 나는 대답했다.

"기분이 엄청 좋은가 보군."

나는 나도 모르게 이렇게 말한 형의 얼굴을 보았다. 그는 손에 든 큼직한 책으로 머리까지 가리고 있어, 이 말을 할 때의 표정은 조금도 볼 수 없었다. 하지만 나는 그 어조로 의미를 충분히 이해했다. 나는 잠깐 망설이다 "형님은 아이를 다룰 줄 모르니까" 하고 말했다. 형의 얼굴은 여전히 책 뒤에 가려져 있었다. 그걸 대뜸 치우사마자 그는 "내가 다룰 수 없는 건 아이만이 아냐" 하고 말했다. 나는 잠자코 그의 얼굴을 지켜보았다.

"나는 내 아이만 다룰 수 없는 게 아냐. 내 부모님조차 다룰 기교를 갖질 못했어. 그뿐만 아니라 중요한 내 아내마저 어떻게 다루어야 하는지 아직 잘 모르겠어. 이 나이가 되도록 학문을 한 덕분에 그런 기교를 배울 틈이 없었지. 지로, 어떤 기교는 삶을 행복하게 하기 위해 꼭 필요한 것 같아."

"그래도 훌륭한 강의만 할 수 있으면 그것으로 모든 걸 보충하고도 남으니 괜찮습니다."

나는 이렇게 말하고 사정을 보아, 물러나려 했다. 그런데 형은 그만둘 기색을 보이지 않았다.

"난 오로지 강의 준비만을 위해 태어난 인간이 아냐. 그러나 강의를 준비하고 책을 읽어야 하는 필요 때문에 정작 중요한 인간다운 기분을 인간답게 만족시킬 수 없게 되고 말 거야. 아니면 상대방이 만족시켜줄 수가 없게 되고 말 거지."

나는 형의 말 속에, 그가 주변 사람을 저주하듯 마뜩찮게 여기는 뭔가를 발견했다. 나는 무어라 대답해야만 했다. 그러나 뭐라 대답해야 좋을지 감이 잡히지 않았다. 다만 문제가 예의 형수 사건을 재발시켜선 큰일이라고 생각했다. 그래서 비겁하긴 해도 문답이 그쪽으로 흘러가는 걸 의도적으로 막았다.

"형님이 원체 생각이 많다 보니 괜히 그런 느낌이 드는 거겠지요. 한데 이렇게 날씨가 좋은데 이번 일요일쯤, 어디 소풍이라도 가는 게 어떻습니까?"

형은 희미하게 "응" 하며 울적한 승낙의 표시를 했다.

6

형의 얼굴에는 쓸쓸한 고독이 넓은 이마를 따라 야윈 볼에 흘러넘쳤다.

"지로, 난 오래전부터 자연을 좋아했지만 결국은 사람들과 맞지 않은 탓에 어쩔 수 없이 자연 쪽으로 마음이 쏠리는 걸까."

나는 형이 안쓰러웠다. "그럴 리가 있습니까?" 하고 단번에 부정하고 나섰다. 하지만 이 정도로 형을 만족시킬 수는 없었다. 나는 놓치지 않고 다시 이렇게 말했다.

"역시 집안 혈통에 그런 경향이 있는 겁니다. 아버지는 물론, 저도 형님이 아시는 대로인 데다, 더구나 오시게만 하더라도 신기하게 꽃이며 나무를 좋아해서 이젠 산수화를 놓고도 감흥에 겨운 표정으로 더러 바라볼 때가 있는걸요."

나는 되도록 형을 위로하려고 여러 가지 얘기를 꺼냈다. 그때 오사다가 아래층에서 저녁 식사를 알리러 왔다. 나는 그녀에게 "오사다 씨는 요즘 기쁜 일이 있는지 늘 함박꽃이군요" 했다. 내가 오사카에서 돌아오자마자 오사다는 무더운 식모방 구석에 틀어박혀 좀체 얼굴을 내비치지 않았다. 그 이유가 오사카에서 보낸 합동 메모 엽서에 내가 오사다에게 '축하해요'라고 쓴 네 글자 때문이라는 걸 알고 온 가족이 한바탕 웃고 말았다. 그래서인지 한 집에 있으면서도 오사다는 묘하게 날 피했다. 때문에 얼굴을 마주치게 되면 나는 더더욱 뭔가 말하고 싶어졌다.

"오사다 씨, 기쁜 일이 뭡니까?" 하고 나는 재미삼아 추궁하듯 물었다. 오사다는 손을 짚고 절을 하자마자 귀까지 빨개졌다. 형은 등의자 위에서 오사다를 보며 "오사다 씨, 결혼 얘기로 낯을 붉힐 때가 여자의 꽃이야. 정작 해보면 결혼은 낯을 붉힐 만큼 기쁜 일도 아니요, 부끄러운 일도 아니지. 뿐만 아니라 결혼해서 한 사람이 두 사람이 되면 혼자 있을 때보다 사람의 품위가 떨어지는 경우가 많아. 엄청난 일을 당하는 수도 있어. 그저 조심하는 게 상책이야"라고 말했다.

오사다에겐 형의 말 뜻이 전혀 통하지 않은 모양이다. 뭐라 대답해야 좋을지 몰라 그만 쩔쩔매는 표정을 지으며 눈에 눈물이 그렁그렁했다. 형은 그걸 보더니 "오사다 씨, 쓸데없는 말을 해서 미안하군. 방금 한 얘긴 농담이야. 지로 같은 무신경한 이한테나 해줄 말을 그만 오사다 씨처럼 얌전한 아가씨에게 하고 말았군. 정말 잘못했어. 용서해줘. 오늘 저녁엔 맛있는 거라도 있나? 지로, 그럼 식사하러 가지" 했다.

오사다는 형이 등의자에서 일어나는 걸 보자마자, 바로 몸을 일으켜 한 발 앞서 계단을 소리내며 내려갔다. 나는 형과 어깨를 나란히 한 채 방을 나왔다. 그때 형은 나를 향해 "지로, 요전의 문제가 아직 그대로 남아 있군. 워낙 책이며 강의 준비가 바쁘다 보니 얘길 들어야지, 들어야지 하면서도 그냥 지나버려서 미안해. 조만간 천천히 들을 작정이니, 아무쪼록 얘길 해다오" 하고 말했다. 나는 "요전의 문제라니 뭘 말입니까?" 하고 시치미를 떼고 싶었다. 하지만 그땐 그런 용기를 낼 만한 여유가 없었으므로 우선 듣기 좋은 인사만 해두었다.

"이렇게 시간이 지나고 보니 어쩐지 김빠진 맥주처럼 이야기하기가 힘들군요. 그러나 어렵게 한 약속이니까 들으시겠다면 못 할 것도 없지요. 하지만 형님 말씀대로 삶의 보람을 느끼는 가을도 되고 했으니, 그런 싱거운 일보다 우선 소풍이라도 가는 게 어떻습니까?"

"응, 소풍도 좋지만……"

두 사람은 이런 얘기를 주고받으며 식탁이 마련된 아래층 방으로 들어갔다. 그리고 거기에 요시에를 옆에 앉힌 형수를 보았다.

7

식사 중에 부모님은 우연히 다시 오사다의 결혼 문제를 화제로 삼았다. 어머니는 미리 흰 비단을 포목점에서 사두었으니, 그걸 염색해 예복으로 만들려 한다는 얘기를 했다. 오사다는 그때 식구들 뒤에 앉아 시중을 들고 있었는데, 갑자기 검은색 쟁반을 밥통 위에 얹은 채로 자리를 뜨고 말았다.

나는 그녀의 뒷모습을 보며 웃음을 터뜨렸다. 형은 반대로 씁쓸한 표정을 지었다.

"지로, 네가 무턱대고 놀리니까 그런 거야. 저런 순진한 아가씨에겐 좀더 신경 써서 말조심해야지."

"지로는 마치 구경꾼처럼 신났군" 하고 아버지가 비아냥거리는 듯한 혹은 나무라는 듯한 투로 말했다. 어머니만이 혼자 어리둥절한 표정을 지었다.

"글쎄, 지로가 말이죠, 오사다 씨의 얼굴을 보기만 하면 축하한다느니, 기쁜 일이 있는 모양이라느니 여러 말을 하니까 상대방이 쑥스러워하는 겁니다. 방금도 이층에서 얼굴을 붉힌 참이라, 바로 도망간 거죠. 오사다 씨는 천성적으로 나오와는 전혀 다른 사람이니까, 이쪽에서도 그 점을 주의해서 잘 대해줘야 합니다……"

형의 설명을 들은 어머니는 그제야 그랬었군, 하는 듯 쓴웃음을 지었다. 벌써 식사를 끝낸 형수는 일부러 내 얼굴을 보며 묘한 눈길을 주었다. 그것이 내겐 일종의 신호처럼 여겨졌다. 나는 아버지가 평한 대로 얼추 구경꾼다운 면모를 띠고 있었지만, 이때는 부모님 앞인 만큼 형수의 신호에 응할 마음은 추호도 없었다.

형수는 말없이 선뜻 일어나더니 방 출구에서 잠깐 돌아보며 요시에를 손짓해 불렀다. 요시에도 바로 일어났다.

"어머, 오늘은 과자를 안 받고 가니?" 하고 오시게가 물었다. 요시에는 그대로 선 채, 어떡하나 하고 생각하는 모양이었다. 형수는 "애, 요시에, 안 오는 거니?" 하고 자못 점잖게 말하고 복도로 나갔다. 잠시 망설이던 요시에는 형수의 모습이 보이지 않게 되자마자 돌연 마음을 정한 듯 우당탕 그 뒤를 쫓아 달려나갔다.

오시게는 그녀의 뒷모습을 몹시 언짢게 지켜보았다. 아버지와 어머니는 굳은 표정으로 각자의 접시를 응시했다. 오시게는 비껴 앉아 형을 보았다. 하지만 형은 먼 데를 멍하니 바라보았다. 그래도 그의 미간에는 팔(八)자의 주름이 엷게 나 있었다.

"오빠, 미안하지만 제게 그 푸딩을 좀 줘요, 어서요" 하고 오시게가 형에게 말했다. 형은 말없이 접시를 오시게 쪽으로 밀어주었다. 오시게도 말없이 그걸 스푼으로 끼적거리긴 했으나, 내가 보기엔 내키지 않는 음식을 화풀이로 먹고 있다고밖에 여겨지지 않았다.

형이 자리를 떠 서재로 들어간 건 그러고 나서 조금 뒤였다. 나는 귀를 기울여 그의 슬리퍼가 조용히 계단을 오르는 소리를 들었다. 이윽고 위쪽에서 탁, 하고 서재 문 닫히는 소리가 나더니, 조용해졌다.

도쿄에 돌아와서, 나는 이런 광경을 자주 목격했다. 아버지도 이 점은 눈치 채신 것 같았다. 하지만 가장 염려하는 건 어머니였다. 어머니는 형수의 태도를 꿰뚫어보고, 또한 너그러운 태도를 보이지 않는 오시게를 하루라도 어서 시집 보내, 젊은 여자끼리의 갈등을 피하고 싶은 기색을 겉으로 표정이나 거동에 나타냈다. 다음으로는 되도록 빨리 며느리를 얻어 나 같은 거추장스런 인물을 형 부부 사이에서 떼어놓고 싶어 했다. 그렇지만 복잡한 세상일은 그렇게 어머니 생각대로 쉽게 움직여주지 않았다. 나는 변함없이 빈둥거리고 있었다. 오시게는 갈수록 형수를 적인 양 대했다. 신기하게도 그녀는 요시에를 귀여워했다. 하지만 그건 형수가 부재중일 때뿐이었다. 요시에도 형수가 없을 때만 오시게에게 달라붙었다. 형의 이마에는 학자다운 주름이 점점 깊이 파여갔다. 그는 더욱더 책과 사색 속으로 빠져 들어갔다.

8

이렇게 해서 어머니가 가장 가볍게 여기던 오사다의 결혼이 제일 먼저 성사된 것은 그녀의 기대와는 전혀 어긋나는 일이었다. 하지만 언젠가는 시집가야 할 오사다의 운명을 일단락짓는 것도 역시 아버지나 어머니의 의무였으므로 부모님은 오카다의 호의를 기쁘게 받아들일지언정, 결코 나쁘게 생각할 리는 없었다. 그녀의 결혼이 집안 문제로 된 것도 결국은 그 때문이었다. 오시게는 이 문제에 대해 걸핏하면 오사다를 붙잡고 늘어졌다. 오사다는 또 오시게한테만은 얼굴도 붉히지 않고 이것저것 의논도 하고 자신의 장래에 대해 서로 얘기를 나누는 모양이다.

어느 날 내가 외출에서 돌아와 목욕을 끝내고 나오니, 오시게가 "오빠, 사노 씬 대체 어떤 사람이에요?" 하고 예의 앞뒤 가리지 않는 어조로 물었다. 이건 내가 오사카에서 돌아온 후로 벌써 두번째 아니면 세번째 질문이었다.

"무슨 홍두깨 같은 소리냐. 넌 도무지 경솔해서 못써."

화를 잘 내는 오시게는 말없이 내 얼굴을 보았다. 나는 책상다리를 하고 미사와에게 보낼 엽서를 쓰고 있었는데, 그 모습을 보고 잠시 붓을 멈추었다.

"오시게, 또 화났군. ─사노 씬 말이다, 요전에 말한 대로 금테 안경을 쓴 짱구 씨야. 그걸로 충분하잖니? 몇 번 물어봐도 마찬가지야."

"짱구나 안경은 사진으로 족해요. 굳이 오빠가 말해주지 않아도 나도 알아요. 눈이 없나요?"

그녀는 여전히 화가 덜 풀린 말투였다. 나는 조용히 엽서와 붓을 책상 위에 놓았다.

"도대체 뭘 묻고 싶은 거냐?"

"도대체 당신은 뭘 연구하고 오셨죠? 사노 씨에 대해."

오시게라는 여자는 논쟁이 시작되면 마치 나를 동년배로 취급하고 마는, 버릇인지 친근감인지 맹렬한 기질인지 아니면 치기 같은 게 있었다.

"사노 씨에 대해서라니……" 하고 나는 물었다.

"사노 씨의 사람 됨됨이에 대해서요."

나는 애당초 오시게를 무시하긴 했어도, 이런 질문이 되고 보면 뱃속이 텅 비는 듯 맥이 풀렸다. 나는 모른 척하며 궐련을 피우기 시작했다. 오시게는 분한 표정을 지었다.

"글쎄 너무한 거 아녜요? 오사다 씨가 저렇게 걱정하는데."

"글쎄 오카다가 확실하다고 보증하니까 된 거 아니냐."

"오빤 오카다 씨를 어느 정도 신용하시는 거죠? 오카다 씬 기껏해야 장기 말 아닌가요?"

"얼굴이야 장기 말이건 뭐건……"

"얼굴이 아녜요. 마음이 들떠 있어요."

나는 귀찮고 짜증이 나서 오시게를 상대하기가 싫어졌다.

"오시게, 넌 그렇게 오사다 씨 일을 걱정하기보다 자신이 빨리 시집 갈 궁리나 하는 게 훨씬 현명할 거야. 아버지나 어머니가 오사다 씨의 결혼보다 네가 시집 가주기를 얼마나 바라고 계시는지 모를 거다. 오사다 씨 일엔 상관말고 어서 네 몸 둘 데를 찾아, 부모님께 조금은 효도할 마음을 갖도록 해."

오시게는 역시 울음을 터뜨렸다. 나는 오시게와 다툴 때마다 상대방이 울어주지 않으면 제대로 반응이 없는 것 같아 어쩐지 허전했다. 나는 태연히 담배를 피웠다.

"그럼 오빠도 빨리 장가 가서 독립하는 게 좋을걸요. 그러는 편이 내 결혼보다 훨씬 효도가 될 테니까. 괜히 올케 편만 들지 말고……"

"넌 형수에게 너무 대들더구나."

"당연하죠. 큰오빠 동생이니까."

9

나는 미사와에게 엽서를 쓰고 나서 방금 목욕하고 난 볼에 면도를 할 생각이었다. 오시게를 상대로 질질 끄는 얘기가 마침 성가시기도 한참에 "오시게, 미안하지만 목욕탕의 뜨거운 물을 양치 그릇에 담아 갖다주겠니?" 하고 부탁했다. 오시게는 양치 그릇 따위가 지금 눈에 들어오지 않는 모양이었다. 그보다 족히 열 배나 엄숙한 인생 문제를 생각하는 이답게 모른 척 뾰루퉁해 있었다. 나는 오시게를 개의치 않고 손뼉을 쳐, 식모한테서 필요한 더운 물을 받았다. 그러고 나서 책상 위에 여행용 거울을 세우고 상아 손잡이가 달린 면도칼을 꺼낸 다음, 더운 물로 적신 뺨을 일부러 우스꽝스럽도록 불룩하니 만들었다.

내가 새삼스럽게 면도 솔을 휘둘러가며 비누 거품으로 온 얼굴을 새하얗게 칠하자, 아까부터 옆에 앉아 이 모습을 지켜보던 오시게는 으흑, 하는 비극적인 소리를 내지르며 울음을 터뜨렸다. 나는 오시게의 성질에 머잖아 이렇게 되리라고 짐작하며 속으로 이 비명을 기대하고 있었다. 그래서 한층 더 볼에 공기를 잔뜩 넣어 하얀 비누를 쓱쓱 기분좋게 면도날로 깎아내기 시작했다. 오시게는 그걸 보고 부아가 복받치는지 어떤지 더더욱 요란한 소리를 질렀다. 마침내 "오빠!" 하고 날카롭게 나를 불렀다. 나는 오시게를 완전히 무시하긴 했어도 이 날카로운 목소리엔 적이 놀라고 말았다.

"뭐냐?"

"어째서 이처럼 사람을 무시하는 거예요. 그래도 난 당신의 여동생인데요. 올케는 아무리 당신이 편들어봤자, 애당초 남 아닌가요?"

나는 면도칼을 내려놓고 비누 거품투성이의 볼을 오시게 쪽으로 돌렸다.

"오시게, 넌 흥분하고 있어. 네가 내 여동생이고 형수가 남의 집에서 시집 온 여자란 것쯤은 네가 가르쳐주지 않아도 안다."

"그러니까 저한테 빨리 시집 가라는 둥 쓸데없는 말 말고, 오빠야말로 어서 오빠가 좋아하는 올케 같은 분을 얻으면 될 거 아녜요?"

나는 손바닥으로 오시게의 머리를 한 대 후려쳐주고 싶었다. 하지만 온 집안이 한바탕 시끄러워질 게 두려워 쉽게 손을 대지 못했다.

"그럼 너도 어서 형 같은 학자를 만나 시집 가는 게 좋을걸."

오시게는 이 말을 듣자마자, 단번에 달려들 것 같은 험악한 기세로 나왔다. 그리고 눈물을 훔칠 때마다 자신의 결혼이 오사다보다 늦어진 탓에 이렇게 놀림을 당하는 것이라고 언명한 뒤, 나를 형제에 대한 동정심이 없는 야만인이라고 평했다. 나도 원래 그녀의 상대가 족히 될 만한 험담가였다. 하지만 끝내 도저히 끈기가 달려 입을 다물고 말았다. 그런데도 그녀는 내 옆을 떠나지 않았다. 그리고 사실은 물론, 사실이 낳은 당치 않은 상상까지 거침없이 마구 떠벌렸다. 그 가운데 그녀가 가장 자신 있어 하는 주제는 뭐니 뭐니 해도 나와 형수를 한데 묶어 빈정대는 고약한 심술이었다. 나는 그게 무엇보다 싫었다. 나는 그때 마음속으로 아무리 못생긴 여자라도 좋으니 오시게보다 먼저 결혼해서, 부부 관계가 어떻다는 둥 남녀의 사랑이 어떻다는 둥 시끄럽게 떠들어대는 여자를 달랑 혼자 뒤에 내버려두고 싶은 느낌이 들었다. 그리고 그렇게 하는 편이 실제 어머니가 염려하다시피 형 부부를 위해서도 좋은 일일 거라고 진지하게 생각하기도 했다.

나는 지금도 비를 얻어맞은 듯한 오시게의 통통 부은 얼굴을 기억한다. 오시게 또한 비눗물이 담긴 쇠대야 속에 얼굴을 처박았다고밖에 할 수 없는 나의 괴상한 얼굴을 도저히 잊을 수 없다 한다.

10

오시게는 분명히 형수를 싫어했다. 이유는 학구적으로 고독한 오빠를 깊이 동정하기 때문이라고 누구나 수긍했다.

"어머니라도 안 계시면 어떻게 될까요. 정말이지 딱해요."

아무 일이건 감출 줄 모르는 그녀는 예전에 내게 이렇게 말했다. 그건 물론 뺨을 새하얗게 비누칠한 내가 그녀와 다투기 오래전 일이었다. 나는 그때 그녀를 상대하지 않았다. 다만 "형처럼 분별 있는 사람이 가족 관계로 너한테 걱정을 끼칠 일 따윈 없을 테니, 잠자코 지켜보기나 해. 아버지도 어머니도 곁에 계시니까" 하고 거의 훈계조로 말해 주었다.

나는 그 무렵부터 오시게와 형수는 불과 물 같은 개성 차이로 인해 도저히 원만하게 같이 지내기 힘들 거라고 이미 관찰했다.

"어머니, 오시게를 빨리 시집 보내야겠어요" 하고 나는 어머니에게 주제넘은 충고 비슷한 참견을 한 적조차 있었다. 그때 어머니는 어째서, 라거나 한 마디도 되묻지 않고 자못 내 말의 의미를 알아들었다는 눈길로 "네가 말하지 않아도 아버지나 나나 무척 걱정하고 있는 참이다. 오시게만이 아냐. 네 색시감인들, 뒤에서 얼마나 모두에게 수고를 끼쳐가며 찾아보고 있는지 모를 게다. 하지만 이런 일은 무엇보다 인연이니까⋯⋯"라며 내 얼굴을 찬찬히 살폈다. 나는 어머니의 뜻도 모른 채, 그저 "예" 하고 어린애처럼 물러나왔다.

오시게는 뭐든 무턱대고 화를 내는 대신, 겉과 속이 한결같은 정직한 미덕을 지녀 어머니보다 오히려 아버지의 사랑을 받았다. 물론 형도 귀여워했다. 오사다의 결혼담이 나왔을 때도 "우선 오시게부터 시집 보내는 게 순서일 테지"라는 게 아버지의 의견이었다. 형도 조금은 여기에 동의했었다. 하지만 모처럼 이름까지 지명해서 혼처가 들어온 오사다를 위해선, 흔치 않은 기회를 놓치는 건 결국 둘 다 손해라는 어머니의 의견이 사실 지당했으므로 이치에 밝은 형은 곧 고집을 꺾었다. 형의 견해에 다소 양보한 아버지도 무사히 납득했다.

하지만 잠자코 있던 오시게에겐 그것이 몹시 불쾌했던 모양이다. 그러나 그녀가 이번 결혼 문제에 대해 모든 점에서 흔쾌히 오사다의 의논 상대가 되어주는 걸 보면, 그녀가 자신을 앞지른 오사다에게 악감정을 품고 있지 않음은 명백한 사실이었다.

그녀는 다만 형수 옆에 머무는 걸 꺼리는 것 같았다. 아무리 부모님이 계신 집이라 해도, 아무리 마음껏 하고 싶은 대로 어리광을 부릴 수 있어도, 이 냉정한 형수가 못마땅한 표정으로 바라보는 게 무엇보다 괴로운 모양이었다.

이런 기분에 신경이 곤두서 있을 때, 그녀는 어쩌다 무슨 여성 잡지인가를 빌리러 형수 방으로 들어갔다. 그리고 거기서 형수가 오사다를 위해 손질하고 있던 혼수용 기모노를 보았다.

"아가씨, 이건 오사다 씨 거예요. 예쁘죠? 아가씨도 어서 사노 씨 같은 분을 만나 시집 가세요" 하고 형수는 손질하던 기모노를 휙 뒤집어 보였다. 그 태도가 오시게한테는 일부러 여봐란 듯이 짓궂게 대하는 듯 비쳤다. 빨리 시집 갈 데를 정해서 이런 걸 준비할 각오라도 해두라는 풀이로 들렸다. 언제까지 시누이라는 지위를 이용해 사람을 괴롭힐 참이냐라는 풍자로도 해석되었다. 마지막으로 사노 같은 사람에게 시집가라고 한 말이 가장 신경을 건드렸다.

그녀는 울면서 아버지 방으로 고자질하러 갔다. 아버지는 난감해지셨는지 형수에겐 한 마디도 캐묻지 않으시고, 다음날 오시게를 데리고 미쓰코시(三越) 백화점에 가셨다.

11

그러고 나서 2, 3일 지나 손님이 두엇 아버지를 찾아왔다. 아버지는 타고난 사교가인 데다 직업상의 필요로 상당히 폭넓게 많은 분을 알고 지내셨다. 공무원직을 물러난 지금도 그 영향이나 습관에선지 친분 있는 이들과의 왕래는 그칠 줄 몰랐다. 하지만 뻔질나게 찾아오는 사람들 중엔 유명인이나 세력가가 눈에 띄는 것도 아니었다. 그때의 손님으로 한 사람은 귀족원(貴族院)* 의원, 또 한 사람은 어느 회사의 감사역이었다.

아버지는 이 두 사람과 우타이(謠)로 가깝게 지내는 사이인 듯, 그들이 올 때마다 우타이를 부르며 즐겼다. 오시게는 아버지의 명령으로 한때 북을 배운 적이 있으므로 그럴 땐 자주 손님 앞에 불려나가 북을 쳤다. 나는 그 잘난 척 태깔스러워하는 표정을 아직 기억한다.

"오시게, 넌 북은 잘 치지만 네 표정은 정말이지 못 봐주겠어. 싫은 소리는 안 할 테니 시집 가거든 절대 북 치는 일은 아서라. 아무리 남편이 우타이에 미쳤다 해도 그렇게 시큰둥한 낯을 보였다간 정나미 떨어질 게 뻔하니까" 하고 일부러 악담을 해준 적이 있다. 그러자 옆에서 듣고 있던 오사다가 눈이 휘둥그레져서 "어머나 어쩜 그렇게 심한 말을. 너무해요" 하기에, 나도 약간 말이 지나쳤나 싶었다. 그런데 욱하는 오시게는 평소와는 달리 전혀 내 말에 신경 쓰는 것 같지 않았다. "오빠, 그래도 표정은 아직 쓸 만한걸요. 북 솜씨는 정말 형편없어요. 난 우타이 손님 오는 게 제일 싫어요" 하고 굳이 내게 설명했다. 오시게의 표정만 주의 깊게 보았던 나는 그녀의 북 솜씨가 그렇게 서툰 줄은 그때까지 알지 못했다.

그날도 손님이 오고 나서 한 시간 반쯤 지나자 예정대로 우타이가 시작되었다. 나는 이제 곧 또 오시게가 불려나가리라 생각하고 놀려줄 셈으로 다실 쪽으로 나가보았다. 오시게는 열심히 회석(會席) 요리상을 닦고 있었다.

"오늘은 둥둥 북을 안 치니?" 하고 내가 새삼스레 묻자, 오시게는 묘하게 의뭉스런 표정을 지으며, 서 있는 나를 올려다보았다.

---

* 중의원(衆議院)과 함께 제국 의회를 구성하는 당시의 입법 기관. 현재의 참의원에 해당.

"글쎄 지금 밥상을 내가야 하니까요. 바쁘다 하고서 거절했어요."

나는 부엌이며 다실이 혼잡한 마당에 괜히 장난이 지나쳐 어머니에게 야단맞는 것도 싱겁겠다 싶어 다시 방으로 되돌아왔다.

저녁 식사 후, 잠깐 산책하러 갔다 돌아와 방에 채 들어가기도 전에 어머니가 나를 붙들었다.

"지로, 마침 알맞게 잘 돌아왔구나. 안채에 가서 아버지의 우타이를 들어드리렴."

나는 아버지의 우타이는 귀에 익은 터라 한 곡쯤 들어드리는 건 그다지 싫을 것도 없었다.

"무얼 하시는데요?" 하고 어머니께 물었다. 어머니는 나와 정반대로 우타이를 매우 싫어했다. "뭔지 모르겠다만 어서 들어가봐라. 모두 기다리고 계시니까" 했다.

나는 대충 짐작하고 안채로 건너가려 했다. 그러자 어두운 툇마루 쪽에 오시게가 가만히 서 있었다. 나는 얼떨결에 "이봐……" 하고 큰소리를 지를 뻔했다. 오시게는 갑자기 손을 내밀어 신호처럼 내 입을 틀어막았다.

"왜 그런 어두운 델 혼자 서 있는 거냐?" 하고 나는 그녀의 귀에 입을 갖다대고 물었다. 그녀는 바로 "왜긴" 하고 대답했다. 그러나 내가 그 대답에 만족하지 않고 계속 그 자리에 서 있는 걸 보더니 "아까부터 몇 번이고 나오라, 나오라고 재촉하지 뭐예요. 그래서 어머니에게 부탁해서 몸이 좀 안 좋다고 해두었어요."

"어째서 하필 오늘, 그렇게 몸을 사리는 거냐?"

"글쎄, 전 이제 북 치는 게 너무 싫어진걸요, 바보 같애. 게다가 지금부터 하는 건 어려워서 도저히 따라하질 못해요."

"기특하게 너 같은 여자도 겸손의 길을 조금은 터득한 모양이니 홀륭하구나"라는 말을 던지고 나는 안채로 갔다.

12

안채에는 예의 두 손님이 도코노마 앞에 앉아 있었다. 둘 다 품위 있는 용모로 엷게 벗겨지기 시작한 머리가 뒤에 걸린 탄유(探幽)*의 세 폭짜리 족자 그림과 잘 어울렸다.

두 사람 모두 하카마(袴)** 차림으로 하오리(羽織)***는 벗고 있었다. 세 사람 가운데 하카마를 입지 않은 이는 아버지뿐이었는데, 아버지조차 하오리만은 걸치지 않았다.

나는 낯이 익었으므로 정면의 손님에게 인사 삼아 "듣게 돼서 영광입니다" 하고 머리를 숙였다. 손님은 다소 황송스럽다는 듯 "아니 별말씀을……" 하고 머리를 긁적이는 시늉을 했다. 아버지가 내게 오시게에 대해 물어보시기에 "아까부터 좀 두통이 있다면서 인사하러 오지 못해 죄송하답니다" 하고 대답했다. 아버지는 손님 쪽을 보면서 "오시게가 몸이 안 좋다니 그야말로 도깨비가 병날 일이군" 하고 나서, 이번엔 내게 "아까 쓰나(어머니 이름) 말로는 배가 아프다던데 그게 아니고 두통이냐" 하고 되물었다. 나는 야단났다 싶었으나 "아마 둘 다겠지요. 위장 열로 머리가 아프기도 하니까요. 하지만 걱정할 정도로 아프진 않은 모양입니다. 금방 낫겠지요"라고 대답했다. 손님들은 시끄러울 정도로 오시게에게 동정의 말을 쏟아부은 뒤 "그럼, 유감이지만 시작할까요"

---

* 에도 시대의 화가 가노 모리노부(狩野守信, 1602~1674)를 가리킴.
** 일본 옷의 겉에 입는 주름 잡힌 남자용 하의. 정장의 경우에 하오리와 입음.
*** 일본 옷 위에 입는 짧은 겉옷.

했다.

듣는 이로는 나보다 앞서 형 부부가 옆으로 단정하게 나란히 앉아 있었으므로, 나는 짐짓 점잖을 빼고 형수 곁에 자리를 잡았다. "뭘 합니까?" 하고 앉으며 물으니, 이런 방면엔 아무런 소양이나 취미도 없는 형수는 "글쎄, 가게키요(景淸)*라는군요" 하는 대답뿐, 말이 없었다.

손님 가운데 불그레한 얼굴에다 풍채 좋은 남자가 주역을 맡기로 하고, 그 옆의 귀족원 의원이 조역, 아버지는 주인인 만큼 '딸'과 '사내' 역을 단역이라 생각해서인지 두 개 떠맡았다. 다소 우타이를 들을 줄 아는 귀를 가진 나는 처음부터 어떤 가게키요가 만들어질까 우려했다. 형은 무슨 생각을 하는지 도무지 종잡을 수 없는 표정으로, 조락해가는 지난 세기의 육성을 꿈처럼 듣고 있었다. 형수의 고막에는 가장 중요한 '쇼몬(松門)'**마저 사람 목소리가 아닌 오히려 짐승의 울부짖음으로 불쾌하게 들린 모양이다. 나는 전부터 이 '가게키요'라는 우타이에 흥미를 느꼈었다. 어쩐지 용맹스럽고도 애처로운 분위기가 앞 못 보는 가게키요의 힘있는 말투에서 또한 아버지를 만나러 머나먼 휴가(日向)까지 내려오는 딸의 모습에서 내 눈이 눈물로 젖은 적이 한두 번 있었다.

그러나 그건 뛰어난 배우가 제대로 각자의 역을 맡은 경우이고, 방금 들은 것처럼 어설프기 짝이 없는 가게키요에선 전혀 동정심이 일지 않았다.

마침내 가게키요의 전투 이야기도 끝나고 우타이 한 곡이 무사히 결말까지 왔다. 나는 그 연주를 뭐라 평해야 좋을지 몰라 적이 불안해졌

---

*요곡의 제목. 헤이케(平家) 몰락 후 규슈에서 맹인 비파법사가 되어 여생을 보내는 사무라이 대장 가게키요에게 딸 히토마루(人丸)가 찾아온다. 처음엔 초라한 자신의 처지를 부끄러워하던 가게키요가 마을 사람들의 권유로 딸을 만나, 옛적의 무용담을 들려주고 가마쿠라(鎌倉)로 돌아가는 딸을 배웅한다는 내용.
**가게키요의 앞 부분으로 주인공이 노래하는 핵심 부분.

다. 형수는 평소 말수가 적은 것과는 달리 "용감한 것이군요"라고 말했다. 나도 "그렇군요"라고 대답해두었다. 그러자 어쩌면 한 마디도 하지 않을 거라 생각한 형이 갑자기 불그레한 얼굴의 손님을 향해 "과연 나도 헤이케로다 말씀하시니, 라든가 애당초, 라는 구절이 있었습니다만, 과연 나도 헤이케로다 하는 말이 매우 흥미로웠습니다"라고 말했다.

형은 원래 정직한 남자로서, 더구나 자신의 교육 신조상 거짓말을 하지 않는 걸 품성의 일부라 간주할 정도의 남자인 터라 이 비평을 의심할 여지는 조금도 없었다. 하지만 불행히도 그의 비평은 우타이의 잘하고 못함이 아니라 문장의 좋고 나쁨을 가리는 내용이어서 상대방에겐 전혀 반응이 없었다.

이런 상황에 익숙한 아버지는 "아니, 그 부분은 참으로 재미있게 들었네" 하고 손님의 노래 솜씨를 우선 칭찬한 다음, "실은 이걸 듣고 생각난 건데, 아주 흥미있는 얘기가 있다네. 바로 그 문구를 현대풍으로 다시 써서, 이를테면 여자 가게키요가 나오는 셈이니 우타이보다는 훨씬 요염하지. 게다가 사실이니까" 하고 말을 꺼냈다.

13

아버지는 사교가인 만큼 이런 묘한 이야기를 머릿속에 가득 넣어 다녔다. 그래서 손님이라도 오면 술잔을 주고받으며 이를 능숙하게 임기응변으로 활용하곤 했다. 수년 동안 아버지 곁에서 기거해온 나도 이 여자 가게키요 일화는 처음이었다. 나는 나도 모르게 귀 기울여 아버지의 얼굴을 보았다.

"바로 얼마 전 일로, 게다가 실제 일어난 일이니까 말씀드리지만,

그 발단은 훨씬 오래됐지. 오래됐다고는 하나 무슨 겐페이(源平)* 시대 애길 꺼내는 게 아니니까 우선 안심해도 좋은데, 어쨌든 지금부터 25,6년 전 바로 내 가난한 월급쟁이 시절이라고나 할까요……"

아버지는 이런 서두로 모두를 웃긴 다음, 본론으로 들어갔다. 그건 그의 친구라기보다 오히려 훨씬 후배뻘인 남자의 염문에 가까웠다. 하긴 그는 조심해서 이름을 말하지 않았다. 나는 집에 드나드는 사람들의 대부분은 이름과 얼굴을 기억했으나, 이 일화를 지닌 남자만은 아무리 생각해봐도 전혀 윤곽이 떠오르지 않았다. 나는 마음속으로 아버지는 지금 표면상 아마도 이 사람과 친분이 있는 사이는 아닐 거라고 의심했다.

아무튼 그 사람의 스무 살 전후에 생긴 일로 그때 당사자는 고등학교에 막 들어갔을 즈음이라든가, 들어가서 2년째 되었다는 둥, 아버지는 상당히 애매한 설명을 했으나 그게 어떻든 간에 우리가 신경 쓸 대목은 아니었다.

"그인 좋은 사람이야. 좋은 사람에도 여러 종류가 있지만 그냥 좋은 사람이야. 지금도 그러한데 스무 살 남짓 무렵엔 틀림없이 곱상한 청년이었을 테지."

아버지는 그 남자를 이렇듯 어설프게 서술한 다음, 그 남자와 그 집의 하녀가 어떤 관계에 접어든 사연을 아주 간단히 들려주었다.

"원래 그 녀석은 말야, 진짜 애송이였으니까 정사(情事) 같은 세련된 경험은 그때까지 전혀 몰랐다더군. 본인 또한 여성이 자신을 사모하는 일 따윈 도저히 있을 수 없는 기적이라고 생각했다는 거야. 그런데 그 기적이 돌연 하늘에서 내려와주었으니 엄청 놀라고 말았지."

---

* 겐지(源氏)와 헤이시(平氏) 두 씨족이 서로 세력을 다투던 시대(1072~1185년경).

이야기를 들은 손님은 한껏 진지한 표정으로 "그랬을 테지" 하고 끄덕였으나, 나는 우스워서 참을 수 없었다. 쓸쓸해 보이는 형의 볼에도 금세 미소가 감돌았다.

"한데 그게 남자 쪽이 소극적이고 여자 쪽이 적극적이니까 갈수록 묘해지는 겁니다. 내가 그 녀석에게 그 여자가 자네한테 마음이 있다고 눈치 챈 게 언제냐고 물었더니 말이죠. 진지한 표정으로 여러 가지를 들려주었는데 그 중 가장 재미있다고 느낀 탓인지 아직도 기억하는 건, 그 녀석이 기와 전병인지 뭔지를 먹고 있는데 여자가 와서, 제게도 그 전병을 줘요, 라고 말하기가 무섭게 그 녀석이 먹던 나머지 반을 낚아채 입으로 가져갔을 때라더군요."

아버지의 말투는 물론 재미난 걸 기둥으로 삼고 정작 중요하고 진지한 내용을 배경으로 끌어내버리는 식이라, 듣고 있는 손님을 비롯해 우리 세 사람도 그저 실컷 웃어젖히고 나면 그뒤엔 아무것도 남는 게 없는 느낌이었다. 더구나 손님들은 웃는 기술을 어디서 배워왔는지 멋들어지게 웃었다. 좌중에서 비교적 심각한 이는 형 한 사람뿐이었다.

"결국 그 결과는 어떻게 됐습니까? 경사스럽게 결혼했습니까?" 하고 농담이라고도 할 수 없는 어조로 물었다.

"글쎄, 그걸 이제부터 이야기하려는 거다. 아까 말한 대로 '가게키요'의 분위기가 나는 대목은 이제부터야. 지금 말한 건 겨우 서두에 불과해" 하고 아버지는 자신 있게 대답했다.

14

아버지의 이야기에 의하면, 그 남자와 그 여자의 관계는 여름밤의 꿈처럼 덧없었다. 그러나 하룻밤 인연을 맺을 때, 남자는 여자를 장래의 아내로 삼겠노라 단언했다고 한다. 그렇긴 해도 이건 여자가 요구한 조건도 아무것도 아니며, 단지 남자의 입에서 일시적 충동으로 저절로 튀어나온, 진심이긴 하나 실행하기 힘든 감정적인 말에 불과했다고 아버지는 구태여 설명했다.

"그건 말이지, 둘 다 동갑인 데다 한쪽은 부모님 신세를 지는 전도요원한 학생이고 또 한쪽은 남의 고용살이를 해서 살아가는 가난한 하녀이니, 아무리 굳은 약속을 한들 그 약속을 실행할 수 있는 긴 세월 동안 어떤 곤란이 닥칠지 알 수 없는 일이거든. 그래서 여자가 물었다는군. 당신이 학교를 졸업하면 스물대여섯 살이 된다, 그러면 나도 똑같이 늙어버릴 텐데 그래도 괜찮겠냐고 말이지."

아버지는 이쯤에서 갑자기 이야기를 끊고 무릎 아래 놓인 은담뱃대에 담배를 채웠다. 그가 푸르스름한 연기를 한꺼번에 콧구멍으로 내보냈을 때, 나는 너무 답답한 나머지, "그 사람은 뭐라고 대답했습니까?" 하고 물었다.

아버지는 담뱃재를 손으로 털며 "지로가 틀림없이 뭔가 물을 거라 생각했지. 지로, 재미있지? 세상엔 참으로 별의별 사람이 다 있는 법이다" 하며 나를 보았다. 나는 그저 "예" 하고 대답했다.

"실은 나도 물어봤지, 그 남자에게. 자네, 뭐라 대답했는가라고. 그러자 애송이가 이렇게 말하는 거야. 나는 내 나이도 상대 나이도 알고 있었다, 하지만 내가 졸업하면 여자가 몇 살이 되는지 거기까진 생각할 수가 없었다. 하물며 내가 50이 되면 상대도 50이 되는 먼 장래는 전혀 머릿속에 떠오르지 않았다더군."

"순진하군요" 하고 형은 오히려 감탄하는 투로 말했다. 지금까지 잠자코 있던 손님이 갑자기 형과 똑같이 "정말 순진해"라거나 "역시 젊은 사람은 너무 외골수야'라고 했다.

"한데 일주일이 채 못 되어 그 녀석이 후회하기 시작한 거야. 글쎄 여자는 태연한데 그 녀석이 제풀에 면목없어진 거지. 애송이인 만큼 패기가 없는 꼴이라니. 하지만 솔직한 녀석이라 마침내 여자에게 정식으로 결혼 파약을 신청하고선 게다가 거북한 표정을 지으며 미안해라나 뭐라나 사과했다는군. 그래도 동갑이긴 해도 상대가 여자이고 보면, '미안해' 같은 유치한 말을 듣고선 귀엽기도 했을 테고 또 한심하기도 했겠지."

아버지는 큰소리로 웃었다. 손님도 거기에 덩달아 웃었다. 형만이 우스운 건지 씁쓸한 건지 묘한 표정을 지었다. 그의 마음에는 온통 이런 얘기들이 엄숙한 인생 문제로 받아들여지는 모양이었다. 그의 인생관으로 말하자면 아버지의 말투조차 어쩌면 경박하게 들렸는지도 모른다.

아버지의 말씀대로라면, 그 여자는 얼마 안 가 곧 휴가를 얻어 그곳을 떠난 뒤 두 번 다시 얼굴을 보이지 않았고 그 남자는 이후 두어 달 동안 뭔가 골똘히 생각에 빠진 채, 넋이 한곳에 들러붙은 듯 꼼짝도 하지 않았다고 한다. 한번 그 여자가 근처에 와서 들렀을 때도 다른 사람 체면 때문인지 거의 한 마디도 하지 않았다. 마침 그땐 점심 식사 중이라 그 여자가 예전대로 시중을 들었어도 남자는 마치 생면부지의 사람을 만난 듯 입을 떼지 않았다.

여자도 그후로 결코 그 남자의 집 문간을 드나들지 않았다. 남자는 마치 그 여자의 존재를 잊어버린 듯 학교를 나와 가정을 만들고 이십몇 년이라는 아주 최근까지 여자와는 아무런 연락도 없이 지내왔다.

15

"이걸로 끝난다면 흔히 있는 일화일 따름이지. 하지만 운명이란 무서운 거야……" 하고 아버지가 다시 이야기를 계속했다.

나는 아버지가 무슨 말씀을 하시나 싶어 그의 얼굴에서 내 눈을 뗄 수가 없었다. 아버지의 이야기를 대강 정리해보면 이러하다.

그 남자가 그 여자를 까맣게 잊은 20여 년 뒤, 두 사람은 우연히 운명의 인도로 뜻밖에 만났다. 도쿄의 한복판에서였다. 게다가 유라쿠좌(有樂座)*에서 무슨 연주회인가 음악회가 있던 제법 쌀쌀한 초저녁이었다고 한다.

그때 남자는 부인과 딸아이를 데리고 무대 앞 몇째 열인지 알 수 없으나 미리 예약해둔 좌석에 가 앉았다. 그러자 그들이 입장한 지 채 5분도 되지 않아 그 여자가 다른 젊은 여자의 손에 이끌려 들어왔다. 그들도 전화나 뭔가로 좌석을 예약해놓은 듯, 남자 옆의 예약석이라는 종이패가 붙은 자리에 안내받아 조용히 앉았다. 두 사람은 이런 묘한 장소에서 묘하게 서로 나란히 앉았다. 더더욱 묘한 것은 여자 쪽이 옛날과는 달리 표정 없는 맹인이 되고 말아 주위에 어떤 사람이 있는지 전혀 모른 채, 그저 무대에서 들리는 음악 소리에만 귀를 기울일 뿐이라는, 남자로선 전혀 상상조차 할 수 없었던 사실이었다.

남자는 처음엔 자기 옆에 앉은 여자의 얼굴을 보고 과거 20년의 기억을 거꾸로 뒤흔들린 듯 깜짝 놀랐다. 다음엔 검은 눈동자로 물끄러미 자신을 응시하던 옛날 모습이 어느덧 사라져버린 여자의 모습을 깨닫고

---

* 현재 치요다(千代田) 구의 유라쿠초(町)에 있었던 소극장.

또 한 번 크게 놀라 불안감에 사로잡혔다.

　10시경까지, 한 자리에 거의 꼼짝없이 앉아 있던 남자는 무대에서 무얼 하는지 전혀 귀에 들어오지 않았다. 다만 여자와 헤어져 오늘에 이르는 어두운 운명의 끈을 여러 모로 상상할 뿐이었다. 여자 또한 자기 옆에 있는 예전의 남자를 보지도 알지도 못한 채, 심지어 의식조차 할 틈도 없이 그저 절로 조락해가는 과거의 음악에서 간신히 젊은 옛날을 그리는 기색을 짙은 눈썹 사이로 드러낼 뿐이었다.

　두 사람은 얼떨결에 만나, 얼떨결에 헤어졌다. 남자는 헤어진 뒤에도 자주 여자를 떠올렸다. 특히 그녀가 맹인인 게 마음에 걸렸다. 그래서 어떻게든지 여자가 있는 데를 알아내려고 애썼다.

　"원체 고지식한 데다 열심인 사내라 드디어 성공했지. 그 내막을 듣긴 들었어도 너무 장황해서 잊어버리고 말았어. 글쎄 그가 다시 유라쿠좌에 가서 안내원을 붙잡고 이리저리 수소문을 하는 데엔 상당히 복잡한 수고를 끼쳤다더군."

　"어디에 있었습니까, 그 여잔" 하고 나는 꼭 확인하고 싶어 물었다.

　"그건 비밀이야. 이름이며 주소는 절대 말하지 못하게 되어 있어. 약속이니까. 그런데 그 녀석이 나더러 그 맹인 여자가 있는 곳을 방문해달라고 부탁하는 거야. 무슨 생각에선지 알 수 없지만 아무튼 안부 인사 같은 거겠지. 본인에게 물어보면 학문을 한 만큼 그럴듯한 이유를 얼마든지 대겠지만. 다시 말해 과거와 현재의 중간을 연결해서 안심하고 싶은 거야. 그리고 어째서 맹인이 되었는지, 이것이 본인에겐 어지간히 고민스러웠던 모양이야. 그렇다고 해서 이제 와서 그 여자와 새로운 관계를 가질 마음은 없고 더구나 아내와 자식 체면도 있으니, 본인이 일부러 직접 가고 싶어하진 않지. 뿐만 아니라 그가 옛날 그 여자와 헤어질 때 쓸데없는 말을 지껄이고 말았어. 나는 학문을 좀 해볼 작정이니 서른대

여섯 될 때까진 가정을 갖지 않겠다. 그래서 어쩔 수 없이 요전 약속을 취소했으면 한다고 말이지. 그런데 녀석은 학교를 나와 곧바로 결혼을 하고 말았으니 양심적으로 그리 떳떳하지 못한 거야. 그래서 결국 내가 가기로 했지."

"어머, 말도 안 돼" 하고 형수가 말했다.

"말도 안 되지만, 결국 갔어" 하고 아버지가 대답했다. 손님도 나도 흥미로운 듯 웃음을 터뜨렸다.

16

아버지에겐 다른 사람한테서 볼 수 없는 일면 익살스러운 구석이 있었다. 어떤 이는 소탈한 분이라 하는가 하면, 어떤 이는 빈틈없는 남자라고 평했다.

"아버진 오로지 저렇게 자신의 지위를 쌓아올렸겠지. 실제 그런 게 세상일이니까. 본격적으로 학문을 하고 진지하게 사고를 가다듬어봤자, 사회에선 조금도 거들떠보지 않아. 그저 경멸할 뿐이야."

형은 이처럼 푸념인지 빈정거림인지 아니면 풍자인지 사실인지 분간할 수 없는 감회를 예전에 내게 슬쩍 털어놓은 적이 있었다. 나는 성격 면에선 형보다 오히려 아버지를 닮았다. 더구나 아직 어려 그가 말하는 의미를 바로 명료하게 이해하지 못했다.

어쨌든 아버지가 그 남자의 부탁대로 흔쾌히 방문을 떠맡은 것도 어쩌면 타고난 호기심 때문일 거라고 나는 해석한다.

마침내 아버지는 그 맹인의 집을 찾아갔다. 갈 때, 남자는 선물 값이라며 100엔짜리 지폐를 한 장 종이에 싸서 색실로 묶은 것과 큼직한 과자 상자를 하나 곁들여 아버지에게 건넸다. 아버지는 그걸 받아들고 인력거로 그 여자 집으로 향했다.

여자의 집은 좁았지만 아담하고 편안한 느낌을 주었다. 툇마루 끝에 둥글게 홈이 파인 화강암 물단지가 놓여 있고, 수건걸이에는 새로 나온 미쓰코시의 수건도 하늘거렸다. 식구는 많지 않은 듯, 고요해서 소리 하나 들리지 않았다.

아버지는 햇볕 잘 드는 다실풍의 비좁은 방에서 처음 그 맹인을 만났을 때, 선뜻 뭐라 말해야 좋을지 알 수 없었다고 한다.

"나 같은 사람이 말문이 막히다니, 대단히 창피스런 얘기지만 실제 난감하더군. 아무튼 상대가 맹인이니까 말일세."

아버지는 일부러 이렇게 말해 모두의 흥을 돋웠다.

그는 그 자리에서 드디어 남자의 이름을 밝히고 예의 선물 꾸러미를 꺼내 여자 앞에 놓았다. 여자는 앞이 안 보이니 과자 상자를 어루만지고 쓸어보고 나서, "어쩜 친절하시게도……"라며 공손하게 인사를 했다. 그리고 그 위에 놓인 종이 쌈지를 손에 들자마자, 약간 묘한 표정으로 "이건?" 하고 확인하듯 물었다. 아버지는 아버지 성격답게 껄껄 웃으며 "그것도 선물의 일부입니다. 아무쪼록 같이 받아넣어주십시오" 하고 말했다. 그러자 여자는 색실의 매듭을 손에 쥔 채로 "혹시 돈이 아닌지요?" 하고 되물었다.

"아니, 너무 약소해서, — 하지만 ○○씨의 뜻이니까 부디 받아주십시오."

아버지가 이렇게 말했을 때, 여자는 탁, 하고 종이 쌈지를 다다미 위에 떨어뜨렸다. 그리고 감긴 눈동자를 똑바로 아버지 쪽으로 향해 "저는 지금 과부입니다만, 얼마 전까진 남부럽지 않은 남편이 있었습니다. 아이는 현재 튼튼하게 자라고 있습니다. 설사 어떤 관계가 있었다

하더라도 모르는 분한테 돈을 받는 건, 지금처럼 편하게 살아갈 수 있게 해준 남편의 위패에 미안한 일이니 되돌려드립니다"라고 분명히 말하며 눈물을 흘렸다.

"이렇게 나오는데야 정말 난감하더군" 하고 아버지는 모두의 얼굴을 빙 둘러보았는데, 이때만은 아무도 웃지 않았다. 나도 속으로 아무리 아버지라도 도리 없이 쩔쩔맸을 거라고 생각했다.

"그때 나는 난감하면서도 아아, 가게키요가 여자라면 역시 이런 모습이 아닐까 생각했지. 정말 감동했어. 어떤 이유로 가게키요를 떠올렸는가 하면, 단지 양쪽 다 맹인이기 때문만은 아니라네. 그 여자의 태도가 너무나……"

아버지는 생각에 잠겼다. 아버지와 비스듬히 마주 앉은 불그레한 얼굴의 손님이 "바로 마음가짐이 닮았기 때문이겠죠" 하고 자못 어려운 수수께끼라도 풀 듯이 말했다.

"바로 마음가짐입니다" 하고 아버지는 곧 승복했다. 나는 이렇게 해서 아버지의 얘기가 결말에 이르렀다 생각되어 "과연 재미있는 이야기이군요" 하고 전체를 비평하는 듯한 어조로 말했다. 그러자 아버지는 "아직 멀었어. 그 다음이 훨씬 재미있지. 특히 지로처럼 젊은 사람이 들으면" 하고 덧붙였다.

17

아버지는 예기치 않은 여자의 식견에 말허리가 잘려 어쩔 수 없이 자리를 뜨려 했다. 그러자 여자는 비로소 여자다운 표정을 만면에 띠며 매달리듯 아버지를 만류했다. 그리고 언제 어디서 ○○가 자신을 보았는지를 물었다. 아버지는 예의 유라쿠좌에서의 일을 숨김 없이 맹인에게 들려주었다.

"바로 당신 옆에 앉아 있었다더군요. 당신은 전혀 몰랐을 테지만 ○○은 처음부터 알아본 겁니다. 그러나 부인과 딸의 체면상, 말을 걸기 힘들었던 거지요. 그리곤 바로 집으로 돌아왔다더군요."

아버지는 그때 처음으로 맹인의 눈에서 흘러내리는 눈물을 보았다.

"실례지만 눈을 다치신 지 오래되셨습니까?" 하고 물었다.

"이렇게 불편한 몸이 된 지 벌써 6년이 되나 봅니다. 남편이 죽고 채 1년이 될까 말까 할 무렵이었지요. 선천성 맹인과 달리 당초엔 불편이 이만저만 아니었습니다."

아버지는 어떻게 위로해야 할지 몰랐다. 그녀가 말한 남편이라는 이는 무슨 청부업자로, 생존 시에 꽤 돈을 썼음에도 상당한 자산을 남기고 간 모양이었다. 그녀는 그 덕분에 눈이 불편한 지금도 어엿이 독립된 생활을 꾸려나가는 걸 거라고 아버지는 설명했다.

그녀는 남들에게 자랑할 만한 아들과 딸을 두고 있었다. 그 아들은 비록 수준 높은 교육은 받지 않았지만 긴자(銀座) 일대의 어떤 상회에 들어가 자립이 가능할 정도의 수입을 얻는 모양이었다. 딸은 서민풍으로 키워 노래며 사미센 연습에 열중하도록 시키는 것 같았다. 모든 얘기를 통해, ○○와는 먼 과거에 각인된 한 점의 기억이라는 공통점 외에 달리 아무것도 남은 게 없어 보였다.

아버지가 유라쿠좌의 얘기를 꺼냈을 때 여자는 두 눈을 글썽이며 "정말이지 맹인처럼 딱한 것도 없지요"라고 말한 게 아버지의 가슴에 아프게 와닿았다고 한다.

"○○씨는 지금 무슨 일을 하고 계시는지요?" 하고 여자는 허공에 무언가를 상상하는 듯한 눈길로 아버지에게 물었다. 아버지는 ○○가

학교를 졸업한 이후의 경력을 빠짐없이 얘기해준 뒤, "지금은 아주 훌륭한 인물이 되었지요. 나 같은 늙은이와는 달라요"라고 대답했다.

여자는 아버지의 대답을 들은 척도 않고 "틀림없이 멋진 사모님을 맞으셨겠지요" 하고 점잖게 물었다.

"예, 벌써 아이가 넷입니다."

"제일 큰 애가 몇 살인지요?"

"글쎄요, 벌써 열두세 살이던가. 귀여운 여자 아이죠."

여자는 잠자코 연신 손가락을 꼽아가며 뭔가 계산하기 시작했다. 그 손가락을 바라보던 아버지는 갑자기 무서워졌다. 그리고 속으로 공연한 말을 해서 그만 돌이킬 수 없게 되었다고 생각했다.

여자는 잠시 뜸을 들였다가 그저 "괜찮습니다"라고 한마디 하며 쓸쓸히 웃었다. 그러나 그 미소가 아버지에게는 눈물보다, 화내는 것보다도 묘한 느낌을 주더라고 했다.

아버지는 ○○의 거처를 분명히 밝히며 "잠시 여가가 나실 때 놀이 삼아 따님이라도 데리고 가보시지요. 꽤 괜찮은 집입니다. ○○도 밤엔 대개 뵐 수 있다고 했으니까요"라고 말했다. 그러자 여자는 바로 눈살을 찌푸리며 "그런 훌륭한 댁에 저희 같은 사람은 도저히 드나들 수 없겠지요"라고 말한 채 잠시 생각하다가, 곧 더 이상 억누를 수 없는 듯 진지한 목소리로 "갈 수 없습니다. 그쪽에서 오라고 하셔도 제가 사양해야만 합니다. 그러나 오직 한 가지 평생의 소원으로 여쭤보고 싶은 게 있습니다. 이렇게 뵙는 것도 이제 두 번 다시 없는 인연이라 생각되니, 부디 그것만은 들려주셔서 기분좋게 헤어졌으면 합니다" 했다.

18

아버지는 나이에 비해 배짱이 모자라는 남자여서, 여자가 이렇게 말했을 때 어떤 살벌한 얘기가 나올지 적이 걱정스러웠다고 한다.

"다행히 상대의 눈이 보이지 않아 내가 당황하는 걸 눈치 채지 못하고 넘어갔지" 하고 그는 굳이 덧붙였다. 그때 여자는 이렇게 말했다 한다.

"저는 보시다시피 눈을 다친 이래, 색이라는 색은 전혀 볼 수 없습니다. 세상에서 가장 밝은 해님조차 이젠 뵐 수 없게 되고 말았습니다. 잠깐 바깥 출입을 하려 해도 딸의 신세를 지지 않고선 용무를 볼 수 없습니다. 아무리 나이를 먹어도 혼자 불편 없이 걸어다닐 수 있는 사람이 몇이나 될까 생각하면, 무슨 업보로 이런 힘한 병에 걸렸나 싶어 참으로 괴로운 심정입니다. 하지만 눈을 못 쓰게 되어도 그리 힘들다고는 생각지 않습니다. 다만 두 눈을 성하게 뜨고서도 사람 마음을 알 수 없는 게 가장 괴로울 따름입니다."

아버지는 "과연" 하고 대답했다. "지당한 말씀"이라고도 했다. 하지만 여자가 말하는 의미는 전혀 통하지 않았다. 자신에겐 지금껏 그런 경험이 한 번도 없었다고 그는 털어놓았다. 여자는 애매한 아버지의 말을 듣고 "글쎄 그렇게 생각지 않습니까?" 하고 다짐을 두었다.

"그야 그런 경우도 물론 있겠지요" 하고 아버지가 말했다.

"있겠지요라고만 해선, 당신도 일부러 ○○씨의 부탁을 받아 이곳까지 찾아주신 보람이 없지 않겠습니까?" 하고 여자가 말했다. 아버지는 점점 궁지에 몰렸다.

나는 이때 언뜻 형의 얼굴을 보았다. 그리고 그의 신경질적으로 긴

장된 눈빛, 이와 대조되는 약간 냉소를 머금은 듯한 형수의 입술을 비교하며, 돌연 그들 사이에 요전부터 똬리를 튼 묘한 관계를 알아챘다. 그 똬리 속에 나도 끌려들어가 있다는, 다소 피하고 싶은 공기 냄새도 사정없이 내 코를 찔렀다. 나는 아버지가 좌흥에 불과하다면서 왜 하필이면 이런 이야기를 꺼내는 걸까 하고 그제서야 불안한 생각이 일었다. 하지만 모든 게 이미 늦었다. 아버지는 모른 척 내키는 대로 얘기를 이끌어 나갔다.

"나는 도무지 알 수가 없어 담백하게 그 여자에게 물어봤지. 어렵사리 ○○의 부탁으로 일부러 여기까지 와서 중요한 내막을 들어보지 않고 물러나는 건 당신에게는 물론 ○○에게도 필시 본의가 아닐 터이니, 아무쪼록 당신의 속내를 전부 제게 솔직히 들려주시지 않겠습니까? 그렇지 않으면 나도 돌아가서 ○○에게 할 말이 없어지니까, 라고 말이지."

그때 여자는 마침내 단호한 결단의 빛을 얼굴에 보이며 "그럼 말씀드리겠습니다. 당신도 ○○씨 대신 일부러 찾아와주실 정도이고 보면 필시 관계가 깊은 분임에 틀림없겠지요"라고 서두를 꺼낸 뒤, 그녀의 속마음을 아버지에게 털어놓았다.

○○가 결혼 약속을 하고서도 채 일주일이 못 되어 이를 다시 취소할 마음이 든 건 주위 사정의 압박을 받아 할 수 없이 거절한 건지, 아니면 달리 뭔가 마음에 들지 않는 구석이 생겨 그 마음에 들지 않는 부분을 결혼 약속 후 갑자기 발견했기 때문에 거절한 건지, 그 내막의 진실을 듣고 싶다는 게 여자가 가장 알고 싶은 부분이었다.

여자는 20년 이상 ○○의 가슴 속에 감춰진 이 비밀을 캐내고 싶어 견딜 수 없었던 것이다. 그녀는 누구나 다 가진 두 눈을 잃고 남들로부터 거의 병신 취급을 당하는 것보다 한 번 언약한 사람의 마음을 확실히 손에 잡을 수 없는 것이 훨씬 고통스러웠던 것이다.

"아버님은 어떤 대답을 하셨습니까?" 하고 그때 형이 불쑥 물었다. 그 얼굴에는 자연스런 흥미보다도 심상찮은 동정심이 깃든 것 같았다.

"나도 하는 수 없이 그건 괜찮다, 내가 보증한다. 본인에게 경박스런 구석은 추호도 없다고 대답했지" 하고 아버지는 무책임한 대답을 오히려 자랑인 양 형에게 했다.

19

"여자는 그걸로 만족했습니까?" 하고 형이 물었다. 내가 보기에 형의 이 질문에는 범할 수 없는 힘이 담겨 있었다. 그건 일종의 강한 의지처럼 내게 울려왔다.

아버지는 알아챘는지 어땠는지 태연히 이런 대답을 했다.

"처음엔 만족스럽지 못한 것 같더군. 물론 이쪽에서 하는 말이 그다지 근거 있는 것도 아니니까 말이지. 사실대로 말하면, 아까 말한 대로 남자는 완전히 애송이라 앞뒤 분별이고 뭐고 없으니 진지한 인사를 제대로 할 위인이 못 돼. 하지만 그 녀석이 일단 여자와 관계를 가진 뒤에, 하지 말았으면 좋았을 걸 하고 후회한 건 틀림없는 사실일 테지."

형은 못마땅한 표정으로 아버지를 보았다. 아버지는 무슨 의미인지 두 손으로 갸름한 볼을 두어 번 쓰다듬었다.

"이 자리에서 이런 말씀을 드리는 건 좀 송구스럽습니다만" 하고 형이 말했다. 나는 어떤 논의가 그의 입에서 나올지, 사정에 따라서는 도중에 그 화살을 좌중에 폐가 안 되는 방향으로 바꿀 요량으로 듣고 있었다. 그러자 그는 이렇게 말을 이었다.

"남자는 정욕을 만족시킬 때까지는 여자보다도 정열적인 사랑을 상대에게 바치지만, 일단 일이 성사되면 그 사랑이 점차 내리막길로 치닫는데 반해, 여자 쪽은 관계를 가진 후에 그 남자를 더욱 사모하게 됩니다. 이것이 진화론이나 세상사를 보더라도 현실이 아닌가 싶습니다. 그래서 그 남자도 이 원칙에 지배되어 나중에 여자에게 마음이 없어진 결과, 결혼을 거절한 게 아니겠습니까?"

"묘한 얘기네요. 난 여자라서 그런 어려운 이치는 모르지만 처음 들어봐요. 꽤 재미있는 일도 있군요."

형수가 이렇게 말했을 때, 나는 손님에게 보이고 싶지 않은 거북한 표정을 형의 얼굴에서 발견하고 바로 이를 얼버무리기 위해 무슨 말인가 꺼내려고 했다. 그러자 아버지가 나보다 먼저 입을 열었다.

"그야 이치를 따지자면 여러 가지 해석이 가능하겠지만, 글쎄 뭐랄까, 사실 그 여자가 싫어진 게 분명하다 한들 무엇보다 우선 본인이 당황했겠지. 더구나 소심하고 무분별한 데다 솔직하기까지 해서 웬만큼 싫지 않아도 거절했을 거야."

아버지는 그렇게 말을 던지고 말쑥한 표정을 지었다.

도코노마 앞에 우타이 책을 둔 한 손님이 그때 아버지를 향해 이렇게 말했다.

"그런데 여자란 어쨌든 집념이 강하군요. 이십몇 년이나 그 일을 가슴속에 접어두었으니 말이죠. 참으로 당신은 좋은 공덕을 쌓은 겁니다. 그렇게 말해 안심시켜두면 그 앞 못 보는 여자에겐 얼마나 다행한 일이겠습니까?"

"그 점이 모든 교섭의 재치라는 거지요. 만사 그렇게 하면 쌍방이 흡족한 법입니다."

연이어 다른 손님이 이렇게 말하자, 아버지는 "아니, 별말씀을" 하고 머리를 긁적이며 "실은 방금 말한 대로 처음엔 그 정도 말로는 좀체 의심이 풀리지 않아 저도 그만 당황하고 말았습니다. 그걸 이리저리 광을 내고 엉터리를 갖다붙여 마침내 여자를 납득시키느라 꽤나 고생했죠" 하고 적이 득의에 찬 기색이었다.

이윽고 손님들은 우타이 책을 보자기에 싸들고 이슬에 젖은 문을 나갔다. 나중에 다들 세상 돌아가는 얘기를 하는 가운데, 형만이 찌무룩한 얼굴로 혼자 서재로 들어갔다. 나는 여느 때처럼 냉랭하고 무겁게 울리는 슬리퍼 소리를 놓치지 않고 들으며, 마지막으로 탁 닫히는 문소리에 귀 기울였다.

20

2,3주일은 그럭저럭 지났다. 그 사이 가을이 점점 깊어졌다. 짙은 색비름 빛깔이 마당을 내다볼 때마다 내 눈에 들어왔다.

형은 인력거로 학교에 나갔다. 학교에서 돌아오면 대개 서재에 들어가 뭔가를 했다. 가족들도 좀처럼 얼굴을 마주할 기회가 없었다. 용건이 있으면 이쪽에서 이층으로 올라가 일부러 문을 여는 게 예사였다. 형은 언제나 큼직한 책을 들여다보고 있었다. 아니면 만년필로 뭔가 깨알 같은 글씨를 적고 있었다. 식구들 눈에 가장 띄는 건 그가 멍하니 테이블 위에 턱을 괴고 있을 때였다.

그는 골똘히 무슨 생각에 잠긴 것 같았다. 그는 학자이고 사색가였으므로 말없이 생각하는 건 당연하다고 여겼지만, 문을 열고 그런 모습을 본 사람은 너무나 냉기가 돈다면서 용건이 채 끝나기도 전에 밖으로 나왔다. 가장 관계가 깊은 어머니조차 서재에 가는 걸 그리 달가워하지 않은 듯하다.

"지로, 학자는 다 저렇게 삐딱한 거니?"

이런 질문을 들었을 때, 나는 학자가 아닌 걸 묘한 행복으로 느꼈다. 그래서 그저 에헤헤 하고 웃었다. 그러자 어머니는 진지한 얼굴로 "지로, 네가 없으면 집은 더없이 쓸쓸해지겠지만 어서 좋은 색시를 얻어 따로 날 궁리를 하렴" 하고 말했다. 나는 어머니의 말 속에 나만 새 가정을 꾸려 독립하면 형 기분이 조금은 나아질 거라는 의미가 담긴 걸 확실히 읽을 수 있었다. 나는 아직도 형이 그런 엉뚱한 생각을 하고 있을까 의심스러웠다. 그러나 나도 이미 충분히 자립해야 할 나이인 데다 또한 조촐한 살림 정도는 현재의 수입으로 그럭저럭 꾸려나갈 수 있는 입장이였으므로, 전부터 그런 생각은 언뜻언뜻 무심한 내 머리에도 스치곤 했다.

나는 어머니에게 "예, 밖으로 나가는 건 어렵지 않습니다. 내일이라도 당장 나가라고 하시면 나가겠습니다. 하지만 신부감만은 마치 강아지처럼 아무렇게나 그저 길에 떨어져 있는 걸 주워오는 식으로는 제겐 맞지 않습니다" 하고 말했다. 그때 어머니가 "그야 물론……" 하고 대답하려는 걸 나는 굳이 가로막았다.

"어머니 앞이긴 합니다만, 형님과 형수 사이 말인데, 여기엔 여러 가지 복잡한 사정도 있고 더구나 제가 원래 형수와 좀 아는 사이이다 보니 어머니께도 걱정을 끼쳐 죄송합니다. 하지만 근본적으로는 말이죠, 형님이 학문 이외의 일에 시간을 허비하는 걸 아까워해서 만사를 남에게 떠맡긴 채 아무 일에도 간여하지 않고 화족(華族)*인 양 처신한 게 나빴습니다. 아무리 연구하는 시간이 소중하고 학교 강의가 중요한들

---

* 작위를 가진 사람과 그 가족. 당시의 일본에는 1884년에 제정된 화족령에 의해 공작, 후작, 백작, 자작, 남작 등의 작위가 있었다.

평생 한곳에서 함께 생활을 해야 하는 아내가 아닙니까? 형님 입장에서는 또 학자 나름의 의견이 있을 테지만 학자도 못 되는 우린 도저히 그런 흉내를 낼 수야 없지요."

내가 이런 구차한 궤변을 늘어놓는 동안, 어머니의 눈에는 어느새 눈물 같은 빛 그림자가 차츰 고여와서 나는 깜짝 놀라 입을 다물었다.

나는 낯짝이 두꺼워선지 겸손할 줄 몰라서인지 식구들이 그토록 스스러워하는, 말하자면 경원하고 있는 듯한 형 서재의 문을 다른 사람보다 자주 두드려 얘기를 나누었다. 안에 들어간 잠깐 동안의 느낌은 역시 내게도 좀 힘들었다. 하지만 10분 정도 지나면 그는 마치 딴사람처럼 쾌활해졌다. 나는 울적한 형의 심기를 이렇게 일전시키는 내 솜씨를 대견스러워하며, 마치 자신의 허영심을 만족시키기 위한 수단 같은 태도로써 일부러 그의 서재에 드나든 적조차 있었다. 고백하자면 느닷없이 형에게 붙잡혀 하마터면 사지(死地)에서 빠져나올 수 없게 되어버린 것도 실은 이처럼 우쭐거리는 순간이었다.

22

그때 내가 무슨 얘기를 했는지 지금은 또렷이 기억하지 못한다. 아무래도 형한테서 당구의 역사에 대한 얘기를 듣고 루이 14세 무렵의 동판화 당구대까지 구경한 것 같다.

형의 방에 들어가서는 이런 문제를 화제로 그가 새롭게 얻은 지식을 그저 예, 예 하고 듣는 게 가장 안전했다. 하긴 나도 말이 많은 편이라 형과 다른 내용으로 르네상스니 고딕이니 단어를 제법 아는 척하며 써먹는 수가 많았다. 그러나 대체로 세상살이와는 무관한 이런 얘기만으로 서재를 나오는 게 예사였는데, 그땐 무슨 까닭에선지 형이 자신 있어 하는 유전이며 진화 등에 관한 학설이 동판화 이야기 뒤에 나왔다. 나는 아마 할말이 없어 잠자코 듣기만 했던 것 같다. 그때 형이 "지로, 넌 아버지의 자식이지?" 하고 느닷없이 물었다. 나는 그게 어떻다는 겁니까 하는 표정으로 "그렇습니다" 하고 대답했다.

"너니까 말하지만, 실은 우리 아버진 약간 묘하게 덜렁대는 구석이 있는 것 같아."

형이 아버지를 평하면 꼭 이런 식이 될 거라고 나는 전부터 파악하고 있었다. 하지만 이 경우 형에게 뭐라 대답해야 할지 나는 알지 못했다.

"그야 형님이 말하는 유전이나 성격이라는 것과는 필시 다르겠지요. 지금의 일본 사회가 그렇게 되지 않고는 받아들여주지 않으니 어쩔 수 없는 것 아닙니까? 세상에는 아버지와 비교도 안 되는 도저히 못 봐줄 정도의 덜렁꾼들이 있습니다. 형님은 서재와 학교에서 고상하게 지내시니까 잘 모르실 수도 있습니다만."

"그건 나도 알아. 네 말대로야. 지금의 일본 사회는—어쩌면 서양도 그럴지 모르겠는데—모두 겉만 번지르르한 간살꾼만 살아남게 되어 있으니 도리 없지."

형은 이렇게 말하고 잠시 침묵 속에 머리를 파묻었다. 그리고는 나른한 눈을 들었다.

"하지만 지로, 딱하게도 아버진 타고난 성격이 그래. 어떤 사회에 사셔도 저렇게 말고는 다른 존재 방식이 아버지에겐 어렵지."

나는 학문을 하고 고상하며 게다가 세상 물정에 너무 어두운 이 형이 온 식구들로부터 괴짜 취급을 당할 뿐만 아니라, 육친인 부모로부터도 나날이 멀어져가는 걸 눈앞에서 보며 나도 모르게 얼굴을 숙이고 내 무릎께를 응시했다.

"지로, 너도 역시 아버지류야. 전혀 진지한 성격이 못 돼" 하고 형이 말했다.

나는 형과 다름없이 다짜고짜 울화통을 터뜨리는 야만적 기질을 가졌지만, 이때 형의 말을 듣고는 눈곱만큼도 화낼 마음이 돋지 않았다.

"그건 지나치군요. 저는 차치하고서라도 아버지까지 세상의 경박한 자들과 나란히 간주하는 건. 형님은 늘 혼자 서재에만 틀어박혀 있으니 그런 비뚤한 관찰만 하시는 겁니다."

"그럼 예를 들어볼까?"

형의 눈이 갑자기 빛을 발했다. 나는 얼떨결에 입을 다물었다.

"요전에 우타이 손님이 왔을 때, 맹인 여자 얘기를 아버지가 했었지. 그때 아버진 누군가를 멋지게 대표해서 찾아갔으면서도 그 여자가 20여 년이나 풀지 못하고 고민한 일을 단 한 마디로 얼버무렸어. 난 그때 그 여자를 위해 속으로 울었지. 모르는 여자니까 그리 동정심은 일지 않았지만, 실은 아버지의 경박함 때문에 운 거야. 정말 한심하다고 생각했지······"

"그렇게 여자처럼 해석하면 뭐든 경박하게 보일 테지만······"

"그런 말을 하는 게 결국 아버지의 나쁜 점을 이어받은 증거가 될 뿐이야. 나는 나오 일을 너에게 부탁한 뒤 그 보고를 이제나저제나 기다렸지. 한데 넌 늘 말을 요리조리 돌려가며 시치미 떼고 있어······"

22

"시치미 떼고 있다고 하시면 좀 억울한데요. 얘기할 기회도 없었고 굳이 얘기할 필요가 없었으니까요."

"기회는 매일 있지. 네겐 필요없어도 나한테는 필요하니까 일부러 부탁한 거야."

나는 그때 움찔 말문이 막혔다. 실은 그 사건 이래 형 앞에 혼자 나가 형수에 대해 진지하게 말 꺼내기가 너무나 고통스러웠기 때문이다. 나는 애써 말머리를 딴 데로 돌렸다.

"형님은 이미 아버지를 신용하지 않습니다. 나도 그 아버지의 자식이라는 이유로 신용하지 않는 듯한데, 와카노우라에서 말씀하신 것과는 전혀 모순되는군요."

"뭐가?" 하고 형은 조금 노기를 띠며 반문했다.

"뭐가라뇨, 그때 형님은 말씀하지 않았습니까, 넌 솔직한 아버지의 피를 이어받았으니 신용할 수 있다, 그러니 이 일을 털어놓고 부탁하는 거라고."

내가 이렇게 말하자 이번엔 형이 움찔 당황해하는 흔적을 보였다. 나는 이때다 싶어 일부러 좀더 힘을 주어가며 이렇게 말했다.

"그야 약속한 일이니까 형수에 대해 그때의 자초지종을 지금 여기서 말씀드려도 전혀 상관없습니다. 원래 저는 너무 시시한 일이라 기회가 오지 않으면 입을 열 생각도 없었고 또한 입을 열었다 한들 단 한 마디로 끝나버릴 일이라 형님이 신경 쓰지 않는 이상, 굳이 말할 필요를 느끼지 못해 지금까지 미루게 된 거니까요. ─하지만 꼭 뭔가 보고를 하라고, 관명(官命)으로 출장 나온 속관(屬官)마냥 다그친다면 도리 없지요. 지금 당장이라도 제가 본 대로 말씀드리겠습니다. 하지만 미리 양해를 구합니다만, 제 보고에서 형님이 기대하는 묘한 환상은 절대 나오지 않을 겁니다. 애당초 당신 머리에 든 환상일 뿐, 객관적으로는 어디에도 존재하지 않는 거니까."

형은 내 말을 듣자, 평소와는 달리 얼굴 근육을 거의 하나도 움직이지 않았다. 그저 테이블 앞에 팔꿈치를 괸 채로 가만히 있었다. 눈마저 내리뜨고 있어 나는 그의 표정을 전혀 알 수가 없었다. 형은 이치에 밝은 듯하면서도 또한 그 이치에 걸려 넘어지는 수가 있었다. 나는 단지 그의 안색이 조금 창백해진 걸 보고, 이는 필경 그가 나의 강한 어조에 얻어맞은 탓이라고 판단했다.

나는 가까이 있던 궐련갑에서 담배를 한 개비 꺼내 성냥불을 붙였다. 그리고 내 코에서 나오는 푸른 연기와 형 얼굴을 골고루 바라보았다.

"지로" 하고 마침내 형이 말했다. 그 목소리에는 힘도 탄력도 없었다.

"뭡니까?" 하고 나는 대답했다. 내 목소리는 오히려 거만스러웠다.

"이제 난 너에게 나오에 대해 아무것도 묻지 않겠다."

"그렇습니까? 그런 편이 형님을 위해서나 형수를 위해, 또 아버지를 위해서도 좋겠지요. 선량한 남편이 되십시오. 그렇게 하면 형수님도 선량한 부인이 되겠죠" 하고 나는 형수를 변호하듯, 또한 형을 훈계하듯 말했다.

"이 멍청한 녀석" 하고 형은 대뜸 큰소리를 질렀다. 그 소리는 어쩌면 아래층까지 들렸을 텐데, 바로 옆에 앉은 내겐 너무나 황당한 놀라움을 심장에 박아넣었다.

"넌 아버지의 자식인 만큼 처세는 나보다 능할지 몰라도 품위 있는 교제는 불가능한 사내다. 뭣 때문에 이제 와서 나오 일을 네 입으로 들으려 할까 보냐. 경박한 놈."

내 엉덩이는 나도 모르게 앉은 의자에서 불쑥 일어났다. 나는 그대로 문 쪽으로 걸어갔다.

"아버지의 거짓 고백을 들은 마당에 어떻게 네놈의 보고 따위를 믿을까 보냐."

나는 이런 격렬한 말을 등에 받으며 문을 닫고 어두운 계단으로 나왔다.

23

그러고 나서 나는 약 일주일 가량, 저녁 식사 시간 외에는 형과 얼굴을 마주친 적이 없었다. 평소 식탁을 활기 있게 만들 의무를 지고 있다고 모두가 여기는 내가 갑자기 말이 없어지자, 테이블은 묘하게 쓸쓸해졌다. 어딘가에서 울어대는 귀뚜라미 소리조차 나란히 앉은 사람들 귀에 썰렁한 상징처럼 들렸다.

이런 적막한 단란 속에서 오사다는 하루하루 다가오는 자신의 결혼 날짜를 생각하는 것 외에 아무런 관심도 없는 듯 쟁반을 무릎 위에 올려놓고 시중을 들었다. 활달한 아버지는 주위 사람은 아랑곳없이 멋대로 자기 특유의 이야기를 늘어놓았다. 그러나 그 반향은 여느 때처럼 그 어디에도 일어나지 않았다. 아버지 쪽에서도 전혀 그걸 기대하는 기색은 보이지 않았다.

가끔 한자리에 모인 식구들을 왁자하게 소리내어 웃게 만드는 건 오직 요시에뿐이었다. 어머니는 이야기가 끊어져 왠지 불안해질 때마다 "요시에, 넌……" 하면서 무리하게 문젯거리로 삼아 잠시 얼버무리기 일쑤였다. 그러면 그 어색함이 바로 형의 신경을 건드렸다.

나는 식사를 마치고 내 방으로 돌아올 때마다 휴우 한숨 돌리듯 담배를 피웠다.

"답답해. 처음 만난 이들과 어울려 회식하기보다 훨씬 답답하군. 다른 가정도 모두 이렇게 불쾌한 걸까?"

나는 때로 이렇게 생각하고 어서 집을 나가버리자고 결심한 적도 있었다. 식탁의 공기가 너무 냉랭할 때는 오시게가 마치 나를 뒤쫓아오 듯 따라와 내 방으로 들어왔다. 그녀는 아무 말 없이 그대로 울음을 터 뜨리기도 했다. 어떤 때는 어째서 오빠에게 빨리 사과하지 않느냐고 힐 문하듯 나를 밉살스럽게 째려보기도 했다.

나는 집에 있기가 점점 싫어졌다. 원래 성미가 급한 반면 결단력이 부족한 나였지만, 이번만은 하숙이든 셋방이든 얻어 당분간 쉬어야겠다 고 마음먹었다. 나는 미사와에게 의논하러 갔다. 그때 나는 그에게 "자 네가 오사카에서 너무 오래 아파서 생긴 문제라네" 하고 말했다. 그는 "자네가 오나오 씨 곁에 오래 붙어 있어서 생긴 문제라네" 하고 대답 했다.

나는 간사이 지방에서 돌아온 이래, 그를 만날 기회는 여러 번 있었 으나 형수에 대해선 지금껏 한 마디도 그에게 말한 적이 없었다. 그 역 시 내 형수에 관해선 입을 꾹 다문 채 아무 말 하지 않았다.

나는 비로소 그의 목구멍에서 나오는 형수의 이름을 들었다. 또한 형수와 나 사이에 가로놓인 상호관계를 깊게, 혹은 얕게 표현한 그의 말 을 들었다. 그래서 놀라움과 의심의 눈을 미사와에게 쏟았다. 그 속에 분노가 담겨 있다고 해석한 그는 "화내지 말게" 하고 말했다. 그리고는 "미치광이가 된 여자가, 더구나 죽은 여자가 날 좋아했다는 생각에 우 쭐해하는 내가 어쩌면 안전할 테지. 그 대신 허전한 건 사실이야. 하지 만 귀찮은 일은 생기지 않으니까 아무리 사랑하건 사랑받건 전혀 지장 없지"라고 말했다. 나는 잠자코 있었다. 그는 웃으며 "어떤가?" 하고 내 어깨를 잡고 흔들었다. 나는 그의 태도가 진지한 건지 아니면 농담인지

도무지 알 수 없었다. 진지하건 농담이건, 나는 그에게 모든 걸 설명하고 변명할 마음은 내키지 않았다.

나는 그래도 미사와에게 적당한 하숙집을 한두 집 소개받아, 돌아오는 길에 내 방까지 보고 왔다. 집에 돌아오자마자 누구보다 먼저 오시게를 불러 "오빤 네가 충고해준 대로 마침내 집을 나가기로 했다"고 알렸다. 오시게는 뜻밖이라는 듯한 혹은 예감했었다는 듯한 표정을 미간에 모으고 물끄러미 내 눈을 바라보았다.

24

형제간으로 말하자면, 나와 오시게는 그리 사이가 좋은 편은 아니었다. 내가 집 나가는 얘기를 맨 먼저 그녀에게 한 것은 애정 때문이라기보다 오히려 짓궂은 기분이 앞선 데 있었다. 그러자 금세 오시게의 두 눈에 눈물이 가득 고여왔다.

"빨리 나가주세요. 대신 나도 어디든 상관없어, 하루라도 빨리 시집 갈 테니" 하고 말했다.

나는 아무 말 하지 않았다.

"오빤 일단 나가면, 그 길로 집에 돌아오지 않고 바로 부인을 얻어 독립하실 거죠?" 하고 그녀가 다시 물었다.

나는 그녀 앞이라 "물론" 하고 대답했다. 그때 오시게는 지금껏 참았던 눈물을 무릎 위에 뚝뚝 떨어뜨렸다.

"어째서 그렇게 우는 거냐?" 하고 나는 갑자기 상냥한 목소리로 물었다. 사실 나는 이 일에 대해 오시게의 눈에서 한 방울의 눈물조차 기대하지 않았었다.

"글쎄 나만 혼자 남겨두고……"

내가 분명히 들은 건 단지 이것뿐이었다. 나머지는 그녀가 막무가내로 흐느끼는 소리에 가려져 거의 알아들을 수 없이 내 고막을 때렸다.

나는 늘 그렇듯 담배를 피우기 시작했다. 그리고 차분하게 그녀가 울음을 그치기를 기다렸다. 그녀는 이윽고 소매로 눈을 닦고 일어섰다. 나는 그 뒷모습을 보자, 문득 가엾어졌다.

"오시게, 너하곤 걸핏하면 싸우기만 했는데, 이젠 예전같이 서로 으르렁거릴 기회도 좀처럼 없겠지. 자, 화해하는 거야. 악수."

나는 이렇게 말하고 손을 내밀었다. 오시게는 오히려 멋쩍은 듯 망설였다.

나는 이제부터 차차 부모님께 내가 집을 나갈 결심을 털어놓고 그들의 승낙을 일일이 구해야 한다고 생각했다. 다만 마지막으로 형을 만나 똑같은 결심을 어김없이 반복할 필요가 있었기에 그것만이 마음에 걸렸다.

어머니에게 털어놓은 건 필시 그 다음날이었다. 어머니는 이 당돌한 내 결심에 깜짝 놀란 듯 "어차피 나갈 거면 색시라도 정해진 뒤에나라고 생각했는데. — 하지만 도리 없겠지"라고 말하고는 망연자실 내 얼굴을 보았다. 나는 그 길로 곧장 아버지 방으로 가려 했다. 어머니가 갑자기 뒤에서 불러 세웠다.

"지로, 설사 네가 집을 나가더라도……"

어머니의 말은 그뿐, 막히고 말았다. 나는 "뭡니까?" 하고 되물은 탓에 그 자리에 서 있어야 했다.

"형한테는 벌써 얘기했니?" 하고 어머니는 돌연 엉뚱한 말을 꺼냈다.

"아뇨" 하고 나는 대답했다.

"형한텐 오히려 네가 직접 얘기하는 편이 나을 게다. 섣불리 아버지나 내가 알려주면 되레 감정을 상할 수도 있으니까."

"예, 나도 그렇게 생각합니다. 되도록 깨끗이 나갈 작정이니까요."

나는 이렇게 말하고 바로 아버지 방으로 들어갔다. 아버지는 긴 편지를 쓰고 계셨다.

"오사카의 오카다한테서 오사다의 결혼에 대해 일전에 다시 문의가 와서 그 답장을 써야지 써야지 하면서도 결국 오늘까지 내버려두었다가, 오늘은 틀림없이 그 의무를 끝내야지 싶어 지금 쓰는 참이다. 마침 왔으니 하는 얘긴데, 네가 쓴 배계(拜啓)*의 계(啓)자는 틀렸어. 흘려 쓰려거든 거기 적은 대로 흘리는 거다."

긴 편지의 한쪽 끝이 바로 내가 앉은 무릎 앞에 나와 있었다. 나는 계자를 옆으로 보았지만 어디가 틀린 건지 도무지 알 수 없었다. 나는 아버지가 붓을 놀리는 동안, 도코노마에 꽂꽂이해둔 노란 국화며 그 뒤에 걸린 족자를 속으로 품평했다.

25

아버지는 긴 편지를 끝에서부터 되감으며 "무슨 일이냐, 또 돈 아니냐. 돈이라면 없다"라고 말하고 봉투에 주소를 적었다.

나는 아주 간략하게 내 결심을 말씀드린 뒤 "오랫동안 신세를 졌습니다만……"과 같은 형식적인 인사를 끝에 덧붙였다. 아버지는 그저 "음, 그래" 하고 대답했다. 마침내 우표를 봉투 귀퉁이에 붙이고 나서 "거기 벨을 좀 눌러다오" 하고 내게 부탁했다. 나는 "제가 부치지요" 하

---

* '삼가 아룁니다'라는 뜻으로 편지 첫머리에 쓰는 글자.

고 편지를 받아들었다. 아버지는 "너의 하숙집 번지를 적어 어머니한테 맡겨둬라" 하고 일렀다. 그러고 나서 도코노마의 족자에 대해 이런저런 설명을 했다.

나는 그걸 듣고 아버지 방을 나왔다. 이제 인사해야 할 이로는 드디어 형과 형수만 남았다. 요전의 사건 이래, 형과는 거의 친근한 말을 나누지 않았다. 나는 그에게 화낼 만큼의 용기를 갖지 못했다. 화를 낸다면 일전에 욕설을 얻어들으며 그의 서재를 나올 때, 미리 격분했어야 옳았다. 나는 뒤에서 작은 석고상이 날아오는 정도에 겁먹을 인물은 아니었다. 하지만 유독 그때만은 화를 내야 할 용기의 샘이 이미 메말라 있었던 것 같은 느낌이 든다. 나는 방으로 들어간 유령이 스르륵 다시 방을 나오듯 힘없이 물러났다. 그후에도 그의 서재 문을 두드려 유쾌하게 사과할 정도의 배짱은 어디에서고 생기지 않았다. 이렇게 해서 나는 매일 언짢은 표정을 한 그의 얼굴을 저녁 식탁에서나 볼 뿐이었다.

형수와도 나는 근래 좀처럼 말을 하지 않았다. 근래라기보다 오히려 오사카에서 돌아온 이후라 하는 편이 적절할지도 모른다. 그녀는 장롱 같은 걸 넣어둔 작은 방을 혼자 쓰고 있었다. 그러나 그녀와 요시에가 둘이서만 거기서 노는 시간을 따지면 하루 중 얼마 되지 않았다. 그녀는 대개 어머니와 함께 재봉이나 그 밖의 일을 거들며 하루를 보냈다.

부모님께 나의 장래를 털어놓은 다음날 아침, 화장실에서 목욕탕으로 통하는 툇마루에서 나는 우연히 형수와 딱 마주쳤다.

"지로 씨, 당신은 하숙을 한다면서요. 집이 싫으세요?" 하고 그녀는 불쑥 물었다. 그녀는 내가 한 말을 어느 틈에 어머니한테서 전해 들은 듯한 어투로 물었다. 나는 아무렇지 않게 "예, 잠시 나가기로 했습니다"라고 대답했다.

"그러는 게 성가시지 않고 좋겠죠."

그녀는 내가 무슨 말을 하지 않을까 가만히 내 얼굴을 보았다. 그러나 나는 아무 말도 하지 않았다.

"그리고 어서 부인을 얻으세요" 하고 그녀가 다시 말했다. 그래도 나는 잠자코 있었다.

"그런 건 빠를수록 좋아요, 내가 찾아드릴까요?" 하고 또 물었다.

"잘 부탁합니다" 하고 나는 비로소 입을 열었다.

형수는 나를 깔보는 듯한 혹은 놀리는 듯한 엷은 웃음을 얄팍한 입술 양끝에 보이며, 일부러 발소리를 높여 다실 쪽으로 갔다.

나는 말없이 목욕탕과 화장실 사이의 시멘트 바닥 한 켠에 기대어 놓은 큼직한 놋대야를 지켜보았다. 이 놋대야는 지름이 두 자〔尺〕이상이라 내 힘으로 들어올리기 힘들 정도로 무겁고 큼직했다. 나는 어릴 때 이 놋대야를 보고 틀림없이 어른들이 목물할 때 쓰는 물건이라고 상상하며 혼자 즐거워했다. 놋대야는 이제 먼지로 볼품없이 지저분해져 있었다. 낮은 유리문 너머로는 역시 내 어린시절부터 잊을 수 없는 추해당(秋海棠)이 변함없는 세월의 빛을 쓸쓸히 드러내고 있었다. 나는 이들 앞에 서서 가을이면 현관 앞 대추를 형과 같이 쳐서 떨어뜨려 먹던 기억을 떠올렸다. 나는 아직 청년이지만 내 등 뒤에는 어느새 이만큼 순수한 과거가 길게 이어져 있다는 걸 발견했을 때, 그때와 지금의 비교가 절로 가슴에 넘쳤다. 그리고 이제 그 골목대장이었던 형과 불쾌한 대화를 나누고 이 집을 나가야만 하는 변화에 생각이 미쳤다.

26

그날 내가 사무실에서 돌아와 오시게에게 "형은?" 하고 물으니 "아직"이라는 대답이었다.

"오늘은 어딜 들렀다 오는 날인가?" 하고 거듭 묻자, 오시게는 "글쎄 모르겠어요. 서재에 가서 벽에 붙여놓은 시간표를 봐드릴까요?" 하고 말했다.

나는 그냥 형이 돌아오면 알려달라고 부탁한 뒤, 아무도 만나지 않고 방으로 들어갔다. 양복을 벗기도 귀찮아 그대로 누워 눈을 감고 있는 사이, 나도 모르게 깊은 잠에 빠져들었다. 그리곤 남에게 설명조차 제대로 할 수 없을 만큼 복잡하게 바뀌는 불안한 꿈에 사로잡혀 있는데, 갑자기 오시게가 깨웠다.

"큰오빠가 오셨어요."

이런 그녀의 말이 귀에 들어왔을 때, 나는 벌떡 일어났다. 하지만 의식은 몽롱하게 꿈의 연장을 걷고 있었다. 오시게는 나중에 "세수라도 좀 하고 가세요" 하고 주의를 주었다. 또렷하지 못한 내 의식은 굳이 그렇게 해야 할 용기를 필요로 하지 않았다.

나는 그대로 형 서재에 들어갔다. 형도 아직 양복 차림이었다. 그는 문소리를 듣고 재빨리 입구로 눈길을 주었다. 그 눈빛 속엔 어떤 기대를 분명히 나타내고 있었다. 그가 외출에서 돌아오면 형수가 요시에를 데리고 평상복인 일본 옷을 들고 올라오는 게 그 무렵의 습관이었다. 나는 어머니가 형수에게 "이렇게 해라" 하고 일러주는 걸 곁에서 들은 적이 있다. 나는 흐리멍덩한 상태로나마, 형의 이 눈길에서 평상복보다 형수와 요시에를 그가 더 기다리고 있었음을 알아챘다.

나는 잠이 덜 깬 상태였던 만큼 태연히 그의 방문을 돌연 열 수 있었던 것인데, 그는 문턱에 선 내 모습을 보고서도 전혀 화내는 기색이 없었다. 그러나 그저 말없이 내 양복 차림을 빤히 지켜볼 뿐, 선뜻 말을 걸 것 같지는 않았다.

"형님, 잠깐 말씀드릴 게 있습니다만……" 하고 급기야 내가 먼저 말문을 열었다.

"이리 들어오지."

그의 말은 차분했다. 그리고 요전 일을 전혀 마음에 두지 않은 듯한 목소리였다. 그는 나를 위해 일부러 의자 하나를 자기 앞에 갖다놓으며 내게 권했다.

나는 굳이 앉지 않고 의자 등에 손을 얹은 채, 부모님께 한 것과 다름없는 인사를 했다. 형은 존경받을 만한 학자의 자세로 조용히 듣고 있었다. 나의 간단한 설명이 끝나자, 그는 그저 심드렁하게 늘 손님을 맞는 태도로 "우선 거기 앉거라" 하고 말했다.

그는 검은색 모닝 코트를 입고 그리 향기가 좋지 않은 궐련을 피우고 있었다.

"나간다면 나가도 좋아. 너도 이젠 어엿한 어른이니까"라며 잠시 연기만 내뿜었다. 그러고 나서 "하지만 내가 널 내보냈다고 식구들이 생각하면 곤란해" 하고 덧붙였다. "그렇진 않습니다. 다만 제 사정으로 나가게 된 거니까요" 하고 나는 대답했다.

잠에 취한 내 머리는 이때 서서히 맑아왔다. 가능한 한 빨리 형 앞에서 물러나고 싶은 마음에, 방 입구 쪽을 돌아보았다.

"나오도 요시에도 지금 목욕 중이니 아무도 올라오지 않아. 그렇게 안절부절못하지 말고 천천히 얘기해. 전등도 좀 켜고."

나는 일어나 방 안을 환하게 밝혔다. 그리고 형이 피우는 궐련 하나를 꺼내 불을 붙였다.

"하나에 8전이야. 꽤나 맛없는 담배지" 하고 그가 말했다.

27

"언제 나갈 셈이냐?" 하고 형이 다시 물었다.

"이번 토요일쯤으로 생각하고 있습니다" 하고 나는 대답했다.

"혼자 나가는 거냐?" 하고 형이 다시 물었다.

이 기이한 질문을 들었을 때, 나는 잠시 멍하니 형 얼굴을 응시했다. 그가 일부러 이런 식으로 짓궂게 빈정대는 건지 아니면 그의 머리가 약간 이상해진 건지 어느 쪽인지 분간이 안 되는 상태로는 나도 어디에 맞춰 대응해야 좋을지 마음을 정할 수 없었다.

내가 듣기에 그의 말은 평소에도 늘 빈정거림이 가득 담겨 있었다. 그러나 그건 그의 지능이 우리보다 너무 예민하고 활발하게 움직인 결과로서, 달리 악의가 없다는 것 정도는 나도 잘 이해했다. 단지 이 한마디만은 고막을 울리고 나서 언제까지나 그 자리에 윙윙 요란하게 맴돌았다.

형은 내 얼굴을 보더니 에헤헤, 하고 웃었다. 나는 그 웃음 속에조차 히스테리컬한 번개를 발견했다.

"물론 혼자 나갈 생각이겠지. 아무도 데려갈 필요는 없을 테니까."

"물론입니다. 혼자가 되어 새로운 공기를 좀 쐬고 싶을 뿐입니다."

"새로운 공기는 나도 쐬고 싶어. 하지만 새로운 공기를 쐬게 해줄 곳은 이 넓은 도쿄에 한 군데도 없어."

나는 스스로 고립을 자초한 형이 불쌍했다. 그리고 지나치게 과민한 그의 신경이 슬펐다.

"어디 여행이라도 하시는 게 어떻습니까? 기분이 좀 상쾌해질 겁니다."

내가 이렇게 말하자, 형은 조끼 주머니에서 시계를 꺼냈다.

"아직 식사 시간까진 다소 여유가 있군" 하며 그는 다시 의자에 몸을 맡겼다. 그리고 "이봐 지로, 앞으론 자주 얘기 나눌 기회도 없을 테니 식사 준비가 될 때까지 여기서 얘기나 하지" 하고 내 얼굴을 보았다.

나는 "예" 하고 대답했으나 엉덩이는 제대로 붙어 있지 않았다. 더구나 얘깃거리가 아무것도 없었다. 그러자 형이 돌연 "넌 바울과 프란체스카의 사랑을 알 테지?" 하고 물었다. 나는 들어본 듯, 못 들어본 듯한 느낌이 들어 바로 대답을 할 수 없었다.

형의 설명에 의하면, 바울은 프란체스카의 시동생으로 그 두 사람이 남편의 눈을 피해 서로 사모한 결과, 마침내 남편에게 발각되어 죽임을 당하는 슬픈 이야기로, 단테의 『신곡』 어딘가에 적혀 있다고 했다. 나는 이 안타까운 이야기에 대한 동정보다도 이런 얘기를 새삼스레 꺼내는 형의 의도에 대해 적이 언짢은 의심을 품었다. 형은 냄새나는 담배 연기 사이로 시종 내 얼굴을 지켜보며 13세기인지 14세기인지 알 수 없는 먼 옛날의 이탈리아 이야기를 했다. 나는 그사이, 불쾌한 기분을 억지로 참고 있었다. 그런데 일단 이야기가 끝나자, 그는 갑자기 뜻밖의 질문을 내게 던졌다.

"지로, 어째서 세상 사람들이 중요한 남편 이름은 잊고 바울과 프란체스카만 기억하는지, 그 이유를 아느냐?"

나는 하는 수 없이 "역시 산가쓰 한시치(三勝半七)* 같은 거겠죠"라고 대답했다. 형은 의외의 대답에 약간 놀란 듯했으나, "난 이렇게 해석해" 하고 드디어 말을 꺼냈다.

---

* 유녀(遊女) 산가쓰와 한시치의 동반 자살을 둘러싼 이야기. 그러나 한시치에게 아내가 있었는지는 불분명하다. 1695년에 있었던 이 사건은 조루리나 가부키(歌舞伎)로도 각색이 되었다.

"난 이렇게 해석해. 인간이 만든 부부라는 관계보다도 자연이 일궈낸 연애 쪽이 훨씬 신성하니까. 그래서 시간이 흐를수록 옹졸한 사회가 만든 갑갑한 도덕을 벗어던지고 거대한 자연의 법칙을 찬미하는 목소리만이 우리의 귀를 자극하듯 남는 게 아닐까? 하긴 그 당시엔 모두들 도덕에 가담하지. 두 사람의 관계를 부정하다며 비난해. 하지만 그건 그런 사정이 생긴 순간을 수습하기 위한 도의적 충동, 다시 말해 잠깐 지나가는 소나기 같은 것이고 나중까지 남는 건 아무래도 청천(靑天)과 백일(白日), 즉 바울과 프란체스카야. 어떠냐, 네 생각은?"

28

나는 연배로 보나 성격으로 보나 평소 같으면 형의 설명에 두 손 들어 찬성했을 터였다. 하지만 이 자리에서 그가 어째서 일부러 바울과 프란체스카를 문제삼는지, 그리고 어째서 그 두 사람이 영원히 남는 이유를 거창하게 설명하는지 그 의도를 알 수 없어, 자연스런 흥미는 완전히 불쾌와 불안감으로 싹 가시고 말았다. 나는 어금니에 뭔가 끼인 듯한 개운치 않은 형의 설명을 듣고 결국 그게 어쨌다는 건가 하는 마음이 생겼다.

"지로, 그러니까 도덕에 가담하는 자는 일시적 승리자임엔 틀림없지만, 영원한 패배자다. 자연을 따르는 건 일시적 패배자이긴 해도 영원한 승리자다……"

나는 아무 말 하지 않았다.

"그런데 난 일시적 승리자조차 될 수 없어. 물론 영원한 패배자다."

나는 여전히 잠자코 있었다.

"씨름의 수를 배우더라도 실제 힘이 없으면 소용없어. 그런 형식에 구애받지 않더라도 실력만 확실하게 갖추고 있으면 그 편이 반드시 이기지. 이기는 게 당연해. 사십팔수(四十八手)는 인간의 잔재주에 불과해. 힘은 자연이 준 선물이야……"

형은 이런 식으로 마치 그림자를 밟고 용쓰는 듯한 철학을 끊임없이 늘어놓았다. 그리고 그의 앞에 앉은 나를 기분 나쁜 안개로 온통 가두고 말았다. 나는 이 몽롱한 걸 떨치기가 굵은 삼줄을 물어 끊기보다 힘들었다.

"지로, 넌 현재도 미래도 영원히 승리자로 존재하고 싶겠지" 하고 그는 마지막으로 말했다.

나는 뻣성쟁이이긴 해도 형만큼 노골적으로 돌진하지 못하는 성격이었다. 더구나 이때는 상대가 도무지 제정신인지 아니면 너무 흥분한 나머지 뭔가 정신에 심상찮은 상태를 초래한 건지 우선 이 점을 염려하지 않을 수 없었다. 게다가 형의 정신 상태를 그렇게 이끈 원인으로서 아무래도 내가 책임자로 지목된다는 사실이 한층 괴롭게 다가왔다.

나는 결국 마지막까지 한 마디도 하지 않은 채 형의 얘기를 내내 듣기만 했다. 그리고 그토록 의심할 바엔 차라리 형수와 헤어져버리면 속 시원할 텐데 하는 생각도 했다.

그러한 참에, 형수가 형의 평상복을 들고 요시에의 손을 잡고 여느 때처럼 계단을 올라왔다.

문턱에 모습을 나타낸 그녀는 방금 목욕을 끝낸 듯 평소의 창백한 볼에 보기 좋게 엷은 혈색을 띠고, 살결 고운 피부는 만져보고 싶을 정도로 부드러워 보였다.

그녀는 내 얼굴을 보았다. 하지만 내겐 한 마디도 하지 않았다.

"너무 늦어서 미안해요. 많이 불편하셨죠? 마침 목욕 중이라 바로 옷을 가져올 수 없었어요."

형수는 이렇게 말하며 형에게 인사했다. 그리고 곁에 서 있는 요시에에게 "자, 아버지께 '들어오셨어요' 하고 인사드려야지"라며 주의를 주었다. 요시에는 엄마가 시키는 대로 "들어오셨어요" 하고 머리를 숙였다.

나는 오랫동안 형수가 형에 대해 이토록 가정주부다운 애교를 보인 예를 알지 못했다. 또한 이 애교 앞에서 누그러진 형의 기분이 그의 눈에 강하게 쏠린 예도 나는 알지 못했다. 형은 남 앞에서 매우 자존심이 강한 남자였다. 하지만 어려서부터 형과 한곳에서 자란 나는 그의 머리에 움직이는 구름의 이동을 쉽게 짐작했다.

나는 뜻밖에 구조선이 나타난 기쁨을 가슴에 숨기고 형의 방을 나왔다. 방을 나올 때, 형수는 낯선 손아랫사람에게 인사하듯, 약간 머리를 숙여 내게 묵례했다. 내가 그녀로부터 이런 냉담한 인사를 받은 예도 역시 드물었다.

29

2, 3일 지난 뒤, 나는 마침내 집을 나왔다. 부모님과 형제가 사는, 오랜 역사를 지닌 집을 나왔다. 집을 나올 땐 거의 아무런 느낌도 없었다. 어머니와 오시게가 이별을 아쉬워하며 시무룩한 얼굴을 보이는 게 오히려 싫었다. 그들은 나의 자유 행동을 일부러 방해하는 듯 느껴졌다. 형수만이 쓸쓸하게나마 웃어주었다.

"벌써 가시게요? 그럼 잘 가요. 가끔 놀러오세요."

나는 어머니와 오시게의 어두운 얼굴을 보고 나서 이 한마디 애교스런 말을 들었을 때, 다소 유쾌해졌다.

나는 하숙집으로 옮긴 뒤에도 유라쿠초의 사무실에 종전대로 매일 나갔다. 나를 그곳에 주선해준 이는 미사와였다. 사무실 주인은 옛날 미사와의 보증인이었던 H(형의 동료)의 숙부 되는 사람이었다. 이 사람은 오래 외국에 나가 있으면서 국내에서도 상당한 경험을 쌓은 대가였다. 희끗희끗한 머리 속에 손가락을 집어넣고 마구 비듬을 긁어내리는 버릇이 있어 마주 앉은 사이에다 화로를 놓아두면 가끔 불 속에서 이상한 냄새가 풍겨, 상대방을 몹시 난처하게 만들기도 했다.

"자네 형님은 근래 무얼 연구하는가?"라며 자주 내게 물었다. 나는 하는 수 없이 "혼자 서재에 들어앉아 뭔가 하는 모양입니다" 하고 극히 무난한 대답을 하는 게 보통이었다.

벽오동 잎이 다 떨어진 어느 날 아침, 그는 돌연 나를 붙잡고 "자네 형님은 요즘 어떤가?" 하고 다시 물었다. 그의 이런 질문에 꽤 익숙해 있던 나도 이때만은 너무나 갑작스런 탓에 잠시 할 말을 잊었다.

"건강은 어떤가?" 하고 그는 또 물었다.

"건강은 별로 좋은 편이 못 됩니다" 하고 나는 대답했다.

"조심해야 할 걸세. 너무 공부만 해선 곤란해" 하고 그는 말했다.

나는 그의 얼굴을 지켜보며, 그 눈썹과 눈빛에서 진지함을 발견했다.

나는 집을 나온 뒤, 아직 한 번밖에 집에 가지 않았다. 그때 살짝 어머니를 몰래 불러 형의 안부를 물어보니 "요즘은 다소 나아진 것 같아. 더러 뒤뜰에 나가 요시에를 그네에 태워 밀어주기도 하니까……"

그래서 나는 조금은 안심했다. 그후로는 식구 중 누구와도 얼굴을 마주할 기회도 없이 지금까지 지내왔다.

점심 시간에 요리를 하나 시켜 먹고 있는데, B선생(사무실 주인)이 또 느닷없이 "자넨 아마 하숙을 한다지?" 하고 물었다. 나는 그저 간단히 "예" 하고 대답해두었다.

"어째서? 오히려 집이 넓어 편리할 텐데. 아니면 뭔가 성가신 일이라도 있는가?"

나는 머뭇거리며 매우 애매한 인사를 했다. 그때 삼킨 빵 한 조각이 물기 하나 없이 너무나 푸석푸석하게 느껴졌다.

"하지만 혼자가 외려 마음 편할지도 모르지, 여럿이 북적대는 것보다. ― 한데, 자넨 아직 독신인가, 어서 장가라도 드는 게 어떤가?"

나는 B선생의 말을 듣고도 평소대로 편한 대답을 할 수 없었다. 선생은 "자네, 오늘은 몹시 의기소침하군" 하고는 화제를 바꾸어 다른 사람들과 터무니없는 시시껄렁한 잡담을 했다. 나는 내 앞에 놓인 찻잔 속에 선 찻줄기를 무슨 전조이기나 하듯 응시하며 주위의 웃음 소리에도 아랑곳없이 묵묵히 앉아 있었다. 그리고 마음속으로 나야말로 요즘 신경과민증에 걸린 게 아닐까 하고 불쾌한 걱정을 했다. 나는 하숙 생활이 너무 고독한 탓에 이렇듯 머리가 이상해진 거라 생각하고, 일이 끝나면 오랜만에 미사와한테라도 얘기를 하러 가야겠다고 마음먹었다.

30

그날 밤, 미사와의 방이 있는 이층으로 안내받은 나는 편안히 책상다리를 하고 앉은 그의 모습을 보고 부러운 심정이었다. 그의 방은 환한 전등과 따뜻한 화로로 초겨울 추위로부터 완전히 격리된 것 같았다. 나는 그의 지병이 쌀쌀해지는 가을 바람과 더불어 차츰 호전되고 있음을 전부터 그의 안색과 모습으로 알았다. 하지만 지금의 나와 비교해서 그가 이처럼 느긋한 여유를 부릴 줄은 몰랐다. 높고 무거운 하늘을 겁먹은 채 쳐다보며 지낸 오사카의 병원을 떠올리면, 당시의 그와 지금의 나는 그야말로 처지가 뒤바뀐 거나 마찬가지였다.

　최근에 그는 부친을 잃은 결과로 당연히 일가의 주인이 된 몸이었다. H씨를 통해 B선생이 그를 쓰고 싶어한다는 말을 들었을 때, 그는 먼저 남을 배려하는 호의에서인지, 아니면 마음에 드는 걸 고르는 욕심에선지 모처럼의 자리를 내게 양보해주었다.

　나는 전등이 비추는 그의 방을 둘러보며 온 벽을 빽빽이 장식한 멋진 판화며 수채화 등에 대해 잠시 그와 얘기를 나누었다. 하지만 어찌 된 셈인지 예술에 관한 논의는 10분도 채 못 되어 저절로 끊어지고 말았다. 그러자 미사와는 갑자기 나를 향해 "그런데, 자네 형님 말야" 하고 말을 꺼냈다. 나는 여기서도 또 형 얘기인가 하고 깜짝 놀랐다.

　"형이 어떻다고?"

　"아니, 특별히 어떻다는 건 아니고……"

　그는 이렇게만 말하고 그저 내 얼굴을 바라보았다. 나는 자연히 속으로 그의 말과 B선생의 오늘 아침에 한 말을 연결해보지 않을 수 없었다.

　"그렇게 끊지 말고, 말하려거든 전부 말해주게. 형이 도대체 어떻다는 건가? 오늘 아침에도 B선생이 똑같은 얘길 해서 이상한 기분이 들던 참이네."

　미사와는 애타하는 내 얼굴을 한층 물끄러미 응시하더니, 마침내 "그럼 얘기하지" 했다.

　"B선생 얘기나 내 얘기도 역시 같은 H씨한테서 나온 거라고 생각하네만, H씨는 또 학생한테서 나온 거라더군. 뭐냐면, 자네 형님 강의는 평소에 명료하고 신선해서 학생들한테 매우 반응이 좋다는데, 그 명료한 강의 중에, 여전히 명료하긴 하나 아무래도 앞뒤 맥락이 맞지 않는 부분이 한두 군데 나온다더군. 그래서 그걸 학생이 질문하면, 자네 형님은 원래 솔직한 사람이니까 몇 번이고 거듭 되풀이해서 그걸 설명하려 애쓰지만 도무지 알아들을 수 없다는 걸세. 결국 손을 이마에 대고, 어쩐지 요즘 머리가 좀 신통찮아서…… 하고 멍하니 유리창 밖을 내다보며 한참을 서 있는 바람에, 학생도 그럼 다시 요다음에 부탁합니다 하고 스스로 물러나는 일이 글쎄 몇 번이나 있었다는 얘길세. H씨는 내게 다음에 나가노(長野)*를 만나면 주의를 주는 게 좋아, 어쩌면 심한 신경쇠약일지도 모르니까라고 했지만, 나도 그만 그냥저냥 잊고 있다가 실은 지금 자네 얼굴을 보고서야 생각이 난 걸세."

"그게 언제쯤 일인가?" 하고 나는 조급하게 물었다.

"바로 자네가 하숙하기 전후의 일인 듯한데 정확히 기억하는 건 아닐세."

"지금도 그런가?"

미사와는 근심 어린 내 얼굴을 보고 위로하듯 "아니 아니" 했다.

"아니 아니, 그건 아주 일시적인 일이었던 모양이네. 요즘은 평소와 전연 다름없어진 것 같다고 H씨가 2,3일 전 내게 얘기했으니 이젠 안심해도 될 테지. 하지만……"

나는 집을 나올 때 내 가슴에 각인된 형과의 만남을 문득 떠올렸다. 그리고 그때의 내 의심이 어쩌면 학교에서 증명된 게 아닌가 싶어, 몹시 불안하고 또한 두려웠다.

31

나는 애써 형에 대해 잊으려 했다. 그러자 문득 오사카의 병원에서

---

* 나의 성(姓).

미사와한테 들은 정신병 '따님'이 연상되었다.

"그 아가씨의 기일에는 맞춰 갔는가?" 하고 물어보았다.

"맞춰 갔지, 맞춰 가긴 했는데 그 따님의 부모가 참으로 무례하고 고약한 자들이야" 하고 그는 주먹이라도 휘두를 듯한 기세로 말했다. 나는 놀라 그 이유를 물었다.

그는 그날, 미사와 가(家)를 대표해서 쓰키지(築地)의 혼간지(本願寺) 경내에 있는 보리사(菩提寺)에 참배했다. 어둠침침한 본당에서 긴 독경이 있은 후, 그도 참석자의 한 사람으로 향 하나를 하얀 위패 앞에 피웠다. 그의 말에 의하면 자기만큼 성의를 가지고 그 젊고 아름다운 여자의 영전에 머리를 숙인 사람은 자신 이외에 찾아보기 힘들 거라는 이야기였다.

"그 녀석들은 아무리 부모건 친척이건, 그저 조용한 축제라도 하는 기분으로 태평이더군. 진짜 눈물을 흘린 건 남인 나뿐이었다네."

나는 미사와가 이처럼 분개하는 걸 듣고 적이 우스꽝스러웠으나 겉으로는 그냥 "그랬었군" 하고 끄덕였다. 그러자 미사와는 "아니, 그뿐이라면 화낼 턱이 없지. 한데 울화통이 터진 건 그 다음일세."

그는 일반적인 예를 따라 재(齋)가 끝난 뒤, 절 근처에 있는 어느 요릿집으로 초대받았다. 식사 도중, 그녀의 아버지며 어머니로 보이는 사람이 그에게 하는 얘기가 묘하게 마음에 걸렸다. 아무런 악의가 없는 그로선 처음엔 그 빈정거림을 전혀 알아들을 수 없었는데, 점점 시간이 지나면서 그들의 속셈을 겨우 알아챘다.

"멍청해도 분수가 있지. 노골적으로 말하자면 그 따님을 불행하게 만든 원인은 내게 있다, 정신병에 걸린 것도 나 때문이다, 이런 식이라네. 그리곤 헤어진 전남편은 아무런 책임이 없는 것처럼 생각들 하고 있으니 무례하지 않은가?"

"어째서 그런 생각들을 한단 말인가. 그럴 리가 없을 텐데. 자네 오해가 아닌가?" 하고 내가 말했다.

"오해?" 하고 그는 버럭 소리를 질렀다. 나는 하는 수 없이 입을 다물었다. 그는 연신 멈추지 않고 그 부모들의 우둔함을 계속 늘어놓았다. 그 여자의 남편 되는 사내의 경박함에 대해 욕하기를 그치지 않았다. 마침내 이렇게 말했다.

"그렇다면 어째서 처음부터 내게 주겠다고 하지 않느냔 말야. 재산이며 사회적 지위만을 노려……"

"도대체 자넨 달라고 청해본 적이 있나?" 하고 나는 도중에 말을 막았다.

"없어" 하고 그는 대답했다.

"내가 그 따님에게 — 그 따님의 크고 물기 어린 눈이 내 가슴을 줄곧 왕래하기 시작한 건 이미 정신병에 걸리고 난 뒤였다네. 나한테 일찍 들어오라고 부탁한 뒤부터라네."

그는 이렇게 말하고 여전히 그 여자의 아름답고 커다란 눈동자를 눈앞에 그리는 모양이었다. 만약 그 여자가 지금도 살아 있다면 어떤 어려움을 당하더라도 어리석은 부모들 손에서, 혹은 경박한 남편의 손에서 영원히 그녀를 빼앗아 자신의 품에 따뜻이 감싸주겠다는 강한 결심이 동시에 그의 굳게 다문 입가에 나타났다.

나의 상상은 이때 그 아름다운 눈의 여자보다도 도리어 내가 잊으려 애쓴 형에게로 되돌아갔다. 그리고 그 여자의 정신을 해친 무서운 광기가 귀에 울리면 울릴수록 형의 머리가 염려되었다. 형은 와카야마행 기차 안에서 그 여자는 필시 미사와를 좋아했던 게 틀림없다고 단언했다. 정신병으로 마음의 거리낌이 사라졌기 때문이라고 그 이유까지 설명했다. 형은 어쩌면 형수를 그런 정신병에 걸리게 만들어 속내를 털어놓게 하고 싶다고 생각하는지도 모른다. 그렇게 생각하는 형이 이미 옆에서 보기에, 어느덧 신경쇠약의 결과, 다소 정신에 광기를 띠기 시작하여 스스로 무서운 말을 온 집안에 퍼뜨리며 미쳐 돌아다니지 않는다고도 할 수 없다.

나는 미사와의 얼굴을 보고 있을 여유가 없었다.

32

나는 전부터 어머니의 부탁으로 요다음에 만약 미사와를 방문하면 그에게 오시게를 데려갈 마음이 있는지 없는지 슬쩍 그의 눈치를 살피고 온다는 약속을 했다. 그러나 그날 밤은 도저히 그럴 기운이 나지 않았다. 내 심정을 알 리 없는 그는 오히려 내게 결혼을 자꾸 권유했다. 내 머리 또한 이에 대해 선뜻 내키는 대답을 할 정도로 차분하고 맑지를 못했다. 그는 때를 봐서 한 후보자를 내게 소개하겠다고 했다. 나는 건성으로 대답을 하고 그의 집을 나왔다. 밖은 바람이 어지럽게 불어댔다. 올려다본 하늘에는 별이 가루처럼 보잘것없는 힘을 모아 이 바람을 버티며 반짝였다. 나는 쓸쓸한 가슴 위에 양손을 얹고 하숙집으로 돌아왔다. 그리고 차가운 이불 속으로 곧장 파고들었다.

그러고 나서 2, 3일 지나도 여전히 형이 염려되어 도무지 머리가 순조롭게 움직여주지를 않았다. 나는 마침내 반초(番町)의 집으로 가보기로 했다. 직접 형을 만나길 꺼려 이층엔 결국 올라가지 않았으나, 어머니를 비롯해 다른 사람에게는 그 동안의 안부를 묻는 식으로 자연스럽게 예전처럼 세상 얘기를 나누었다. 형이 끼지 않은 일가의 단란은 내게 오히려 푸근하고 따스한 느낌을 주었다.

나는 돌아올 때, 어머니를 잠깐 곁방으로 불러 형의 근황을 물어보았다. 어머니는 요즘 형의 신경이 꽤 안정되었다며 기뻐했다. 나는 어머니의 한마디에 겨우 안심하기는 했으나, 어머니가 눈치 채지 못한 특수한 점에서 뭔가 이상이 있는 것 같아 오히려 그게 마음에 걸렸다. 그렇다고 해서 형을 만나 직접 그를 시험해볼 용기는 물론 나지 않았다. 미사와한테 들은, 형의 강의가 한때 이상했다는 얘기도 어머니에겐 말할 수 없었다.

나는 아무런 할말도 없으면서 멍하니 어두운 방 맹장지 문 뒤에 추운 듯 서 있었다. 어머니도 나와 같이 그대로 서 있었다. 그런데 그녀 쪽에서 내게 뭔가 말할 필요를 느낀 것 같았다.

"하긴 요전에 감기 걸렸을 때, 이상한 헛소리를 하긴 했다만" 하고 말했다.

"뭐라고 하던가요?" 하고 나는 물었다.

어머니는 이 말엔 대답하지 않고 "아니, 열이 나서 그런 거니까 걱정할 건 없어" 하고 내 질문을 피했다.

"열이 그렇게 높았습니까?" 하고 나는 다시 딴 걸 물었다.

"그게 말이다, 열이 38돈가 8도 5부나 되기에 그럴 리가 없다 싶어 의사에게 물어보니, 신경쇠약인 사람은 약간의 열에도 머리가 이상해진다더구나."

의학의 기본조차 모르는 나는 처음 이 얘기를 접하고 나도 모르게 눈살을 찌푸렸다. 하지만 방이 어두워 어머니에겐 내 얼굴이 보이지 않았다.

"그래도 얼음으로 머리를 식혔더니 그 덕분에 열이 바로 내려 안심은 했다만……"

나는 열이 내리기 전의 형이 어떤 헛소리를 했는지, 그걸 여전히 알고 싶어 으스스한 맹장지 문 뒤에 꼼짝 않고 서 있었다.

안방은 전등으로 환하게 밝았다. 아버지가 요시에에게 무슨 말을 해서 놀릴 때마다 모두 웃는 소리가 쾌활하게 들렸다. 그러자 돌연 그 웃음 사이로 "지로야" 하고 아버지가 나를 불렀다.

"지로야, 또 어머니에게 용돈을 조르는 게지. 오쓰나, 당신은 그렇게 호락호락 지로의 감언이설에 넘어가면 안 돼" 하고 큰소리로 말했다.

"아녜요, 그게 아닙니다" 하고 나도 큰소리로 지지 않고 대답했다.

"그럼 뭐냐, 거기 어두운 데서 어머니를 붙잡고 소곤소곤 얘기하는 건. 어서 환한 데로 낯짝을 보여봐."

아버지가 이렇게 말하자, 밝은 방에 모여 있던 사람들은 일시에 왁자하게 웃었다. 나는 어머니한테 듣고 싶은 얘기도 물어보지 못한 채, 아버지의 명령대로 예, 하며 모두 앞에 모습을 드러냈다.

33

그러고 나서 한동안은 B선생의 얼굴을 보나, 미사와에게 놀러가도 형 얘기는 전혀 화제에 오르지 않았다. 나는 적이 안심했다. 그리고 되도록 집안일을 잊으려 애썼다. 그러나 하숙의 무료함을 이겨내기가 무엇보다 힘들어 걸핏하면 미사와와 시간을 보내려 내 쪽에서 불쑥 찾아가거나 억지로 불러내기도 했다.

미사와는 끈질기게 언제나 예의 정신병 따님 얘기를 했다. 나는 이 예사롭잖은 사랑 이야기를 들을 때마다 어김없이 형과 형수를 연상하곤 해서 저절로 언짢아졌다. 그래서 가끔은 또 시작인가 하는 기색을 겉으로, 말로 표시했다. 미사와도 만만치 않았다.

"자네도 자네의 사랑 이야길 하면 그걸로 계산 끝 아닌가?" 하고 나를 놀렸다. 나는 하마터면 그와 길에서 다툴 뻔했다.

이처럼 그에겐 정신병 따님이 늘 그림자처럼 따라다니고 있어, 나도 전부터 어머니가 부탁한 오시게 이야기를 그에게 꺼낼 여지가 없었다. 오시게의 얼굴은 누가 봐도 우선 보통 이상은 될 거라고 사이가 안 좋은 나도 생각하기는 했으나, 안타깝게도 그 소중한 따님과는 아예 얼굴형이 달랐다.

나의 조심스러움과는 달리, 그는 태연히 내게 신부 후보자를 추천했다. "요다음 어디서 한번 만나보지 않겠나?" 하고 권한 적도 있었다. 나는 처음엔 그저 건성으로 대답했어도 나중엔 진심으로 그 여자를 만나리라 마음먹었다. 그런데 미사와는 아직 기회가 오지 않으니 조금만 더 조금만 더 하고 만나는 날짜를 자꾸만 뒤로 미루는 통에, 나는 그만 기분이 상해서 마침내 그 여자의 환상을 벗어던지고 말았다.

반면 오사다의 결혼은 점점 사실로 나타나며 눈앞에 다가왔다. 오사다는 웬만큼 나이를 먹었어도 집 안에서 가장 순진한 여자였다. 이렇다 할 특징은 없지만 무슨 말에나 쉽게 낯을 붉히는 데 묘한 애교가 있었다.

나는 미사와와 밤늦게 추운 동네로 돌아와 하숙집 차가운 이불 속으로 기어들면서 때때로 오사다를 떠올렸다. 그리고 그녀도 이런 차가운 침구를 덮고 지금쯤 가까운 미래에 찾아올 포근한 꿈을 꾸며, 아무도 눈치 채지 못하는 미소 띤 얼굴을 우단 깃 속에 반쯤 파묻고 있을 거라는 상상을 했다.

그녀가 결혼하기 2,3일 전에 오카다와 사노는 얼음을 부수는 듯한 기차 안에서 몸을 떨며 신바시(新橋) 역에 내렸다. 그는 마중 나온 내 얼굴을 보고 야아, 하고 소리를 질렀다. 그리고 "여전히 지로 씨는 여유만만하군요" 했다. 오카다는 자신의 무사태평을 깨닫지 못하는 남자라고 여겨졌다.

다음날 반초에 가보니, 오카다 한 사람 때문에 온 집안이 시끌벅적 떠들썩했다. 형도 딴 일과는 다르다는 의미에선지 별로 인상도 찌푸리지 않고 분위기에 휩쓸려 잠자코 있었다.

"지로 씨, 이제 와서 하숙하다니 그런 바보가 어디 있습니까, 집이 쓸쓸해질 뿐 아닙니까. 그렇죠, 오나오 씨?" 하고 그는 형수에게 말을 걸었다. 이때만은 형수도 아닌 게 아니라 묘한 표정을 지으며 말이 없었다. 나도 뭐라 할 말이 없었다. 형은 오히려 냉담하게 모든 일에 상관 않겠다는 기색을 보였다. 오카다는 이미 취해서 제멋대로 마구 지껄이며 입을 놀렸다.

"하긴 이치로 씨도 나쁘다고 나는 생각합니다. 그렇게 당신은 서재에만 틀어박혀 공부해봤자 재미없잖습니까. 이미 당신만큼 학문을 했으면 어디엘 가도 남한테 뒤지진 않을 테니까 말이죠. 하지만 지로 씨를 비롯해 오나오 씨나 아주머니도 나쁜 것 같군요. 이치로는 서재 이외엔 싫다, 싫다 하면서도 내가 와서 이렇게 끌어내면 쉽게 이층에서 내려와 나와 재미있게 얘기해주지 않습니까. 그렇죠, 이치로 씨?"

그는 이렇게 말하고 형 쪽을 보았다. 형은 말없이 쓴웃음을 지었다.

"그렇죠, 아주머니?"

어머니도 잠자코 있었다.

"그렇죠, 오시게 씨?"

그는 대답을 들을 때까지 순서대로 돌아가며 물어볼 참인 모양이었다. 오시게는 곧 "오카다 씨, 당신은 아무리 나이를 먹어도 수다 떠는 병은 못 고치는군요. 시끄러워요" 했다. 그 바람에 모두 웃음을 터뜨려

나는 겨우 안도의 숨을 내쉬었다.

34

요시에가 "삼촌, 잠깐 와보세요" 하고 곁방에서 작은 손을 내밀며 나를 불렀다. "뭔데?" 하고 일어서 가보니, 그녀는 어디선가 커다란 헝겊 주머니를 꺼내 "이건 오사다 씨 거예요, 보여드릴까요?" 하며 자랑하듯 나를 보았다.

그녀는 헝겊 주머니 안에서 우단을 댄 네모 상자를 꺼냈다. 나는 그 속에 든 진주 반지를 손에 들고 흠, 하며 바라보았다. 요시에는 "이것도요"라며 이번엔 적갈색 상자를 꺼냈는데, 이건 내가 빨래며 그 밖의 신세를 진 사례로 사준 보석 없는 단순한 금반지였다. 그녀는 또 "이것도요" 하며 무늬 있는 지갑을 꺼냈다. 그 지갑에는 국화꽃 모양이 금실로 가득 수놓여 있었다. 그녀는 그 다음엔 비교적 크고 갸름한 오동나무 상자를 꺼냈다. 이건 금과 적동(赤銅), 은으로 덩굴 잎사귀를 엮은 쇠장식이 달린 오비도메(帶留)*였다. 마지막으로 그녀는 빗과 비녀를 보이며 "이건 란코(卵甲)예요. 진짜 대모갑(玳瑁甲)이 아니래요. 진짜 대모갑은 너무 비싸서 안 하기로 했대요"라고 설명했다. 나는 란코라는 단어를 알지 못했다. 요시에도 물론 몰랐다. 하지만 여자애인 만큼 "이건 가장 싼 거예요. 엷은 대모갑보다 싸요. 계란 흰자를 바른 거니까"라고 했다. "계란 흰자로 어디를 어떻게 바르는 건데?" 하고 물으니, 그녀는 "그런 건 몰라요" 하며 새침을 떨고는 곧바로 헝겊 주머니를 끌고 다른 방으

---

* 일본 여자 옷에서 양끝을 장식으로 물리도록 된, 띠 위를 누르는 끈.

로 가버렸다.

어머니는 내게 오사다가 그날 입을 기모노를 보여주었다. 엷은 자줏빛이 도는 남색 비단으로 덩굴 무늬에다 옷자락엔 대나무가 그려져 있었다.

"이건 너무 수수하지 않습니까? 나이에 비해" 하고 나는 어머니에게 물어보았다. 어머니는 "하지만 너무 돈이 드니까"라고 대답했다. 그리곤 "이래도 얘야, 25엔이나 들었단다" 하고 덧붙여 아무것도 모르는 나를 놀라게 했다. 옷감은 지난해 봄 교토(京都)의 포목 장수가 짊어지고 왔을 때, 흰 걸로 세 필 정도 마련해 장롱 서랍에 넣어둔 채, 여태껏 꺼낸 적이 없다고 했다.

오사다는 사람들이 모두 모인 자리에 아까부터 전혀 얼굴을 내비치지 않았다. 나는 아마 어색해서겠지라고 상상하며, 그 어색해하는 모습을 여기서 한번 봤으면 싶었다.

"오사다 씨는 어디 있습니까?" 하고 어머니에게 물었다. 그러자 형이 "아아, 깜빡했군. 가기 전에 잠깐 오사다 씨에게 할 얘기가 있지" 했다.

모두 묘한 표정을 짓는데, 형수의 입술엔 뚜렷하게 냉소의 그림자가 어른거렸다. 형은 아무도 개의치 않겠다는 듯 "잠깐 실례" 하며 오카다에게 인사한 뒤, 이층으로 올라갔다. 그 발소리가 사라지자마자, 오사다는 우리가 있는 방 문턱까지 와서 오카다에게 공손한 인사를 했다.

그녀는 "어서 오세요" 하고 가볍게 맞이하는 오카다에게 "지금 잠깐 서재에 가봐야 하니까 그럼 나중에"라고 대답하며 일어섰다. 그녀의 상기된 듯한 발개진 얼굴을 본 사람들은 딱해 보였는지 어떤지 굳이 붙잡으려고도 하지 않았다.

형이 이층으로 올라가는 발소리는 그다지 크지는 않았으나, 늘 슬리퍼를 끄는 탓에 딱, 딱 울리는 게 밑에서도 잘 들렸다. 오사다는 맨발에다 여자의 조심스런 기질을 드러내기 때문인지, 전혀 들을 수 없었다. 문을 여닫는 소리조차 내 귀에는 거의 들리지 않았다.

그들 두 사람은 거기서 약 30분 정도 뭔가 얘기를 나누었다. 그 동안 형수는 평소의 냉담함과는 달리 평상시보다 기분좋게 얘기하며 웃기도 했다. 하지만 그 이면엔 불쾌감을 감추려는 부자연스런 노력이 깊이 잠재되어 있음을 나는 쉽게 알 수 있었다. 오카다는 태연했다.

나는 오사다가 형과 얘기를 끝내고 우리가 있는 방 옆을 지날 때, 그 발소리를 알아듣고 볼일이 있는 것처럼 불쑥 복도로 나갔다. 딱 마주친 그녀의 얼굴은 여전히 부끄러운 듯 발갛게 물들어 있었다. 그녀는 눈을 내리깔고 내 옆을 스쳐 지나갔다. 그때 나는 그녀의 눈꺼풀에 눈물이 어린 흔적을 분명히 본 듯한 느낌이 들었다. 하지만 서재에 들어간 그녀가 형과 마주 앉아 어떤 대화를 나누었는지 그건 아직도 알 도리가 없다. 나뿐만 아니라, 그 내용을 아는 이는 그들 두 사람 외엔 어쩌면 이 세상에 한 사람도 없을 거라고 생각한다.

35

내겐 친척의 말단으로 오사다의 결혼식에 참석하라는 부모님의 명령이 떨어졌다. 그날은 마침 비가 부슬부슬 내려, 혼례 날에 어울리지 않는 쓸쓸한 날씨였다. 여느 때보다 일찍 일어나 집으로 갔을 때, 오사다의 의상이 널찍한 8조 방에 펼쳐져 있었다.

화장실에 갔다 오는 도중 목욕탕 쪽을 들여다보니, 유리문이 반쯤 열려져 있고 그 안에 오사다가 화장하는 모습이 언뜻 보였다. 그리고

"어머, 거기에 손대면 안 돼요" 하는 그녀의 목소리가 들렸다. 요시에는 재미 삼아 무슨 장난을 치는 모양이었다. 나도 요시에 흉내를 낼까도 했으나 상황이 상황인 만큼 삼가기로 하고 다실로 돌아왔다.

잠시 후 다시 8조 방으로 나가보니, 모두 옷을 갈아입고 있었다. 요시에가 "있잖아요, 오사다 씨는 손에도 분을 발랐어요" 하고 모두에게 떠들어댔다. 사실 오사다는 얼굴보다도 손발이 검붉은 편이었다.

"엄청 새하얘졌군. 남편을 속이면 나빠" 하고 아버지가 놀렸다.

"내일이면 남편이 깜짝 놀라겠죠" 하고 어머니가 웃었다. 오사다도 고개를 숙이고 쓴웃음을 지었다. 그녀는 처음으로 시마다(島田)*식으로 머리를 올렸다. 그 모습이 내겐 뜻밖에 참신하게 느껴졌다.

"이 머리형에다 그런 무거운 걸 꽂으면 아마 괴로울 텐데요"라고 내가 묻자, 어머니는 "아무리 무거워도 일생에 한 번이니까······" 하면서, 내 검정 예복과 흰 깃의 조화를 연신 신경 썼다. 오사다의 띠는 형수가 뒤로 돌려 힘주어 묶었다.

형은 예의 맛없는 궐련을 피우며 넓은 툇마루를 이리저리 거닐었다. 그는 이 결혼에 전혀 흥미가 없는 듯한 혹은 그다운 비평을 마음속에 담고 있는 듯한 판단하기 힘든 태도를 보이며 때때로 우리가 있는 방을 들여다보았다. 하지만 잠시 문턱 끝에 머무를 뿐, 결코 안으로 들어오진 않았다. "아직 준비 안 됐나?" 하고 재촉하지도 않았다. 그는 프록코트에 실크 해트를 쓰고 있었다.

이윽고 나갈 때, 아버지는 가장 멋진 인력거를 불러 오사다를 태워주었다. 11시에 식이 있을 예정이었으나 시간이 좀 늦어지는 바람에, 오카다는 다이진구(太神宮)의 현관 마루에 나와 일부러 우리를 기다렸

---

* 여자 머리 속발의 하나. 주로 처녀가 결혼식 때에 틀어올림.

다. 모두 우르르 한꺼번에 대기실에 들어가니, 거기엔 신랑이 외톨이로 전당포에 맡겨진 물건처럼 의자에 앉아 있었다. 마침내 자리에서 일어나 한 사람 한 사람 인사하는 동안, 나는 대기실에 있는 테이블이며 융단, 생나무로 된 격자 무늬 천장 등을 바라보았다. 한쪽 끝에는 발이 쳐져 있어 안에 뭔가 있는 듯한데, 구석진 곳이 깜깜해 뭐가 뭔지 영 알 길이 없었다. 그 앞에는 파도와 학이 크게 그려진 경사스런 금빛 병풍 한 벌이 둘러쳐져 있었다.

신부와 중매인의 부인이 제일 앞, 그 다음이 신랑과 중매인의 남편, 그 뒤를 친척이 순서대로 늘어선다고 정장을 갖춰 입은 남자가 나와서 가르쳐주었지만, 중요한 중매인에 해당하는 오카다는 오카네를 데려오지 않아 "그럼 대단히 송구스럽지만 이치로 씨와 오나오 씨가 대신 맡아주시겠습니까, 여기서만" 하고 오카다가 아버지에게 의논했다. 아버지는 간단히 "괜찮겠지"라고 대답했다. 형수는 평소대로 "상관없어요"라고 말했다. 형도 "상관없습니다"라고 했지만, 연이어 "한데, 우리 같은 부부가 중매인이 되면 두 사람을 위해선 안 좋겠지요" 하고 덧붙였다.

"안 좋다니, —내가 하기보다 영광입니다요. 그렇죠, 지로 씨?" 하고 오카다가 예의 가벼운 말투로 말했다. 형은 뭔가 그 이유를 말하고 싶은 기색을 비쳤으나 곧 생각을 고친 듯 "그럼, 난생 처음으로 중한 역할을 떠맡아볼까? 하지만 아무것도 아는 게 없으니"라고 말하자, "아니, 저쪽에서 다 가르쳐줄 테니까 어려울 건 없어. 너희들은 가만히 있어도 되게끔 일을 준비해놓았지" 하고 아버지가 설명했다.

36

홍예 다리를 건널 때, 앞장선 사람이 뭔가에 걸려 일동이 잠시 멈춘 기회를 틈타, 나는 슬쩍 오카다의 프록 코트 꼬리를 잡아당겼다.

"오카다 씨는 참으로 태평이군요" 하고 말했다.

"어째서요?"

그는 스스로 중매쟁이임을 자처하면서 아내를 데려오지 않은 부주의를 전혀 깨닫지 못한 것 같았다. 내가 태평인 이유를 설명하자, 그는 쓴웃음을 지으며 머리를 긁적이더니 "실은 데려올 생각도 했습니다만, 뭐 그럭저럭 어떻게 되겠지 싶어……"라고 대답했다.

홍예 다리를 내려와 안으로 들어가는 입구에서 신부는 커다란 거울 앞에 앉아 검게 칠한 대야에 손을 담가 씻었다. 나는 뒤에서 발돋움을 하고 오사다의 모습을 보았을 때, 과연 이래서 행렬이 늦는군 하는 생각과 동시에 웃음이 터져나왔다. 모처럼 정성들여 분칠한 그녀의 손도 이 신성한 한 국자의 물로 어이없이 원래대로 검붉어지고 말았기 때문이다.

신전의 좌우에는 별실이 있었다. 그 오른쪽으로 형이 사노를 데리고 들어갔다. 그 왼쪽으로 형수가 오사다를 데리고 들어갔다. 두 사람이 좌우에서 나와 자리에 앉는 걸 보자, 형 부부는 진지한 표정으로 서로 마주 앉았다. 신랑 신부도 물론 조심스런 자세로 마주 보았다.

식단을 정면으로 뒤쪽에 죽 늘어선 아버지와 어머니, 우리들은 이 두 가지 의미를 지닌 부부, 물감으로 색칠한 예쁜 북, 그리고 안에 무얼 감추고 있는지 알 수 없는 발을 조용히 바라보았다.

형은 속으로 무얼 생각는지, 곁에서 보기엔 심상치 않은 구석은 조금도 없었다. 형수는 평소보다 일부러 꾸민 데도 없이 그대로 자연스런 모습이었다.

그들은 이미 과거 몇 년 동안 부부라고 하는 사회적으로 중요한 경험을 그들 나름으로 겪어온 고참 부부였다. 그리고 그들이 겪은 경험은 인생살이의 한 부분으로서 그들에게는 두 번 다시 갖기 힘든 소중한 것이었을지도 모른다. 하지만 어딜 보나, 꿀처럼 달콤하진 못했던 것 같다. 이 씁쓸한 경험을 지닌 고참 부부가 자신들의 그리 행복하지 못했던 운명의 몫을 젊은 남녀의 머리 위에 나누어주어 또다시 불행한 부부를 만들 작정인가.

형은 학자였다. 그리고 감정적인 사람이었다. 그 창백한 이마 속에 어쩌면 이런 생각을 담고 있었는지 알 수 없다. 아니면 이 이상으로 깊은 생각을 하고 있었는지도 모른다. 아니면 세상의 모든 결혼을 스스로 저주하면서, 신랑과 신부의 손을 맞잡게 해주어야만 하는 중매인의 희극과 비극을 동시에 느끼며 앉아 있었는지도 모른다.

아무튼 형은 진지하게 앉아 있었다. 형수도 사노도 오사다도 진지하게 앉아 있었다. 곧 식이 시작되었다. 무녀(巫女) 한 사람이 도중에 복통으로 돌아갔다고 해서 시중드는 여자가 대신 맡았다.

내 옆에 앉은 오시게가 "큰오빠 때보다 쓸쓸해요" 하고 속삭였다. 그때는 소(簫)며 북을 들여놓고 무녀가 좌우로 드나드는 모습이 나비처럼 하늘하늘 화려했다.

"네가 시집 갈 때는 그때처럼 떠들썩하게 해주마" 하고 나는 오시게에게 말했다. 오시게는 미소지었다.

식이 끝나 모두 대기실로 돌아왔을 때, 오사다는 우리가 서 있는데도 굳이 융단 위에 손을 짚고, 지금까지 신세를 진 감사 인사를 정중하게 했다. 그녀의 눈에는 쓸쓸한 눈물이 가득 고여 있었다.

신혼 부부와 오카다는 낮 기차로 곧 오사카로 떠났다. 나는 비 내리는 플랫폼 위에서 2,3일 하코네(箱根) 근처에서 머무르게 될 오사다를 배웅한 뒤, 아버지, 형과 헤어져 혼자 하숙집으로 돌아왔다. 그리고 길을 걸으며 내게도 당연히 차례가 돌아올 결혼 문제를 인생에서의 불행한 수수께끼인 양 생각했다.

37

오사다가 채여가듯 사라져버린 뒤의 집은, 예전 그대로의 공기에 감싸였다. 내가 본 바로는 오사다가 집안에서 가장 태평한 사람 같았다. 그녀는 오랫동안 신세를 진 우리집에서 아침 저녁으로 쓸고 빨래하며, 식모인지 일꾼인지 알 수 없는 지위에 만족하다가 10년 뒤, 그다지 불평하는 내색도 없이 사노와 함께 비 내리는 날 기차로 도쿄를 떠났다. 그녀의 속마음도 매일 그녀가 되풀이하며 익숙해진 일처럼 명료하고 기계적이었던 것 같다. 한가족의 단란한 시간이 되어야 할 예의 저녁 식탁이 한때 침울한 회색 공기로 가라앉았을 때조차, 오사다만은 그 가운데 앉아 평소와 전혀 다름없이 쟁반을 무릎 위에 올려놓은 채 태연히 시중을 들었다. 결혼 당일 직전에 형이 불러 서재에 들어갔다 나왔을 때, 그녀의 얼굴을 물들인 색과 그녀의 눈꺼풀에 가득한 눈물이 그녀의 미래를 위해 무얼 말하고 있었는지 알 수 없지만, 그녀의 기질로 봐선 그로 인해 오래 영향을 받으리라고는 여겨지지 않았다.

오사다가 떠난 동시에 겨울도 갔다. 갔다기보다 우선 이렇다 할 사건 없이 끝났다고 하는 편이 적절할지도 모른다. 성긴 눈[雪], 마른 가지를 뒤흔드는 바람, 물단지를 채우는 얼음, 이 모든 게 예년의 흔적을 어김없이 내 눈에 비추고는 잇달아 사라져갔다. 자연의 추운 과정이 이렇듯 되풀이되는 동안, 반초의 우리집은 꼼짝 않고 가만히 있었다. 그 집에 사는 사람들과의 관계도 그럭저럭 늘 그렇듯이 지속되었다.

내 위치에도 물론 변화는 없었다. 다만 오시게가 놀러와 때로 불평을 털어놓기도 했다. 그녀는 올 때마다 "오사다 씬 어떻게 지낼까요?" 하고 물었다.

"어떻게 지내다니,—네게 아무런 소식도 안 오든?"

"오긴 와요."

들어보니, 결혼 후의 오사다에 대해 그녀는 나보다 훨씬 풍부한 지식을 가지고 있었다.

나는 또 그녀가 올 때마다 형에 대해 묻는 걸 잊지 않았다.

"형은 어떠냐?"

"어떠냐라니, 오빠야말로 나빠요. 집에 와도 큰오빠를 만나지 않고 가니까."

"일부러 피하는 게 아냐. 가도 늘 없으니 도리 없지."

"거짓말. 저번에 왔을 때도 서재엔 들어가지 않고 도망치구선."

오시게는 나보다 솔직한 만큼 새빨개졌다. 나는 그 사건 이후, 어떻게든 형과 원래대로 친한 사이가 되었으면 하고 마음으로는 바랐지만 실제는 그와 반대로 뭔가 가까이 다가가기 힘든 느낌이 들어, 오시게의 말처럼 집에 가서 그에게 인사할 기회가 있어도 가능한 한 만나지 않고 돌아오는 수가 많았다.

오시게에게 추궁당하고 보니, 나는 무언의 굴복을 드러내듯 아하하 웃거나, 일부러 짧은 콧수염을 매만지거나, 어떤 때는 으레껏 담배에 불을 붙이고 애매한 연기를 내뿜거나 했다.

그런가 하면 오히려 오시게 쪽에서 돌연 "큰오빠도 어지간한 괴짜야. 난 정말이지 이제서야 당신이 싸우고 집 나간 것도 무리는 아니라고 생각해요"라는 말도 했다. 오시게가 홍두깨처럼 이렇게 깜짝 놀라게 하면 나는 속으론 내 편이 한 사람 늘어난 느낌이 들어 기뻤다. 하지만 드러내놓고 그녀의 의견에 맞장구를 칠 정도의 치기도 없었다. 호되게 꾸짖을 만큼 현학적이지도 못했다. 그저 그녀가 돌아간 뒤, 순식간에 지금까지의 생각이 뒤죽박죽 흩어져 형의 정신 상태가 주위에 미칠 영향이 자꾸만 염려되었다. 점점 살아 있는 것들로부터 고립되어 책 속으로 끌려 들어가는 듯한 그를, 평소보다 몇 배 더 안타깝게 여기기도 했다.

38

어머니도 두어 번 왔다. 처음 왔을 때는 아주 기분이 좋았다. 옆방의 법과 졸업생은 어디에 다니며 무슨 일을 하는지, 나도 확실히 알 수 없는 것들을 자못 중요한 듯 물어보기도 했다. 그때 그녀는 집의 근황에 대해선 아무 말도 하지 않고 "요즘은 어디든 감기가 유행이니까 조심하거라. 아버지도 2,3일 전부터 목이 아프다며 찜질을 하고 나가셨단다" 하고 일러주고 갔다. 나는 그녀가 간 뒤엔, 형 부부를 떠올릴 짬조차 없었다. 그들의 존재를 잊은 나는 기분좋게 목욕을 하고 맛있는 저녁 식사를 했다.

그 다음 찾아왔을 때, 어머니의 모습은 전에 비해 좀 달랐다. 그녀는 오사카 이후, 특히 내가 하숙을 한 이후, 내 앞에서 굳이 형수의 비평을 회피하는 듯한 기색을 보였다. 나도 어머니 앞에서는 마음에 찔리는 데가 있어서일까, 필요치 않는 한, 형수의 이름을 꺼려 되도록 입 밖에 내지 않았다. 그런데 이처럼 주의 깊은 어머니가 그때 갑자기 나를 향해 "지로, 여기서만 하는 얘기다만 도대체 오나오의 심지는 고운 거냐, 나쁜 거냐" 하고 물었다. 역시 뭔가 시작된 거라고 짐작한 나는 오싹했다.

하숙을 한 후의 나는, 형에 대해서도 형수에 대해서도 경솔한 말을 무책임하게 내뱉을 용기가 전혀 없었기 때문에, 어머니는 내게서 무엇 하나 만족스런 얘기를 듣지 못한 채 돌아갔다. 나 또한 어째서 그녀가 내게 느닷없이 이런 언짢은 질문을 했는지 영문도 모른 채 그만 어머니를 놓치고 말았다. "뭔가 또 걱정스런 일이라도 생겼습니까?" 하고 물어도 그녀는 "아니, 별로 이렇다 싶게 달라진 건 없지만……" 하고 대답할 뿐, 그 다음엔 내 얼굴을 빤히 지켜보기만 했다.

나는 그녀가 돌아간 뒤, 계속 이 질문을 물고늘어졌다. 하지만 전후의 사정이나 어머니의 태도 등을 종합해서 생각해봐도 도무지 새로운 사건이 우리 가족에게 일어났다고 볼 수는 없다고 판단했다.

어머니도 염려가 너무 지나쳐 마침내 형수를 알 수 없게 되어버린 거다.

나는 마침내 이렇게 해석하고 무서운 꿈에 사로잡힌 듯한 기분이 되었다.

오시게도 오고 어머니도 오는 가운데, 형수만은 결국 한 번도 내 방 화로에 손을 쬐지 않았다. 그녀가 일부러 사양해서 나를 찾아오지 않는 뜻은 나도 잘 이해했다. 내가 집에 갔을 때, 그녀는 "지로 씨의 하숙은 고급 하숙이라면서요. 방에 멋진 도코노마가 있고 정원엔 좋은 매화를 심어놓았다죠?" 하고 물었다. 그러나 "요다음에 구경하러 갈게요"라는 말은 없었다. 나도 "보러 오세요"라고는 말하기 힘들었다. 하긴 그녀가 입에 담은 매화는 어느 밭에서 뽑아와 그대로 거기 심었다고밖에 볼 수 없는 무의미한 것이었다.

형수가 오지 않는 것과는 다른 의미로 혹은 똑같은 의미에서, 형의 얼굴은 결코 내 방에서 찾을 수 없었다.

아버지도 오지 않았다.

미사와는 가끔 왔다. 나는 한번 기회를 이용해, 은근히 그에게 오시게를 데려갈 마음이 있는지 없는지를 떠보았다.

"그렇군. 그 아가씨도 벌써 나이가 찼으니, 이제 곧 어딘가 시집 보낼 때가 됐군. 어서 좋은 자릴 찾아 기쁘게 해주게."

그는 다만 이렇게 말할 뿐, 상대할 낌새도 없었다. 나는 그걸로 단념하고 말았다.

긴 듯하나 짧은 겨울은 무슨 일이 일어날 듯하면서도 일어나지 않는 내 앞에 찬비, 녹아드는 서릿발, 강바람…… 등의 짜여진 일정을 평범하게 반복하며 이렇게 지나갔다.

번뇌

1

　음울한 겨울이 춘분 바람에 휩쓸려 지나갔을 때, 나는 추운 움막에서 얼굴을 내민 사람처럼 밝은 세계를 바라보았다. 내 마음 어딘가에는 이 밝은 세계 역시 방금 지나온 겨울과 마찬가지로 평범한 느낌이 들었다. 하지만 호흡을 할 때마다 봄 내음이 맥박 속으로 흘러드는 유쾌함을 잊을 만큼 나는 늙지 않았다.
　나는 날씨가 좋을 때마다 방문을 활짝 열어젖히고 길을 내다보았다. 또 차양 끝에 가로누운 창공을 밑에서 치켜 올려다보았다. 그리고 어딘가 멀리 떠나고 싶어졌다. 학교에 있을 무렵에는 이미 봄 방학을 이용해서 여행 떠날 준비를 했겠지만, 사무실에 다니게 된 지금의 내겐 그런 자유는 도저히 바랄 수 없었다. 어쩌다 일요일조차 잠이 덜 깬 부스스한 얼굴로 하루 종일 하숙방에 늘어져 있다가 산책도 못 나가는 수가 있었다.
　나는 반쯤 봄을 환영하면서 반쯤 봄을 저주하는 심정이었다. 하숙집에 돌아와 저녁 식사를 끝내면 화로 앞에 앉아 담배를 피우며 멍하니 나의 미래를 상상하기도 했다. 그 미래를 엮어내는 실 가운데는 내게 알

랑거리는 화려한 색채가, 새로 피워올린 사쿠라(佐倉) 숯의 불꽃과 함께 활활 타오르기 십상이었지만, 때로는 모조리 변색된 채 끝없이 재처럼 광택을 잃고 있었다. 나는 이러한 상상의 꿈에서 어쩌다가 느닷없이 현재의 나로 되돌아오는 수가 있었다. 그리고 현재의 나와 미래의 나를 운명이 어떤 식으로 연결시켜나갈 것인지를 생각했다.

내가 별안간 하숙집 하녀한테 깜짝 놀란 건, 바로 이런 식으로 현실과 공상 사이를 헤매며 가만히 화로에 손을 쬐던 어느 초저녁 일이었다. 나는 신경을 온통 나 자신에게만 집중시키고 있어선지, 실제로 하녀가 복도를 밟고 오는 발소리는 알아듣지 못했다. 그녀가 뜻밖에 드르륵 맹장지 문을 열었을 때, 나는 비로소 우연인 듯 눈을 들어 그녀와 얼굴을 마주 보았다.

"목욕인가?"

나는 바로 이렇게 물었다. 그외에 달리 하녀가 이 시간에 내 방문을 열 까닭이 없다고 생각했기 때문이다. 그러자 하녀는 선 채로 "아녜요" 라고 대답한 뒤 말이 없었다. 나는 하녀의 눈 언저리에 번지는 웃음을 보았다. 그 웃음 속에는 상대를 희롱한 순간의 유쾌함을 여성적으로 탐닉하는 묘한 번뜩임이 있었다. 나는 하녀를 향해 "뭐야, 멀거니 서서" 하고 날카롭게 말했다. 하녀는 곧 문턱에 무릎을 꿇었다. 그리고 "손님입니다" 하고 다소 진지하게 대답했다.

"미사와일 테지" 하고 내가 말했다. 나는 볼일로 미사와의 방문을 기다리고 있었다.

"아녜요, 여자 분입니다."

"여자?"

나는 미심쩍은 눈썹을 찌푸리며 하녀를 보았다. 하녀는 오히려 시큰둥했다.

"이쪽으로 모실까요?"

"이름이 뭐라든?"

"몰라요."

"몰라요라니, 이름도 묻지 않고 함부로 남의 방에 손님을 안내하는 녀석을 봤나."

"글쎄, 물어봐도 말씀을 않는걸요."

하녀는 이렇게 말하고 다시 아까처럼 심술궂은 웃음을 눈가에 띠웠다. 나는 대뜸 화로에서 손을 떼고 일어섰다. 문턱에 무릎을 꿇고 앉은 하녀를 물리치듯 문밖으로 나갔다. 그리고 토방 한쪽 구석에 코트 차림으로 추운 듯 서 있는 형수의 모습을 발견했다.

2

그날은 아침부터 흐렸다. 더구나 죽 지속되던 좋은 날씨를 단번에 내쫓듯 찬바람이 불었다. 나는 사무실에서 돌아오는 길에 외투의 깃을 세우고 걸으며 내내 비가 올까 봐 염려했다. 그 비가 아까 저녁상을 받을 때부터 촉촉이 내리기 시작했다.

"이렇게 찬 밤에 일부러 나오셨군요."

형수는 가볍게 "예" 하고 대답할 뿐이었다. 나는 지금까지 앉았던 방석을 뒤집어 그걸 도코노마 앞에 놓으며 "자, 이쪽으로 오시죠" 하고 권했다. 그녀는 코트의 한쪽 소매를 스르르 벗으며 "그렇게 손님 대하듯 하지 말아요" 했다. 나는 찻잔을 씻게 하려고 벨을 눌렀던 손을 떼며 그녀의 얼굴을 보았다. 밖의 찬 공기를 쐰 그 볼은 여느 때보다 창백하게 내 눈을 찔렀다. 늘 쓸쓸한 짝보조개조차 평소와는 다른 의미의 쓸쓸함을, 사라지는 순간, 언뜻언뜻 내비쳤다.

"괜찮으니 거기 앉으세요."

그녀는 내 말대로 방석 위에 앉았다. 그리고 흰 손가락을 화로 위에 올렸다. 그녀는 그 모습에서 상상할 수 있듯이, 손끝이 아름다운 여자였다. 그녀가 갖고 태어난 도구 가운데 처음부터 내 주의를 끈 것은 곱고 가늘게 뻗은 그 손과 발이었다.

"지로 씨, 당신도 손을 내밀어 불을 쬐세요."

나는 왠지 망설이며 손을 내밀기 힘들었다. 그때, 창밖에서 빗소리가 스산했다. 낮 동안 몰아치던 북서풍은 비와 함께 뚝 그치고 말아, 세상은 의외로 고요했다. 그저 이따금씩 홈통을 두드리는 빗방울 소리만이 똑똑 울렸다. 형수는 평소의 차분한 태도로 방 안을 둘러보며 "역시 좋은 방이군요. 그리고 너무 조용해"라고 했다.

"밤이라서 좋게 보이는 겁니다. 낮에 와보세요, 꽤나 지저분한 방입니다."

나는 잠시 형수와 마주 앉아 있었다. 하지만 이제 고백하건대, 속마음은 결코 말투에 나타난 만큼 편안하지 못했다. 나는 그때까지 형수가 이 하숙방을 찾아오리라고는 전혀 기대하지 않았었다. 공상조차 하지 못한 일이다. 그녀의 모습을 토방 입구에서 발견했을 때, 나는 덜컥 놀랐다. 그리고 그 놀라움은 기쁜 놀라움이기보다 오히려 불안한 놀라움이었다.

'왜 왔을까? 어째서 굳이 이 추운 날 왔을까? 어째서 하필 어두운 밤에 왔을까?'

이것이 그녀를 본 순간의 의혹이었다. 처음부터 이 의혹을 품은 내 가슴은, 화로를 사이에 두고 그녀와 마주 앉은 일상의 태도 가운데서도 끊임없는 압박을 느꼈다. 그것이 나의 대화나 말투에, 불쾌한 겉치레를 부여했다. 나는 이를 분명히 자각했다. 그리고 그런 겉치레가 빤히 상대의 머리에 드러나고 있다는 것도 자각했다. 하지만 달리 방도가 없었다. 나는 형수에게 "날씨가 다시 추워졌군요"라고 말했다. "비가 오는데 용케 나오셨군요"라고 말했다. "무슨 일로 지금 나오셨습니까?" 하고 물었다. 대화가 여기까지 이르러서도 내 가슴에 전혀 광명이 비춰지지 않자, 나는 그만 뻣뻣해져 결국 모나리자를 닮은 기이한 미소 앞에 그대로 못박히고 말았다.

"지로 씨는 한동안 못 본 사이에 갑자기 서먹해졌군요" 하고 형수가 말을 꺼냈다.

"그렇지 않습니다" 하고 나는 대답했다.

"아녜요, 그래요" 하고 그녀가 되받았다.

3

나는 불쑥 일어나 형수 뒤로 갔다. 그녀는 도코노마를 등지고 앉아 있었다. 방이 좁아 그녀의 띠 부분은 거의 삼나무 장식기둥과 맞닿을 정도였다. 내가 그 틈으로 한 발 비집고 들어가자, 그녀는 갑갑한 듯 몸을 앞쪽으로 숙이고 "뭐 하세요?" 하고 물었다. 나는 한쪽 발을 공중에 띄운 채, 도코노마 구석에서 검정 찬합을 꺼내 그걸 그녀 앞에 놓았다.

"하나 드세요."

이렇게 말하며 뚜껑을 여는데, 그녀가 희미한 쓴웃음을 지었다. 찬합 속에는 흰 설탕을 뿌린 모란떡(牡丹餠)이 가지런히 들어 있었다. 어제가 바로 춘분이라는 걸 나는 이 모란떡으로 처음 알았다. 나는 형수의 얼굴을 보고 진지하게 "안 드십니까?" 하고 물었다. 그녀는 곧바로 웃음을 터뜨렸다.

"당신도 어지간하군요, 그 찰떡은 어제 집에서 갖다준 게 아닌가요?"

나는 어쩔 수 없이 쓴웃음을 지으며 하나 입에 넣었다. 그녀는 날 위해 컵에 차를 따라주었다.

나는 이 모란떡으로 그녀가 오늘 성묘하러 친정에 갔다 돌아오는 길에 여기 들른 것임을 겨우 확인했다.

"그 동안 전혀 인사를 못 드렸습니다만, 그쪽은 다 편하십니까?"

"예, 고마워요, 그냥……"

말수가 적은 그녀는 그저 간단히 이렇게 대답할 뿐이었으나, 이어서 "그러고 보면 당신은 반초 집에도 꽤 오래 안 왔군요"라고 덧붙이며 새삼스레 내 얼굴을 보았다.

나는 반초와는 완전히 멀어지고 있었다. 처음엔 집안일이 염려되어 일주일에 한두 번 가지 않으면 마음이 놓이지 않을 정도였는데, 어느새 중심을 벗어나 밖에서 가만히 바라보는 버릇이 생기기 시작했다. 그리고 그렇게 바라보는 동안 적어도 아무 일 없이 지나갔다는 자각이, 무소식을 무사함의 원인인 양 여기게 했다.

"어째서 전처럼 가끔 안 오세요?"

"일이 좀 바빠서."

"그래요? 정말로? 그게 아니겠죠."

나는 형수에게 이처럼 추궁당하는 걸 참을 수 없었다. 게다가 나는 그녀의 심리를 알 수 없었다. 다른 사람은 어떻든 간에 형수만은 이 점에 있어 나를 추궁할 용기가 없으리라고 지금껏 굳게 믿었기 때문이다. 나는 눈 딱 감고 "당신은 너무 대담해"라고 말할까 생각했다. 하지만 이미 상대방에게 소심하다고 얕잡아 보이는 나는 끝까지 비겁했다.

"정말로 바빠요. 실은 얼마 전부터 공부를 좀 하려고 슬슬 준비를 시작한 참이라, 요즘은 아무 데도 가볼 마음이 없습니다. 언제까지 이렇게 우물쭈물 있어봤자 시시하니까, 이때 책이라도 좀 읽어두었다가 조만간 외국에나 가볼까 생각 중입니다."

이 대답의 뒷부분은 정말이지 내 희망이었다. 나는 어디라도 좋으니 그저 멀리 떠나고 싶다, 떠나고 싶다 하고 바랐다.

"외국이라니, 유학?" 하고 형수가 물었다.

"그런 셈입니다."

"좋겠죠. 아버님께 어서 부탁해서 그렇게 해요. 내가 말씀드릴까요?"

나도 헛수고임을 알고 이를 환상으로 생각했으나, 그녀의 말을 들었을 때 갑자기 "아버진 소용없어요" 하고 고개를 흔들어 보였다. 그녀는 잠시 말이 없었다. 이윽고 울적한 듯 "남자는 홀가분해서 좋군요" 했다.

"전혀 홀가분하지 않습니다."

"글쎄, 싫으면 어디든 마음대로 훌쩍 날아갈 수 있잖아요?"

4

나는 어느새 손을 내밀어 화로를 쬐고 있었다. 그 화로는 약간 높고 두툼한 모양새이긴 했으나, 크기로 보면 일반 상자 화로와 비슷하여 두 사람이 마주 앉아 손을 쬐면 얼굴과 얼굴 사이의 거리가 지나치게 가까워졌다. 형수는 자리에 앉기 바쁘게 춥다며 새우등을 하고 가슴 윗부분을 다소 앞쪽으로 구부렸다. 그녀의 자세에는 여자다움 이외에 아무런 비난의 여지가 없었다. 하지만 그 결과로서 나는 적이 뒤로 젖히듯 몸을 가누고 앉아야 했다. 그래서 내가 그녀의 후지 산 이마를 이처럼 가까이, 또한 오래도록 응시한 적은 없었다. 그녀의 창백한 볼 빛깔은 내게 불꽃인 듯 눈부셨다.

나는 이렇게 적잖이 불편한 자세로, 느닷없이 그녀에게서 형과의 관계가 내가 집을 나온 후에도 여전히 좋지 않은 쪽으로만 진행될 뿐이라는 싫은 소식을 들었다. 그녀는 지금까지 이쪽에서 물어보지 않으면 결코 형에 대해 입을 열지 않는 태세를 취해왔다. 설사 이쪽에서 물어봐도 "여전해요"라든가 "그리 염려할 것까진 없어요"라고 대답하며 그저 미소짓기 일쑤였다. 그런데 완전히 뒤바뀌어, 내가 가장 답답해하는 문제의 진상을 그쪽에서 적극적으로 이쪽에다 털어놓은 셈이니, 비겁한 나는 불시에 황산을 뒤집어쓴 양 얼얼했다.

그러나 일단 실마리를 찾고 보니, 나는 가능한 한 꼬치꼬치 캐묻고 싶었다. 하지만 말의 낭비를 꺼리는 그녀는 쉽게 이쪽 생각대로 따라주지 않았다. 그녀가 말하는 부분은 주로 그들 부부 사이에 가로놓인 어색한 짧은 섬광에 불과했다. 그리고 어색함의 원인에 대해선 결국 한 마디도 하지 않았다. 그걸 물어보면 그녀는 단지 "이유를 모르겠어요" 할 뿐이었다. 실제로 그녀는 그 이유를 모르는 건지도 몰랐다. 또 알면서 일부러 말하지 않는 건지도 몰랐다.

"어차피 내가 이런 바보로 태어난 거니까 어쩔 수 없어요. 아무리 애써봤자 될 대로 되는 수밖에 길이 없으니까. 그렇게 생각하고 포기하면 그만이에요."

그녀는 애초에 운명 따윈 두려워하지 않는 종교심을 스스로 지니고 태어난 여자인 것 같았다. 대신, 타인의 운명도 두려워하지 않는 성격으로도 비쳤다.

"남잔 싫어지기만 하면 지로 씨처럼 어디든 날아갈 수 있지만 여잔 그렇게 못 하니까. 나 같은 사람은 마치 부모 손으로 화분에 심어진 나무와 다를 바 없이 한번 심어지면 그걸로 끝, 누군가 와서 움직여주지 않는 이상, 도저히 움직일 수가 없어요. 꼼짝 않고 있을 뿐이죠. 그대로 말라죽을 때까지 꼼짝 않고 있는 수밖에 도리가 없는걸요."

나는 딱해 보이는 이 호소 이면에 헤아릴 수 없이 강한 여성을 전기처럼 느꼈다. 그리고 이 강함이 형에게 어떻게 작용할 것인지에 생각이 미치자, 나도 모르게 오싹해졌다.

"형님은 단지 기분이 언짢을 뿐이겠죠. 그 밖에 어디 이상한 구석은 없습니까?"

"그래요. 그건 뭐라고 할 수 없어요. 인간이니까 언제 어떤 병에 걸릴지도 알 수 없는 거죠."

그녀는 이윽고 띠 사이에서 작은 여자용 시계를 꺼내보았다. 방이 조용한 탓에 뚜껑을 닫는 소리가 뜻밖에도 귀에 크게 울렸다. 마치 보드라운 피부에 날카로운 바늘 끝이 닿은 것 같았다.

"이제 가겠어요.——지로 씨, 괜히 방해가 되었군요, 싫은 얘길 해서. 난 지금까지 아무한테도 이런 말을 한 적 없어요. 오늘 집에 가서도 아무 말 하지 않을 거예요."

문 입구에 기다리고 있던 인력거꾼의 초롱에는 그녀의 친정집 문장(紋章)이 붙어 있었다.

5

그날 밤은 조용한 비가 밤새도록 내렸다. 머리맡을 두드리는 듯한 빗방울 소리에, 나는 줄곧 형수의 환영을 그렸다. 짙은 눈썹과 깊은 눈동자가 먼저 눈앞에 떠오르면, 창백한 이마며 볼은 자석에 달라붙는 쇳가루의 속도로 바로 그 주위에 모여들었다. 그녀의 환영은 몇 번이고 부서졌다. 부서질 때마다 매번 같은 순서가 다시 반복되었다. 나는 마침내 그녀의 입술 색까지 선명하게 보았다. 그 입술 양끝의 근육이 소리 없는 말의 기호처럼 희미하게 떨리는 걸 보았다. 그리고 육안의 주의를 벗어나려는 미세한 소용돌이가 보조개로 될까, 부서질까 망설이는 모습으로 끊임없이 파도치는 그녀의 볼을 또렷이 보았다.

나는 그토록 생생한 그녀를 그토록 강렬하게 상상했다. 그리고 빗방울 소리가 똑똑 울리는 가운데 두서없이 여러 가지 일들을 떠올려, 달아오른 머리로 고민에 빠졌다.

그녀와 형의 관계가 악화되는 이상, 내 몸이 어디로 어떻게 날아가든 내 마음은 결코 편안해질 수 없었다. 나는 이 점에 대해 그녀에게 좀 더 구체적인 설명을 요구했으나, 보통 여자들처럼 사소한 사실을 불만의 재료로 삼지 않는 그녀는 거의 내 요구를 무시하고 상대해주지 않았다. 결과부터 말하자면, 나는 초조해지려고 그녀의 방문을 받은 거나 마찬가지였다.

그녀의 말은 모두 그림자처럼 어두웠다. 그러면서도 번개처럼 간결한 섬광을 내 가슴에 박아넣었다. 나는 이 그림자와 번개를 한데 묶어, 혹시나 형이 근래 짜증이 치솟은 끝에 형수에 대해 지금까지 없었던 난폭한 행동이라도 한 건 아닌가 생각했다. 구타라는 글자는 엄벌이나 학대라는 글자와 나란히 보면, 꺼림칙하고 잔혹한 울림을 지닌다. 형수는 요즘 여자니까 형의 행위를 완전히 이런 뜻으로 해석하는지도 모른다. 내가 그녀에게 형의 건강 상태를 물었을 때, 그녀는 인간이니까 언제 어떤 병에 걸릴지 모른다며 차갑게 말을 받았다. 내가 형의 정신 상태를 염려하여 이런 질문을 한다는 걸 그녀도 뻔히 알 것이다. 따라서 평소보다 한층 냉담한 그녀의 대답은, 아름다운 자신의 몸에 가해진 채찍 소리를 남편의 미래에 반향시키는 복수의 소리로도 들렸다. ─ 나는 무서웠다.

나는 내일이라도 반초 집에 가서 어머니에게 살짝 그들 두 사람의 근황을 물어봐야겠다고 생각했다. 하지만 형수는 이미 단언했다. 그들 부부 관계의 변화에 대해선 아직 아무도 모른다, 또한 아무한테도 말한 적이 없다고 단언했다. 그림자 같고 번개 같은 말로 그 소식을 어렴풋이나마 새겨듣게 된 것은 세상에 오직 하나 내 가슴이 있을 뿐이었다.

어째서 그리 말수가 적은 형수가 나한테만 그 얘기를 꺼냈을까. 그녀는 늘 차분하다. 오늘밤도 평소대로 차분했다. 그녀가 극도로 흥분한 나머지 호소할 데가 없어 일부러 나를 찾아왔다고는 여겨지지 않았다. 우선 호소라는 단어부터가 그녀의 태도엔 어울리지 않았다. 결과부터 말하자면, 나는 아까 말한 대로 오히려 그녀로 인해 초조해지고 말았으니까.

그녀는 화로를 마주한 내 얼굴을 보고 "어째서 그렇게 힘들게 앉아 있어요?" 하고 물었다. 내가 "별로 힘들지 않습니다" 하고 대답하자, 그녀는 "거봐요, 몸을 뒤로 젖히고 앉은걸요" 하고 웃었다. 이때 그녀의 태도는 가느다란 검지손가락으로 화로 맞은편에서 내 뺨을 건드리기라도 할 듯 허물없었다. 그녀는 또 내 이름을 부르며 "깜짝 놀랐죠?" 했다. 비 내리는 추운 밤에 불쑥 나타나 나를 놀라게 한 것이 자못 유쾌한 장난이라도 되는 양 말했다……

나의 상상과 기억은 똑똑 떨어지는 빗방울 박자 속에, 연신 꼬리를 물고 두서없이 한밤중까지 맴돌았다.

6

그러고 나서 사나흘 동안 내 머리는 끊임없이 형수의 유령에 쫓겨 다녔다. 사무실 책상 앞에 서서 중요한 도면을 그릴 때조차 나는 이 화(禍)를 물리칠 방법을 알지 못했다. 어떤 날은 내내 남의 손을 빌려 일을 하는 듯한 석연찮은 생각마저 들었다. 이처럼 스스로 자신을 떠난 기분을 맛보며 겉으로만 탈 없이 해나갈 뿐인데 주위 사람들이 왜 이상히 여기지 않을까 의아하기도 했다. 나는 꽤 전부터 사무실에서는 더 이상 쾌활한 남자로 통하지 않게 되었다. 특히 최근엔 말도 거의 하지 않았다. 그래서 요 사나흘 간 일어난 변화 또한 남의 주의를 끌지 않고 지나가게 될 거라 생각했다. 그리고 자신과 주위가 완전히 차단된 사람의 쓸쓸함을 혼자 느꼈다.

나는 그 동안 한 사람의 형수를 다양하게 보았다. ― 그녀는 남자도 초월하기 힘든 무엇을 시집 온 그날부터 이미 초월하고 있었다. 어쩌면 그녀에겐 처음부터 초월해야 할 울타리도 벽도 없었다. 처음부터 구속당하지 않는 자유로운 여자였다. 그녀가 지금까지 한 행동은 무엇에도 구애받지 않는 순수의 발현에 불과했다.

어느 때는 또 그녀가 모든 걸 가슴속에 접어두고 쉽게 자신을 노출시키지 않는 소위 당찬 여자처럼 내 눈에 비쳤다. 그런 의미에서 본다면 그녀는 흔히 있는 당찬 여자의 한계를 훨씬 넘어서고 있었다. 그 차분함, 그 품위, 그 과묵함, 누가 보기에도 그녀는 지나치게 당찬 여자임에 틀림없었다. 놀랄 만큼 뻔뻔스럽기도 했다.

어느 순간에 그녀는 인내의 화신처럼 내 앞에 섰다. 그리고 그 인내에는 고통의 흔적조차 용납하지 않는 고상함이 잠재되어 있었다. 그녀는 눈썹을 찌푸리는 대신 미소지었다. 쓰러져 우는 대신 단정히 앉았다. 마치 그렇게 앉은 자리 밑에서 자신의 발이 썩기를 기다리는 듯이. 요컨대 그녀의 인내는 인내라는 의미를 넘어 거의 그녀의 자연에 가까운 무엇이었다.

한 사람의 형수가 내겐 이처럼 다양하게 보였다. 사무실 책상 앞, 점심 식탁 위, 돌아오는 전차 안, 하숙집 화롯가, 여기저기서 여러 가지 모습으로 바뀌곤 했다. 나는 남이 모르는 괴로움을 남에게 말하지 못한 채 괴로워했다. 그러는 동안, 결심하고 반초 집에 가서 대충 상황을 살펴보는 것이 아무래도 순서라는 생각은 자주 떠올랐다. 하지만 비겁한 나는 그걸 감히 해낼 용기를 갖지 못했다. 눈앞에 무서운 뭔가가 있는 줄 알면서 일부러 보지 않으려 눈을 감고 있었다.

그러다 닷새째 되던 토요일 오후에 돌연 사무실로 걸려온 아버지의 전화를 받았다.

"지로냐?"

"그렇습니다."

"내일 아침 잠깐 가도 되겠느냐?"

"예에."

"지장 없겠느냐?"

"아니 별로……"

"그럼 기다려라, 괜찮겠지? 잘 있어라."

아버지는 그렇게 전화를 끊고 말았다. 나는 적이 당황했다. 무슨 용건인지조차 확인할 여유를 갖지 못한 나는 수화기를 놓고 나서 후회했다. 만약 용건이 있다면 부르기라도 할 텐데 하고 달리 생각도 해보았다. 아버지가 그쪽에서 온다는 이례적인 일이 요전의 형수의 방문과 무슨 관계가 있는 듯한 느낌이 들어 내 가슴은 한층 불안해졌다.

하숙집에 돌아오니 오사카의 오카다에게서 온 그림 엽서 한 장이 책상 위에 놓여 있었다. 그건 그들 부부가 사노와 오사다를 데리고 즐거운 한나절을 교외에서 보낸 기념이었다. 나는 책상 앞에서 한참 동안 그 그림 엽서를 바라보았다.

7

일요일엔 실컷 늦잠을 자는 버릇이 든 나도 다음날 아침만은 비교적 일찍 일어났다. 식사를 끝내고 신문을 읽자니, 마치 기차를 기다리는 동안 신문을 사서 급히 훑어볼 때처럼 볼거리가 하나도 없는 듯 시시하게 느껴졌다. 나는 곧 신문을 내던졌다. 그러나 채 5분도 못 되어 다시 집어들었다. 나는 담배를 피우기도 하고 흐려진 안경알을 정성들여 닦기도 하고 이런저런 일들을 하며 아버지가 오기를 기다렸다.

아버지는 좀처럼 오지 않았다. 나는 아버지가 일찍 일어난다는 걸 잘 알고 있었다. 그의 성급함에도 어릴 때부터 잘 길들여져 있었다. 나는 조바심이 나서 전화라도 걸어 어찌 된 셈인지 이쪽에서 아버지의 형편을 물어볼까도 생각했다.

어머니와 허물없는 나는 늘 아버지를 꺼렸다. 하지만 진짜 속을 들여다보면, 상냥한 어머니가 엄격한 아버지보다 오히려 무서웠다. 나는 아버지에게 야단맞거나 잔소리를 들을 때, 면목없어하면서도 역시 남자는 남자다라고 속으로 생각하는 일이 자주 있었다. 하지만 이번 경우는 여느 때와 달랐다. 아무리 아버지지만 그리 쉽게 얕잡아볼 수 없었다. 전화를 걸자고 마음먹고서도 나는 끝내 걸지 못했다.

아버지는 드디어 10시경이 되어서야 찾아왔다. 정장 차림으로 다소 딱딱한 복장이긴 했으나 표정은 의외로 밝았다. 어릴 때부터 그의 곁에서 자란 나는, 무슨 일이 있는지 없는지를 그의 안색으로 바로 판단해내는 요령을 쌓았다.

"좀더 일찍 오실 줄 알고 아까부터 기다렸습니다."

"아마 이불 안에서 기다렸겠지. 나야 아무리 일러도 상관없다만 네가 딱해서 일부러 늦게 나선 거다."

아버지는 내가 직접 끓인 차를 마시는 듯 핥는 듯 입으로 가져가더니, 방 안을 유심히 둘러보았다. 방에는 책상과 책장, 화로가 있을 뿐이었다.

"좋은 방이군."

아버지는 우리에게도 매우 인사성이 바른 남자였다. 그가 오랫동안 사교를 위해 늘 사용하던 말은, 거리낄 게 없는 집안에까지 어느새 깊숙이 파고들었다. 그렇게 메마른 공치사인 터라, 그 말이 내겐 남이 하는 "안녕하세요" 정도로밖에 들리지 않았다.

그는 석 자 되는 도코노마를 살피고 거기에 걸린 족자를 바라보았다.

"잘 어울리는군."

그 족자는 특별히 이 방의 도코노마를 장식하기 위해 내가 아버지한테 빌려온 소형 반절(半切) 서화였다. 그가 "이거라면 가져가도 좋아" 하고 던져준 만큼, 내겐 잘 어울리고 말 것도 없는 묘한 물건이었다. 나는 쓴웃음을 지으며 족자를 바라보았다.

거기엔 엷은 먹으로 막대기가 하나 비스듬히 그려져 있었다. 그 위에 "이 막대기 스스로 움직이지 못하니, 건드리면 움직이네"라는 찬(贊)이 적혀 있었다. 요컨대 그림인지 글자인지 분간이 안 되는 시시한 물건이었다.

"넌 웃지만 이래도 수수한 멋이 있지. 다실에 걸 족자로는 아주 적당하니까."

"누굽니까, 쓴 이는."

"그건 알 수 없지만 아무래도 대덕사(大德寺) 주지나……"

"그렇군요."

아버지는 이걸로 족자의 해설을 끝내는 게 아니었다. 대덕사가 어떻고 오바쿠(黃檗)*가 어떻고 하며 내겐 전혀 흥미없는 얘기를 늘어놓았다. 급기야 "이 막대기의 의미를 아느냐?" 하시며 나를 질리게 만들었다.

8

그날 나는 아버지를 따라 우에노(上野)의 표경관(表慶館)**을 구경했다. 지금까지 그를 따라 이런 데를 와본 적은 몇 번 있었지만, 설마 그 때문에 그가 일부러 하숙집으로 찾아왔으리라고는 생각되지 않았다. 나는 아버지와 함께 하숙집 문을 나와 우에노로 향하는 도중, 금방이라도 그의 입에서 뭔가 진짜 용건이 나올 게 틀림없다고 기대했다. 그러나 그걸 이쪽에서 물어볼 용기는 도저히 생기지 않았다. 형 이름도 형수 이름도 그 앞에선 금지된 단어인 양, 내 성대를 꽉 죄었다.

표경관에서 그는 리큐(利休)***의 편지 앞에 서서, 무얼 무얼 하시옵고……인가, 하는 식으로 모르는 글자를 억지로 띄엄띄엄 읽었다. 천황 가(家)의 소장품인 왕희지(王羲之)****의 서체를 보고 그는 "흐음,

---

*일본 삼대 선종(禪宗)의 하나인 황벽종(黃檗宗)을 가리킴.
**우에노 공원 내의 미술관.
***다인(茶人)인 센노리큐(千利休, 1522~1591)를 말함.
****중국의 유명한 서예가.

과연"하며 감동했다. 그 서체가 왠지 내겐 너무 시시해 보여 "사람의 뜻을 크게 돋울 만합니다"라고 말했더니 "어째서?"하고 그는 반문했다.

두 사람은 이층의 넓은 방으로 들어갔다. 그러자 거기에 오쿄(応擧)*의 그림이 열 폭 정도 나란히 걸려 있었다. 그건 놀랍게도 서로 연결되어 오른쪽 끝 바위에 학 세 마리, 왼쪽 구석에 날개를 펼치고 나는 한 마리 외엔 거리로 치면 약 4,5미터가 온통 파도로 메워졌다.

"당지(唐紙)에 붙여놓은 걸 떼어내 족자로 만든 거지."

아버지는 내게 폭마다 남아 있는 손 쓸림 자국과 고리가 떨어져나간 하얀 부분을 가리켰다. 나는 넓은 방 한가운데 서서 이 웅대한 그림을 그린 옛 일본인에 대한 존경을 아버지 덕분에 겨우 깨달았다.

이층에서 내려와 아버지는 옥(玉)이며 고려 자기에 대해 설명했다. 도공(陶工) 가키에몬(柿右衛門)의 이름도 들었다. 가장 형편없는 건 논코**의 찻종 그릇이었다. 피곤해진 두 사람은 마침내 미술관을 나왔다. 미술관 앞을 뒤덮듯 우뚝 솟은 짙푸른 소나무 한 그루를 오른쪽으로 둘러보고, 아기자기한 샛길을 느릿느릿 걸었다. 중요한 용건에 대해 아버지는 여전히 한 마디도 하지 않았다.

"이제 곧 꽃이 피겠군."

"피겠지요."

우리 두 사람은 천천히 도쇼구(東照宮) 앞에까지 왔다.

"세이요켄(精養軒)***에서 식사나 할까?"

시간은 벌써 1시 30분이었다. 어릴 적부터 아버지를 따라 나들이할 때마다 꼭 어딘가에서 뭘 먹는 습관이 밴 나는 어른이 되고 나서도 동반

---

*마루야마 오쿄(圓山応擧, 1733~1795): 에도 중기의 화가.
**교토의 도공 기치자에몬(吉左衛門)의 속칭.
***우에노 공원 내의 레스토랑.

과 음식을 떼놓고 생각할 수 없었다. 하지만 그날은 어쩐지 빨리 아버지와 헤어지고 싶었다.

지나던 길에 보지 못했던 그 세이요켄 입구에는 오색 깃발로 빼곡이 장식된 줄을 어느새 종횡으로 걸쳐놓고 실크 해트를 쓴 손님들을 화려하게 맞고 있었다.

"무슨 일이 있나 보군요, 오늘. 아마 장소를 빌린 거겠죠."

"그런가 보군."

아버지는 멈춰 서서 나무 사이로 어른거리는 깃발 색을 바라보다가 뒤늦게 생각났다는 듯이 "오늘이 23일이지?" 하고 물었다. 그날은 23일이었다. 그리고 형의 지인인 K의 결혼 피로연이 있는 날이었다.

"깜빡했군. 일주일쯤 전에 초대장이 왔었지, 이치로와 나오 두 사람 앞으로."

"K씨는 아직 결혼 안 했던가요?"

"그래. 잘은 모르지만 설마 두번째는 아닐 테지."

두 사람은 산을 내려와 이윽고 왼쪽 양식당으로 들어갔다.

"여기선 길이 잘 보여. 어쩌면 이치로가 실크 해트를 쓰고 지나갈지도 모르겠군."

"형수도 같이 옵니까?"

"글쎄 어떨지."

이층 창가에 자리를 잡은 우리는 꽃으로 장식된 키 작은 꽃병을 앞에 두고 널찍한 산바시(三橋) 거리를 내려다보았다.

9

　　식사 도중 아버지는 기분좋게 얘기했다. 그러나 용건이다 싶은 색다른 내용은 커피를 마실 때까지 끝내 그의 입에 오르지 않았다. 밖으로 나왔을 때, 그는 이제야 알아본다는 표정으로 건너편의 크고 흰 건물을 바라보았다.
　　"거 참, 어느새 잡화점이 영화관으로 바뀌었군. 전혀 몰랐는걸. 언제 바뀌었나."
　　하얀 서양식 건물 정면에 금색으로 씌어진 간판 주변을 무수한 색깃발들이 알록달록 볼품없이 나부꼈다. 나는 직업상, 자못 거창하게 도쿄 한복판에 서 있는 이 조잡한 건축을 한심한 눈길로 보았다.
　　"참 놀라워, 세상이 어찌나 빨리 변하는지. 그러고 보면 나도 언제 죽을지 알 수 없는 거야."
　　화창한 일요일에다 시간이 시간인 만큼 거리엔 사람들로 한껏 붐볐다. 화려한 색채와 생기 있는 표정, 들뜬 발걸음이 모여드는 가운데, 아버지의 이 말은 묘하게 주위와 조화를 이루지 못했다.
　　나는 집과 하숙집 방향이 갈리는 지점에서 아버지와 헤어지려고 했다.
　　"무슨 일이 있는 거냐?"
　　"예, 좀……"
　　"그러지 말고 집까지 가자꾸나."
　　나는 모자챙을 만지작거리며 망설였다.
　　"그러지 말고 가자. 네 집이 아니냐? 가끔은 와야지."
　　나는 멋쩍은 표정을 지으며 아버지 뒤를 따랐다. 아버지는 곧 뒤돌아보았다.

"집에선 요즘 네가 오지 않아서 모두 궁금해하고 있다. 지로는 어찌 된 셈인가 하고. 겸손이 무소식이라지만 넌 고집이 무소식이라 더욱 나빠."

"그런 건 아닙니다만……"

"어쨌든, 가는 게 좋아. 변명은 집에 가서 어머니께 실컷 하고. 난 그저 끌고 가는 역할이니까."

아버지는 성큼성큼 걸었다. 나는 속으로 마치 미성년자가 된 듯한 자신의 태도에 쓴웃음을 지으며 말없이 아버지와 걸음을 맞추었다. 그날은 요전과는 딴판으로 남쪽 해가 막 시작된 봄날의 따사로운 빛을 우리 머리 위로 쏟아부었다. 수달 깃을 단 묵직한 일본 외투를 걸친 아버지도, 약간 두툼한 외투를 입은 나도 아까부터 걸은 운동으로 다소 더위가 끼치는 느낌이었다. 그날 봄 한나절을 나는 아버지 덕분에 모처럼 여기저기 돌아다녔다. 연로한 아버지와 이렇게 어깨를 나란히하고 걸어본 적이 근래엔 전혀 없었다. 이 연로한 아버지와 앞으로 몇 번이나 더 이렇게 함께 걸을 수 있을지도 알 수 없었다.

나는 은근한 불안 가운데 어렴풋한 기쁨과 그 기쁨에 따르는 약간의 덧없음을 느꼈다. 그리고 불현듯 내 가슴을 엄습한 이 감상적인 기분에 가능한 한 자신을 내맡기는 심정으로 발걸음을 옮겼다.

"어머닌 몹시 궁금해하신다, 춘분에 떡을 보냈는데도 응답도 없고 찬합을 갖다주지도 않는다고. 잠깐이라도 좋으니 왔다가면 될 걸. 못 올 이유가 갑자기 생긴 것도 아닐 테고."

나는 아무런 대답을 하지 않았다.

"오늘은 오랜만에 널 데리고 가서 식구들과 만나게 할 생각으로. —넌 이치로와 요즘 만난 적이 없겠지."

"예, 실은 하숙 나올 때 인사한 정돕니다."

"그것 봐라. 한데 오늘은 공교롭게도 이치로가 집에 없군. 내가 우에노의 피로연을 잊은 게 잘못이다만."

나는 아버지를 따라 드디어 반초의 집 문으로 들어섰다.

10

방으로 들어갔을 때, 어머니는 내 얼굴을 보며 "어쩐 일이냐?" 할 뿐이었다. 나는 거의 우격다짐으로 여기로 끌려오면서도 줄곧 아버지의 정을 고맙게 느꼈다. 그리고 속으로는 집에 돌아가 어머니를 만나는 순간의 광경을 기대했다. 그 기대가 이 한마디에 무너진 건 뜻밖이었다. 아버지는 집안의 누구와도 미리 의논도 하지 않고 완전히 자기 혼자만의 생각으로 이 못난 아들에게 친절을 베풀어준 것이다. 오시게는 도망간 개를 보는 듯한 눈길로 나를 보았다. "미아가 돌아왔네" 했다. 형수는 그저 "오셨어요" 하고 평소대로 과묵한 인사를 했다. 요 전날 밤 혼자 방문한 일은 까맣게 잊어버린 것처럼 보였다. 나도 사람들 앞이라 한마디도 거기에 대해 언급하지 않았다. 비교적 활달한 이는 아버지였다. 그는 약간의 해학과 과장을 섞어, 오늘 어떻게 나를 꾀어냈는지를 득의양양하게 어머니와 오시게에게 얘기했다. 꾀어냈다는 그의 말이 내겐 거창하고 우스꽝스럽게 들렸다.

"봄이 되었으니 모두들 좀더 마음을 밝게 가져야지. 요즘처럼 입만 꾹 다물고 있다간 유령이 사는 집처럼 침침할 뿐이야. 오동나무밭에도 멋진 집이 들어서는 때가 아니냐?"

오동나무밭이란 집 바로 근처에 있는 모퉁이 땅 이름이었다. 그곳에 살면 무슨 탈이 생긴다는 말이 옛날부터 전해와, 요전까지 공터로 남았던 걸 최근에야 마침내 어떤 이가 사들여 크게 공사를 시작했다. 아버지는 자신의 집이 또 다른 오동나무밭이 될까 두려운 듯, 활기 있게 옆 사람에게 말을 걸었다. 평소에 그가 늘 지내는 방은 안채의 큰방으로, 무슨 볼일이 있으면 어머니건 형이건 거기로 불려가는 게 예사였지만, 그날은 여느 때와 달리 그는 처음부터 방에 들어가지 않았다. 다만 정장을 벗어던진 채, 자리에 앉자마자 한참 동안 우리를 상대로 이야기를 늘어놓았다.

오랫동안 살아온 내 집도 이렇게 가끔 와보면, 다소 잃어버린 물건을 떠올리는 듯한 느낌이었다. 집을 나올 무렵은 아직 추웠었다. 방 유리문은 거의 이중으로 닫혔고 정원의 이끼를 잔혹하게 뜯어내는 서리가 온통 내려앉았다. 지금은 그 바깥막이가 죄다 두껍닫이 안으로 들어와 있었다. 안쪽도 좌우로 열려 있었다. 집 안과 넓은 하늘이 서로 한껏 맞닿도록 해놓았다. 나무도 이끼도 돌도 자연 그대로 직접 눈으로 달려들었다. 모든 면에서 나갈 때와 분위기가 달랐다. 모든 면에서 하숙집과도 분위기가 달랐다.

나는 이 과거의 기념 안에 앉아 모처럼 부모님과 여동생, 형수와 함께 얘기를 나누었다. 가족 가운데 자리에 없는 이는 오직 형뿐이었다. 형의 이름은 아까부터 아직 한 번도 누구의 입에도 오르지 않았다. 나는 그날 그가 K씨의 피로연에 초대받았다고 들었다. 나는 그가 그 초대에 응했는지, 우에노로 갔는지 아니면 정말 부재중인지조차 알 수 없었다. 나는 내 앞에 있는 형수를 보고 그녀가 피로연에 참석하지 않은 사실만을 확인했다.

나는 형의 이름이 화제에 오르지 않는 게 괴로웠다. 동시에 그의 이름이 나올까 꺼렸다. 그런 심정으로 모두의 얼굴을 보니, 태연한 얼굴은 하나도 없는 듯 여겨졌다.

나는 얼마 뒤 오시게에게 "오시게, 네 방을 좀 보자. 예쁘게 꾸몄다고 자랑했으니 구경해야지" 했다. 그녀는 "당연하죠. 뽐낼 만하게 해놨으니 가보세요"라고 대답했다. 나는 하숙을 하기까지 거기서 기거한, 집에서 가장 친근감이 느껴지는 예전의 내 방을 들여다보러 갔다. 오시게 역시 뒤따라왔다.

11

그녀의 방은 자랑할 만큼 깔끔하진 않았지만, 내가 어지럽히던 옛날에 비하면 어딘가 아늑한 기운이 감돌았다. 나는 책상 앞에 깔아둔 화려한 무늬의 방석 위에 책상다리를 하고 앉아 "과연" 하며 빙 둘러보았다.

책상 위에는 국산 마조리카* 접시가 있었다. 장미 조화가 시세션** 식의 좁은 꽃병에 한 송이 꽂혀 있었다. 큼직한 백합을 수놓은 벽걸이가 옆에 걸려 있었다.

"하이 칼라인데?"

"하이 칼라죠."

오시게의 새침한 얼굴에는 자신감이 넘쳤다.

나는 잠시 거기서 오시게를 놀려주었다. 5,6분쯤 지나 그녀에게

---

* 15세기에 이탈리아에서 만들어진 도기.
** 시세션secession. 19세기 말, 빈에서 일어난 전통적 아카데미즘으로부터의 이탈을 주장한 조형 미술 운동. 시세션식은 이에 따른 색이나 형태의 단순화를 지향한 양식을 말함.

"요즘 형은 어떠냐?" 하고 자못 아무렇지 않게 물어보았다. 그러자 그녀는 갑자기 목소리를 낮추어 "참 이상해요" 하고 대답했다. 그녀의 성격은 형수와는 정반대여서 이런 경우엔 매우 도움이 되었다. 일단 단서가 잡히면 그뒤엔 이쪽에서 유인할 필요가 전혀 없었다. 숨길 줄 모르는 그녀는 속에 담긴 걸 남김 없이 얘기했다. 잠자코 듣던 내가 결국은 시끄럽게 느낄 정도였다.

"아무튼 형이 식구들과 별로 얘길 않는단 말이군."

"예, 그래요."

"그럼 내가 집을 나갈 때와 마찬가지 아니냐?"

"그런 셈이죠."

나는 실망했다. 생각하면서 담뱃재를 마조리카 접시에다 마구 떨었다. 오시게는 못마땅한 표정을 지었다.

"그건 펜 접시예요. 재떨이가 아녜요."

나는 형수보다 머리가 모자라는 오시게에게 아무것도 얻을 게 없음을 깨닫고 다시 부모님이 계신 방으로 돌아가려 했을 때, 돌연 묘한 이야기를 그녀한테서 들었다.

그 이야기에 의하면, 형은 요즘 텔레파시인지 뭔지를 진지하게 연구하는 모양이었다. 그는 오시게를 서재 밖에 세워두고 스스로 자신의 팔뚝을 꼬집고 나서 "오시게, 방금 오빤 여길 꼬집었는데 네 팔뚝도 거기가 아팠지?" 하고 묻거나 혹은 방 안에서 찻잔의 차를 혼자만 마시고는 "오시게, 너의 목구멍은 지금 무얼 마실 때처럼 꿀꺽꿀꺽 소리가 안 났니?" 하고 묻기도 했다는 것이다.

"난 설명을 들을 때까진 틀림없이 정신이 이상해진 거라 생각하고 깜짝 놀랐어요. 오빤 나중에 프랑스의 누군가가 한 실험이라고 가르쳐주더군요. 그리고 넌 감수성이 둔해서 안 걸리는 거라 했어요. 난 기뻤죠."

"어째서?"

"글쎄 그런 거에 걸리는 건 콜레라에 걸리기보다 싫어요, 난."

"그렇게 싫으니?"

"당연하죠. 하지만 기분 나빠요. 아무리 학문이라도 그러는 건."

나도 우스운 가운데 뭔가 언짢은 기분이 들었다. 방으로 돌아오니, 형수의 모습은 이미 거기에 보이지 않았다. 아버지와 어머니는 서로 마주 앉아 낮은 소리로 무슨 얘기를 나누고 있었다. 그 모습은 방금 혼자서 집 안을 환하게 만든 활기찬 사람의 모습과는 달라 보였다. "그렇게 키우려 했던 게 아닌데"라는 소리가 들렸다.

"이대론 안 돼요" 하는 소리도 들렸다.

12

나는 그 자리에서 부모님으로부터 형에 관한 근황을 들었다. 그들이 들려준 사실은 오시게를 통해 얻은 내 지식을 뒷받침하는 것 말고는 달리 새로운 내용을 보태진 못했으나, 그 모습이며 말투가 너무도 형의 존재를 부담스러워하는 것 같기에 몹시 안타까웠다. 그들(특히 어머니)은 형 한 사람으로 인해 집안의 공기가 무거워지는 게 괴롭다고 했다. 여느 부모 이상으로 자식을 사랑했다는 자신감이 그들의 불평을 한층 진하게 물들였다. 그들은 자식한테서 이토록 불쾌감을 맛볼 까닭이 없음을 암암리에 주장하는 듯 생각되었다. 따라서 내가 그들 앞에 앉아 있는 동안 그들은 형을 들먹이는 것 외에 어느 누구도 비난하지 않았다. 평소 형에 대한 형수의 처사에 불만스러운 표정을 짓던 어머니조차 이

때는 그녀에 대해 끝내 한 마디도 잔소리를 늘어놓지 않았다.

그들의 불평 속에는 동정에서 우러나온 염려가 많이 담겨 있었다. 그들은 형의 건강에 대해 적잖은 근심을 품었다. 그 건강에 다소 지배당하게 될 그의 정신 상태에도 냉담할 수는 없었다. 요컨대 형의 미래는 그들에게 있어 무서운 X였다.

"어찌 된 셈일까?"

이것이 의논할 때면 반드시 되풀이되는 말이었다. 사실을 말하자면 혼자 각각 떨어져 있는 때조차 가슴속에서 희미하게 반복해보는 두 사람의 말이었다.

"괴짜니까 지금까지도 자주 이런 일이 있긴 해도, 괴짜인 만큼 곧 나았는데. 이상해, 이번은."

형의 변덕을 어릴 적부터 꿰뚫고 있는 그들도 요즘의 형은 이상하게 보였다. 음울한 그의 기분은 내가 하숙하기 전후부터 지금까지 잠시도 개지 않고 이어졌다. 그리고 그건 점점 험악 일로를 향해 똑바로 나아가고 있다.

"정말이지 나도 걱정이란다. 화도 나지만 너무 딱해 보여."

어머니는 호소하듯 나를 보았다.

나는 부모님과 상의한 끝에 형에게 여행이라도 권해보기로 했다. 그들이 자신의 수완으로는 도저히 불가능하다기에, 나는 형과 가장 절친한 H씨에게 부탁하는 게 좋을 거라고 제안하여 두 사람의 찬성을 얻었다. 그러나 그 의뢰 역은 뭐니 뭐니 해도 내가 맡을 도리밖에 없었다. 봄 방학까지는 아직 일주일이 남았다. 하지만 학교의 강의는 이제 거의 끝나갈 즈음이었다. 기왕 부탁할 거면 서두르는 게 나았다.

"그럼 2,3일 내로 미사와한테 가서 미사와에게 말해달라고 부탁하든지, 아니면 사정을 봐서 제가 직접 가서 얘기하든지 하겠어요."

H씨와 그리 가깝지 않은 나는 아무래도 중간에 미사와를 배치할 필요가 있었다. 미사와는 재학 중에 H씨를 보증인으로 삼았다. 학교를 나온 뒤에도 거의 가족의 일원인 양, 시종 그 집을 드나들었다.

돌아올 때 인사를 하려고 잠깐 형수의 방을 들여다보았더니, 형수는 요시에를 앞에 앉히고 발가벗은 인형에게 예쁜 옷을 입혀주고 있었다.

"요시에, 많이 컸구나."

나는 일어서며 요시에 머리에 손을 얹었다. 요시에는 한동안 얼굴을 못 본 삼촌이 갑자기 귀여워해주자, 약간 수줍은 듯 입술을 일그러뜨리며 웃었다. 문을 나올 때는 그럭저럭 5시에 가까웠지만, 형은 아직 우에노에서 돌아오지 않았다. 아버지는 오랜만이니까 밥이라도 먹고 그를 만나고 가라 했지만, 나는 결국 그때까지 자리에 앉아 있을 수 없었다.

13

다음날 나는 사무실에서 돌아오는 길에 미사와를 방문했다. 마침 이발하러 막 나간 참이라기에 나는 사양하지 않고 들어가 그를 기다리기로 했다.

"요 2,3일은 눈에 띄게 따뜻해졌습니다. 이제 곧 꽃도 피겠지요."

주인이 돌아올 동안 방으로 들어온 그의 어머니는 여느 때와 다름없이 정중한 말씨로 내게 얘기했다.

그의 방은 늘 그렇듯 그림이며 스케치 등으로 빼곡했다. 그 중에는 액자도 아무것도 없이 달랑 핀으로 벽에 바로 붙여놓은 것도 있었다.

"뭔지 알 수 없습니다만, 좋아하는 거니까 마구 어지럽게 붙여놔서" 하고 그의 어머니는 변명인 양 말했다. 나는 옆 책장 위에 동그란 단지와 나란히 놓인 한 장의 유화에 눈길을 주었다.

거기엔 여자의 목이 그려져 있었다. 그 여자의 눈은 크고 검었다. 그리고 그 검은 눈에 담긴 부드럽고 촉촉한 몽롱함이 꿈결 같은 분위기를 화폭 전체에 띄우고 있었다. 나는 물끄러미 그걸 바라보았다. 그의 어머니는 웃으며 나를 돌아보았다.

"그것도 요전에 심심풀이로 그린 거지요."

미사와는 그림을 잘 그리는 남자였다. 직업상 나도 그림 물감을 사용할 줄은 알지만, 예술적인 소질을 풍부하게 지닌 점에서 나는 도저히 그의 적수가 못 되었다. 나는 이 그림을 보고 저절로 가련한 오필리아* 를 떠올렸다.

"좋은데요" 하고 말했다.

"사진을 보고 그린 거라서 기분이 제대로 안 난다, 차라리 살아 있을 때 그렸으면 좋았다고 말하더군요. 불행한 분으로, 2, 3년 전에 죽었습니다. 모처럼 이쪽에서 소개를 해 시집 갔지만 인연이 맞지 않았던 거죠."

유화의 모델은 미사와가 말하던 이혼한 따님이었다. 그의 어머니는 내가 채 묻기도 전에 그녀에 대해 이것저것 들려주었다. 하지만 여자와 미사와의 관계는 한 마디도 하지 않았다. 여자가 정신병에 걸린 사실도 전혀 언급하지 않았다. 나도 그걸 듣고 싶은 마음은 없었다. 오히려 내 쪽에서 말머리를 딴 데로 돌리려 애썼다.

그녀 얘기를 벗어나자마자, 문제는 바로 미사와의 결혼담으로 옮겨 갔다. 그의 어머니는 기쁜 모양이었다.

---

* 셰익스피어의 비극 『햄릿』의 등장 인물. 애인 햄릿의 광기로 인한 고뇌로 미치광이가 되어 강에서 익사한다.

"그 애도 여러 가지 걱정이 많았습니다만 이번에 겨우 정해져서……"

일전에 미사와한테서 받은 편지에, 신상 문제로 자네에게 할 얘기가 좀 있으니 조만간 꼭 가겠네라고 적혀 있었는데, 이 이야기로 겨우 알 수 있었다. 나는 그의 어머니에게 그저 흔히 하는 축하 인사를 해두었지만, 마음속으로는 그 신부가 될 사람이 과연 이 유화에 그려진 여자처럼 검고 큰, 흘러넘칠 듯 촉촉한 눈을 가졌을까 하는 점을 무엇보다 먼저 확인하고 싶었다.

미사와는 생각보다 일찍 돌아오지 않았다. 그의 어머니는 아마 돌아오는 길에 목욕탕에라도 갔을 거라며 뭣하면 알아봐드릴까라고 물었지만, 나는 거절했다. 그러나 그녀와 나누는 내 얘기엔 미안할 정도로 성의가 없었다.

미사와에게 어떠냐고 물어본 내 여동생 오시게는 아직 어디로 시집갈지 정하지도 못한 채 우물쭈물하고 있다. 그런 나도 오시게와 마찬가지다. 겨우 자리를 잡은 형과 형수는 서로 삐걱거린다. ─이런 걸 대조해 생각하자니, 나는 도저히 유쾌해질 수 없었다.

14

그러는 사이, 미사와가 돌아왔다. 근래 몸 상태가 좋은 듯, 이발과 목욕을 마친 뒤의 그의 혈색은 유난히 반들거렸다. 건강과 행복, 내 앞에 책상다리를 하고 앉은 그의 얼굴은 확실히 이 두 가지를 전하고 있었다. 그의 말솜씨 또한 이에 필적할 만큼 활달했다. 내가 가져온 불쾌한 이야기를 다짜고짜 꺼내기엔 너무나 쾌활했다.

"자네, 무슨 일 있나?"

그의 어머니가 자리를 떠 둘이 마주 앉았을 때, 그는 이렇게 물었다. 나는 머뭇거리며 형의 근황을 그에게 털어놓아야 했다. 그런 형에게 여행을 권하도록 H씨에게 대신 부탁해달라고 말해야만 했다.

"부모님이 걱정하시는 걸 그저 잠자코 보고 있기도 딱해서."

이 마지막 말을 들을 때까지 그는 그럴듯하게 팔짱을 끼고 내 무릎을 바라보았다.

"그렇다면 자네도 같이 가세. 같이 가는 편이 나 혼자보다 나을 테지, 자세한 얘기도 할 수 있고."

미사와에게 그 정도의 호의가 있다면 내게도 형편이 이보다 나을 수는 없었다. 그는 옷을 갈아입는다며 바로 자리에서 일어났으나, 잠시 후 다시 맹장지 문 뒤에서 얼굴을 내밀고 "자네, 어머니가 오랜만이니까 자네한테 밥을 먹이고 싶다고 지금 준비하는 참이라네" 했다. 나는 차분히 식사 대접을 받을 기분이 아니었다. 그러나 그걸 거절한다 한들, 밥은 어디서라도 먹어야 했다. 나는 애매한 대답을 하고 어서 일어나고 싶은 엉덩이를 원래 자리에 눌러앉혔다. 그리고 책장 위에 올려놓은 여자의 목을 힐끔힐끔 바라보았다.

"아무것도 없으면서 괜히 붙들어놓은 것 같아 참으로 죄송하군요. 그저 있는 대로 차린 거라서."

미사와의 어머니는 하녀에게 밥상을 나르게 하여 다시 방으로 얼굴을 내밀었다. 밥상 끝에는 오래된 걸로 보이는 구타니야키(九谷燒)* 술잔이 놓여 있었다.

그래도 미사와와 함께 나선 건 생각보다 일렀다. 전차에서 내린 뒤

---

* 이시가와(石川) 현에서 만든 색채 풍부한 자기.

대여섯 정(丁)을 걸어 H씨의 응접실로 안내받았을 때, 시계를 보니 아직 8시였다.

H씨는 거친 비단 기모노에 흰 띠를 둘둘 감아 맨 채로 의자 위에 책상다리를 하고 "귀한 손님을 데려왔군" 하고 미사와에게 말했다. 동그란 얼굴에 동그랗게 깎은 머리로 그는 중국 사람처럼 포동포동했다. 말투도 중국 사람이 서툰 일본말을 할 때처럼 더뎠다. 게다가 입을 열 때마다 살찐 볼이 따라 움직여 항상 방긋방긋 웃는 모습이었다.

그의 성격은 그의 태도가 보여주듯 대범했다. 그는 별로 튼튼하지도 못한 의자 위에 일부러 두 다리를 얹어 책상다리를 한 채, 옆에서 보기에 자못 불편한 자세로 꼿꼿이 앉아 있었다. 형과는 정반대인 이 모습과 기질이 오히려 형과 그를 이어주는 힘이 되고 있었다. 그 무엇도 거스를 수 없는 그 앞에선 형도 거스를 마음이 나지 않았으리라. 나는 H씨를 흉보는 형의 말을 지금껏 한 번도 들어본 적이 없었다.

"형님은 여전히 공부 중입니까? 그렇게 공부해선 안 되는데."

여유가 넘치는 그는 이렇게 말하고 자신이 토해낸 담배 연기를 바라보았다.

15

이윽고 미사와의 입에서 용건이 나왔다. 나는 곧 그뒤를 이어 중요한 점을 설명했다. H씨는 고개를 갸우뚱했다.

"그건 좀 묘하군, 그럴 리가 없을 텐데."

그의 의아함은 결코 거짓으로 보이진 않았다. 그는 어제 K의 세이요켄 결혼 피로연에서 형을 만났다. 함께 그곳을 나왔다. 이야기가 덜 끝나 두 사람은 무작정 나란히 걸었다. 마침내 형이 피곤하다고 했다. H씨는 자신의 집으로 형을 데리고 갔다.

"형님은 여기서 저녁 식사를 했을 정도라네. 글쎄 전혀 평소와 다른 점은 없어 보였는데."

분방하게 자란 형은 평소 집에선 까다롭게 구는 반면, 밖에선 무척 온순했다. 그러나 그건 옛날의 형이었다. 지금의 그를 단지 '분방'이라는 두 글자로 설명하는 건 지나치게 단순한 생각이다. 나는 하는 수 없이 그때 형이 H씨에게 주로 어떤 얘기를 했는지, 실례가 되지 않는 범위 내에서 물어보고 싶었다.

"아니, 별로 집안일 같은 건 한 마디도 하지 않았네."

이것도 거짓은 아니었다. 기억력이 좋은 H씨는 그때의 화제를 명료하게 기억하여, 가장 담백한 태도로 들려주었다.

형은 그때 줄곧 죽음에 대해 언급했다고 한다. 그는 영국이나 미국에서 유행하는 '사후(死後)의 연구'라는 제목에 흥미를 느끼고 꽤 그 방면을 조사했다 한다. 하지만 어느 것이고 다 그에겐 만족스럽지 못하다고 말했다 한다. 그는 마테를링크*의 논문도 읽어보았지만, 역시 일반적인 스피리추얼리즘**과 마찬가지로 시시한 거라며 탄식했다고 한다.

형에 관한 H씨의 얘기는 모두 학문이라든가 연구라는 측면에만 한정되어 있었다. H씨는 그게 형의 본령으로서 당연하게 생각하는 모양이었다. 하지만 듣고 있는 나는 아무래도 이런 형과 가정의 형을 둘로 떼어놓고 생각할 수는 없었다. 오히려 가정의 형이 이런 연구적인 형을 낳았다고만 이해되었다.

"그야 흔들리고 있긴 합니다. 집안일과 관계가 있는지 없는지 그건

---

* 모리스 마테를링크 Maurice Maeterlinck(1862~1949): 벨기에의 시인, 극작가.
** 스피리추얼리즘 spiritualism. 여기서는 심령술을 가리킴.

나도 모르지만, 어쨌든 사상 면에서 동요되어 안정을 찾지 못하고 힘들어하는 것만은 분명해 보입니다."

마침내 H씨는 이렇게 말했다. 그는 또한 형의 신경쇠약을 수긍했다. 그러나 그건 형이 전혀 감추는 일이 아니었다. 형은 H씨를 만날 때마다 거의 틀에 박힌 말처럼 고민을 호소했다고 한다.

"그러니까 이번 여행은 매우 도움이 될 걸세. 그런 뜻이라면 한번 권유해보지. 하나 단번에 승낙해줄지는 의문이네. 어지간해선 듣지 않는 사람이니까 어쩌면 힘들 수도 있지."

H씨의 말에는 자신감이 없었다.

"선생님 말씀이라면 순순히 들을 거라 생각합니다만."

"그렇지도 않다네."

H씨는 쓴웃음을 지었다.

밖으로 나왔을 때는 그럭저럭 10시가 가까웠다. 그래도 한적한 주택가엔 드문드문 사람 그림자가 보였다. 모두들 산책이라도 하는 양, 한가한 발자국 소리를 내며 지나갔다. 하늘엔 별빛이 흐릿했다. 마치 졸린 눈을 껌벅이고 있는 듯 흐릿했다. 나는 불투명한 무언가에 감싸인 기분이었다. 그리고 미사와와 둘이서 어스름한 길을 나란히 걸어 돌아왔다.

16

나는 목을 길게 빼고 H씨의 연락을 기다렸다. 도쿄의 신문들이 꽃소식을 떠들썩하게 전하기 시작한 뒤 일주일이 지나도록 H씨에게선 아무런 기별도 없었다. 나는 실망했다. 반초의 집으로 전화를 걸어 물어보는 것도 내키지 않는 일이었다. 될 대로 되라는 기분으로 가만히 있었다. 그러는 참에 미사와가 왔다.

"아무래도 일이 잘 풀리지 않는다는군."

역시 내가 상상한 대로였다. 형은 H씨의 권유를 단연코 거절하고 말았다. H씨는 하는 수 없이 미사와를 불러 그 결과를 내게 전하도록 부탁했다.

"그 일로 일부러 온 건가?"

"그렇다네."

"수고했네, 미안하게 됐군."

나는 더 이상 할말이 없었다.

"H씨는 원래 그런 분이라 자기 책임인 양 안타까워하고 계시네. 이번 일은 너무 갑작스러웠던 탓에 잘 되지 않았지만, 오는 여름방학 땐 꼭 어딘가로 데려갈 작정이라더군."

나는 이런 위로의 말을 가져온 미사와의 얼굴을 보고 쓴웃음을 지었다. H씨 같은 느긋한 사람이 보기엔 봄 방학이건 여름 방학이건 마찬가지일 테지만, 곁에서 지켜보는 우리들 눈에 여름 방학은 먼 미래였다. 먼 미래와 현재 사이에는 커다란 불안이 숨어 있었다.

"하지만 도리 없지. 애초에 이쪽에서 멋대로 프로그램을 만들어 거기다 끼워맞추려고 형을 편하게 부리는 식이었으니."

결국 나는 포기했다. 미사와는 아무런 말도 하지 않고 책상 모서리에 팔꿈치를 괴고 그 위에 턱을 받친 채, 내 얼굴을 바라보았다. 그는 잠시 후 "그러니까 내가 시키는 대로 하면 되네" 했다.

요전에 형에 관한 일로 H씨에게 부탁하러 갔다 돌아오는 도중, 말이 없던 그는 돌연 길 한복판에서 나를 깜짝 놀라게 했다. 지금까지 형에 대해 한 마디도 하지 않던 그는 그때 갑자기 내 어깨를 치며 "이보게, 형님을 여행 보낸다, 기분 전환을 시킨다며 걱정하기보다 자네가 빨리 결혼하는 게 낫지 않겠는가. 그편이 결국 자네의 득일세"라고 말했다.

그가 내게 결혼을 권한 건 그날 밤이 처음은 아니었다. 나는 언제나 상대가 없다는 대답만 그에게 했다. 그는 마침내 상대를 찾아주겠노라고 했다. 그리고 한때는 그 말이 거의 사실이 될 뻔한 적도 있었다.

나는 그날 밤도 그에게 역시 같은 대답을 했다. 그는 그걸 여느 때보다 냉담한 인사로 기억하고 있었다.

"그럼 자네 말대로 할 테니, 정말로 상대를 골라줄 텐가?"

"정말로 내 말대로 한다면, 정말로 좋은 여자를 소개하겠네."

그는 실제로 마음에 둔 이가 있는 듯한 말투였다. 조만간 그가 장가들 여자한테서나 들은 거겠지.

그는 더 이상 크고 검은 눈의 정신병 따님에 대해 많은 얘기를 하지 않았다.

"자네의 장래 부인은 역시 그런 용모겠지?"

"글쎄, 어떤지. 어쨌든 곧 만나게 해줄 테니 잘 보게나."

"결혼식은 언젠가?"

"어쩌면 그쪽 사정으로 가을까지 늦춰질지도 모르겠네."

그는 유쾌해 보였다. 그는 다가올 자신의 생활에 자신이 지녔던 과거의 시(詩)를 내던지고 있었다.

17

4월은 금방 지나갔다. 꽃은 우에노에서 무코지마(向島), 아라가와(荒川) 순으로 차례로 피기 시작해 차례로 지고 말았다. 나는 한 해 가운데 사람들이 가장 좋아하는 이 꽃의 계절을 하릴없이 보냈다. 그러나 달이 바뀌고 세상이 신록으로 뒤덮이고 나서, 고개를 돌려 지나온 봄을 바라보면 무척 아쉬움이 남았다. 그래도 하릴없이 보낼 수 있었던 것만으로도 다행이었다.

집에는 그후 한 번도 찾아가지 않았다. 집에서도 누구 한 사람 찾아오지 않았다. 전화는 어머니와 오시게한테서 한두 번 걸려왔으나, 그건 내가 입을 옷에 대한 용건에 불과했다. 미사와는 전혀 만나지 않았다. 오사카의 오카다한테선 꽃이 만발할 무렵, 그림 엽서 하나가 또 왔다. 요전처럼 오사다와 오카네의 서명이 있었다.

나는 사무실에 다니는 동물처럼 지냈다. 그러자 5월이 끝날 때쯤, 돌연 미사와가 커다란 초대장을 보내왔다. 나는 결혼 통지일 거라 지레짐작하고 겉봉을 뜯었다. 그런데 뜻밖에도 그건 후지미초(富士見町)에 있는 아악 연습소의 안내장이었다. "6월 2일 오후 1시부터 음악 연습회를 개최하오니 이에 부디 참석해주시기를 인사 올리는 바입니다"라고 적혀 있었다. 여태껏 이 방면에 관계가 있을 것 같지 않던 미사와가 어째서 이런 안내장을 내게 보냈는지, 전혀 알 수 없었다. 한나절 뒤, 나는 다시 그의 편지를 받았다. 그 편지에는, 6월 2일엔 꼭 오게, 라는 문구가 들어 있었다. 꼭 오게, 할 정도라면 그 자신은 물론 갈 게 뻔하다. 나는 모처럼이니까 우선 가보자고 마음을 정했다. 하지만 아악 그 자체에 대해선 그다지 기대하지 않았다. 그보다도 내 기분을 바꿀 자극을 준 건, 미사와가 대수롭지 않게 수신인 이름 다음에 덧붙인 짧은 소식이었다.

"H씨는 거짓말은 하지 않는 사람이라네. H씨는 드디어 자네 형님을 설득했네. 오는 6월, 학교 강의가 끝나는 대로 두 사람은 어딘가 여행을 가기로 약속했다는군."

나는 아버지를 위해, 어머니를 위해, 또한 형 자신을 위해 기뻐했다. 형이 H씨에게 여행을 약속할 기분이 되었다고 하면 단지 그것만으로도 그에겐 커다란 변화였다. 거짓을 싫어하는 그는 반드시 그것을 실행할 작정임에 틀림없었다.

나는 아버지나 어머니에게 사실 여부를 물어보지 않았다. H씨에게도 그 소식을 확인해볼 방도를 취하지 않았다. 다만 미사와의 입으로 좀 더 자세한 내용을 들어보고 싶었다. 더욱이 요다음 만날 때라도 상관없다는 생각에, 그가 꼭 오라는 6월 2일이 은근히 기다려졌다.

6월 2일은 공교롭게도 비가 내렸다. 11시경엔 잠시 그쳤으나, 계절이 계절인 만큼 쨍하게 개진 않았다. 거리를 오가는 사람들은 우산을 폈다 접었다 했다. 미쓰케(見附) 밖의 버드나무는 연기처럼 긴 가지를 늘어뜨렸다. 그 밑을 지나자, 푸르스름한 가루인지 곰팡이인지 옷에 달라붙어 좀처럼 떨어질 것 같지 않았다.

아악소(雅樂所) 안에는 인력거가 많이 줄지어 있었다. 마차도 두어 대 있었다. 그러나 자동차는 하나도 보이지 않았다. 나는 현관 입구에서 모자를 안내인에게 건넸다. 그는 금단추가 달린 제복을 입고 있었다. 다른 한 사람이 나를 관람석으로 데려가주었다.

"그쯤 앉으시죠."

그는 이렇게 말하고 다시 현관 쪽으로 돌아갔다. 의자는 아직 드문드문 채워졌을 뿐이었다. 나는 가능한 한 사람들 눈에 띄지 않도록 뒷줄 좌석에 자리를 잡았다.

18

나는 마음속으로 미사와를 기대하며 사방을 둘러보았으나 그의 모습은 아무 데도 보이지 않았다. 하긴 객석은 정면 외에 좌우 양쪽에도 있었다. 나는 현관에서 왼쪽으로 막다른 곳에서 다시 오른쪽으로 꺾어 금병풍이 세워져 있는 앞을 지나 정면석에 안내되었던 것이다. 내 앞엔 예복을 입은 여자가 두세 사람 있었다. 뒤에는 카키색 군복을 입은 사관이 두 명 있었다. 그 밖에 여섯, 일곱 정도가 여기저기 흩어져 있었다.

내게서 한 자리 건너 옆에 앉은 두 사람은 무대 정면에 걸린 막에 대해 얘기를 나누었다. 거기엔 아악과는 아무런 연관도 없어 보이는 이상한 무늬가 세로로 여러 줄 염색되어 있었다.

"저게 오다 노부나가(織田信長)의 문장(紋章)이에요. 노부나가가 왕실의 쇠퇴를 개탄하여 저 막을 헌상했다는 게 시초인데, 그뒤로는 반드시 저 오이 문장이 들어간 막을 치게 되었다는군요."

막의 위아래는 자줏빛 바탕에 금색 당초 무늬가 놓인 테로 둘러져 있었다.

막 앞쪽 한복판엔 북이 놓여 있었다. 그 북에는 초록, 금색, 빨강으로 아름답게 채색되어 있었다. 그리고 얇고 둥근 틀 안에 들어 있었다. 왼쪽 끝에는 다리미 정도 크기의 종(鐘)이 역시 틀 안에 매달려 있었다. 그 밖에 거문고가 두 대 있었다. 비파도 두 대 있었다.

악기 앞은 푸른 양탄자가 깔린 춤추는 곳이었다. 구조는 노(能)*와 마찬가지로, 세 방향의 객석과는 완전히 분리되어 있었다. 그리고 중간에 끊어진 네다섯 자되는 공간은 해도 비치고 바람도 통하도록 만들어 놓았다.

내가 신기한 듯 이런 광경을 보는 사이, 관객은 한 사람 두 사람 끊임없이 모여들었다. 그 중에는 내가 어느 음악회에서 얼굴만 익힌 N이

---

* 일본의 전통적인 가면 음악극.

라는 후작도 있었다. "오늘은 교육회가 있어 올 수 없네" 하고 부인 애기를 하는 건지, 곁에 있던 대머리에 뚱뚱하게 살찐 덩치 작은 사람에게 말했다. 이 포동포동하고 자그만 사람이 K라는 공작임을 나는 나중에 미사와한테 들었다.

미사와는 무악(舞樂)이 시작되기 겨우 5분 전에 프록 코트 차림으로 입구의 금병풍이 있는 데서 잠시 관람석을 둘러보며 망설이다가, 내 얼굴을 발견하자마자 곧 옆으로 와 앉았다.

그와 전후해서 키 큰 젊은 남자 하나가 혼기 찬 여자를 둘 데리고 역시 정면석으로 들어왔다. 남자는 프록 코트를 입고 있었다. 여자는 물론 예복이었다. 그 남자와 함께 온 여자 하나가 생김새로 보아 꽤 닮은 탓에 나는 바로 그들이 형제임을 알았다. 그들은 사람들 머리를 대여섯 줄 건너 미사와와 인사를 나누었다. 남자의 얼굴엔 최대한의 애교가 넘쳤다. 여자는 약간 얼굴을 붉혔다. 미사와는 일부러 자리에서 일어났다. 부인들은 대개 앞쪽에 자리를 잡기 때문에 그들은 끝내 우리 옆으로 오지 않았다.

"저 이가 내 처 될 사람이네" 하고 미사와는 작은 소리로 내게 알렸다. 나는 속으로 그 꿈 같은 크고 검은 눈의 소유자였던 정신병 따님과 저만치 내 앞에 방금 자리를 잡은 피부가 고운 아가씨를 비교했다. 그녀는 내게 검은 머리카락과 하얀 목덜미만을 보인 채 앉아 있었다. 그것마저 사람들에 가려 제대로 볼 수 없었다.

"또 한 여자는" 하고 미사와가 다시 작은 소리로 말했다. 그러고 나서 그는 갑자기 호주머니에 손을 넣어 하얀 종이 쪽지와 만년필을 꺼냈다. 그는 곧 거기다 뭔가 쓰기 시작했다. 정면의 무대엔 이미 연주자들이 나오고 있었다.

19

그들은 모자인지 두건인지 알 수 없는 기발한 물건을 머리에 쓰고 있었다. 요곡(謠曲)* '후지(富士) 북'**을 알고 있던 나는 아마 이것이 '도리 가부토'(鳥兜)***일 거라고 추측했다. 목 아래 역시 머리에 쓴 것과 마찬가지로 현대를 초월한 것이었다. 그들은 비단으로 만든 가미시모**** 비슷한 걸 입고 있었다. 그 가미시모는 빳빳하지 않고 어깨 언저리는 부드러운 선으로 몸에 딱 붙었다. 소매에는 흰색 끝에 폭 세 치 정도의 붉은 비단이 덧대어져 있었다. 그들은 모두 발목을 매는 흰 바지를 입었다. 그리고 똑같이 책상다리를 했다.

미사와는 무릎 위에서 뭔가 적은 흰 종이를 꾸깃꾸깃 구기고 말았다. 나는 구겨진 종이 뭉치를 옆에서 바라보았다. 그는 한마디 설명도 없이 정면을 보았다. 왼쪽 장막 뒤에서 푸른 양탄자 위로 나타난 자가 창을 들고 있었다. 그도 관현을 연주하는 사람과 똑같이 소매 없는 비단옷을 입고 있었다.

미사와는 아무리 기다려도 "또 한 여자는"의 다음을 말하지 않았다. 관람석에 있는 사람들은 한결같이 정숙했다. 옆사람끼리 얘기하는 것조차 꺼려졌다. 나는 하는 수 없이 꾹 참고 재촉하지 않았다. 미사와도 모른 척 시치미를 뗐다. 그도 나처럼 이런 곳엔 처음 얼굴을 내민 셈이라 약간 긴장한 것 같았다.

---

*노가쿠(能樂)에 맞춰 부르는 가사.
**연주자가 등장하는 요곡. 북 연주 역을 둘러싸고 살해된 후지의 아내가 남편이 입던 의상을 걸치고, 원수로 간주한 북을 두드리며 광란의 춤을 추는 내용.
***봉황의 머리를 본뜬 무악용 투구.
****무사의 예복.

엄숙한 관객 앞에서 춤은 정해진 프로그램대로 단조롭고도 품위 있게 손발을 움직이며 지칠 줄 모르고 계속되었다. 하지만 그들의 복장은 제목이 바뀔 때마다 우아한 상대(上代)의 색채를 번갈아 우리 눈에 비춰주며 지나갔다. 어떤 이는 관(冠)에 벚꽃을 꽂았다. 커다란 사(紗) 소매 밑으로 타는 듯한 오색 무늬를 내비쳤다. 황금으로 만든 큰 칼도 차고 있었다. 어떤 이는 소맷부리를 동여맨 주홍색 기모노 위에 중국 비단 챵챵*을 무릎까지 내려, 마치 비단을 감싼 사냥꾼처럼 보였다. 어떤 이는 도롱이 비슷한 파란 옷을 얼기설기 입고 같은 색 파란 삿갓을 허리에 늘어뜨렸다. ― 모든 게 꿈만 같았다. 우리의 조상이 남기고 간 아득한 기념물 같은 내음이 풍겼다. 모두 흐뭇한 표정으로 지켜보았다. 미사와도 나도 여우에 홀린 듯 앉아 있었다.

무악이 일단락 되었을 때, 차를 드립니다 하고 누군가 말하자, 주위 사람들은 자리에서 일어나 별실로 옮겨가기 시작했다. 거기에 아까 미사와와 혼약이 정해졌다는 여자의 오빠가 와서, 노련한 말솜씨로 그와 얘기했다. 그는 이런 방면에 관련된 남자인 듯 당일 안내를 맡은 사람들을 잘 알고 있었다. 미사와와 나는 이 사람에게서 그때 주위에 있던 화족이며 고관, 명사의 이름을 들었다.

별실에는 커피와 카스텔라, 초콜릿, 샌드위치가 있었다. 일반 모임 때처럼 무례한 행동은 찾아볼 수 없었지만, 그래도 다소 혼잡해서 여자들은 앉은 채 자리를 뜨지 못하는 이도 있었다. 미사와와 그의 지인은 과자와 커피를 쟁반에 담아 일부러 두 아가씨에게 가져갔다. 나는 초콜릿 은박지를 벗기며 문턱 위에 서서 멀리서 그 모습을 훔치듯 바라보았다.

미사와의 아내가 될 사람은 절을 하고 커피 잔만을 집어들 뿐, 과자

---

* 소매 없는 겉옷.

에는 손을 대지 않았다. 소위 '또 한 여자'는 커피 잔에조차 선뜻 손을 내밀지 못했다. 미사와는 쟁반을 든 채, 물러날 수도 앞으로 나갈 수도 없는 자세로 서 있었다. 여자의 얼굴이 아까 보았을 때보다 한층 어린아이 같은 난처한 표정으로 가득했다.

20

나는 아까부터 '또 한 여자'를 특별히 주의 깊게 살폈다. 여기엔 미사와의 낌새며 태도가 유력한 원인으로 작용했음에 틀림없으나, 그건 차치하고서라도 그녀는 내 시선을 끌기에 충분히 괜찮은 용모를 지녔다. 나는 그녀와 미사와의 아내가 될 사람의 뒷모습을 무악이 진행되는 짬짬이 줄곧 바라보았다. 그들은 내가 앉은 자리에서 애써 그 방향으로 눈동자를 굴리지 않고도 자연스럽게 보이는 적당한 위치에 앉아 있었다.

이렇게 목덜미만 바라보던 나는 지금 비교적 자유로운 곳에 서서 그들의 얼굴을 비스듬히 볼 수 있었다. 어쩌면 정면으로 움직일 기회가 올지도 모른다고 생각되자, 나는 초콜릿을 우물거리며 속으로 그 순간을 포착하기 위한 주의를 게을리하지 않았다. 하지만 그 여자도, 미사와가 마음에 둔 사람도 끝내 이쪽을 보지 않았다. 나는 그저 그들의 용모를 3분의 2 정도만 옆으로 멀리서 지켜보았다.

잠시 후 미사와가 다시 쟁반을 들고 이쪽으로 돌아왔다. 내 옆을 지날 때, 그는 미소지으며 "어떤가?" 하고 물었다. 나는 그냥 "애썼네" 하고 인사했다. 뒤이어 예의 키 큰 오빠가 찾아왔다.

"어떻습니까, 저쪽으로 가셔서 담배라도 피우시죠. 흡연실은 저기 끝입니다."

나와 미사와 사이에 막 물꼬가 트인 대화는 그걸로 다시 수포로 돌아갔다. 두 사람은 그를 따라 흡연실로 들어갔다. 연기와 남자들로 점령된 비교적 좁은 그 방은 생각보다 북적거렸다.

나는 그 한 귀퉁이에서 단 한 사람, 아는 얼굴을 발견했다. 그는 연주자의 성(姓)을 가진 눈이 큰 남자였다. 무슨 협회의 주요 일원으로, 무대 위에서 능숙하게 그 큰 눈을 활용하는 남자였다. 그는 대사를 읊을 때처럼 굵은 목소리로 누군가와 얘기를 나누다가 우리와 거의 교체하다시피 흡연실을 나갔다.

"드디어 배우가 되었다는군."

"돈은 좀 버는가?"

"예, 벌겠죠."

"요전에 무얼 한다는 기사가 신문에 났던데 저 사람인가요?"

"예, 그렇다나 봐요."

그가 나간 뒤, 흡연실 중앙에 있던 세 남자는 이런 얘기를 했다. 미사와의 지인은 우리에게 그 세 사람의 이름을 가르쳐주었다. 그 중 두 사람은 공작이고 한 사람은 백작이었다. 그리고 세 사람 모두 귀족 출신의 화족이었다. 그들의 대화로 짐작하건대, 세 명 다 연극이라는 예술에 대해 거의 아무런 지식도 흥미도 없어 보였다.

우리는 다시 원래 자리로 돌아와 두세 차례 서양 음악을 듣고 나서 드디어 5시경에야 아악소를 나왔다. 주위에 사람이 보이지 않게 되자, 미사와는 마침내 '또 한 여자'에 대해 말하기 시작했다. 그의 생각은 내가 처음부터 짐작한 대로였다.

"어떤가, 마음에 안 드는가?"

"얼굴은 괜찮군."

"얼굴뿐인가?"

"다른 건 모르겠지만, 한데 좀 구식이더군. 무조건 사양만 하면 그게 예의인 줄 아는 모양이지."

"원래 그런 집안일세. 하지만 그런 여자가 확실한 거라네."

두 사람은 제방을 따라 걸었다. 제방 위의 소나무가 비를 머금고 검푸르게 하늘로 뻗어 있었다.

21

나는 미사와와 내내 여자 얘기를 했다. 그가 장가 들 여자는 궁내성(宮內省)*과 관련된 공무원 딸이었다. 함께 온 이는 그녀와 친한 친구였다. 미사와는 그녀와 의논해서 일부러 나를 위해 그 여자를 데리고 나온 것이었다. 나는 그 사람의 가족, 지위, 교육 등에 관한 최대한의 지식을 그에게서 전달받았다.

나는 본말을 전도시키고 말았다. 아악소에서 미사와를 만날 때까지는, H씨와 형이 올 여름 함께 갈 여행 건을 그날의 문제로서 마음속에 접어두었다. 아악소를 나올 때는 그것이 겨우 부록 정도에 그치고 말았다. 나는 마침내 그와 헤어지기 직전에야 비로소 본론에 들어갔다.

"형에 대해 오늘 자네를 만나면 자세히 물어보려고 마음먹었는데, 드디어 H씨 말대로 된 거로군."

"H씨는 일부러 나를 불러 그렇게 말한 거니까 틀림없을 걸세. 걱정 말게."

"어디로 간다던가?"

"그건 모르네. ─어디든 상관없잖은가, 가기만 한다면야."

---

* 궁내청(宮內廳)의 옛 명칭. 황실에 관한 사무를 맡아보는 관청.

멀찍이 보는 미사와의 눈에는 형의 운명이 애초부터 대수로운 문제가 아니었다.

"그보다도 이쪽 일을 적극적으로 착착 진행시켜야 하지 않겠는가?"

나는 혼자 하숙집으로 돌아오는 길에 역시 형과 형수를 생각하지 않을 수 없었다. 그러나 그날 만난 여자에 대해서도 어쩌면 그들 이상으로 생각했는지도 모른다. 나는 그녀와 한마디 말도 나누지 못했다. 나는 끝내 그녀의 목소리를 들을 수 없었다. 미사와는 일부러 꾸민 흔적을 보이는 게 싫어 자연스럽게 두 사람의 시선이 오가는 한곳에서 만나게 해주었다는 사실 이외에, 소개도 아무것도 하지 않았다. 그는 나중에 그렇게 말하며 내게 양해를 구했다. 그의 방식은 그녀에게도 나한테도 전혀 번거로움이나 폐를 끼치지 않은 만큼, 간단하고 담백한 것이었다. 그러나 그렇기 때문에 아쉬움이 남았다. 나는 좀더 어떻게든 해주길 바랐다. "하지만 자네의 뜻을 알 수 없었으니까" 하고 미사와는 변명했다. 그 말을 듣고 보니 그렇기도 했다. 나는 더 이상 여자를 목표로 일을 진행시킬 생각은 없었으니까.

그러고 나서 2,3일 동안 여자의 얼굴을 가끔 머릿속에서 보았다. 하지만 그렇다고 해서 다시 만나고 싶다거나, 초조해지거나 하는 열정은 생기지 않았다. 그날의 강렬한 색채가 바래감에 따라 반초의 일이 여전히 중요한 문제로 남았다. 나는 섣불리 밀려서 여자의 내음을 맡은 반동으로 오히려 추레해지고 말았다. 사무실을 오가는 길에 까칠까칠한 볼을 만져보며, 무작정 전차를 탄 너구리 신세라고 비관하기도 했다.

일주일쯤 지나 어머니로부터 전화가 걸려왔다. 그녀는 전화로 어제 H씨가 놀러왔었다고 알렸다. 형수가 감기 기운이 있어 그녀가 대신 접대하러 나갔더니, H씨가 형과 여행하는 얘기를 꺼냈다고 알렸다. 그녀는 기뻐하며 내게 고맙다는 말을 했다. 아버지도 안부를 전한다고 했다.

나는 "마침 잘됐습니다" 하고 대답했다.

나는 그날 밤, 여러 모로 생각했다. 나는 여행이 형을 위해 유익하리라 판단하여 H씨를 성가시게 하면서까지 이렇듯 절차를 밟아온 거지만, 속마음을 고백하자면, 내게 가장 고통스러운 건 나에 대한 형의 생각이었다. 그는 나를 어떻게 보고 있는 걸까. 어느 정도로 나를 미워하고 있을까, 또한 의심하고 있을까? 그것이 가장 알고 싶었다. 따라서 내 마음에 걸리는 건 미래의 형인 동시에 현재의 형이었다. 오랫동안 그를 만나는 길이 끊어진 나는, 현재의 형에 관한 직접적 지식을 거의 갖지 못했다.

22

우선 나는 H씨가 여행을 떠나기 전에 그를 만나볼 필요를 느꼈다. 이쪽에서 부탁한 일을 순조롭게 진척시켜준 호의에 대해 도리상 인사를 드리지 않을 수 없는 형편이기도 했다.

나는 사무실에서 돌아오는 길에 또 한 번 그의 현관에 서서 명함을 내밀었다. 하녀가 안채로 들어가는가 싶더니, 그는 예의 포동포동하게 살찐 몸으로 내 앞에 다가왔다.

"실은 지금 내일 있을 강의로 고심하는 참이라네. 만약 급한 용무가 아니라면 오늘은 양해를 구하고 싶네."

학자의 생활을 배려하지 못한 나는 H씨의 이 말에 갑자기 형의 일상을 떠올렸다. 그들이 서재에 틀어박히는 건 반드시 가정이나 사회에 대한 반역이라고만 할 수는 없었다. 나는 H씨에게 편리한 날을 묻고, 다시 찾아오기로 했다.

"그럼, 안됐네만 그렇게 해주게. 되도록 빨리 강의를 끝내고 형님과 같이 여행할 작정이니까."

나는 H씨 앞에 정중하게 머리를 숙여야 했다.

그의 집을 다시 방문한 건 그후 2,3일 더 지나 장마가 갠 저녁 무렵이었다. 뚱뚱한 그는 덥다며 유카타의 가슴을 배 언저리까지 풀어헤치고 앉아 있었다.

"글쎄, 어디로 갈까? 바다든 산이든 아직 정한 건 아니라네."

H씨답게 행선지 따위는 전혀 염려하는 것 같지 않았다. 나도 거기엔 무관심했다. 그러나……

"그 일로 좀 부탁이 있습니다만."

대략의 집안 사정은 요전에 미사와와 함께 왔을 때 이미 H씨에게 들려주었다. 그러나 형과 나 사이에 가로놓인 얼추 특별한 관계에 대해선 아직 한 마디도 그에게 알리지 않았다. 하지만 그건 끝까지 H씨 앞에서 내가 직접 털어놓을 성질의 것이 못 된다고 생각했다. 절친한 미사와의 지식조차 그 점에서는 거의 억측에 불과했다. H씨는 미사와한테서 그 억측의 지식을 간접적으로 받고 있는지 모르지만, 이쪽에서 숨김없이 털어놓지 않는 이상, 그 진위의 정도를 전혀 확인해볼 수는 없었다.

나는 지금 형이 나를 어떻게 보고 있는지, 어떻게 생각하고 있는지 그걸 알고 싶어 견딜 수 없었다. 그걸 알기 위해 이번에 H씨의 도움을 빌리려고 한다면, 자연히 모든 걸 그 앞에 내던져 보여야만 했다. 내가 미사와에게 아무 말 없이, 마치 그를 빼돌린 듯한 태도로 혼자만 이렇게 H씨를 방문한 것도 실은 이 용건의 진상을 되도록 남에게 알리고 싶지 않았기 때문이다. 그러나 미사와에게조차 양심에 거리끼는 용건의 진상이고 보면, 그걸 H씨 앞에서 말할 턱이 없었다.

나는 어쩔 수 없이 특수한 문제를 일반론으로 풀어버렸다.
"참으로 송구스럽습니다만, 형님과 함께 여행하실 때, 형님의 거동이며 언어, 사상, 감정 등에 대해 선생님이 관찰하신 바를 가능한 한 상세히 적어 알려주실 수는 없는지요. 그 부분이 명료해지면, 집에서도 형님을 대하는 데에 큰 도움을 얻을 거라 생각됩니다만."
"글쎄, 절대 불가능한 건 아니지만 좀 어려울 것 같군. 이보게, 우선 그렇게 할 시간이 없잖은가. 설사 시간이 있다 하더라도 그럴 필요가 없을 테지. 그보다는 우리가 여행에서 돌아왔을 때, 천천히 들르러 오면 될 거 아닌가."

23

H씨가 하는 말은 지당했다. 나는 고개를 숙이고 잠시 잠자코 있다가 결국 거짓말을 했다.
"실은 부모님이 걱정하셔서 가능하면 여행 중의 사정을, 경과가 일단락될 때마다 알고 싶다고 하십니다만⋯⋯"
나는 난처한 표정을 지었다. H씨는 웃음을 터뜨렸다.
"이보게, 그렇게 걱정할 건 없네. 괜찮아, 내가 보증하지."
"하지만 노인 분들이라⋯⋯"
"그거 큰일이군, 이래서 노인들은 싫단 말이지. 집에 가서 그렇게 말하게, 괜찮다고."
"무슨 좋은 방법이 없겠습니까? 선생님께도 폐가 안 되고, 또 부모님을 만족시킬 만한."
H씨는 또 빙긋빙긋 웃었다.

"자네, 그런 요긴한 방법이 어디 있겠는가? ― 하지만 모처럼의 부탁이니 이렇게 하지. 만약 여행지에서 보고할 만한 일이 생기면, 자네에게 편지를 하는 걸로. 만약 편지가 없으면 평소와 다름없다 여기고 안심하는 걸로. 이젠 됐겠지?"

나는 더 이상 H씨에게 바랄 수는 없었다.

"이젠 됐습니다. 하지만 사건이라는 의미를 흔히 말하는 뜻밖의 일로 간주하지 않고, 선생님이 관찰하실 형의 감정이며 사상 가운데 이건 심상치 않다고 여겨지는 부분으로 해석해주셨으면 합니다."

"상당히 까다롭군, 일이. 하지만 상관없네, 그것도 괜찮아."

"그리고 어쩌면 저나, 어머니, 집안일 등이 형님의 입에 오를지도 모릅니다만, 그걸 사양 마시고 빠짐없이 들려주셨으면 합니다."

"응, 그건 지장이 없는 한 알리도록 하지."

"지장이 있어도 괜찮으니 들려주십시오. 그렇지 않으면 식구들이 곤란해지니까요."

H씨는 말없이 담배를 피우기 시작했다. 나는 풋내기인 주제에 다소 말이 지나쳤음을 깨달았다. 얘기가 따분해지고 만 느낌이 강하게 머리에 떠올랐다. H씨는 정원 쪽을 보고 있었다. 한쪽 구석에 아키타(秋田)에서 집주인이 가져와 심었다는 큼직한 머위 대여섯 그루가 있었다. 비 그친 초여름 하늘이 한껏 환한 햇살을 땅 위에 쏟아부은 탓에 쑥쑥 자란 굵은 머위 줄기가 어둑한 가운데 푸른빛을 띠었다.

"저기서 왕두꺼비가 나온다네" 하고 H씨가 말했다.

잠시 세상 얘기를 한 뒤, 나는 어두워지기 전에 자리에서 일어나려고 했다.

"자네 혼담은 어찌 되었는가? 일전에 미사와가 와서 좋은 여잘 찾아주었다고 자랑하더군."

"예, 미사와는 어지간히 남을 챙기니까요."

"하지만, 아주 남만 챙겨주는 건 아닌가 보던데. 그러니 자네도 웬만하면 받아들이는 게 좋지 않겠는가. 용모는 나쁘지 않다고 하더군. 자네 마음엔 안 드는가?"

"마음에 들지 않는 게 아닙니다."

H씨는 "아하, 역시 마음에 들었군" 하고 웃어젖혔다. 나는 H씨의 집을 나와 그 일도 어서 어떻게든 하지 않으면 미사와에게 면목이 없어진다고 생각했다. 그러나 형 문제가 우선 일단락지어지지 않는 이상, 도저히 그쪽으로 마음을 쏟을 여유가 없었다. 차라리 그 여자 쪽에서 한눈에 반해주기라도 했으면 하는 생각도 들었다.

24

나는 다시 미사와를 방문했다. 하지만 마음을 정하고 방문한 게 아니라서 사실은 한 걸음도 앞으로 내디디고픈 생각이 없었다. 나의 태도는 더없이 흐지부지했다. 그리고 그저 막연하게 그 여자 얘기를 했다.

"어떻게 할 텐가?"

이렇게 물으면, 결국 납득할 만한 어떤 인사도 나올 수 없었다.

"난 직업상으로는 흔들흔들 실업자처럼 지내긴 해도, 가정의 일원으로선 그래도 일정한 방침에 따라 제대로 위치를 굳혀가는 중이라네. 한데 자넨 전혀 반대로군. 일가의 주인이 된다든가, 누군가의 남편이 된다든가 하는 방면엔 고의로 의지를 둔화시키면서, 유독 직업 문제에 이르면 잽싸게 일을 해치우고 느긋이 여유를 부리고 있으니."

"그리 여유를 부리지도 못한다네."

나는 오사카의 오카다가 보내온 편지 가운데, 괜찮은 자리가 그쪽에 있으니 오지 않겠느냐는 권유가 있었기에, 여차하면 지금의 사무실을 관둘까 생각하던 터였다.

"얼마 전까지만 해도 유학을 간다고 한참 들뜨지 않았던가?"

미사와는 나의 모순을 추궁했다. 그즈음 내겐 서양이나 오사카나 변화를 준다는 점에선 별 차이가 없었다.

"그렇게 만사가 불확실하면 곤란해. 나만 자네의 결혼 문제를 진지하게 생각하는 건 우스운 일이네. 없었던 일로 하지."

미사와는 상당히 기분이 상한 모양이었다. 나 역시 나 자신에게 몹시 화가 치밀었다.

"도대체 그쪽에선 뭐라든가? 자넨 나만 나무라는데, 난 그쪽 의향을 전혀 모르잖은가."

"알 턱이 없지. 아직 아무런 얘기도 하지 않았으니까."

미사와는 다소 격앙되어 있었다. 그리고 격앙될 만도 했다. 그는 여자의 부모님이나 여자에게도 나에 대해 아직 한 마디도 알리지 않았다. 일이 잘 안 되더라도 그들의 체면을 손상시키지 않도록 여자와 나를 서로의 시선이 오가는 범위 내에 두었을 뿐이다. 그의 조치에는 전혀 인공적인 흔적을 남기지 않는 거의 자연 그대로의 이용에 불과하다는 것이 그의 큰 자랑이었다.

"자네의 생각이 정리되지 않는 이상, 어떻게 해볼 수가 없네."

"그럼 좀더 생각해보겠네."

미사와는 초조해 보였다. 나도 자신이 불쾌했다.

H씨와 형이 함께 기차로 도쿄를 떠난 건, 내가 미사와를 찾아간 뒤 채 일주일도 안 될 즈음이었다. 나는 그들이 떠나는 시간도 날짜도 모르고 있었다. 미사와한테서도 H씨로부터도 아무런 연락을 받지 못한 나

는, 집에서 걸려온 전화로 겨우 소식을 들었다. 그때 전화를 한 이는 뜻밖에 형수였다.

"형님은 오늘 아침 떠났어요. 아버님이 당신한테도 알리라고 말씀하셔서 전활 드리는 겁니다."

형수의 말은 약간 딱딱했다.

"H씨와 함께겠죠?"

"예."

"어디로 갔습니까?"

"글쎄, 말로는 이즈(伊豆) 해안을 둘러본다더군요."

"그럼 배로 갔나요?"

"아뇨, 역시 신바시(新橋)에서……"

25

그날 나는 하숙집으로 가지 않고 사무실에서 곧장 반초로 향했다. 어제까지만 해도 감히 접근하지 못하다가 형의 출발을 듣자마자 바로 그쪽으로 발길을 옮기는 것이니, 내 행동은 너무나 타산적이었다. 하지만 나는 이를 숨길 마음은 없었다. 반드시 숨겨야 할 사람은 집에 한 사람도 없는 것 같았다.

다실에는 형수가 잡지 그림을 보고 있었다.

"오늘 아침엔 고맙습니다."

"어머, 깜짝 놀랐어요, 누군가 했더니 지로 씨군요. 지금 교바시(京橋)에서 오는 길인가요?"

"예, 날씨가 덥군요."

나는 손수건을 꺼내 얼굴을 닦았다. 그리고 웃옷을 벗어 다다미 위에 내던졌다. 형수가 부채를 집어주었다.

"아버지는?"

"아버님은 안 계세요. 오늘은 쓰키지(築地)에서 일이 있대요."

"세이요켄?"

"아닐 거예요. 아마 다른 요릿집이겠죠."

"어머넌?"

"어머님은 지금 목욕 중."

"오시게는?"

"오시게도……"

형수는 드디어 웃고 말았다.

"목욕입니까?"

"아뇨, 집에 없어요."

하녀가 와서 얼음 속에 딸기를 넣을지, 레몬을 넣을지 물었다.

"집에선 벌써 얼음을 먹습니까?"

"예, 2,3일 전부터 냉장고를 사용하는걸요."

생각 탓인지 형수는 요전에 보았을 때보다 약간 해쓱했다. 볼 살이 조금 빠진 것 같았다. 그 모습이 저녁 햇살을 받아 얼굴을 움직일 때, 언뜻언뜻 내 눈을 스쳤다. 그녀는 왼쪽 볼이 툇마루를 향하도록 앉아 있었다.

"형님은 그래도 용케 결심을 하고 여행을 떠났군요. 난 어쩌면 이번에도 또 미룰지도 모른다고 생각했는데."

"미루실 리 없어요."

형수는 이렇게 말하며 고개를 숙였다. 그리고 여느 때보다 한층 차분하고 낮게 가라앉은 목소리였다.

"그야 형님은 의리가 굳으니까, H씨와 약속한 이상, 어김없이 실행할 작정이었겠지만……"

"그런 의미가 아녜요. 그런 의미로 미루지 않는 게 아녜요."

나는 어리둥절해서 그녀의 얼굴을 보았다.

"그럼 어떤 의미에서 미루지 않는 겁니까?"

"어떤 의미라니, ― 모르시겠어요?"

나는 알 수 없었다.

"난 모릅니다."

"형님은 나한테 정나미가 떨어진 거예요."

"정나미 떨어지게 하려고 여행 갔다는 말입니까?"

"아녜요, 정나미가 떨어지고 말았으니, 그 때문에 여행을 떠났다는 말이에요. 결국 나를 아내라 여기지 않는 거예요."

"그러니까……"

"그러니까 나 같은 건 아무래도 상관없는 거죠. 그러니까 여행을 떠난 거예요."

형수는 그만 입을 다물었다. 나도 아무 말 하지 않았다. 그때 어머니가 목욕을 마치고 들어왔다.

"어머, 언제 왔니?"

어머니는 두 사람이 앉아 있는 걸 보고 언짢은 표정을 지었다.

26

"이제 그만 요시에를 깨우지 않으면 또 밤에 안 자고 애먹일 게다."

형수는 말없이 일어섰다.

"일어나면 곧 씻겨주렴."

"예."

그녀의 뒷모습은 복도를 돌아 사라졌다.

"요시에는 낮잠입니까, 왠지 조용하다 싶었지."

"아까 뭔가 칭얼대며 울더니 곧바로 잠이 든 거야. 아무래도 그렇지, 벌써 5신데 알아서 깨워줘야지……"

어머니는 못마땅한 표정이었다.

나는 그날 모처럼 집의 식탁에 앉아 저녁 식사를 했다. 쓰키지의 요릿집인지 요정인가로 나갔다는 아버지는 물론 돌아오지 않았지만, 오시게는 예정대로 돌아왔다.

"얘, 어서 와서 앉아라. 모두 네 목욕이 끝나길 기다렸다."

오시게는 툇마루에 털썩 엉덩이를 붙이고 부채로 유카타의 가슴께에 바람을 넣었다.

"그렇게 닦달할 것까진 없잖아요. 어쩌다 찾아온 손님인 주제에."

오시게는 새침해져서 일부러 코앞의 팔손이나무 쪽을 향했다. 어머니는 또 시작이군, 하는 웃음을 지으며 나를 보았다. 나는 또 놀려주고 싶었다.

"손님이라 생각되면 그 큰 엉덩이를 내보이지 말고 어서 이리 와 앉거라."

"시끄러워요."

"도대체 이렇게 더운데, 혼자 어딜 싸돌아다니는 게냐."

"어디든 쓸데없는 간섭 말아요. 싸돌아다닌다니, 우선 말투부터 당신은 천박해요. —상관없어, 오늘 사카다(坂田) 씨한테 가서 오빠의 비밀을 다 듣고 왔으니까."

오시게는 형을 큰오빠, 나를 그저 오빠라고 불렀다. 처음엔 '작은'

오빠라 했으나 그 '작은'이란 말을 들을 때마다 묘한 불쾌감을 느껴, 결국 나는 '작은'만을 떼게 했다.

"괜찮아요? 모두에게 얘길 해도?"

오시게는 목욕으로 달아오른 얼굴을 휙 돌려 나를 향했다. 나는 두 번 연달아 눈을 깜박였다.

"한데, 넌 방금 오빠의 비밀이라고 했지?"

"그래요, 비밀이에요."

"비밀이라면 당연히 얘기해선 안 되는 것 아니냐?"

"그걸 얘기하니까 재미있는 거죠."

나는 앞뒤 가리지 않는 오시게가 무슨 얘기를 꺼낼지 알 수 없어 속으론 겁을 먹었다.

"오시게, 넌 논리학에서 말하는 컨트러딕션 인 텀스*라는 걸 모를 테지."

"상관없어요. 그런 잘난 영어 따위로 남이 모를 거라 생각하고선."

"이젠 둘 다 그만 해. 뭐냐, 싱겁게 열대여섯 살 어린애도 아닐 테고."

드디어 어머니는 두 사람을 나무랐다. 나도 이때다 하고 금방 설전을 끝냈다. 오시게도 부채를 툇마루에 내던지고 얌전히 식탁에 앉았다.

사태가 일변한 뒤라, 비밀다운 비밀은 식사 도중 끝내 오시게의 입에서 흘러나올 기회가 없었다. 어머니도 형수도 전혀 이 일에 관여할 기색을 보이지 않았다. 헤키치(平吉)라는 사내가 뒤뜰에서 나와 정원에 물을 뿌렸다.

"아직 그리 건조하지 않으니까 적당히 해둬요" 하고 어머니가 말했다.

---

* 컨트러딕션 인 텀스 contradiction in terms. '명사 모순'이라는 뜻의 논리학 용어.

27

그날 밤 반초를 나온 건 불빛이 켜진 지 얼마 안 된 초저녁이었다. 그래도 식사를 끝내고 나서 약 한 시간 삼십 분 정도는 그대로 눌러앉아 서로 어울려 얘기를 나누었다.

나는 그 한 시간 삼십 분 동안, 결국 오시게로부터 예의 비밀을 폭로당하는 지경에 빠졌다. 그러나 그것이 내겐 비밀도 아무것도 아닌 예의 결혼 문제였으므로 나는 오히려 안심했다.

"어머니, 오빠 우리 몰래 요전에 선을 봤대요."

"몰래 선볼 까닭이 없지 않느냐?"

나는 어머니가 아직 뭐라 하기도 전에 오시게의 말을 가로막았다.

"아녜요, 확실한 소식통에게 제대로 듣고 온 거니까 아무리 발뺌해도 이젠 소용없어요."

확실한 소식통이라는 단어가 오시게의 입에서 나오는 걸 들었을 때, 나는 얼떨결에 쓴웃음을 지었다.

"멍청하구나, 넌."

"멍청해도 좋아요."

오시게는 6월 2일에 있었던 일을 어머니와 형수에게 술술 털어놓기 시작했다. 얘기가 제법 상세하여 나는 조금 놀랐다. 어디서 그런 지식을 얻어왔을까 하는 호기심은 강하게 나의 반문을 재촉했다. 하지만 오시게는 그저 심술궂은 미소를 내비칠 뿐, 결코 출처를 밝히지 않았다.

"오빠가 우리한테 아무 말 하지 않는 건 틀림없이 털어놓기 힘든 까닭이 있기 때문이에요. 그렇죠, 오빠?"

오시게는 내 호기심을 만족시키기는커녕, 오히려 나를 마구 놀리려

들었다. 나는 "아무래도 상관없어" 했다. 어머니가 진지하게 일의 전말을 물었을 때, 나는 간단히 사실 그대로 대답했다.

"그저 그뿐입니다. 더구나 그쪽에선 전혀 모르는 일이니 그리 알아주세요. 오시게처럼 제멋대로 함부로 퍼뜨리면 저는 아무래도 괜찮다 하더라도 상대방에게 폐가 될지 모르니까요."

어머니는 상대방에게 폐가 될 턱이 없다는 표정으로 다짜고짜 세세한 질문을 시작했다. 그러나 재산이 얼마나 되느냐, 친척 중에 가난한 사람이 있느냐, 혹은 유전적인 나쁜 병이 있지는 않냐와 같은 내용이고 보면, 나는 도저히 대답할 수 없었다. 뿐만 아니라, 끝내는 듣기조차 귀찮고 지겨워졌다. 나는 결국 도망치다시피 반초를 나왔다.

내가 그날 저녁 어머니로부터 여러 가지 질문을 받는 동안, 형수는 내내 한자리에 있었으나 이 문제에 관해선 거의 한 마디도 입을 열지 않았다. 어머니도 그녀에게 시종 의견을 구하는 말을 건네지 않았다. 두 사람의 이런 태도가 둘의 기질을 잘 나타내주었다. 그러나 그건 단지 기질의 차이에만 기인된 대조라고는 볼 수 없었다. 형수는 오로지 국외자다운 위치를 지키기 위해선지는 몰라도 줄곧 요시에를 돌보는 데만 정신이 팔린 듯 보였다. 해가 지기만 하면 바로 잠드는 습관이 있는 요시에는 낮잠을 너무 즐긴 결과로, 그날 밤은 결국 내가 돌아올 때까지 모기장 안에 들어가지 않았다.

나는 하숙집으로 돌아와 의외로 내 방이 후텁지근하다고 느꼈다. 일부러 전등을 끄고 어두운 곳에 가만히 앉아 있었다. 오늘 아침 떠난 형은 어디서 묵게 될까? H씨는 오늘밤, 그와 어떤 이야기를 할까? 대범한 H씨의 얼굴이 저절로 눈앞에 떠올랐다. 그와 동시에 모처럼 형의 야윈 볼에 새겨진 미소가 보였다.

28

그 다음날부터 H씨의 편지가 간절히 기다려졌다. 나는 하루, 이틀, 사흘, 손꼽아가며 날짜를 계산해나갔다. 하지만 H씨한테선 아무런 소식도 없었다. 엽서 한 장조차 오지 않았다. 나는 실망했다. H씨에겐 책임을 잊을 법한 경박함은 없었다. 그러나 이쪽의 기대대로 고분고분 일을 실행시켜주지 않을 만큼의 여유는 있었다. 나는 애타게 기다리는 여느 사람들처럼 멀리서 그를 바라보았다.

그러자 두 사람이 떠난 지 꼭 열하루 되던 날 밤에, 마침내 묵직한 봉투가 내 손에 들어왔다. H씨는 촘촘하게 줄 쳐진 괘선지에 만년필로 뭔가를 가득 적어 보냈다. 페이지 수를 보더라도 두세 시간에 가능한 일이 아니었다. 나는 책상 앞에 묶인 인형 같은 자세로 편지를 읽기 시작했다. 내 눈에는 이 작고 검은 글자의 한 점 한 획도 놓치지 않으려는 결심이 불길처럼 번득였다. 내 마음은 페이지 위에 못 박혔다. 그리고 눈길을 달리는 썰매처럼 그 위로 미끄러져갔다. 요컨대 나는 H씨의 편지 맨 첫 페이지 첫 줄부터 읽기 시작해서 마지막 페이지의 맨 마지막 문장에 이르기까지 얼마나 시간이 흘렀는지 전혀 알지 못했다.

편지엔 다음과 같이 적혀 있었다.

"나가노(長野) 군에게 여행을 권해 떠날 때, 당신의 부탁을 일단 떠맡기는 했지만 막상 닥치고 보니, 도저히 실행할 수 없을 것이다, 그리고 실행할 수는 있어도 그럴 필요가 없을 것이다, 혹은 필요와 불필요를 떠나서 실행하는 건 바람직하지 못하다. —이렇게 생각했습니다. 여행을 시작하고 나서 하루 이틀은 이 세 가지 사정 전부 아니면 일부분이 항상 마음에 걸려, 이래선 모처럼의 약속도 무효로 돌릴 수밖에 없다는 느낌이 강하게 들었습니다. 그러다 사나흘이 지났을 때, 다시 생각하게 되었습니다. 닷새, 엿새, 하루하루 지나감에 따라 생각뿐만 아니라, 약속대로 당신에게 편지를 드리는 게 어쩌면 필요할지도 모른다고 여기게 되었습니다. 그렇긴 하나, 여기서 말하는 필요라는 의미가 당신과 내겐 상당히 다를지도 모릅니다만, 그건 이 편지를 끝까지 읽어보시면 알게 될 테니 설명은 하지 않겠습니다. 그리고 당초 내가 가졌던 바람직하지 않다는 윤리상의 느낌, 이건 아무리 시간이 지나도 버릴 수 없습니다만, 한편에 자리잡은 필요성이 저절로 그걸 억누를 만큼 강해진 것 또한 분명합니다. 필시 편지를 쓸 여유가 없을 것이다.——이 문제만은 처음 당신에게 말씀드린 대로 늘 따라다니며 없어지지 않았습니다. 우리 두 사람은 한방에서 잡니다, 한방에서 밥을 먹습니다, 산책하러 나갈 때도 함께입니다, 목욕도 목욕탕의 구조가 허락하는 한 함께합니다. 이렇게 따져보니, 따로따로 행동하는 건 그저 뒷간에 갈 때 정도뿐이군요.

물론 우리 두 사람은 아침부터 밤까지 쉴 새 없이 계속 얘기만 하는 건 아닙니다. 서로 각자 좋아하는 책을 손에 들고 있을 때도 있습니다, 말없이 드러누워 있기도 합니다. 그러나 실제로 그 사람이 있는 앞에서 시치미를 떼고 그 사람에 대해 써서, 그걸 몰래 남에게 알리는 일은 내겐 좀 힘듭니다. 써야 할 필요를 인정한 나도 이것만은 어쩔 수 없었습니다. 아무리 쓸 기회를 찾으려 애를 써봐도 그런 기회가 올 리 없으니까요. 하지만 우연은 마침내 내 손을 이끌어, 내게 내가 필요하다고 인정한 일을 하게 만들었습니다. 나는 그다지 형님에 대해 스스럼없이 이 편지를 쓰기 시작했습니다. 그리고 똑같은 상황에서 끝까지 쓸 수 있기를 희망합니다.

29

우리는 2,3일 전부터 이 베니가야쓰(紅が谷) 깊숙이 들어와서 지친 몸을 계곡과 계곡 사이에 내맡겼습니다. 머무르는 곳은 내 친척 소유의 작은 별장입니다. 주인은 8월이 되어야 도쿄를 벗어날 수 있기 때문에, 그전이라면 언제든지 자네한테 빌려줄 수 있다고 한 말을 예기치 않게 여행 중에 이용하게 된 것입니다.

별장이라고 하면 듣기엔 매우 좋습니다만, 실제는 상당히 답답하고 비좁은 곳으로, 구조로 봐선 꼭 도쿄 변두리의 4,50엔 정도 하는 싸구려 관리(官吏) 숙소입니다. 그러나 시골인 만큼 부지에는 다소 여유가 있습니다. 마당인지 채소밭인지 알 수 없는 땅이 처마에서 비스듬히 건너편 울타리까지 이어져 있습니다. 그 울타리에는 산호수(珊瑚樹) 열매가 가득 달려 있고, 잎사귀 너머로 옆집 초가 지붕이 4분의 1 정도 보입니다.

그 처마 밑으로 골짜기를 건너 맞은편 산도 손에 잡힐 듯 보입니다. 이 산 전체가 어느 백작의 별장지로, 더러 유카타 옷 색깔이 나무 사이로 보이기도 하고 여자 목소리가 벼랑 위에서 들리기도 합니다. 그 벼랑 꼭대기에는 키 큰 소나무가 하늘을 찌를 듯 솟아 있습니다. 우리는 낮은 처마 밑에서 아침 저녁 이 소나무를 올려다보는 걸 고상한 일과로 생각하며 지내고 있습니다.

지금까지 지나온 가운데 당신 형님은 여기가 가장 마음에 든 모양입니다. 여기엔 여러 가지 의미가 있을지도 모르겠습니다만, 단둘이서 독립된 집 한 채의 주인 노릇을 할 수 있게 되었다는 기분이, 사교적이지 못한 형님의 가슴에 다소 편안함을 주게 된 것이 주요 원인이라고 생각합니다. 지금까지 어디서 숙박하거나 잠을 제대로 못 이루던 형님은 여기 온 밤부터 잘 잡니다. 실제로 지금 내가 이렇게 만년필로 끼적거리는 동안도 쿨쿨 자고 있습니다.

또 한 가지 여기 와서 우연한 은혜를 입었다고 생각되는 것은 보통 여관처럼 두 사람이 늘 무릎을 맞대고 한방에 빈둥거리지 않아도 되는 일입니다. 집은 방금 말씀드린 대로 비좁기 짝이 없습니다. 문을 나가 오른쪽 비탈에 있는 어느 부호가 지었다는 저택에 비하면 그야말로 성냥갑에 불과합니다. 그렇지만 울타리를 둘러쳐서 주위로부터 동떨어진 독립된 가옥입니다. 갑갑하기는 해도 방이 다섯 개나 됩니다. 형님과 나는 한방에서 함께 모기장 안에 들어가 잡니다. 그러나 여관과 달라 같은 시간에 일어날 필요는 없습니다. 한쪽이 일어나도 한쪽은 자고 싶은 만큼 실컷 잘 수 있습니다. 나는 형님을 가만히 그대로 두고 옆방에 갖다 놓은 칠기 책상 앞에 앉을 수 있습니다. 낮에도 마찬가지입니다. 둘이서 마주 앉아 있기가 힘들어지면, 어느 한쪽이 불쑥 모습을 감추고 자기에게 편한 일을 마음껏 합니다. 그러고 나선 적당한 때에 다시 얼굴을 내밉니다.

나는 이러한 우연을 이용해 이 편지를 씁니다. 그리고 이 우연을 뜻밖에 이용할 수 있게 된 자신을, 당신을 위해 다행스럽다고 여깁니다. 동시에 이를 이용할 필요를 인정하게 된 나 자신을, 자신을 위해 유감스럽게 생각합니다.

내가 말하는 것은 순서로 보면 일기체로 정리된 게 아닙니다. 분류로 봐선 과학적으로 구분이 안 될지도 모릅니다. 그러나 이는 기차, 인력거, 여관 등 모든 규칙적인 작업을 방해하는 여행이라는 장애와, 태연자약하게 착수하기 힘들다는 이 작업의 성격이 파괴적으로 작용한 결과라 생각하시는 수밖에 도리가 없습니다. 단편적이기는 하나, 이제부터 적게 될 내용만이라도 당신에게 보고하게 된 것이 이미 내겐 의외의 일입니다. 참으로 우연의 덕택인 것입니다.

30

우리는 둘 다 이렇다 할 여행벽이 없는 남자들입니다. 따라서 우리가 짠 여정 또한 경험에 걸맞게 평범했습니다. 가깝고 편리한 곳을 남들처럼 돌아다닐 수만 있다면 그걸로 목적의 절반은 달성된 거나 다름없다는 생각으로 우선 사가미(相模) 이즈(伊豆) 근처를 어렴풋이 마음에 두었습니다.

그래도 형님보다는 내가 좀더 나았습니다. 나는 주요 장소와 그곳으로 가는 교통 기관들을 대강 알고 있었습니다만, 형님은 거의 지리나 방향을 초월한 사람이었습니다. 형님은 고우즈(國府津)가 오다와라(小田原)의 앞인지 뒤인지도 몰랐습니다. 모른다기보다 오히려 상관없는 거겠지요. 어느 한쪽엔 이만큼 무관심한 형님이 어째서 사회 생활의 모든 방면에 똑같이 태연한 자세를 보이지 못하는가를 생각하면, 나는 사실 묘한 느낌이 들지 않을 수 없습니다. 하지만 이건 여담입니다. 이야기가 빗나가면 되돌리기 힘들어지니까 가능한 한 본류를 따라 핵심을 놓치지 않도록 진행시켜야겠습니다.

우리는 처음에 즈시(逗子)를 기점으로 출발하기로 의논 후 정했습니다. 그런데 그날 아침, 신바시(新橋)로 달리는 인력거 위에서 문득 내 생각이 바뀌었습니다. 아무리 평범한 여행이라 하더라도 맨 먼저 즈시에 가는 건 너무나 평범해 마음이 내키지를 않았습니다. 나는 역에서 형님과 다시 의논했습니다. 나는 여정을 거꾸로 해서 우선 누마즈(沼津)

에서 슈젠지(修善寺)로 나가, 그 다음에 산을 넘어 이토(伊東) 쪽으로 내려오자고 했습니다. 오다와라와 고우즈의 앞뒤조차 모르는 형님에게 다른 의견이 있을 리 없어, 우리는 곧장 누마즈까지 가는 표를 사서 그대로 도카이도(東海道)행 기차에 올라탔습니다.

기차 안에서는 특별히 보고할 만한 일이 없었습니다. 목적지에 도착해서도 목욕을 하고, 식사를 하고, 차를 마시는 동안은 이렇다 싶게 눈에 띄는 점도 없었습니다. 내가 형님에 대해 이건 어쩌면 가족 모두의 참고를 위해 알려둘 필요가 있을지도 모르겠다고 생각한 것은 그날 밤부터입니다.

잠들기엔 아직 일렀습니다. 더 이상 얘기를 나누기도 질렸습니다. 나는 여행 중에 누구나 경험하는 무료함을 이기지 못했습니다. 문득 도코노마 옆을 보니, 거기에 묵직한 바둑판이 하나 있기에, 나는 곧 그걸 방 한복판으로 끌어냈습니다. 물론 형님을 상대로 흑백을 겨뤄볼 작정이었습니다. 당신은 아는지 어떤지 모르겠습니다만, 나는 학교 다닐 때, 자주 형님과 바둑을 두었습니다. 그후 둘 다 약속이라도 한 듯 뚝 그만두고 말았습니다만, 이런 경우, 두 사람이 지루해하는 시간을 재미있게 보내기에는 바둑판이 제격의 도구임에 틀림없었습니다.

형님은 잠시 바둑판을 바라보았습니다. 그리고는 "관두지"라고 말했습니다. 나는 단호하게 "그러지 말고 하세"라고 되받았습니다. 그래도 형님은 "아니 아니, 관두지"라고 합니다. 형님의 얼굴을 보니, 눈과 눈썹 사이에 묘한 표정이 있었습니다. 그것이 바둑은 무슨 바둑인가 하는 투의 경멸이나 무관심을 나타내는 게 아니어서, 나는 약간 이상한 느낌이 들었습니다. 그러나 억지로 강요하기도 싫어 나는 결국 혼자 바둑돌을 집어들고 흑과 백을 번갈아가며 판 위에 늘어놓기 시작했습니다. 형님은 한동안 그걸 지켜보았습니다. 내가 여전히 잠자코 계속 바둑을 두어가자, 형님은 별안간 자리를 떠 복도로 나갔습니다. 아마 화장실에라도 갔겠지라고 생각한 나는 형님의 거동에는 전혀 주의를 기울이지 않았습니다.

31

아니나 다를까, 형님은 곧 돌아왔습니다. 그리고 대뜸 "하세"라고 말하기가 무섭게 내 손에서 바둑돌을 낚아채듯 빼앗았습니다. 나는 아무것도 눈치 채지 못하고 "좋아"라고 대답하며 바로 두어나갔습니다. 우리가 두는 건 말할 것도 없이 엉터리 바둑이라서 돌을 놓는 것도 빠르고 승부가 판가름나는 것도 간단합니다. 한 시간에 족히 두 번쯤은 끝낼 수 있을 정도이니, 구경이든 대국이든 지루하다는 생각은 결코 들지 않습니다. 그런데 형님은 그토록 재빨리 진행되는 상황인데도 끝까지 참고 지켜보는 건 고통이라며 마침내 도중에 그만두고 말았습니다. 나는 기분이라도 언짢아진 건가 하고 걱정했습니다만, 형님은 그저 미소 지을 뿐이었습니다.

잠자리에 들 무렵에야 비로소 나는 형님으로부터 그때의 심리 상태에 대한 설명을 들었습니다. 형님은 바둑을 두는 건 물론이고 아무것도 하기 싫었다고 합니다. 동시에 뭔가 하지 않고선 가만히 있을 수 없었다고 합니다. 이 모순이 이미 형님에겐 고통이었습니다. 형님은 바둑을 두기 시작하면, 틀림없이 바둑 따위를 두고 있을 수 없다는 기분에 사로잡히리라는 걸 미리 알고 있었습니다. 하지만 또한 두지 않을 수 없게 된 것도 사실입니다. 그래서 어쩔 수 없이 바둑판 앞에 앉은 것입니다. 바둑판 앞에 앉자마자 초조해졌습니다. 급기야 판 위에 어지럽게 놓인 흑과 백이 자신의 머리를 혼란시키기 위해 일부러 붙었다 흩어졌다, 떨어졌다 만났다가 하는 괴물처럼 여겨졌다고 합니다. 형님은 자칫하다간 바둑판을 엉망진창으로 휘저어, 이 요물을 쫓아낼 뻔했다고 말했습니다. 아무것도 몰랐던 나는 다소 놀라면서도 괜한 짓을 했다는 생각이 들었습니다.

"아니, 바둑만 그런 게 아니라네" 하며 형님은 나의 실수를 용서해 주었습니다. 나는 그때 형님으로부터 평소의 형님에 대해 들었습니다. 형님의 태도는 바둑을 도중에 그만둔 그때조차 이미 침착해져 있었습니다. 겉으로 보기엔 아무런 이상이 없는 형님의 심정을 필시 가족들은 이해할 수 없을지도 모릅니다. 그러나 적어도 내겐 하나의 발견이었습니다.

형님은 책을 읽거나, 사색을 하거나, 밥을 먹거나, 산책을 하거나, 스물네 시간 무얼 하거나, 그 일에 안주할 수가 없다고 합니다. 무얼 하건, 이런 걸 하고 있을 수 없다는 기분에 쫓기게 된다고 합니다.

"자신이 하는 일이 자신의 목적이 되지 못할 만큼 괴로운 건 없다네" 하고 형님은 말합니다.

"목적은 못 되어도 수단이 되면 되잖은가?" 하고 내가 말합니다.

"그건 괜찮아. 어떤 목적이 있어야 수단이 정해지는 거니까" 하고 형님이 대답합니다.

형님이 괴로워하는 건, 형님이 아무리 무얼 해봐도 그게 목적이 안 될 뿐만 아니라 수단도 되지 않는다고 생각하기 때문입니다. 그저 불안할 따름입니다. 그래서 가만히 있을 수 없는 겁니다. 형님은 차분히 누워 있을 수 없으니까 일어난다고 말합니다. 일어나면, 그저 일어나 있을 수 없어 걷는다고 말합니다. 걸으면, 그저 걷고만 있을 수 없으니 달린다고 말합니다. 이미 달려나간 이상, 어디서도 멈출 수는 없다고 말합니다. 멈출 수 없기만 하다면 괜찮겠는데, 시시각각 속력을 늘려가야 한다고 말합니다. 그 극단을 상상하면 두렵다고 말합니다. 식은땀이 날 만큼 두렵다고 말합니다. 너무너무 무서워서 견딜 수 없다고 말합니다.

32

나는 형님의 설명을 듣고 놀랐습니다. 그러나 태어나 아직 한 번도 그런 종류의 불안을 경험해본 적이 없는 나는, 이해는 해도 동정심은 갖지 못했습니다. 나는 두통을 모르는 사람에게 누군가 깨질 듯한 통증을 호소해올 때의 기분으로 형님의 얘기에 귀 기울였습니다. 나는 잠시 생각했습니다. 생각하는 동안 인간의 운명이라는 것이 어렴풋이나마 눈앞에 떠올랐습니다. 나는 형님을 위해 좋은 위로를 찾았다고 생각했습니다.

"자네가 말하는 불안은 인간 전체의 불안이지, 유독 자네 혼자만 괴로워하는 게 아니라고 깨달으면 그만 아닌가? 결국 그렇게 유전(流轉)해가는 게 우리들 운명이니까."

나의 이 말은 흐리멍덩할 뿐만 아니라, 몹시 불쾌하고 미적지근한 것이었습니다. 형님의 날카로운 눈에서 나오는 경멸의 일별과 더불어 파묻힐 수밖에 없었습니다. 형님은 이렇게 말합니다.

"인간의 불안은 과학의 발전에서 비롯되네. 앞서가기만 하고 멈출 줄 모르는 과학은 일찍이 우리에게 멈추도록 허락한 적이 없네. 도보에서 인력거, 인력거에서 마차, 마차에서 기차, 기차에서 자동차, 그 다음엔 비행선, 그 다음엔 비행기, 아무리 가봐도 쉽게 내버려두지 않아. 어디까지 끌려갈지 알 수 없는 일이지. 참으로 두렵다네."

"그야 두렵지" 하고 나도 말했습니다.

형님은 웃었습니다.

"자네가 두렵다는 건 두렵다는 단어를 사용해도 지장이 없다는 의미겠지. 실제로 두려운 게 아닐 테지. 즉 머리의 두려움에 불과할 테지. 나는 달라. 난 심장의 두려움이야. 맥박 뛰는 살아 있는 두려움이라네."

나는 형님의 말에 한 방울의 허위도 섞이지 않았음을 보증합니다. 그러나 형님의 두려움을 내 혀로 다시 입에 담는 건 도저히 불가능합니다.

"모든 사람의 운명이라면, 자네 혼자 그렇게 두려워할 필요는 없네" 하고 나는 말했습니다.

"필요는 없어도 사실이라네" 하고 형님이 대답했습니다. 더구나 다음과 같은 말도 했습니다.

"인간 전체에 몇 세기나 후에 찾아올 운명을 난, 나 혼자서 나의 일대에 겪어야 하니까 두려운 거라네. 일대라면 그래도 낫지만, 10년이든, 1년이든, 짧게 말해 한 달 내지 일주일이라도 변함없이 같은 운명을 겪어야 하니까 두렵다네. 자넨 거짓말이라고 생각할지 몰라도, 내 생활의 어디를 어떻게 절단해본들, 가령 그 단편(斷片)의 길이가 한 시간이든 30분이든, 그게 틀림없이 똑같은 운명을 겪고 있으니 두렵다네. 요컨대 나는 인간 전체의 불안을 나 한 사람에 모아, 그 불안을 1초 1분의 단시간에 응축시킨 두려움을 경험하고 있네."

"그건 안 돼. 좀더 마음을 편히 가지게나."

"안 된다는 것쯤은 나도 잘 알고 있다네."

나는 형님 앞에서 잠자코 담배를 피웠습니다. 나는 마음속으로 어떻게 해서든 형님을 이 고통에서 구출해내야겠다고 다짐했습니다. 나는 그 밖의 다른 일은 모두 잊었습니다. 줄곧 물끄러미 내 얼굴을 지켜보던 형님은 그때 돌연 "자넨 나보다 훌륭해"라고 말했습니다. 나는 사상 면에서 형님이야말로 나보다 뛰어나다고 느끼던 참이었으므로, 이 칭찬에 대해 기쁘다거나 고맙게 여길 마음은 없었습니다. 나는 여전히 말없이 담배를 피웠습니다. 형님은 차츰 안정을 되찾았습니다. 그러고 나서 둘다 한 모기장에 들어가 잤습니다.

33

다음날도 우리는 같은 곳에서 묵었습니다. 아침에 일어나 바로 해변을 거닐 때, 형님은 자는 듯 깊은 바다를 바라보며 "바다도 이렇게 조용하니 좋군" 하며 기뻐했습니다. 근래 형님은 뭐든 움직이지 않는 것이 그립다고 합니다. 그런 의미에서 물보다도 산을 마음에 들어했습니다. 마음에 든다고는 해도 보통 사람이 자연을 즐길 때의 기분과는 조금 달라 보입니다. 그건 다음의 형님 말을 통해 알게 되겠지요.

"이렇게 수염을 기르고, 양복을 입고, 시가를 문 모습이 곁에서 보기엔 그럴듯한 한 사람의 신사 같겠지만, 실제로 내 마음은 집 없는 거지처럼 아침부터 밤까지 이리저리 헤맨다네. 하루 종일 불안에 쫓겨다니고 있지. 한심할 정도로 갈피를 못 잡는다네. 끝내는 세상에서 나만큼 수양이 모자란 딱한 인간은 없을 거라 생각하네. 그럴 때에 전차 안이나 어디에서 문득 눈을 들어 건너편을 바라보면 너무나 편안해 보이는 얼굴과 맞닥뜨려지는 경우가 있지. 내 눈길을 한번 그 사념(邪念)이 깃들지 않은 멍한 얼굴에 쏟는 순간, 나는 절실하게 기쁜 자극을 온몸에 받지. 내 마음은 가뭄에 타 들어가는 벼이삭이 단비를 만난 양, 소생한다네. 동시에 그 얼굴—아무것도 생각지 않는 완전히 태평무사한 그 얼굴이 매우 고상하게 보이지. 눈이 처져 있거나, 코가 납작하거나, 생김새가 어떻든 간에, 대단히 고상해 보이지. 나는 거의 신앙심에 가까운 경건한 마음으로 그 얼굴 앞에 무릎을 꿇고 감사의 뜻을 표하고 싶어지네. 자연을 대하는 나의 태도도 전적으로 마찬가지일세. 예전처럼 그저 아름다우니까 즐긴다는 마음은 지금의 내겐 생길 여유가 없네."

형님은 그때 전차 안에서 우연히 눈에 띈 고귀한 얼굴의 부류 가운데, 나를 포함시켰습니다. 나는 전혀 뜻밖의 일이라며 사양했습니다. 그러자 형님은 진지한 자세로 이렇게 말했습니다.

"자네도 하루 중에 이해 손실을 따지지 않고, 선악을 생각지 않는 그저 자연 그대로의 마음을 순수하게 얼굴에 나타내는 경우가 한두 번은 있을 테지. 내가 고귀하다는 건, 그럴 때의 자네를 말하는 거라네. 그때만일세."

형님은 이 말을 듣고도 못미더워하는 나를 위해 구체적인 증거를 제시할 셈인지, 어젯밤 두 사람이 잠자리에 들기 전의 나를 그 예로 들었습니다. 형님은 그때, 대화를 하다 보니 그만 자신이 너무 흥분하고 말았다고 고백했습니다. 그러나 내 얼굴을 보았을 때, 그 격해진 마음 상태가 점차 가라앉았다는 것입니다. 내가 수긍하든 말든 거기에 신경 쓸 필요는 없다, 다만 그때의 나로부터 좋은 영향을 받아 일시적이긴 하나 괴로운 불안을 피할 수 있었다고 형님은 단언했습니다.

그때의 나는 앞에서 말한 대로입니다. 그저 담배를 피우며 잠자코 있었을 뿐입니다. 나는 그때 모든 걸 잊었습니다. 오직 형님을 어떻게든 이 불안 속에서 구출해내야겠다고 다짐했습니다. 하지만 나의 마음이 형님에게 전달되리라고는 생각지 못했습니다. 또 전달시키려는 마음은 물론 없었습니다. 그래서 아무 말도 하지 않고 잠자코 담배를 피우고 있었던 겁니다. 그러나 거기에 순수한 진심이 있었는지도 모릅니다. 형님은 그 진심을 내 얼굴에서 읽었던 걸까요?

나는 형님과 모래사장을 천천히 걸었습니다. 걸으며 생각했습니다. 형님은 조만간 종교의 문을 두드림으로써 비로소 안정을 찾을 사람이 아닌가? 좀더 강한 표현으로 같은 의미를 반복하면, 형님은 종교인이 되기 위해 지금 고통을 받고 있는 게 아닐까?

34

"자넨, 근래 신(神)에 대해 생각해본 적이 있는가?"

마침내 나는 이런 질문을 형님에게 던졌습니다. 내가 여기서 굳이 '근래'라고 못 박은 것은, 학생 시절의 옛 회상에서 비롯되었습니다. 그 당시는 둘 다 아직 사고가 정리되지 않은 풋내기였습니다만, 그래도 나는 사색에 잠기기를 좋아하는 형님과 자주 신의 존재에 대해 얘기를 주고받았습니다. 얘기가 나온 김에 말씀드리는 건데, 형님의 머리는 그때부터 약간 다른 사람들과 달랐습니다. 형님은 가벼운 산책을 하다가도 문득 자신이 지금 걷고 있다는 사실을 깨닫게 되면, 바로 그게 풀 수 없는 문제가 되어 고민하지 않을 수 없었습니다. 걷자고 생각하면 걷는 것이 자신임에 틀림없지만, 걷자고 생각하는 마음과 걷는 힘은 과연 어디서 불쑥 솟아나오는지, 그것이 형님에겐 큰 의문이었습니다.

두 사람은 그런 점에서 신이니 제1원인(第一原因)*이니 하는 단어를 자주 사용했습니다. 지금 생각하면 알지도 못한 채 사용한 것입니다. 그러나 혀끝에서 익숙해진 결과로, 나중엔 신도 어느 틈에 진부해졌습

---

* 철학 용어로 모든 생성의 궁극적인 원인.

니다. 그러고 나서 둘 다 약속이나 한 듯 침묵했습니다. 침묵한 지 몇 해가 지났는지. 나는 조용한 여름날 아침, 바다라고 하는 깊은 색을 잠재우는 커다란 용기(容器) 앞에 서서, 형님과 마주하며 다시 신이라는 단어를 입에 올렸습니다.

그러나 형님은 그 단어를 까맣게 잊고 있었습니다. 아예 떠올리려고조차 하지 않았습니다. 내 질문에 대한 응답으로선 그저 희미한 쓴웃음이 그 빈정대는 입술 가를 스쳤을 뿐입니다.

나는 형님의 이러한 태도에 당황할 정도로 겁쟁이는 아니었습니다. 또한 생각한 바를 끝까지 다 말도 못한 채 물러날 만큼 서먹한 사이도 아니었습니다. 나는 한 발 앞으로 나아갔습니다.

"어디 사는 말 뼈다귀인지 모르는 사람의 얼굴을 보고서도 어쩌다 고맙다는 느낌이 든다면, 온화한 신의 모습을 한순간도 놓치지 않고 숭배할 수 있는 상황에선 몇백 배 더 행복할지도 모를 일 아닌가?"

"그런 무의미하고 혀끝으로만 하는 논리가 무슨 소용 있는가? 그렇다면 신을 내 앞에 데려와 보여주게나."

형님의 말투에도, 미간에도, 초조한 무엇이 떨리고 있었습니다. 형님은 돌연 발 밑에 있는 자갈을 집어들고 4,5미터쯤, 파도 치는 물가로 달려나갔습니다. 그리고 그걸 먼 바다 속으로 집어던졌습니다. 바다는 소리 없이 그 자갈을 받았습니다. 형님은 응답 없는 노력에 분노를 터뜨리는 사람처럼 두 번 세 번, 같은 동작을 되풀이했습니다. 형님은 둔치로 밀려올라온 다시마인지 미역인지 이름을 알 수 없는 해조류 사이를 개의치 않고 뛰어 돌아다녔습니다. 그리고는 다시 내가 서 있는 곳으로 돌아왔습니다.

"나는 죽은 신보다 살아 있는 인간이 더 좋다네."

형님은 이렇게 말합니다. 그리고 괴로운 듯 숨을 헐떡였습니다. 나는 형님을 데리고 다시 슬슬 숙소 쪽으로 되돌아왔습니다.

"인력거꾼이든, 수레 인부든, 도둑이든, 내가 고맙게 여기는 찰나의 얼굴이 곧 신이 아닌가? 산이든 강이든 바다든, 내가 숭고하다고 느끼는 순간의 자연, 그게 곧 신이 아닌가? 그 밖에 어떤 신이 있나?"

형님의 이러한 논리를 들은 나는 그저 "정말 그렇군" 하고 대답할 뿐이었습니다. 그럴 때, 형님은 뭔가 불만스러운 표정을 짓습니다. 그러나 나중엔 역시 내게 감동한 듯한 기색을 보입니다. 사실은 오히려 내가 형님한테 당하고 나서 감동하게 마련입니다만.

35

우리는 누마즈에서 이틀 가량 지냈습니다. 온 김에 오키쓰(興津)까지 갈까 의논했을 때, 형님은 싫다고 했습니다. 여행 일정에 대해선 만사 내 생각에 따르던 형님이 어째서 그때만 단연코 내 제안을 거절하는지, 나는 도무지 알 수 없었습니다. 나중에 그 설명을 들어보니, 미호노 마쓰바라(三保の松原) 같은 선녀의 날개옷 전설 따위가 얽힌 곳은 싫다는 것입니다. 형님은 묘한 머리를 가진 사람임에 틀림없습니다.

우리는 다시 미시마(三島)까지 되돌아왔습니다. 거기서 오히토(大仁)행 기차로 갈아타고 마침내 슈젠지로 갔습니다. 형님은 처음부터 이 온천이 매우 마음에 든 모양입니다. 그러나 정작 목적지에 도착하자마자 형님은 "맙소사"라는 실망의 소리를 내뱉었습니다. 실제로 형님이 좋아한 건 슈젠지라는 이름일 뿐, 슈젠지라는 장소가 아니었던 것입니다. 사소한 일이지만 이것도 얼마간 형님의 특징이 될 테니까, 먼저 덧붙여 둡니다.

아시는 대로 이 온천장은 산과 산이 마주 안고 있는 틈에서 골짜기 아래로 함락한 듯한 낮은 동네에 있습니다. 일단 거기에 들어간 사람은 어디를 둘러봐도 푸른 벽에 코가 맞부딪힐 정도라, 하는 수 없이 위를 쳐다봐야만 합니다. 고개를 숙이고 걸으면 땅 색깔조차 제대로 눈에 들어오지 않을 만큼 갑갑합니다. 지금까지 바다보다 산이 좋다던 형님은 슈젠지에 와서 산으로 둘러싸이기 바쁘게, 갑자기 답답해했습니다. 나는 곧 형님을 데리고 밖으로 나가보았습니다. 그런데 여느 마을이라면 우선 길이 나와야 할 곳이 온통 강바닥이고, 푸른 물이 바위에 부딪히며 흘렀습니다. 그러니 걸어보려야 마음껏 걸어볼 여지가 물론 없었습니다. 나는 강 한가운데 바위틈에서 나오는 온천으로 형님을 이끌었습니다. 남녀가 서로 북적대며 한데 몸을 담그고 있는 모습이 재미있었기 때문입니다. 불결하다는 게 얘깃거리가 될 정도였습니다. 형님과 나는 도저히 유카타를 벗어던지고 거기에 들어갈 용기는 없었습니다. 그러나 탕 속에 있는 까만 사람들을 바위 위에 서서 신기한 듯 한참을 바라보았습니다. 형님은 즐거워 보였습니다. 바위에서 강가로 걸쳐놓은 위험한 판자를 밟으며 오던 길로 걸음을 옮길 때, 형님은 '선남선녀'라는 단어를 사용했습니다. 그건 농담 섞인 형용사가 아니라 정말로 그렇게 여긴 듯합니다.

다음날 아침, 이쑤시개를 문 채 함께 내탕에 들어갔을 때, 형님은 "어젯밤도 잠이 안 와 애먹었네"라고 말했습니다. 나는 지금의 형님에겐 잠을 못 자는 게 가장 해롭다고 생각하던 터라, 바로 그걸 문제삼았습니다.

"잠이 안 오면 어떻게든 자야지, 자야지 하고 조바심날 테지?" 하고 내가 물었습니다.

"정말 그렇다네, 그래서 더욱 잠을 못 이루게 돼" 하고 형님이 대답했습니다.

"자네, 잠을 못 자면 누군가에게 미안하기라도 하는가?" 하고 내가 다시 물었습니다.

형님은 묘한 표정을 지었습니다. 돌로 깐 욕조 가장자리에 걸터앉아 자신의 손이며 배를 바라보았습니다. 아시다시피 형님은 별로 살찐 편이 못 됩니다.

"나도 가끔 잠을 못 이룰 때가 있는데, 잠 못 드는 것 또한 유쾌한 법이네" 하고 내가 말했습니다.

"어째서?" 하고 이번엔 형님이 물었습니다. 나는 그때 내가 외우고 있던 '등영무수조심청묘향문(燈影無睡照 心淸妙香聞)'*이라는 옛사람의 시구를 형님을 위해 읊었습니다. 그러자 형님은 돌연 내 얼굴을 보며 싱글싱글 웃었습니다.

"자네 같은 사람이 그런 정취를 알 턱이 있나"라며 의아해하는 기색이었습니다.

36

그날 나는 다시 형님을 이끌고 이번엔 산으로 갔습니다. 위를 보며 산으로 가고, 아래를 향해 탕에 들어가는 것 외에, 달리 할 일이라곤 전혀 없는 곳이니까요.

형님은 여윈 다리를 채찍처럼 사용하며 좁은 길을 능숙하게 걷습니다. 그 대신 역시 남보다 갑절로 먼저 피곤해지는 모양입니다. 뚱뚱한

---

* 당나라 시인 두보(杜甫)의 시구. 잠 못 이루고 수행하는 스님 등이 비추니, 그 마음 청아하여 신묘한 내음을 맡도다, 라는 뜻.

내가 느릿느릿 뒤늦게 올라가보니, 나무 둥치에 걸터앉아 헉헉 가쁜 숨을 몰아쉬고 있었습니다. 형님은 다른 사람을 기다려주는 게 아닙니다. 자신이 숨차니까 어쩔 수 없이 쓰러지는 겁니다.

  형님은 더러 멈춰 서서 우거진 수풀 속에 핀 백합을 바라보았습니다. 한번은 흰 꽃잎을 특별히 가리키며 "저건 내 소유다"라고 말했습니다. 나는 그게 무슨 의미인지 알 수 없었습니다만, 굳이 되물을 생각도 없이 드디어 꼭대기까지 올랐습니다. 둘이서 그곳의 찻집에서 쉴 때, 형님은 다시 발 밑으로 보이는 숲이며 계곡을 가리켜 "저기 있는 것들 모두 내 소유다"라고 말했습니다. 두 번이나 반복된 이 말에 나는 비로소 수상쩍은 느낌이 들었습니다. 그러나 그 수상쩍은 느낌은 그 자리에서 바로 풀 수가 없었습니다. 내 질문에 대한 형님의 대답은 그저 쓸쓸한 웃음에 불과했기 때문입니다.

  우리는 그 찻집의 걸상 위에서 잠시 죽은 듯 누워 있었습니다. 그 동안 형님이 무슨 생각을 했는지는 알 수 없습니다. 나는 그저 맑은 하늘에 흘러가는 흰 구름만을 보고 있었습니다. 내 눈은 반짝였습니다. 서서히 돌아갈 때의 더위가 걱정되기 시작했습니다. 나는 형님을 재촉해서 다시 산을 내려왔습니다. 그때입니다. 형님이 느닷없이 뒤에서 내 어깨를 움켜잡고 "자네 마음과 내 마음은 도대체 어디까지 통하며, 어디서부터 멀어진 것일까"라고 물은 것은. 나는 멈춰 서는 동시에 왼쪽 어깨를 잡혀 두세 번 세게 흔들렸습니다. 나는 몸으로 느끼는 동요를 똑같이 마음으로도 느꼈습니다. 나는 평소에 형님을 사색가라 생각했습니다. 함께 여행을 떠난 뒤로는, 종교에 들어가려 하나 들어가는 길을 몰라 고민하는 사람 같다고도 해석해보았습니다. 내가 마음에 동요를 느꼈다는 건, 과연 형님의 이러한 질문이 그런 상황에서 나온 걸까 하고 미심쩍었기 때문입니다. 나는 무슨 일이건 별로 개의치 않는 성격입니다. 또한 무슨 일에도 별로 놀라지 않는 매우 둔한 남자입니다. 하지만 출발 전, 당신한테서 여러 가지 부탁을 받은 터라 형님에 대해서만은 이상하게 예민해지려 했습니다. 나는 적이 태평스런 길을 벗어나게 되었습니다.

"Keine Brücke führt von Mensch zu Mensch(사람과 사람을 서로 잇는 다리는 없다)."

나는 마침 기억하고 있던 독일 속담으로 대답을 대신했습니다. 물론 반쯤은 문제를 성가시게 만들고 싶지 않은 고의의 전략도 포함되긴 했습니다만. 그러자 형님은 "그럴 테지, 지금의 자넨 그 밖에 달리 대답할 수는 없을 테지" 했습니다. 나는 곧 "어째서?" 하고 되물었습니다.

"자신에게 성실하지 못한 자는 결코 타인에게도 성실할 수 없어."

나는 형님의 이 말을 나 자신의 어디에 적용해야 할지 깨닫지 못했습니다.

"자넨 내 보호자가 되어 일부러 함께 여행하는 게 아닌가? 난 자네의 호의를 감사하네. 하지만 그런 동기에서 나온 자네의 언동은 진심을 가장한 거짓에 불과하다고 생각하네. 친구로서의 나는 자네로부터 멀어질 뿐일세."

형님은 이렇게 단언했습니다. 그리고 나를 그 자리에 내버려둔 채, 혼자 성급히 산길을 뛰어내려갔습니다. 그때 나는 형님 입에서 튀어나온 'Einsamkeit, du meine Heimat Einsamkeit!(고독이여, 너는 나의 은신처로다)'*라는 독일어를 들었습니다.

---

* 독일 철학자 프리드리히 니체Friedrich Nietzsche(1844~1900)의 『차라투스트라는 이렇게 말했다』 중의 한 구절.

37

　　나는 걱정하며 여관으로 돌아왔습니다. 형님은 방 한가운데 창백한 얼굴로 누워 있었습니다. 나를 보고도 말을 걸지 않고 꼼짝도 하지 않았습니다. 나는 자연을 존중하는 사람을 자연 그대로 두는 방침을 택했습니다. 나는 조용히 형님의 머리맡에서 담배를 하나 피웠습니다. 그리고 불쾌해진 땀을 씻기 위해 수건을 들고 목욕탕으로 갔습니다. 내가 욕조 끝에 서서 몸을 씻을 때, 형님이 뒤따라 들어왔습니다. 두 사람은 그때 비로소 얘기를 나누었습니다. 나는 "피곤할 테지?" 하고 물었습니다. 형님은 "피곤해" 하고 대답했습니다.
　　점심상을 받을 무렵부터 형님의 기분은 차차 회복되기 시작했습니다. 결국 나는 형님에게 아까 산길에서 두 사람 사이에 벌어진 신파적인 태도를 언급했습니다. 형님은 처음엔 쓴웃음을 지었습니다. 그러나 나중엔 앉음새를 고치고 진지해졌습니다. 그리고 실제로 고독감을 견딜 수 없노라고 강조했습니다. 나는 그때 처음, 형님 입으로 그가 단지 사회 생활에서뿐만 아니라, 가정에서도 마찬가지로 고독하다는 아픈 고백을 들었습니다. 형님은 절친한 나에 대해 의심을 품는 것 이상으로 집안 식구들을 의심하는 것 같았습니다. 형님의 눈에는 아버님도 어머님도 거짓된 인물입니다. 부인은 유독 그렇게 보이는 모양입니다. 형님은 그런 부인의 머리에 얼마 전 손을 댔다고 말했습니다.
　　"한 번 때리니 가만있더군. 두 번 때려도 가만히 있더군. 세번째엔 저항하겠지 싶었는데, 역시 대들지 않아. 내가 때리면 때릴수록 그쪽은 얌전해지는 걸세. 그 때문에 나는 점점 깡패 취급을 당하고 마는 거지. 나는 내 인격의 타락을 증명하기 위해 어린 양 위에 분노를 쏟아내는 것과 다름없다네. 남편의 분노를 이용해서 자신의 우월을 자랑하려는 상대는 잔혹하잖은가. 자네, 여자는 완력을 휘두르는 남자보다 훨씬 잔혹한 거라네. 나는 어째서 여자가 내게 얻어맞고서도 일어나 저항하지 않았는가를 생각한다네. 저항하지 않아도 좋으니, 왜 한 마디라도 따지지 않았는가를 생각하네."

이때 형님의 얼굴은 고통으로 가득 차 있었습니다. 이상하게도 형님은 이만치 선명하게 스스로 사모님에게 가한 불쾌한 행동을 들려주면서, 그런 행동을 굳이 하게 된 원인에 대해선 구체적으로 거의 아무것도 말하지 않았습니다. 형님은 그저 자신의 주변이 거짓으로 이루어진 거라 말합니다. 그러면서 그 거짓을 내 눈앞에 제시해 보이려고는 하지 않습니다. 나는 어째서 이 막연한 울림을 지닌 거짓이라는 글자 때문에 형님이 그토록 흥분하는지 의아하게 여겼습니다. 형님은 내가 거짓이라는 단어를 사전으로 알고 있을 뿐이니까, 그런 어리석은 궁금증을 일으키는 거라며 현실에 어두운 나를 나무랐습니다. 형님이 보기에 나는 현실에 어두운 사람입니다. 나는 억지로 형님에게서 거짓의 내용을 들으려고는 하지 않았습니다. 따라서 형님의 가정에 어떤 성가신 사정이 뒤엉켜 있는지 나는 전혀 알지 못합니다. 구태여 들어야 할 내용도 아닐 테고 또 듣지 않더라도, 가족의 한 사람인 당신에겐 보고할 필요가 없다고 생각했기 때문에 그대로 지나쳤습니다. 다만 참고삼아 한마디 일러둡니다만, 형님은 그때 부모님이나 부인에 대해선 추상적이나마 언급했음에도 불구하고, 당신에 관해서는 지로라는 이름조차 입에 담지 않았습니다. 그리고 오시게 씨인가 하는 여동생에 대해서도 아무 말 하지 않았습니다.

38

내가 형님에게 말라르메 얘기를 꺼낸 건, 슈젠지를 떠나 오다와라에 온 날 밤입니다. 당신과는 전공이 다르니 어쩌면 실례가 되지 않을까 싶어 덧붙입니다만, 말라르메란 유명한 프랑스 시인의 이름입니다. 이러한 나도 실은 그 이름만 알고 있을 뿐입니다. 그러니까 얘기라 해봤자, 작품의 비평 같은 게 아닙니다. 도쿄를 떠나기 전, 구독하는 외국 잡지의 봉투를 뜯어 잠깐 훑어보니, 거기에 이 시인의 일화가 있어 흥미롭게 여겨 기억해두었는데, 나는 곧 그 얘기로 형님의 반성을 촉구하고 싶어진 것입니다.

이 말라르메라는 사람에게도 많은 젊은 숭배자가 있었습니다. 그 사람들은 자주 그의 집에 모여 그의 담화에 밤늦도록 귀를 기울였는데, 아무리 많은 사람이 들이닥쳐도 그가 앉는 장소는 반드시 난로 옆, 흔들의자로 정해졌습니다. 이는 오랜 습관으로 결정된 규칙처럼 아무도 어기는 자가 없었습니다. 그런데 어느 날 밤 새로운 손님이 찾아왔습니다. 아마도 영국의 시먼스*라는 설이 있습니다만, 그 손님은 지금까지의 습관을 전혀 몰랐기 때문에 어느 자리의 어느 의자든 같은 값이라고 짐작한 걸까, 당연히 말라르메가 앉아야 할 특별한 의자에 걸터앉고 말았습니다. 말라르메는 불안해졌습니다. 여느 때처럼 이야기에 집중할 수가 없었습니다. 좌중은 흥이 깨지고 말았습니다.

"오죽이나 거북했을까."

나는 말라르메의 얘기를 하고 나서 이렇게 한마디 단안을 내렸습니

---

* 아서 시먼스 Arthur Symons(1865~1945): 영국의 대표적인 상징주의 시인.

다. 그리고 형에게 "자넨 말라르메보다도 훨씬 거북하군"하고 말했습니다.

형님은 예민한 사람입니다. 미(美)적으로나 윤리적으로나, 지적인 면에서도 너무 예민하여 결국 자신을 괴롭히기 위해 태어난 듯한 결과에 빠져 있습니다. 형님에겐 갑이든 을이든 상관없다는 둔한 구석이 없습니다. 갑이냐 을이냐, 반드시 어느 한쪽이 아니면 승낙할 수 없는 것입니다. 더구나 갑이면 갑의 모양이나 정도, 색채 등이 형님 생각대로 빈틈없이 딱 맞아떨어지지 않으면 수긍하지 않습니다. 형님은 자신이 예민한 만큼 자신이 그렇게 생각하는 철사처럼 아슬아슬한 선 위를 지나 생활의 걸음을 옮겨가고 있습니다. 그 대신 상대방도 똑같이 아슬아슬한 철사 위를 헛디디지 않고 걸음을 옮겨주지 않으면 참지 못합니다. 그러나 이것이 형님의 옹고집 때문이라고 생각한다면 잘못입니다. 형님의 기대대로 형님에게 다가올 세상을 상상해보면, 그건 지금 세상보다 훨씬 앞선 것이어야 합니다. 따라서 형님은 미적으로나 지적으로, 혹은 윤리적으로도 자신만큼 앞서지 못한 세상을 기피하는 것입니다. 그러니까 단순한 옹고집과는 다르겠지요. 의자를 잃고 불안해진 말라르메의 거북함은 아닙니다.

그러나 괴로움은 어쩌면 더 심할지도 모릅니다. 나는 어떻게 해서든 그 괴로움으로부터 형님을 구해내야겠다고 다짐하고 있습니다. 형님도 스스로 그 괴로움을 견뎌내지 못하고 물에 빠진 사람처럼 오로지 발버둥치고 있습니다. 내겐 마음속의 그 싸움이 훤히 보입니다. 그러나 천부적인 능력과 교양의 연마로 겨우 예민해진 형님의 눈을, 그저 안정만을 부여할 목적으로 다시 어둡게 만들어야 한다는 사실이 인생에서 어떤 의의를 갖는단 말인가요. 설사 의의가 있다 한들, 인간으로서 가능한 일일까요?

나는 잘 알고 있었습니다. 생각하고 생각하고 거듭 생각한 형님의 머리엔 피와 눈물로 씌어진 종교라는 두 글자가 마지막 수단으로 아우성치고 있음을 알았습니다.

39

"죽느냐, 미치광이가 되느냐, 아니면 종교를 얻느냐. 내 앞엔 이 세 가지밖에 없네."

형님은 끝내 이렇게 말했습니다. 그때 형님의 얼굴은 오히려 절망의 골짜기를 향해 가는 사람처럼 보였습니다.

"하지만 아무래도 종교를 얻지는 못할 것 같네. 죽는 것도 미련이 남을 것 같아. 그렇다면 미치광이로군. 그런데 자네, 미래의 나는 차치하고라도 현재의 나는 제정신일까? 이미 예전에 어떻게 된 건 아닐까? 난 무서워서 견딜 수 없네."

형님은 일어나 툇마루로 나갔습니다. 거기서 난간에 기대어 바다를 잠시 바라보았습니다. 그리고는 방 앞을 두세 번 왔다갔다한 뒤, 다시 원래 자리로 돌아왔습니다.

"기껏 의자를 잃고 마음의 평화가 깨진 말라르메는 행복한 자다. 난 이제 대부분을 잃었네. 겨우 내 소유로 남은 이 육체조차, (이 손이며 발조차) 막무가내로 나를 배반할 정도니까."

형님의 이 말은 건성으로 하는 비유가 아닙니다. 예전부터 내성(內省)의 힘이 강했던 형님은, 너무 생각한 결과, 지금은 이 힘의 위압에 고통을 당하는 것입니다. 형님은 자신의 마음이 어떤 상태에 놓여 있거나, 일단 그것을 되돌아보고 음미하지 않고선 결코 앞으로 나아갈 수 없습니다. 따라서 형님의 목숨은 그 흐름이 매순간, 뚝뚝 중단되고 있습니다. 식사 중에 1분마다 전화 벨이 울리는 것과 마찬가지로 괴로울 게 틀림없습니다. 그러나 중단시키는 게 형님의 마음이라면 중단되는 것도 형님 마음이니, 형님은 결국 두 개의 마음에 지배받으며 그 두 개의 마음이 며느리와 시어머니처럼 아침부터 밤까지 서로 비난하고 비난당하느라 잠시도 편안할 수가 없습니다.

나는 형님의 얘기를 듣고서야 비로소 아무 생각도 하지 않는 사람의 얼굴이 가장 고상하다던 형님의 마음을 이해할 수 있었습니다. 형님이 이런 판단에 이르게 된 건, 오로지 생각한 덕분입니다. 그러나 그 생각 때문에 이 경지에는 들어갈 수 없습니다. 형님은 행복해지고 싶다 생각하면서 그저 행복만 연구한 것입니다. 그러나 아무리 연구를 쌓아도 행복은 여전히 강 건너에 있습니다.

나는 마침내 형님 앞에 다시 신이라는 단어를 꺼냈습니다. 그리고 뜻밖에 돌연 형님에게 머리를 얻어맞았습니다. 그러나 이건 오다와라에서 일어난 마지막 장면입니다. 머리를 맞기 전에 아직 한 대목이 있으니 우선 그것부터 보고하려 합니다. 하지만 전에도 말씀드린 대로 당신과 나는 전혀 전공이 다르기 때문에, 내가 적는 내용이 때에 따라선 당신 눈에 괜히 아는 체하는 쓸데없는 얘깃거리로 비칠지도 모릅니다. 그래서 당신과는 무관한 외국어를 섞을 때는 더욱 망설이게 됩니다만, 그래도 필요하다고 여기지 않는 한, 되도록 그런 종류의 문자는 생략하고 있으니 당신도 그리 알고 허심하게 읽어주세요. 조금이라도 당신의 마음에 경박하다는 의심을 품게 된다면, 애써 적어드리는 글이 전후 사정에 아무런 도움도 못 될 염려가 있으니까요.

내가 아직 학교에 다닐 무렵, 마호메트*에 대해 다음과 같이 전해

---

* 마호메트Mahomet(571?~632): 이슬람 종교의 시조.

져온 이야기를 어느 책에서 읽은 적이 있습니다. 마호메트는 건너편에 보이는 거대한 산을 자신의 발 밑으로 불러보겠다고 말했다 합니다. 그걸 보고 싶은 자는 몇 월 몇 일, 어디로 모이라고 했답니다.

40

그날이 되어 수많은 군중이 그의 주위를 에워쌌을 때, 마호메트는 약속대로 건너편 산에게 큰소리로, 이쪽으로 오라고 명령했습니다. 그런데 산은 전혀 움직이지 않습니다. 마호메트는 점잔을 빼고 다시 똑같은 호령을 했습니다. 그래도 산은 여전히 꿈쩍하지 않았습니다. 마호메트는 마침내 세 번 호령을 되풀이해야 했습니다. 그러나 세 번 말해도 움직일 기미를 보이지 않는 산을 바라보았을 때, 그는 군중을 향해 말했습니다.──"약속대로 나는 산을 불러들였다. 그러나 산은 오고 싶지 않은 모양이다. 산이 와주지 않는 이상, 내가 가는 수밖에 도리가 없다." 그는 그렇게 말하고 성큼성큼 산 쪽으로 걸어갔다 합니다.

이 이야기를 읽은 당시의 나는 아직 어렸습니다. 나는 재미난 좋은 재료를 얻은 셈으로 여기저기 들고 돌아다녔습니다. 그런데 그 중에 한 선배가 있었습니다. 모두들 웃는데 그 선배만은 "그것 참 괜찮은 얘기로군. 종교의 본뜻은 거기에 있어. 그게 다야"라고 말했습니다. 나는 잘 알지 못하면서도 그 말에 귀를 기울였습니다. 내가 오다와라에서 형님에게 같은 이야기를 반복한 것은, 그후 몇 년인가 지났습니다만, 이야기는 같은 이야기라도 더 이상 재미를 위해서는 아니었습니다.

"어째서 산 쪽으로 걸어가지 않는가?"

내가 형님에게 이렇게 말해도 형님은 잠자코 있습니다. 나는 형님에게 내 뜻이 제대로 전달되지 않을까 염려해, 덧붙였습니다.

"자넨 산을 불러들일 남자다. 불러들여, 오지 않으면 화낼 남자다. 발을 동동 구르며 분해할 남자다. 그리고 산을 나쁘게 비판하는 데만 골몰할 남자다. 어째서 산 쪽으로 걸어가지 않는가?"

"만약 그쪽이 이쪽으로 와야 할 의무가 있다면 어쩌겠나?" 하고 형님이 말합니다.

"그쪽에 의무가 있건 없건, 이쪽에 필요가 있다면 이쪽에서 가야겠지" 하고 내가 대답합니다.

"의무가 없는 곳에 필요가 있을 리 없지" 하고 형님이 주장합니다.

"그럼 행복을 위해 가게나. 필요 때문에 가고 싶지 않다면" 하고 내가 다시 대답합니다.

형님은 이 말에 다시 입을 다물었습니다. 내 말의 의미를 형님은 잘 알고 있습니다. 하지만, 옳고 그름〔是非〕, 선악(善惡), 미추(美醜)의 구별에 있어서 자신이 지금껏 키워온 높은 표준을 생활의 중심에 두지 않고선 살아갈 수 없는 형님은, 가볍게 그걸 내던지고 행복을 추구할 마음을 갖지 못하는 것입니다. 오히려 거기에 매달리면서 행복을 얻으려고 조바심치는 겁니다. 그리고 그 모순을 형님은 너무나 잘 알고 있습니다.

"자신을 생활의 중심이라 생각 말고 깨끗이 내던지면 훨씬 편해질 걸세" 하고 내가 다시 형님에게 말했습니다.

"그럼 무얼 중심으로 살아가나?" 하고 형님이 물었습니다.

"신이지" 하고 내가 대답했습니다.

"신이란 뭔가?" 하고 형님이 다시 물었습니다.

나는 여기서 잠깐 고백할 게 있습니다. 나와 형님이 나누는 이런 문답을 읽게 될 당신은 내가 자못 종교인인 양 비쳐질지도 모릅니다만, ─ 내가 어떻게든 해서 형님을 신앙의 길로 끌어들이려 애쓰는 듯이 보일지도 모릅니다만, 사실을 말하자면, 나는 예수와도 마호메트와도 인연이 없는 그저 평범한 인간에 불과합니다. 종교라는 걸 그리 필요하다고 생각해본 적 없이 막연히 자란 자연의 야인(野人)입니다. 아무튼 대화가 그쪽으로 쏠리는 건, 오직 상대로서 형님이라는 격렬한 번뇌자와 마주한 까닭입니다.

41

내가 형님에게 당한 원인도 오로지 거기에 있었습니다. 사실 나는 신을 알지도 못하면서 신이라는 단어를 입에 담았습니다. 형님이 반문했을 때, 그건 하늘(天)이나 운명(命)이라는 의미와 같은 거라고 막연히 대답해두는 게 차라리 나았는지도 모릅니다. 그러나 앞뒤 진행상, 내겐 그런 설명을 할 여유가 없었습니다. 그때의 문답은 분명 다음과 같은 순서로 진행되었으리라 생각합니다.

나 "세상일이 자기 생각대로만 되지 않는 이상, 거기엔 자기 이외의 의지가 작용하고 있다는 사실을 인정해야 할 걸세."

"인정하네."

나 "그리고 그 의지는 자네보다 훨씬 위대하지."

"위대할지도 모르지, 내가 지니까. 하지만 대개 나보다도 선하지 않고, 아름답지 않고, 진실하지 않아. 나는 그들에게 질 까닭이 없는데도 지고 있다네. 그래서 화가 나는 거지."

나 "그건 서로 약한 인간끼리의 경쟁을 말하는 거겠지. 내 말은 그게 아니라, 좀더 큰 존재를 가리킨다네."

"그런 애매한 존재가 어디에 있나?"

나 "없다면 자넬 구제할 수 없을 테지."

"그럼 잠시 있다고 가정하고……"

나 "만사를 거기에 위임해버리는 걸세. 아무쪼록 잘 부탁드립니다 하고. 자네, 인력거를 타면 인력거꾼이 떨어뜨리지 않고 잘 끌어주리라 안심하고 인력거 위에서 잠들 수는 없겠나?"

"난 인력거꾼만큼 신용할 수 있는 신을 알지 못하네. 자네도 그럴 테지. 자네가 하는 말은 오직 날 위해 지어낸 설교일 뿐, 자네 자신이 실행할 경전은 아니잖은가?"

나 "그렇지 않아."

"그럼 자넨 완전히 자아를 내던진 셈이군."

나 "그런 셈이지."

"죽든 살든, 신이 알아서 잘 조처해준다고 믿고 안심하는군."

나 "그렇다네."

나는 형님이 이렇게 따지고 들자, 점점 위태로워지는 느낌이 들었습니다. 하지만 그렇다고 전후의 기세가 자신을 지배하는 한가운데, 어떻게 해볼 도리도 없습니다. 그러자 형님이 돌연 손을 들어 내 따귀를 찰싹 때렸습니다.

아시다시피 나는 어지간히 신경이 둔한 성격입니다. 덕분에 지금까지 별로 남과 다툰 적이 없고 또 남을 화나게 한 적도 없이 지내왔습니다. 내가 둔한 탓이기도 하겠지만, 어렸을 때조차 부모님께 맞아본 기억이 없습니다. 물론 어른이 되어서도 그러합니다. 난생 처음으로 얼굴을 얻어맞은 나는 그때 나도 모르게 발끈했습니다.

"무슨 짓인가?"

"그것 보게."

나는 이 "그것 보게"를 이해하지 못했습니다.

"난폭하군" 하고 나는 말했습니다.

"그것 보게, 전혀 신을 신뢰하지 않아. 역시 화내고 말았어. 사소한 일로 기분의 균형을 잃고 말았어. 침착함이 흐트러지고 말았어."

나는 아무런 대답도 하지 않았습니다. 또한 뭐라고 대답할 수도 없었습니다. 그러다 형님은 불쑥 자리에서 일어났습니다. 내 귀에는 쿵쿵 계단을 뛰어내려가는 형님의 발소리만이 남았습니다.

42

나는 하녀를 불러 함께 온 손님은 어디 있느냐고 물어보았습니다.
"방금 밖으로 나가셨습니다. 아마 해변이겠죠."

하녀의 대답이 나의 상상과 일치했기 때문에, 나는 더 이상 걱정은 하지 않기로 하고 그 자리에 벌렁 드러누웠습니다. 그러자 옷걸이 끝에 걸린 형님의 여름 모자가 곧 눈에 띄었습니다. 형님은 이 더운 날, 모자도 쓰지 않고 어딘가로 뛰쳐나간 것입니다. 당신처럼 형님의 일거일동을 염려하는 사람이 본다면, 큰대자로 드러누운 그때의 내 모습을 다소 태평스럽게 여길지도 모릅니다. 이는 원래 둔한 나의 신경이 시키는 소행에 다름아닙니다. 하지만 단지 둔하다고만 설명하기보다 달리 좀더 참고될 만한 점도 섞인 것 같아, 그것을 잠시 말씀드립니다.

나는 형님의 머리를 신뢰했습니다. 나보다 예민한 형님의 이해력에 존경을 품고 있었습니다. 형님은 가끔 보통 사람이 알아들을 수 없는 말을 느닷없이 합니다. 그것이 모르는 사람의 귀나 교육이 부족한 남자의 귀엔, 어느 한 군데 금간 종소리처럼 이상하게 들릴 테지만, 형님을 잘 파악하는 내겐 오히려 습관적인 언설보다는 고마운 것이었습니다. 나는 평소 여기에 형님의 특징을 발견했습니다. 그래서 걱정할 필요는 없다고 그토록 힘주어 거리낌없이 당신에게 단언할 수 있었습니다. 그리고 함께 여행을 떠났습니다. 여행을 떠나온 뒤 형님은 지금까지 내가 서술한 대로입니다만, 나는 앞으로의 이 여행에서 형님을 위해 조금씩 처음의 생각을 정정하지 않을 수 없게 되었습니다.

나는 형님의 머리가 나보다 확실하고 빈틈없다는 사실에 대해선, 지금도 전혀 의심의 여지는 없다고 생각합니다. 그러나 인간으로서 지금의 형님은 예전에 비하면 어딘가 흐트러져 있는 듯합니다. 그리고 그 흐트러진 원인을 생각해보면, 확실하고 빈틈없는 그의 머리, 바로 그 움직임에 기인된 것입니다. 나로선 빈틈없는 머리에 경의를 표하고 싶고 또 흐트러진 마음엔 의심을 두고 싶습니다만, 형님이 보기엔 빈틈없는 머리가 곧 흐트러진 마음입니다. 그래서 나는 망설입니다. 머리는 확실하다, 그러나 정신은 어쩌면 좀 이상할지도 모른다. 신용은 할 수 있다, 그러나 신용할 수 없다. 이렇게 말하면 당신은 이걸 만족스런 보고로서 받아들일 수 있을까요? 이외에 달리 말할 방도가 없는 나는, 나 자신 이미 곤경에 빠져 있습니다.

나는 계단을 쿵쿵 뛰어내려간 형님을 내버려두고 벌렁 드러누웠습니다. 나는 그만큼 안심하고 있었습니다. 모자도 쓰지 않고 나갔을 정도니까 곧 돌아올 게 뻔하다고 생각했습니다. 그러나 형님은 예상대로 그리 쉽게는 돌아오지 않았습니다. 그러자 나도 그만 큰대자로 누워 있을 수는 없었습니다. 나는 마침내 뚜렷한 불안을 안고 일어났습니다.

바닷가로 나가니, 해는 어느새 구름에 가렸습니다. 어둑하게 흐린 하늘과 그 아래의 둔치며 바다가 같은 회색을 띠고 왠지 우울해 보이는 가운데, 묘하게 미적지근한 바람이 비릿하게 불어왔습니다. 나는 그 회색에 어우러진 한 점으로, 건너편 파도치는 물가에 웅크린 형님의 하얀 모습을 발견했습니다. 나는 말없이 그쪽으로 걸어갔습니다. 내가 뒤에서 말을 걸자, 형님은 곧바로 일어서며 "아까는 미안했네"라고 말했습니다.

형님은 무작정 멈추지 않고 실컷 주변을 걸어다니다 결국 지쳐, 그 자리에 주저앉고 말았다고 했습니다.

"산으로 가세. 이제 여긴 싫어졌네. 산으로 가세."

형님은 당장이라도 산으로 가고 싶은 모양이었습니다.

43

우리는 그날 밤 드디어 산으로 가게 되었습니다. 산이라 해도 오다와라에서 곧장 갈 수 있는 곳은 하코네 외엔 없습니다. 나는 이 통속적인 온천장으로, 가장 통속적이지 못한 형님을 끌어들인 겁니다. 형님은 처음부터 틀림없이 소란스러울 거라고 말했습니다. 그래도 산이니까 2, 3일은 참을 수 있을 거라고 말했습니다.

"참으러 온천장에 가다니 안타까운 얘기로군."

이것도 그때 형님 입에서 나온 자조 섞인 말이었습니다. 아닌 게 아니라, 형님은 도착한 날 밤부터 시끄러운 옆방 손님을 참아야 했습니다. 이 손님들은 도쿄에서 왔는지 요코하마(橫浜)에서 왔는지 몰라도, 아무튼 사용하는 말투로 판단하면 장사꾼이나 청부업자 혹은 중개인 같은 부류에 속하는 사람들이라 짐작되었습니다. 더러 대뜸 큰소리가 튀어나오기도 합니다. 방약무인격으로 떠들어댑니다. 이런 일에 무덤덤한 나도 꽤나 애를 먹었습니다. 덕분에 그날 밤은 형님도 나도 어려운 얘기는 전혀 하지 않고 잠이 들었습니다. 즉, 옆방 남자들은 우리의 사색을 방해하기 위해 떠든 셈이었습니다.

다음날 아침, 내가 형님에게 "어젯밤은 잘 잤나?" 하고 묻자, 형님은 고개를 흔들며 "잘 잤을 리가 있나. 자네가 참으로 부럽다네" 하고 대답했습니다. 도저히 잠을 이루지 못 하는 형님 귀에다 내가 밤새도록 요란하게 코를 골아댔다는 것입니다.

그날은 새벽부터 가랑비가 내렸습니다. 그러다가 10시경에는 본격적으로 쏟아졌습니다. 정오 무렵을 지나서는 다소 폭우의 양상을 띠기 시작했습니다. 그러자 형님은 갑자기 자리에서 일어나더니 옷자락을 걷어올려 허리에 질러넣습니다. 지금부터 산 속을 걷겠다 합니다. 엄청난 비를 맞으며 골짜기 벼랑 어디든 막무가내로 운동하겠다고 주장합니다. 고생 천만한 일이라고는 생각했습니다만, 형님을 만류하기보다 내가 형님에게 찬성하는 편이 덜 수고스러울 것 같아 그만 "좋아" 하며 나도 옷을 걷어올렸습니다.

형님은 곧장 숨이 막힐 듯한 바람을 향해 돌진했습니다. 물소리인지 하늘 소리인지 뭐라고 비유할 수 없는 울림 속을, 땅에서 튀어오르는 고무공 같은 기세로 통통 뛰었습니다. 그리고는 혈관이 파열할 만큼 크게 소리를 지르며 그저 아아아, 하고 외칩니다. 그 기세는 어젯밤 옆방 손님들보다 몇 배나 더 맹렬했는지 알 수 없습니다. 소리만 해도 그들보다 훨씬 야수적입니다. 그러나 그 원시적인 외침은 입에서 나오기 바쁘게 금세 바람에 휩쓸리고 맙니다. 그리곤 다시 비가 뒤쫓아와 산산조각을 냅니다. 형님은 얼마 뒤 침묵으로 돌아왔습니다. 하지만 여전히 걸어다녔습니다. 숨이 차 더 이상 할 수 없을 때까지 계속 걸어다녔습니다.

우리가 물에 빠진 생쥐 꼴로 여관에 돌아온 건, 나간 지 한 시간 아니면 두 시간 지나서였을까요. 나는 배꼽 깊숙이까지 얼얼했습니다. 형님은 입술 색이 변했습니다. 탕에 들어가 몸을 데울 때, 형님은 연신

"통쾌하군"이라 했습니다. 자연에 대해 적의가 없으니 아무리 정복당해도 통쾌하겠지요. 나는 그저 "애썼네" 하며 욕조 안에서 기분좋게 발을 뻗었습니다.

그날 밤은 예상과 달리, 옆방이 죽은 듯 고요했습니다. 하녀에게 물어보니, 형님을 괴롭힌 어젯밤 손님들은 어느 틈에 벌써 떠난 뒤였습니다. 내가 형님으로부터 뜻밖에 종교관을 듣게 된 건 그날 밤의 일입니다. 나는 적이 놀랐습니다.

44

당신도 현대 청년이니까 종교라는 고리타분한 말에 대해 그리 동정심을 갖지는 않겠지요. 나도 까다로운 건 되도록 말하지 않고 지나가고 싶습니다. 하지만 형님을 이해하기 위해선 반드시 그 문제를 언급하지 않을 수 없습니다. 당신에겐 흥미도 없고 또 의외일 수도 있겠지만, 그걸 건드리지 않는 이상, 정작 중요한 형님을 이해할 수 없게 될 뿐이니 꾹 참고 이 부분을 빠뜨리지 말고 읽어주세요. 참기만 하면 당신이 쉽게 이해할 수 있는 문제입니다. 읽고 나서 형님을 충분히 파악한 다음, 어르신들이 납득할 수 있도록 가족 모두에게 소개해주세요. 나는 형님 일로 몹시 노심초사할 어른들에 대해 참으로 안타까운 마음입니다. 그러나 지금으로선 당신을 통하지 않고 달리 있는 그대로의 형님을 형님의 가족에게 알릴 방법이 없으니, 당신도 약간 진지한 마음으로 생소한 글들을 읽어주세요. 나는 재미삼아 어려운 얘기를 적는 게 아닙니다. 어려운 얘기가 살아 있는 형님의 일부분이니 어쩔 수가 없습니다. 두 가지를 떼어놓으면 피와 살로 이루어진 형님 또한 존재하지 않게 됩니다.

형님은 신이든 부처든 아무것도 자신 이외에 권위 있는 자를 건립하기를 싫어합니다. (이 건립이라는 단어도 형님이 사용한 그대로 내가 답습한 것입니다.) 그렇다면 니체처럼 자아를 주장하는가 하면 그렇지도 않습니다.

"신은 자기다"라고 형님이 말합니다. 형님이 이처럼 힘주어 단안을 내리는 모습을 모르는 사람이 뒤에서 들었다면, 다소 이상하게 여길지도 모릅니다. 형님은 이상하게 여겨지더라도 도리가 없을 만큼 격앙된 어투를 사용합니다.

"그렇다면 자신이 절대라고 주장하는 것과 마찬가지가 아닌가" 하고 내가 비난합니다. 형님은 끄떡도 하지 않습니다.

"나는 절대다"라고 말합니다.

이러한 문답을 거듭하면 거듭할수록 형님의 상태는 더더욱 이상해집니다. 상태뿐이 아닙니다. 말하는 것도 점차 비정상적이 되어갑니다. 상대가 만약 나 같은 사람이 아니라면 형님은 채 끝나기도 전에 순수한 미치광이로 일찌감치 사장되고 말았을 게 틀림없습니다. 그러나 나는 그렇게 쉽게 그를 버릴 만큼 형님을 경시하지 않았습니다. 마침내 나는 형님을 바닥까지 밀어붙였습니다.

형님의 절대라는 건 철학자의 머리가 생각해낸 헛된 지면상의 숫자는 아니었습니다. 스스로 그 경지에 들어가 직접 경험해볼 수 있는, 분명히 심리적인 것이었습니다.

형님은 순수하게 마음의 안정을 얻은 사람은 굳이 구하지 않고도 자연히 이 경지에 들어갈 수 있다고 말합니다. 일단 이 경지에 들어가면 천지만유, 온갖 대상(對象)이라는 것이 모조리 없어지고 오직 자신만이 존재하게 된다고 합니다. 그리고 그때의 자신은 있는지 없는지 분간할 수 없는 거라고 말합니다. 위대하면서도 또한 보잘것없는 거라고 말합니다. 뭐라 이름 지을 수 없는 거라고 말합니다. 곧, 절대라고 말합니다. 그리고 그 절대를 경험한 사람이 갑자기 경종(警鐘)이 울리는 소리를 듣게 되면, 그 경종 소리는 곧 자신이라는 것입니다. 말을 바꿔 똑같은 의미를 나타내자면, 절대 즉 상대가 된다는 것입니다. 따라서 자신 이외에 물건을 두거나 남을 만들어 괴로워할 필요가 없어지고 또한 괴로움을 당할 염려도 생기지 않는다는 것입니다.

"근본 의의는 죽거나 살거나 마찬가지가 아니고선 도저히 안심할 수가 없는 걸세. 모름지기 현대를 초월해야 한다고 말한 재사(才士)*는 어떻든 간에, 나는 기필코 생사를 초월하지 않으면 안 된다고 생각하네."

형님은 거의 이를 악무는 기세로 이렇게 확언했습니다.

45

나는 이 경우에도 내 머리가 형님과는 견줄 바가 못 된다는 사실을 고백하지 않을 수 없습니다. 나는 인간으로서 과연 형님이 말하는 경지에 도달할 수 있겠는가를 아직 생각해보지 못했습니다. 명료한 순서로 자연스럽게 거기에 귀착되어가는 형님의 얘기를 들었을 때, 과연 그렇구나 하고 생각했습니다. 또한 그렇지 않을 거라고도 생각했습니다. 어쨌든 나는 이러쿵저러쿵 시비를 가릴 만한 자격을 갖지 못한 사람에 불과했습니다. 나는 묵묵히 열렬한 언어 앞에 앉아 있었습니다. 그러자 형님의 태도가 변했습니다. 내 침묵이 예리한 형님의 논조를 둔하게 한 예는 지금까지 몇 번인가 있었습니다. 그리고 그것은 한결같이 우연에 의한 것입니다. 하긴 형님처럼 총명한 사람에게 어떤 의도로 입을 다물어

---

* 일찍부터 시와 비평에 뛰어난 재능을 보인 다카야마 초규(高山樗牛, 1871~1902)를 가리킴.

버리는 기교를 부린다면 바로 간파당할 게 뻔하니까, 내가 둔한 것도 때로는 득이 되는가 봅니다.

"자네, 나를 그저 달변가라고 경멸하지 말아주게"라고 말한 형님은 갑자기 내 앞에 엎드렸습니다. 나는 뭐라 인사를 할지 막막했습니다.

"자네 같은 중후한 인간이 보기에 나는 너무나 경박한 수다쟁이일 게 틀림없네. 하지만 난 이래도 입으로 말하는 걸 실행하고 싶어하네. 실행해야 한다고 밤낮으로 줄곧 생각하고 또 생각한다네. 실행하지 않으면 살아 있을 수 없다고까지 마음먹고 있다네."

나는 여전히 할말이 없어 난처할 뿐이었습니다.

"자네, 내 생각이 틀렸다고 생각하나?" 하고 형님이 물었습니다.

"그렇진 않네" 하고 내가 대답했습니다.

"철저하지 못하다고 생각하나?" 하고 형님이 다시 물었습니다.

"근본적인 것 같군" 하고 내가 다시 대답했습니다.

"하지만 어떻게 하면 이 연구적인 내가, 실행적인 나로 변화할 수 있겠나? 부디 가르쳐주게" 하고 형님이 부탁합니다.

"나한테 그런 힘이 어디 있나?" 하고 전혀 뜻밖의 나는 거절합니다.

"아니 있어. 자넨 실행적으로 태어난 사람이네. 그래서 행복한 거지. 그렇게 침착할 수 있는 거라네" 하고 형님이 거듭 말합니다.

형님은 진지해 보였습니다. 나는 그때 시무룩해져서 형님에게 말했습니다.

"자네의 지혜는 나보다 훨씬 뛰어나다네. 난 도저히 자넬 구할 수는 없어. 내 힘은 나보다 둔한 자에게는 어쩌면 도움이 될지도 모르네. 그러나 나보다 총명한 자네에겐 전혀 무효라네. 요컨대 자넨 홀쭉하고 키가 크게 태어난 남자이고, 난 살이 쪄 땅딸막하게 생긴 사람일세. 내 흉내를 낸다고 뚱뚱해지려 한다면 자넨 자네의 키를 줄이는 수밖에 방

355

법이 없을 테지."

형님은 눈물을 뚝뚝 흘렸습니다.

"나는 분명히 절대의 경지를 인정하네. 그러나 내 세계관이 분명해지면 분명해질수록, 절대는 나와 멀어지고 만다네. 요컨대 나는 도면을 펴놓고 지리를 조사하는 사람이었지. 그러면서 각반(脚絆)을 매고 산하를 답사하는 현장 사람들과 똑같은 경험을 하려고 안달이 나 있다네. 나는 멍청해. 나는 모순이야. 그런데 멍청한 줄 알면서, 모순인 줄 알면서도 여전히 발버둥치고 있지. 나는 바보야. 인간으로서 자넨 나보다 훨씬 위대해."

형님은 다시 내 앞에 엎드렸습니다. 그리고 마치 사죄라도 할 때처럼 머리를 조아렸습니다. 형님 눈에서 눈물이 뚝뚝 떨어졌습니다. 나는 몸둘 바를 몰랐습니다.

46

하코네를 떠날 때, 형님은 "두 번 다시 이런 곳은 질색이야"라고 말했습니다. 지금껏 지나온 가운데 형님의 마음에 든 곳은 아직 한 군데도 없습니다. 형님은 누구와 어디를 가든 쉽게 싫증내는 사람일 테지요. 그것도 그럴 만합니다. 형님은 자신의 몸이며 마음부터 이미 성에 차지 않으니까요. 형님은 자신의 몸이나 마음이 자신을 배반하는 수상한 자인 양 말합니다. 그게 장난삼아 멋대로 지껄이는 말이 아니란 것쯤은, 지금까지 함께 잠자리를 나누며 날수를 거듭한 내겐 잘 이해가 됩니다. 그런 나로부터 있는 그대로의 보고를 받는 당신도 충분히 납득이 갈 거라고 생각합니다.

이러한 형님과 내가 용케 같이 여행을 다닌다고 생각하실지도 모릅니다. 생각해보면 나도 그게 신기할 정도입니다. 앞에서 적은 바대로의 형님을 고스란히 머릿속에 담아두고만 있다면, 아무리 둔감한 나라도 상대하기 힘들 건 뻔합니다. 그러나 사실 나는 지금 형님과 이렇게 마주 보며 지내기가 그다지 고통스럽지는 않습니다. 적어도 옆에서 상상하기 보다는 훨씬 편할 거라고 생각합니다. 그리고 어째서냐고 그 이유를 묻는다면, 대답하기가 좀 곤란합니다. 당신도 형님에 대해 똑같은 경험을 하신 적은 없습니까? 만약 똑같은 경험을 하신 적이 없다면 뼈와 살을 나눈 당신보다도 타인인 내가, 형님과 친근한 성격을 갖고 태어난 거겠지요. 친근하다는 건 그저 사이가 좋다는 의미가 아닙니다. 어울려 원만해지는 특성을 어딘가 서로 분담하여 앞으로 나아가게 하는 마음가짐입니다.

나는 여행을 떠나와서 줄곧 형님의 비위에 거슬리는 말을 하고 행동을 했습니다. 어떤 때는 머리를 얻어맞기도 했습니다. 그래도 나는 당신의 온 가족 앞에 서서, 아직도 형님이 나에게 정나미 떨어지지 않았다는 사실을 단언할 수 있다고 생각합니다. 동시에 일말의 약점을 지닌 형님을 나는 지금도 충심으로 경애하고 있음을 굳게 믿어 의심치 않습니다.

형님은 나처럼 평범한 사람 앞에 머리 숙여 눈물을 흘릴 만큼 바른 사람입니다. 굳이 그렇게 할 만큼 용기를 지닌 사람입니다. 굳이 그렇게 하는 게 당연하다고 판단할 만큼의 식견을 갖춘 사람입니다. 형님의 머리는 지나치게 명민하여 자칫하다간 자신을 내버려두고 앞서가고 싶어합니다. 마음의 여타 도구가 그의 이지(理智)와 보조를 맞춰 앞으로 나갈 수 없다는 데에 형님의 고통이 있습니다. 인격으로 보자면 거기에 빈틈이 있습니다. 성공으로 보자면 거기에 파멸이 깃들어 있습니다. 이 부조화를 형님을 위해 슬퍼하는 나는, 모든 원인을 너무나 민첩하게 움직이는 그의 이지의 죄로 돌리면서도 역시 그 이지에 대한 경의를 버릴 수가 없습니다. 형님을 그저 까다로운 사람, 그저 고집센 사람으로만 해석한다면, 아무리 시간이 지나도 형님에게 가까이 다가갈 기회는 오지 않을지도 모릅니다. 따라서 조금이라도 형님의 고통을 덜어줄 가능성은 영원히 멀어졌다고 볼 수밖에 없겠지요.

앞서 말씀드린 대로 우리는 하코네를 떠났습니다. 그리고 곧장 이 베니가야쓰의 작은 별장에 들었습니다. 나는 그 전에 잠깐 고우즈에 머무를 예정으로 은근히 혼자만의 프로그램을 계획했으나, 결국 형님에게는 말도 꺼내보지 못하고 말았습니다. 고우즈에서도 역시 "두 번 다시 이런 곳은 질색이야"라고 화낼 것 같았으니까요. 더구나 형님은 나한테서 이 별장 이야기를 듣고 연신 거기에 머무르고 싶어했습니다.

47

무슨 일에나 쉽게 자극을 받으면서도 어떤 자극도 끝까지 참아내지 못하는 지금의 형님에겐, 암자 같은 이 별장이 가장 적합한지도 모릅니다. 형님은 고요한 방에서 골짜기 하나를 사이에 둔 건너편 벼랑의 높은 소나무를 올려다보고, "좋은데" 하며 거기에 나앉았습니다.

"저 소나무도 자네 소유라네."

나는 위로하는 듯한 어조로 일부러 형님의 말투를 흉내내어보았습니다. 슈젠지에서는 도무지 이해할 수 없었던 "저 백합은 내 소유다"라든가 "저 산도 골짜기도 내 소유다"라고 한 형님의 말을 떠올렸기 때문입니다.

별장에는 집 지키는 노인이 한 사람 있었으나, 그는 우리가 들어오면서 자기 집으로 돌아갔습니다. 그래도 걸레질 청소나 물을 긷기 위해 아침 저녁 한 번씩은 꼭 와줍니다. 남자만 둘이라서 취사는 물론 할 수 없습니다. 우리는 노인에게 근처 여관에서 세 끼의 식사를 날라주도록 부탁했습니다. 밤엔 전등 설비가 있으니 램프를 켜는 번거로움은 없습니다. 그런 까닭에 아침에 일어나 밤에 잠들기까지 우리가 꼭 해야 할 일은 그저 이부자리를 깔고 모기장을 치는 정도입니다.

"자취보다 편하고 한적하군" 하고 형님이 말합니다. 실제로 지금까지 지나온 산이나 바다 가운데 여기가 가장 조용한 게 틀림없습니다. 형님과 말없이 마주 보고 있노라면, 바람 소리조차 들리지 않는 수가 있습니다. 다소 시끄럽다고 생각하는 건 산호수 이파리 사이로 삐걱삐걱거리는 이웃의 두레 우물 소리입니다만, 형님은 의외로 거기엔 무심합니다. 형님은 차츰 안정을 되찾는 것 같습니다. 나는 좀더 빨리 형님을 이곳으로 데려왔으면 좋았겠다고 생각했습니다.

마당 끝에 얼마 안 되는 밭이 있어, 거기에 옥수수며 가지가 자랍니다. 이 가지를 따 먹을까 의논했습니다만, 김치로 담그는 게 귀찮아 결국 그만두기로 했습니다. 옥수수는 아직 먹을 수 있을 만큼 여물지 않았습니다. 부엌 쪽의 우물가에 토마토가 심어져 있습니다. 그걸 아침에 세수하다가 둘이서 먹었습니다.

형님은 볕이 한창 뜨거운 한낮에, 마당인지 밭인지 알 수 없는 이 땅으로 나와, 꼼짝 않고 웅크려 앉을 때가 있습니다. 가끔 칸나꽃 향기를 맡아보기도 합니다. 칸나에 향기가 있을 리 없습니다. 시든 달맞이꽃 꽃잎을 뚫어지게 볼 때도 있습니다. 도착한 날에는 왼쪽 옆으로 부잣집 별장 경계 지점에 자란 참억새 곁에 오래도록 서 있었습니다. 나는 방에서 그 모습을 바라보다가 아무리 지나도 형님이 움직이지를 않아, 마침내 툇마루 끝에 있는 짚신을 끌며 일부러 다가가보았습니다. 이웃집과 우리 숙소의 경계 지점인 그곳은 높이 2미터가 채 안 되는 둑으로, 계절인 만큼 참억새가 온통 뒤덮여 있었습니다. 형님은 다가간 나를 돌아보며 아래쪽의 참억새 밑동을 가리켰습니다.

참억새 밑동에는 게가 기어다니고 있었습니다. 어린 게였습니다. 엄지손가락 손톱 크기 정도에 불과합니다. 한 마리가 아닙니다. 잠시 지켜보는 사이, 한 마리가 두 마리로, 두 마리가 세 마리로 바뀝니다. 나중엔 여기저기서 어지러울 만큼 눈에 띕니다.

"참억새 이파리를 건너는 녀석이 있다네."

형님은 이렇게 관찰하며 여전히 꼼짝 않고 서 있습니다. 나는 형님을 남겨두고 다시 원래 자리로 돌아왔습니다.

형님이 이처럼 사소한 일에 정신이 팔려 거의 자아를 잊은 모습을 보는 나는 더없이 유쾌합니다. 이제야 비로소 형님을 데리고 여행을 떠나온 보람이 있다고 여길 정도입니다. 그날 밤 나는 그 의미를 형님에게 얘기했습니다.

48

"아까 자넨 게를 소유하지 않았나?"

내가 형님에게 돌연 이렇게 말을 걸자, 형님은 드물게 아하하, 하고 큰소리로 유쾌한 듯 웃었습니다. 슈젠지 이후, 내가 가끔 소유라는 단어를 묘한 뜻으로 사용하니까, 이를 단지 장난으로 해석하는 형님에겐 재미있게 들리는 거겠지요. 재미있어하는 건 화내기보다 훨씬 낫습니다만, 사실 나로서는 한결 진지했습니다.

"절대적으로 소유했을 테지"하고 나는 곧 말을 고쳤습니다. 이번엔 형님도 웃지 않았습니다. 그러나 여전히 아무런 대답이 없습니다. 입을 여는 건 역시 내 차례였습니다.

"자넨 절대, 절대라며 요전에 어려운 논의를 했지만, 굳이 그렇게 성가신 무리를 하면서까지 절대에 들어갈 필요는 없잖은가. 아까처럼 그런 식으로 정신없이 게를 지켜볼 수만 있다면 전혀 괴롭지 않을 걸세. 우선 절대를 의식하고 그런 다음 그 절대가 상대로 바뀌는 찰나를 포착해서 거기에 두 가지 통일을 발견하는 건 상당히 힘들 테지. 우선 인간에게 가능한 일인지 어떤지 그것조차 불분명하잖은가."

형님은 아직 내 말을 가로막으려고는 하지 않습니다. 여느 때보다는 꽤 차분해 보였습니다. 나는 한 걸음 앞으로 나아갔습니다.

"그보다는 거꾸로 가는 게 편리하지 않겠는가?"

"거꾸로라니?"

이렇게 되묻는 형님의 눈에는 진심이 어려 있었습니다.

"즉, 게에게 정신이 팔려 자신을 잊는 거야. 자신과 대상이 딱 들어맞으면 자네 말대로 될 것 아닌가?"

"그럴까?"

형님은 어쩐지 자신 없는 대답을 했습니다.

"그럴까라니, 자네가 방금 실행하지 않았는가?"

"과연."

형님의 이 말은 역시 종잡을 수 없었습니다. 나는 이때 문득 내가 지금까지 쓸데없는 말을 하고 있었음을 깨달았습니다. 사실 나는 절대에 대해 전혀 아는 게 없습니다. 생각도 해보지 않았습니다. 상상조차 해본 기억이 없습니다. 다만 교육을 받은 덕택에 그런 단어를 사용할 줄 아는 것뿐입니다. 하지만 나는 인간으로서 형님보다 침착했습니다. 침착하다는 것이 형님보다 훌륭하다는 의미로 들린다면 면목이 없어지니까, 나는 형님보다 일반적으로 보통에 가까운 마음의 상태를 지녔다고 고쳐 말하지요. 친구로서 내가 형님에게 할 수 있는 일은, 그러니까 그저 형님을 나 같은 평범한 위치로 되돌리는 것뿐입니다. 그러나 그걸 다른 말로 표현하자면, 비범한 자를 평범하게 만든다는 어처구니없는 의미가 되기도 합니다. 만약 형님이 고통을 호소하지 않는다면 나 같은 이가 무엇 때문에 형님에게 이런 문답을 걸겠습니까? 형님은 정직합니다. 납득이 되지 않으면 끝까지 추궁해옵니다. 추궁해오면 나는 아무것도 알 수 없게 됩니다. 그것뿐이라면 괜찮겠는데, 이러한 비평적인 대화를 교환하다 보면, 모처럼 실행적으로 되기 시작한 형님을 다시 원래의 연구적 태도로 되돌려버릴 우려가 있습니다. 나는 무엇보다 우선 그게 신경 쓰였습니다. 나는 이 세상의 온갖 예술품, 빼어난 산수(山水), 혹은 미인, 무엇이든 상관없으니 형님의 마음을 송두리째 빼앗아 전혀 연구적 태도가 싹트지 못하게 할 만한 것을 형님에게 주고 싶습니다. 그래서 약 1년 가량, 잠시도 쉴 틈 없이 그전 세력의 지배를 받게 하고 싶습니다. 형님의 소위 물건을 소유한다는 말은 필경 물건에 소유당한다는 의미가 아닌가요. 따라서 절대적으로 물건에 소유당하는 것이 곧, 절대적으로 물건을 소유하는 것이 된다고 생각합니다. 신을 믿지 않는 형님은 그렇게 함으로써 비로소 세상에서 안정을 찾을 수 있겠지요.

49

그저께 밤은 둘이서 바닷가를 산책했습니다. 우리가 머무르는 곳에서 해변까지는 약 3정(丁)이나 됩니다. 샛길을 지나 우선 도로로 나간

다음, 다시 그 길을 횡단해야 바다가 보입니다. 달이 뜨기에는 아직 이른 시각이었습니다. 파도는 의외로 어둑하니 움직였습니다. 눈에 익기까지는 물과 둔치와의 경계가 뚜렷하지 않습니다. 형님은 그 가운데를 서슴없이 쑥쑥 걸어갑니다. 나는 더러 미적지근한 물에 발을 습격당했습니다. 물가로 밀려드는 파도 꼬리가 호떡처럼 납작하게 퍼져, 뜻밖에 멀리까지 밀려 올라옵니다. 나는 뒤에서 형님에게 "게다가 젖지 않는가?" 하고 물었습니다. 형님은 명령이라도 내리듯 "옷을 걷어"라고 말했습니다. 형님은 아까부터 발을 적실 각오로 옷자락을 걷어 허리에 질러넣고 있었던 모양입니다. 4,5미터쯤 떨어진 내가 그걸 알아보지 못할 만큼 주변이 어두웠습니다. 하지만 계절이 계절인 데다 피서지이다 보니, 사람들을 만납니다. 그리고 만나는 사람들은 모두 한결같이 남녀 동반이었습니다. 그들은 서로 약속이나 한 듯, 말없이 어둠 속을 더듬어 옵니다. 따라서 홀연히 우리 앞에 나타나기 전까지는 전혀 알아채지 못합니다. 그들이 스치듯 우리 옆을 지나갈 때 눈을 들어 살펴보면, 이도 저도 맨 젊은 남자와 젊은 여자들뿐입니다. 나는 이러한 한 쌍을 몇 번인가 마주쳤습니다.

내가 형님한테서 오사다 씨인가 하는 사람의 얘기를 들은 건 그때였습니다. 오사다 씨는 최근 오사카로 시집을 갔다고 하니, 형님은 그날 밤 마주친 몇 쌍의 젊은 남녀에게서 신부가 된 오사다 씨의 모습을 연상했겠지요.

형님은 오사다 씨를 집안에서 가장 욕심이 적은 선량한 사람이라고 했습니다. 그런 이가 행복하게 태어난 사람이라며 부러워했습니다. 자신도 그렇게 되고 싶다 합니다. 오사다 씨를 모르는 나는 뭐라고 평을 할 수도 없으니 단지 그렇군, 그렇군 하고 대답해두었습니다. 그러자 형님이 "오사다 씨는 자넬 여자로 만든 것 같은 사람이다"라며 모래사장에 멈춰 섰습니다. 나도 멈춰 섰습니다.

건너편 높은 지대에 희미한 등불 하나가 눈에 들어왔습니다. 낮에 보면, 그 부근에 붉은 건물이 나무들 사이로 보이니까, 이 등불도 아마 그 붉은 양옥 주인이 밝혀놓은 거겠지요. 짙은 어둠 속에 단 하나 머얼리 별처럼 반짝입니다. 내 얼굴은 그 등불을 향했습니다. 형님은 또한 파도가 밀려오는 바다를 정면으로 받으며 섰습니다.

그때 두 사람 머리 위에서 불현듯 피아노 소리가 들렸습니다. 그곳은 모래사장에서 2미터 정도 높이의 돌담을 차곡차곡 쌓아올린 독채인데, 마당에서 바다로 곧장 다닐 수 있게 돌담 끝에는 계단을 비스듬히 마당 앞까지 만들어놓았습니다. 나는 그 계단을 올라갔습니다.

마당에는 집 안에서 새어나온 전등 불빛이 가늘게 비치고 있습니다. 그 약한 불빛을 받은 땅은 온통 잔디밭이었습니다. 꽃도 여기저기 피어 있는 것 같았지만 어두운 데다 넓은 마당이라 확실히 알 수 없었습니다. 피아노 소리는 정면으로 보이는 양옥의 환하게 불 켜진 방에서 나오는 듯했습니다.

"서양 사람의 별장이군."

"그렇겠지."

형님과 나는 돌계단 가장 높은 곳에 나란히 앉았습니다. 들리는 듯, 들리지 않는 듯, 피아노 소리가 가끔 두 사람의 귀를 스칩니다. 둘 다 말이 없었습니다. 형님이 피우는 담배 끝이 때로 빨갛게 변했습니다.

50

나는 오사다 씨 얘기가 계속 이어질 거라 생각하고 어둠 속에서 은근히 형님의 목소리를 기다렸습니다만, 형님은 담배에 매혹된 사람처럼 가끔 궐련 끝이 빨갛게 변할 뿐, 좀처럼 입을 열지 않습니다. 담배를 돌계단 밑에 내던지고 나를 보았을 땐, 이미 화제가 오사다 씨를 떠나 있었습니다. 나는 좀 뜻밖이었습니다. 형님의 주제는 오사다 씨와 관계가 없을 뿐만 아니라, 피아노 소리와도, 넓은 잔디밭과도, 아름다운 별장과도, 그리고 피서나 여행과도, 우리 주변의 모든 것과 현재와는 완전히 교섭이 끊긴 옛날 스님 얘기였습니다.

스님의 이름은 아마도 교겐*이라 했습니다. 흔히 말하듯, 하나를 물으면 열을 대답하고, 열을 물으면 백을 대답하는 식의 총명하고 영리하게 태어난 사람이라고 합니다. 그런데 그 총명함, 영리함이 깨달음에 방해가 되어 아무리 지나도 득도할 수가 없었다고 형님은 말했습니다. 깨달음을 모르는 나도 이 의미는 잘 이해가 됩니다. 자신의 지혜로 인해 괴로움을 겪고 있는 형님에겐 한층 더 절실하게 와닿았겠지요. 형님은 "오로지 박학다식이 화근이었던 걸세"하고 특별히 강조하기도 했습니다.

수년 간 하쿠조 선사**라는 큰스님 밑에서 참선한 이 스님은 결국 아무것도 얻지 못한 채, 스승의 죽음을 맞아야 했습니다. 그래서 이번엔 이산***이라는 사람에게로 갔습니다. 이산은 자네 같은 의해식상(意解識想)****을 휘둘러 득의양양해하는 자는 도저히 못쓴다며 호통을 쳤다 합니다. 부모가 태어나기 이전의 모습이 되어 나타나라고 말했다 합니다. 스님은 숙소로 돌아와 평소 독파한 시적의 지식을 빠짐없이 점검한 끝에, 아아아아, 그림에 그린 떡은 역시 배를 채우지 못했다며 탄식했다

---

*교겐(香嚴): 당나라의 선승.
**하쿠조 선사(百丈禪師, 720~814): 당나라의 선승.
***이산(潙山, 771~853): 하쿠조 선사 밑에서 선을 수행한 당나라의 선승.
****불교 용어로 의식이나 사색에 의한 이해를 말함.

는 것입니다. 그래서 여태껏 모은 서적을 완전히 태워 없애버렸습니다.

"이제 포기했다. 지금부턴 그저 죽이나 먹으며 살자."

이렇게 말한 그는 그 이후 선(禪)의 서 자(字)도 생각하지 않게 되었습니다. 선(善)도 버리고 악(惡)도 버리고 부모가 태어나기 이전의 모습도 버리고 온갖 집착과 욕망을 깨끗이 끊고 말았습니다. 그리고 어느 한적한 곳을 골라 조그만 암자를 짓기로 했습니다. 그는 그곳의 풀을 베었습니다. 그곳의 그루터기를 캐냈습니다. 땅을 고르기 위해 거기 있는 돌을 주워 밖으로 내던졌습니다. 그러자 그 돌들 중의 하나가 대숲에 맞아 딱 하고 소리가 났습니다. 그는 이 맑은 울림을 듣고 퍼뜩 깨달았다고 합니다. 그리고 일격에 소지(所知)를 잃도다라며 기뻐했다고 합니다.

"어떻게 해서든 교겐처럼 되고 싶네" 하고 형님이 말합니다. 형님의 의미는 당신도 잘 아시겠지요. 일체의 무거운 짐을 내리고 쉬고 싶은 겁니다. 형님은 그 무거운 짐을 내맡길 신을 갖지 못했습니다. 그래서 쓰레기터든 어디든 던져버리고 싶다고 말하는 겁니다. 형님은 총명하다는 점에서 이 교겐이라는 스님과 아주 닮았습니다. 그래서 더더욱 교겐이 부러운 거겠지요.

형님의 얘기는 서양 사람의 별장이나 세련된 악기와는 전혀 무관했습니다. 어째서 형님이 어두운 돌계단 위에서 갯내음을 맡으며 느닷없이 이런 얘기를 꺼냈는지, 나는 알지 못합니다. 형님의 얘기가 끝났을 무렵, 피아노 소리는 이미 들리지 않았습니다. 만조에 가까운 때문인지, 밤이슬 탓인지, 유카타가 축축해졌습니다. 나는 형님을 재촉해 다시 오던 길로 되돌아왔습니다. 거리로 나왔을 때, 나는 단골 과자 가게에 들러 만두를 샀습니다. 그걸 먹으며 어둠 속을 말없이 집으로 돌아왔습니다. 집을 봐달라고 부탁해둔 노인의 집 아이는 모기가 무는 것도 아랑곳하지 않고 쿨쿨 자고 있었습니다. 나는 남은 만두를 주고 곧 아이를 돌려보냈습니다.

51

어제 아침 식사 때, 밥통이 놓인 위치를 봐서 내가 형님의 공기를 들고 첫 상의 밥을 담아주자, 형님은 다시 오사다 씨의 이름을 내 귀에 흘렸습니다. 오사다 씨가 아직 시집을 가기 전엔, 바로 지금 내가 하듯 줄곧 형님의 시중을 들었다더군요. 어젯밤은 성격 면에서 오사다 씨와 비교되는가 하면, 오늘 아침은 또 시중드는 일로 예의 오사다 씨에 비유된 나는, 내친김에 형님에게 질문을 하나 해볼 마음이 생겼습니다.

"자넨 그 오사다 씨라는 사람과 이렇게 함께 살면 행복해질 수 있다고 생각하나?"

형님은 잠자코 젓가락을 입으로 가져갔습니다. 나는 형님의 태도로 짐작컨대, 아마 대답하기가 싫은 모양이라고 생각하여 그뿐 더 이상 묻지 않았습니다. 그러자 형님의 대답이, 밥을 두세 번 삼키고 나서 불쑥 튀어나왔습니다.

"나는 오사다 씨가 행복하게 태어난 사람이라고 말했지. 하지만 내가 오사다 씨로 인해 행복해질 수 있다고는 말하지 않았네."

형님의 말은 너무나 논리적이고 시종일관 곧아 보입니다. 그렇지만 어두운 구석에는 이미 모순이 잠재되어 있습니다. 형님은 아무것도 구애받지 않는 자연의 얼굴을 보면 감사하고 싶을 만큼 기쁘다고 내게 단언한 적이 있습니다. 그 말은 자신이 행복하게 태어난 이상, 남도 행복하게 해줄 수도 있다는 것과 똑같은 의미가 아닌가요? 나는 형님의 얼굴을 보며 싱글싱글 웃었습니다. 형님은 이렇게 되면 그냥 물러나지 않는 남자입니다. 곧바로 물고늘어집니다.

"아니 정말로 그렇다네. 의심을 하면 곤란해. 실제로 내가 한 말은 한 것이고, 하지 않은 말은 하지 않았으니까."

나는 형님을 거스르고 싶지는 않았습니다. 하지만 이처럼 머리가 명민한 형님이 자신이 평소 경멸하는 언어상의 논리를 구사하고서도 태연해하는 건 좀 우습다고 생각했습니다. 그래서 내가 생각하는 형님의 모순을 솔직히 들려주었습니다.

형님은 다시 말없이 밥을 두어 술 정도 우물거렸습니다. 형님의 밥공기는 그때 비었습니다만, 밥통은 여전히 형님 손이 닿지 않는 내 옆에 있었습니다. 나는 한 번 더 시중을 들 생각으로 형님의 코앞에 손을 내밀었습니다. 그런데 이번엔 형님이 응하지 않습니다. 그쪽으로 건네달라고 말합니다. 나는 밥통을 그쪽으로 밀어주었습니다. 형님은 직접 주걱을 쥐고 밥을 가득 담았습니다. 그리고는 그 밥공기를 상 위에 올려놓은 채, 젓가락도 들지 않고 내게 물었습니다.

"자넨 결혼 전의 여자와 결혼 후의 여자가 똑같은 여자라고 생각하나?"

이렇게 나오면 나는 쉽게 대답할 수가 없습니다. 평소 그런 걸 생각해보지 않은 탓이겠습니다만. 이번엔 내가 밥을 두어 술 연거푸 우물거리며 형님의 설명을 기다렸습니다.

"시집 가기 전의 오사다 씨와 시집 간 뒤의 오사다 씨는 전혀 다르네. 지금의 오사다 씨는 이미 남편 때문에 스포일spoil되고 말았다네."

"도대체 어떤 사람한테 시집을 갔기에?" 하고 도중에 내가 물었습니다.

"어떤 사람한테 가든, 시집을 가면 여자는 남편 때문에 부정을 타게 되지. 이렇게 말하는 내가 이미 내 아내를 얼마나 못쓰게 만들었는지 모른다네. 내가 못쓰게 만든 아내로부터 행복을 구하는 건 너무 억지가 아닌가. 행복은 결혼으로 천진함을 잃어버린 여자에게 요구할 수 있는 게 아니라네."

형님은 이렇게 말을 마치자마자, 밥공기를 손에 쥐고 게걸스럽게 밥을 먹어치웠습니다.

52

나는 여행을 떠나온 이래 지금까지의 형님을 이것으로써 가능한 한 자세하게 썼다고 생각합니다. 도쿄를 출발한 게 바로 엊그제 같습니다만, 손가락을 꼽아보니 벌써 열흘 남짓이 됩니다. 내 소식을 믿고 기다렸을 당신과 어른들께는 이 열흘이 무척 길었는지도 모릅니다. 나도 그건 헤아리고 있습니다. 그러나 이 편지의 서두에서 이미 말씀드린 사정으로 인해, 여기 와서 자리 잡기까지는 거의 펜을 들 여유가 없었기 때문에 어쩔 수 없이 늦어졌습니다. 대신, 지난 열흘 가운데 하루도 형님은 이 편지에서 빠지지 않았습니다. 나는 정성들여 그날그날의 형님을 남김 없이 이 한 통의 편지에 적어넣었습니다. 이것이 나의 변명입니다. 동시에 나의 자랑입니다. 나는 당초의 기대 이상으로 내 의무를 다할 수 있었다는 자신감으로 이 편지를 끝내게 되었으니까요.

내가 허비한 시간은 시계 바늘로 일의 분량을 계산해보지 못했으니 숫자로는 말씀드릴 수 없습니다만, 상당한 수고임에는 틀림없습니다. 나는 난생 처음으로 이런 긴 편지를·썼습니다. 물론 단숨에는 쓸 수 없으며, 하루만으로도 쓰지 못합니다. 틈나는 대로 책상에 앉아, 써놓은 뒷부분을 연이어 계속 써나갔습니다. 그러나 그건 대수로울 게 못 됩니다. 만약 내가 본 형님과 내가 이해한 형님이 이 한 통의 편지 속에 살아 있다면, 나는 지금보다 몇 배 더한 수고와 노력을 기꺼이 아끼지 않을 작정입니다.

나는 내가 친애하는 당신의 형님을 위해 이 편지를 씁니다. 그리고 나와 마찬가지로 형님을 친애하는 당신을 위해 이 편지를 씁니다. 마지막으로는 인자함이 가득한 어르신들, 당신과 형님의 부모님을 위해서도 이 편지를 씁니다. 내가 본 형님은 아마도 여러분들이 본 형님과는 다를 테지요. 내가 이해한 형님 또한 여러분들이 이해하는 형님이 아닐 것입니다. 만약 이 편지가 그 노력에 값할 만하다면, 그 값어치는 오직 여기에 있다고 생각해주세요. 다른 각도에서 똑같은 사람을 보고 여러 모로 반사를 받은 데에 있다 생각하고 참고하세요.

여러분들은 형님의 장래에 대해 특히 명료한 지식을 얻고 싶다고 바라실지도 모르겠습니다만, 예언자가 아닌 나는, 미래에 참견을 할 자격이 없습니다. 구름이 하늘을 어둡게 덮었을 때, 비가 내릴 수도 있고 또한 비가 내리지 않을 수도 있습니다. 다만 구름이 하늘에 있는 동안, 햇볕을 보지 못하는 건 사실입니다. 여러분들은 형님이 곁에 있는 사람을 불쾌하게 만든다 하여, 딱한 형님에게 다소 비난의 의미를 던지는 모양입니다만, 자신이 행복하지 않은 이에게 남을 행복하게 해줄 힘이 있을 리 없습니다. 구름에 가린 태양에게 어째서 따스한 빛을 주지 않느냐고 다그치는 건, 다그치는 쪽이 무리겠지요. 나는 이렇게 함께 있는 동안, 가능한 한 형님을 위해 이 구름을 걷어내려 애쓰고 있습니다. 여러분들도 형님으로부터 따스한 빛을 바라기 전에, 우선 형님의 머리를 에워싼 구름을 걷어내드리는 게 좋겠지요. 만약 그걸 걷어낼 수 없다면 가족 여러분들에겐 슬픈 일이 생길지도 모릅니다. 형님 자신에게도 슬픈 결과가 되겠지요. 이렇게 말하는 나도 슬프기만 합니다.

나는 지난 열흘 동안, 형님에 대해 썼습니다. 이 열흘 간의 형님이 미래의 열흘 동안 어떻게 될 것인가가 문제이며, 그 문제에는 아무도 대답할 수 없습니다. 설사 다음 열흘 간을 내가 떠맡는다 한들, 다음 한 달, 다음 반년의 형님을 누가 떠맡을 수 있겠습니까? 나는 그저 지난 열흘 동안의 형님을 충실하게 썼을 뿐입니다. 머리가 비상하지 못한 내가 다시 읽어볼 짬도 없이 그냥 써 내려간 것이니, 글 속에는 틀림없이 모순이 있을 테지요. 머리가 비상한 형님의 언행에도 알게 모르게 모순이 있을지도 모릅니다. 하지만 나는 단언합니다. 형님은 진지합니다. 결코 나를 속이려 하지는 않습니다. 나도 충실합니다. 당신을 속일 마음은 추호도 없습니다.

내가 이 편지를 쓰기 시작했을 때, 형님은 쿨쿨 자고 있었습니다. 이 편지를 끝마친 지금도 역시 쿨쿨 자고 있습니다. 나는 우연하게도 형님이 자고 있을 때 쓰기 시작하여, 우연하게도 형님이 자고 있을 때 글을 마치는 나를 묘하게 생각합니다. 형님이 이 잠에서 영원히 깨어나지 않으면 왠지 무척 행복할 거라는 느낌이 드는군요. 동시에 만약 이 잠에서 영원히 깨어나지 않으면 왠지 한층 슬플 거라는 느낌 또한 듭니다."

■ 옮긴이 해설

인간 존재에 깃든 에고이즘

1

일본에서 소위 '국민 작가'로 불리며 폭넓은 독자층을 확보하고 있는 나쓰메 소세키(夏目漱石, 1867~1916)는 모리 오가이(森鷗外, 1862~1922)와 더불어 메이지(明治) 시대가 낳은 걸출한 인물 가운데 한 사람이다.

오가이는 도쿄(東京) 대학 의학부 출신의 군의관으로 독일 유학을 거치며 번역, 평론 활동에서 출발하여 실증적이고 과학적인 방법에 의한 역사소설 창작에 몰두했다. 그의 문학은 동서 문화에 대한 높은 지성과 교양을 바탕으로 현실주의와 이상주의가 조화를 이룬 가운데 격조 높은 문체로 근대 일본 문학의 한 흐름을 이루었다.

또한 소세키는 도쿄 대학 영문과를 졸업한 뒤, 일본 문부성이 임명한 최초의 유학생으로 선발되어 2년간 영국 런던에 머무르며 영문학을 연구하였다. 거의 불혹에 가까운 나이로 본격적인 소설 창작을 시작했지만, 소설가이기 전에 그는 이미 뛰어난 하이쿠(俳句) 시인이었으며 영문학자이기도 했다. 동양적 윤리성과 서양 문학에서 습득한 고도의 지성이 밴 그의 문학은 인간 존재에 깃든 에고이즘의 탐구라는 근대적

테마를 진지하게 다루고 있다.

이처럼 외국 유학을 경험하고 풍부한 교양과 예리한 비판 정신, 이 지적인 태도를 공유한 오가이와 소세키의 문학은 1900년대 초반 일본 문단에 유행하던 자연주의 문학——적나라한 자기 고백과 현실 폭로, 자전적 색채가 짙은 '일본적' 자연주의 문학은 이후 사소설(私小說)이라는 독특한 문학 장르의 모태가 된다——경향 밖에서 독자적인 입장을 취해, 흔히 '고답파(高踏派)' '여유파(餘裕派)'라고 불렸다. 한편 소세키는 데뷔작 이래, 자신의 체험을 비교적 적극적으로 소설의 소재로 삼은 작가이기도 했다.

2

소세키는 1867년, 에도(江戶, 현재의 도쿄)에서 5남 3녀 중 막내로 태어났다. 그의 모친 치에(千枝)는 후처였고, 소세키의 출생은 그리 축복받지 못했다. 두 살 때 소세키는 시오하라(鹽原昌之介)와 야스 부부의 양자로 들어갔다가, 열 살에는 양부모의 이혼으로 다시 나쓰메 가(家)로 돌아왔다. 한학을 중시하는 니쇼가쿠샤(二松學舍)를 졸업하고 나서 대학 예비문 예과에서 공부한 다음, 도쿄 제국대학 영문과에 입학했을 때가 스물네 살이었다. 이 무렵부터 그의 염세적인 기분이 엿보이기 시작했는데, 이는 그 동안 친어머니의 죽음과 연이은 두 형들의 폐병으로 인한 죽음이 적잖은 영향을 끼쳤으리라 생각된다. 그리고 그가 사모했다는 셋째형의 부인인 도세(登世)가 스물다섯의 나이로 요절했을 때, 소세키는 이를 슬퍼하며 애도의 시를 썼다. 대학 졸업 후 얼마 안 되어 감기가 초기 폐병으로 진단되어, 그의 염세적 기분도 짙어졌다.

소세키는 마쓰야마(松山) 중학교 교사로 직장을 얻고 교코(鏡子)와 결혼했으나, 부인 교코는 히스테리로 강에 투신하는 사건을 일으키기도 했다.

문부성이 '영어 연구를 위해 2년간 영국 유학을 명한다'라는 사령을 내린 건 1900년, 작가의 나이 서른넷이었다. 일단 거절했으나 달리 고사할 만한 이유가 없어 승낙의 뜻을 전한 소세키는 연구 제목인 '영어 연구'가 영문학 연구로도 변경의 여지가 있음을 확인한 다음, 유학을 결심했다. 런던에서의 유학 생활은 경제적으로 그리 풍족하지 못했고 정신적으로도 쓸쓸하고 깊은 고독을 심어주었다. 서양과 일본의 격차를 확인하면서 아울러 근대 문명에 대한 비판과 성찰의 시각이 키워졌다. 『문학론』 저술을 위해 공부에 몰두하는 동안 소세키의 신경쇠약이 날로 악화되어 급기야 정신이 이상해졌다는 소문이 일본으로 전해지기에 이르렀다.

학창시절부터 가깝게 지내던 벗, 마사오카 시키(正岡子規, 1867~1902, 하이쿠 시인으로『호토토기스(두견새)』라는 하이쿠 잡지를 창간. 여기에 소세키의 처녀작이 실렸다)의 부음은 귀국을 앞둔 소세키에게 큰 슬픔으로 다가왔다. 귀국한 소세키는 제일고등학교와 도쿄 대학 영문과 강사로서 각각 영어와 영문학을 강의했다. 그러나 그의 '영문학개설' 강의는 전임자였던 라프카디오 한(小泉八雲, 일본에 귀화)의 감상적이고 정서적인 강의에 비해 이론적이고 분석적인 탓에 학생들의 불평이 많았다. '문학론' 강의에서도 학생들의 평판이 좋지 않아, 소세키는 강의하는 데 어려움을 느끼고 교직을 그만둘까 하는 생각도 했다. 신경쇠약으로 아내와의 불화가 쌓이고 별거하는 처지였으나, 영시(英詩)「Silence」「Dawn of Creation」등을 썼고, 대학에서의 셰익스피어 작품 강독이 큰 인기를 얻었다.

문학 평론과 영시 번역, 강의와 강연, 시 창작(한시, 하이쿠, 영시) 등을 병행하던 소세키는 점차 창작욕이 높아짐에 따라, 다카하마 교시(高浜虛子, 1874~1959, 하이쿠 시인·소설가)의 권유로 첫 소설 「나는 고양이로다」를 발표하여 호평을 받았다. 1905년(39세)에 『나는 고양이로다(吾輩は猫である)』(상편)가 처음 출간되었을 때, 초판은 20일 만에 매진되고 말았다.

▲ 문부성으로부터 영국 유학을 통보받을 무렵의 나쓰메 소세키. 영국 유학은 소세키에게 근대에 대한 비판과 성찰의 시각을 키워주었다.

3

"나는 고양이다. 이름은 아직 없다"로 시작되는 소설 『나는 고양이로다』는 고양이인 '나'의 눈에 비친 인간 사회의 모습을 비평하는 파격적인 형식을 취하고 있다. 넘치는 유머와 풍자는 이 작품을 읽는 재미인 동시에 힘이다. 처녀작의 성공에 힘입어 소세키는 『도련님(坊っちゃん)』(1907), 『풀베개(草枕)』(1907) 등을 잇달아 발표하면서 작가로서의 입지를 확고히 굳혀갔다. "메이지 유신의 지사(志士) 같은 열렬한 정신으로 문학을 해보고 싶다"는 의지도 내비쳤다. 다망한 교직 생활과 소설 창작을 동시에 병행해야 하는 데에 고충을 느끼던 소세키가 아사히(朝日) 신문사의 전속 작가 초빙을 받아들여 교수직을 그만둔 것은 마흔한 살 때였다. 이로써 학자 소세키에서 작가 소세키의 길을 선택했고, 이후 그의 소설들은 모두 『아사히 신문』에 발표되었다.

입사 첫 작품으로 『양귀비(虞美人草)』(1908)를 비롯해 『산시로(三

四郞)』(1909), 『그후(それから)』(1910), 『문(門)』(1911) 등에 이르기까지 왕성한 활동을 계속해온 소세키는 위궤양을 앓아 전지 요양을 떠났다. 슈젠지(修善寺) 온천에서 그의 병세는 악화되어 발작과 다량의 토혈로 혼수 상태에 빠져 위독한 상황을 맞기도 했다. 일단 위험한 고비는 넘겼으나 이후 그는 병의 재발로 자주 병원에 입원해야 했다. 더구나 어린 딸 히나코(雛子)의 죽음은 작가에게 정신적으로 회복하기 힘들 정도의 상처를 남겼다. 서예를 익히고 그림을 그리는 취미 생활에도 불구하고 그는 자주 고독감에 젖는 일이 많았다. 소설『행인(行人)』의 연재가 시작된 것이 이 무렵이다.

4

『행인』은 1912년 12월 6일부터 1913년 4월 7일까지『아사히 신문』에 연재되다가 작가의 건강 악화로 인해 중단된 후 다시 9월 16일부터 11월 15일까지 연재되어 완성한 작품이다. 「벗」「형(兄)」「돌아와서」「번뇌(煩惱)」라는 네 개의 장(章)으로 구성된 이 장편의 매력은 화자인 나가노 지로(長野二郞)와 그의 형인 이치로(一郞), 형수인 오나오(お直) 사이에 오가는 미묘한 인간 심리와 감정의 추이가 예리하고 심도 있는 묘사로 전개된다는 점에 있다.

▲ 1914년 1월에 간행된 『행인』의 표지.

이 소설에서 특히 주목받는 인물은 대학 교수로, 학문하는 것을 유일한 낙으로 삼는 이치로이다. 그는 비록 따뜻한 정은 부족해도 가족을 비롯한 주위 사람들로부터 훌륭한 학

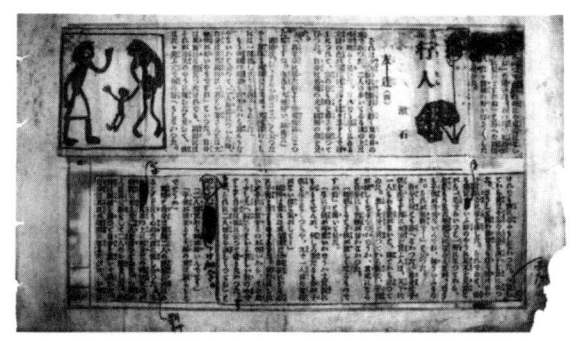

▶ 소설 『행인』이 연재되었던 『아사히 신문』에 작가가 직접 퇴고를 한 신문 지면(이 신문 지면을 모아 책으로 출간하기도 했다).

자로 인정받고 있으며, 자랑스러운 장남의 위치에 있다. 그러나 그의 내면은 자기 자신에게만 지나치게 몰두한 나머지, 스스로 타인과의 깊은 관계 단절을 초래하고 만다. 소설의 긴장감은 이치로가 자신의 아내와 남동생 지로와의 관계를 의심하여, 마침내 아내의 정절을 시험해보기로 결심하는 데서 정점을 이룬다. 그러나 아내의 정조를 시험해보기 위해 이치로가 생각해낸 방법이란, 다름아닌 지로에게 아내와의 여행을 권유하고 동생으로 하여금 아내의 태도를 보고하게 하는 것이었다.

"형수의 정조를 시험하다니, ― 관두는 게 좋겠습니다."
"어째서?"
"어째서라뇨, 너무 바보 같지 않습니까?"
"바보 같다니, 뭐가?"
"바보 같지 않을진 몰라도, 그럴 필요가 없지 않습니까?"
"필요가 있으니까 부탁하는 거다."
[……]
"시험하다니, 어떻게 해야 시험당하는 겁니까?"
"너와 나오, 두 사람이 와카야마로 가서 하룻밤 묵기만 하면 돼."
"말도 안 돼" 하고 나는 한마디로 뿌리쳤다. 그러자 이번엔 형이 침묵했다. 물론 나도 말이 없었다. 바다로 내리꽂히는 석양빛이 점차 엷어짐에 따라 얼마 남지 않은 열을 붉그레 먼 저편으로 한층 길게 늘어뜨렸다.

"싫으냐?" 하고 형이 물었다.

"예, 다른 일이라면 모를까, 그것만은 싫습니다" 하고 나는 분명히 단언했다.

"그렇다면 부탁하지 않겠다. 대신, 난 평생 널 의심하겠다."

(pp. 129～30)

굳이 지로의 입장이 되어보지 않더라도 이러한 상황은 결코 정상적인 경우라 할 수 없을 것이다. 형의 강요하다시피 한 부탁에 못 이겨 겨우 당일 여행으로 절충을 한 지로가 형수를 데리고 떠난 와카야마에서, 두 사람은 예기치 않게 태풍을 만나게 되고 결국 형의 뜻대로 일이 진행되고 만다. 한번 품기 시작한 아내에 대한 이치로의 불신은 "형수님의 인격에는 의심하실 만한 구석이 전혀 없습니다"라는 지로의 보고에 만족할 수 없는 지경에 이르렀다.

그가 신뢰할 수 없는 것은 아내뿐만 아니라 부모와 형제, 가족 전체로까지 확대되고 자신을 더욱 고립된 상황으로 내몰게 된다. 마침내 이치로는 자기만의 세계에 갇혀 정신적 이상을 나타내게 되고 고독만이 그의 유일한 안식처로 남는다. 고독과 절망의 심연에서 이치로는 다음과 같이 내뱉는다.

"죽느냐, 미치광이가 되느냐, 아니면 종교를 얻느냐. 내 앞엔 이 세 가지밖에 없네."

5

　소설『행인』은 등장인물을 통해 몇 가지 에피소드를 들려준다. 첫 번째는 「벗」에서 미사와가 지로에게 들려주는 미치광이 '따님' 이야기이다. 한 번 시집 간 적이 있는 '따님'은 정신이 이상해져 미사와를 남편에게 대하듯 외출할 때마다 간절한 인사를 잊지 않는다. 그러나 '따님'이 정말로 미사와를 좋아했는지, 정신 이상으로 남편인 줄 착각한 것인지 그 본심은 알 길이 없다.
　두번째는 아버지가 들려주는 '맹인' 여자의 이야기이다. 여자는 20여 년이 지나도록 예전의 남자가 자신과의 결혼 약속을 깬 원인이 무엇이었는가를 궁금해하며 가슴속에 묻어왔다. 타인의 속내를 알지 못해 발버둥치는 이치로는 맹인 여자의 심정을 공유할 수 있는 인물이다. 그러나 지로 역시 자신에 대한 형의 마음을 알고 싶어, 형과 함께 여행을 떠난 H씨로 하여금 자세한 소식을 전해주기를 기대하는 것이다.
　『행인』은 결혼 문제와 깊이 관련되어 있다. 소설 첫장부터 식모살이를 하는 오사다의 결혼을 둘러싼 상황들이 그려진다. 그리고 오카다 부부, 형 부부 등 이미 결혼한 사람들과 친구인 미사와의 결혼이 성사되는 내막, 여동생 오시게와 지로의 결혼에 대한 주변 사람들의 관심 등이 동시에 전개된다. 결혼한 오사다는 이미 남편으로 인해 스포일 spoil되고 말았다는 이치로의 말은 결국 아내인 나오와의 좁혀질 수 없는 거리감과 불신에 근거하고 있다고 볼 수 있다.
　소세키에게 런던 유학은 이국의 낯선 분위기에 맞서 홀로 독신 아파트에서 '문학이란 무엇인가'라는 의문과 씨름하며 자신의 고독과 대면하는 시간이기도 했다. 당시 임신 중이었던 교코가 쓸쓸한 남편에게 다정한 편지를 자주 보내주지 않아, 소세키는 거의 고립되다시피 한 자

▲ 소세키가 영국 유학 시절 절친한 친구 마사오카 시키에게 보낸 크리스마스 엽서(1900년 12월 26일). "······도쿄의 후카가와처럼 외진 곳에 틀어박혀 공부에 전념하고 있습니다······ 여기는 어제가 크리스마스였는데, 영국의 크리스마스를 처음 맞이했습니다······"
소세키는 서화에 능해서 주위 사람들에게 그림이 곁들인 편지를 보내곤 했다.

신의 처지에서 사랑의 한계를 확인하지 않을 수 없었다. 영국에서 돌아온 지 얼마 안 되어 소세키가 쓴 영시 가운데 다음과 같은 내용이 있다.

We live in different worlds, you and I.

Try what means you will,

We cannot meet, you and I.

You live in your world and are happy;

I in mine and am contented.

Then let us understand better

Not to interfere with each other's lot.

[······]

Flowers may there be; and lots of things pretty,

Yet never in a dream I wished to be there.

For I am here and not there;

And I am forever mine and not yours!

(April, 1904. 무제)

우리는 서로 다른 세계에 살고 있다, 너와 나는.

무엇이든 내키는 대로 해,

우리는 일치할 수가 없어, 너와 나는.

너는 자신의 세계에 살고 있어 행복하다,

나도 자신의 세계에 만족해.

그러니 서로 간섭하지 않도록

잘 이해해야 할 것 아닌가.

(……)

거기엔 꽃이 있을지도 모르지. 아름다운 게 많이 있겠지.

그러나 꿈속에서조차 나는 거기에 가고 싶다고 생각한 적이 없어.

나의 장소는 여기이지 거기가 아니니까,

그리고 나는 영원히 나 자신일 뿐 너의 것이 아니니까!

———에토 준(江藤 淳), 『소세키와 그 시대』(제2부)

6

소세키는 사랑의 한계를 체득하고 자아의 주장을 극한까지 밀고 나 간다. 『행인』은 그러한 인물의 한 극단을 보여주는 소설이다. 우리는 과연 타인의 마음을 얼마만큼 알고 이해할 수 있는 것일까? 자신이 바로 '그 사람'이 아니며 '그 사람'이 될 수 없는 한, 아무도 정확한 대답을 내릴 수 없는 게 아닌가. 아무리 가깝고 사랑하는 관계라 하더라도 단지 이해한다고 믿고 있는 데 불과한 건 아닌지. 철저하게 자기 중심적, 자기 긍정적인 반면 타인의 말이나 행동을 있는 그대로 받아들이지 못하고 회의하는 내향적인 인물 이치로에게, 신에 대한 절대적 믿음이 필요한 신앙은 애초에 불가능하다. 자신이 바로 신이기 때문이다. 남은 것은 자살 아니면 광기.

『행인』에 이어 연재된 소설 『마음』(1914)은 자신의 존재에 대한 죄의식으로 괴로워하다 고독감에 못 이겨 자살을 택하는 인물이 그려진다. 자아의 고통에서 벗어나기 위한 유일한 방도는 죽음밖에 없다. 이들이 직면한 실존적 불안과 고뇌는 그대로 오늘을 사는 현대인들의 초상일 수도 있다. 소세키는 이후 자전적 작품인 『노방초(道草)』 (1915)를 거쳐 '칙천거사(則天去私)' — '나' (에고)를 하늘의 뜻에 맡기고 추구하려는 인생 태도 — 라는 심경에 도달함으로써 이를 장편 『명암(明暗)』(1916)에서 시도했으나 작가의 죽음으로 미완에 그치고 말았다.

7

나쓰메 소세키는 초기의 『나는 고양이로다』 『도련님』 같은 경쾌하고 유머 감각이 돋보이는 작품들에서 출발하여 점차 인간의 심층 심리를 예리하게 관찰하고 그 움직임을 묘사하는 데에 관심을 기울였다. 이미 작가 자신, 한 작품의 제목을 『마음』이라 한 바 있지만 어쩌면 『행

와세다의 자택에 있는 서재. 타계하기 전까지 10년간, 중요한 작품의 대부분이 이 '소세키 산방'에서 탄생했다.

인』에도 똑같은 제목을 붙여도 전혀 어색하지 않을 정도다. 소세키의 작품은 고독하고 우울한 인텔리의 어두운 표정을 연상시키며 그 표정은 다시 런던의 쓸쓸한 하숙방에 홀로 앉아 있는 작가의 모습과 중첩되기도 한다. 자발적 의지라기보다 관(官)의 지시에 묵묵히 응했을 뿐인 그가 접한 런던의 현실은 바야흐로 세기말의 분위기를 띤 삭막하고 살풍경한 것이었다.

"……(런던은) 대개 풍류 없는 사물과 인간들뿐으로 우아한 정취는 찾아볼 수 없어, 문명이 이러한 것이라면 차라리 야만적인 상태가 흥미롭습니다. 철도 소리, 기차 연기, 마차의 울림, 뇌에 병이 있는 자는 런던에서 하루도 지내기 힘들 거라고 생각합니다. 일본에 돌아가는 제일의 즐거움은 메밀국수를 먹고, 일본 쌀을 먹고, 일본 옷을 입고 양지 바른 툇마루에 드러누워 마당을 내다보는 것. 이것이 소원입니다."

―1902년 4월 17일, 아내에게 보낸 편지 중에서

동서양을 넘나드는 해박한 지식을 기반으로 한 소세키의 문명 비판은 그의 작품 전반에 흐르는 특징 중의 하나이다.『행인』에서도 예외가 아니다. "인간의 불안은 과학의 발전에서 비롯되네. 앞서가기만 하고 멈출 줄 모르는 과학은 일찍이 우리에게 멈추도록 허락한 적이 없네. 도보에서 인력거, 인력거에서 마차, 마차에서 기차, 기차에서 자동차, 그 다음엔 비행선, 그 다음엔 비행기, 아무리 가봐도 쉬게 내버려두지 않아. 어디까지 끌려갈지 알 수 없는 일이지. 참으로 두렵다네"라는 이치로의 고백은 급속도로 진행되는 문명의 발달에 의한 전통의 상실과 정신적 황폐함에 대한 경계를 내비친다.『행인』의 이치로가 안고 있는 문제는 또 하나의 세기를 맞이한 우리에게 다가올 미래와 현재를 돌아보게 하고, 삶의 의미와 인간 존재의 근원적 물음을 내포한 채, 여전히 새롭고 절실한 메시지를 던져주고 있다. 여기에서 시대의 변화와 더불어 끊임없이 문제 작가로 거론되고 재조명되는 소세키 문학의 의의를 찾을 수 있다.

■ 작가 연보

1867   1월 5일, 나쓰메 고헤에나오카쓰(夏目小兵衛直克)와 치에(千枝) 사이에 5남 3녀 중 막내로 태어나다. 본명은 긴노스케(金之助).

1868   신주쿠(新宿)에 사는 시오바라 쇼노스케(塩原昌之助)의 양자가 되다.

1874   양부모 사이에 불화가 생겨 잠시 생가로 돌아오다. 가을에 소학교 입학.

1876   이혼한 양모와 함께 시오하라 가(家)에 호적을 둔 채로 생가에 맡겨지다.

1878   도쿄부립제일(東京府立第一) 중학교 입학.

1881   1월, 생모 치에가 54세로 사망. 니쇼가쿠샤(二松學舍)로 옮겨 한학을 공부.

1884   9월, 대학 예비문(豫備門) 예과에 들어감. 입학한 지 얼마 안 되어 맹장염을 앓다.

1886   7월, 학교 낙제. 이 낙제를 전기로 삼아 이후 졸업까지 수석을 차지. 대학 예비문이 제일고등중학이라 개칭.

1888   1월, 복적(復籍)하여 나쓰메 성(姓)을 되찾음. 7월, 제일고등중학 예과 졸업. 9월, 본과 영문과(1년) 입학.

1890   7월, 제일고등중학 본과 졸업과 동시에 도쿄 제국대학 문과대학에 입학, 영문학을 전공.

1891   7월, 사모하던 형수 도세(登世) 사망. 12월, J.M. 딕슨 교수의 의뢰로

『방장기(方丈記)』(1212년, 가모노 초메이(鴨長明)가 쓴 수필)를 영역.

1892 4월, 분가(分家). 징병 관계로 홋카이도(北海道)로 호적을 옮기다. 5월, 도쿄 전문학교 강사가 되다. 7월, 『철학 잡지』의 편집위원이 되다. 10월, 「문단에서의 평등주의의 대표자 월트 휘트먼Walt Whitman의 시에 대하여」를 『철학 잡지』에 발표.

1893 3월부터 6월에 걸쳐, 『철학 잡지』에 「영국 시인의 천지산천(天地山川)에 대한 관념」을 연재. 7월, 도쿄 제국대학 영문과 졸업. 이어 대학원 입학. 10월, 학장의 추천으로 도쿄 고등사범학교 영어교사에 취임.

1895 4월, 고등사범의 교사를 그만두고 마쓰야마(松山) 중학교 교사로 부임. 12월, 당시 귀족원 서기관장의 장녀 나카네 교코(中根鏡子)와 선을 보다. 이 무렵부터 하이쿠 창작에 전념.

1896 4월, 마쓰야마 중학교를 사직. 제5고등학교 강사로 취임, 구마모토(熊本)로 가다. 6월, 교코와 결혼. 7월, 교수로 승격.

1899 4월, 『호토토기스』에 「영국의 문인과 신문·잡지」를 발표. 5월, 장녀 후데코(筆子) 출생.

1900 6월, 문부성으로부터 영어 연구를 위한 영국 유학을 통보받다. 9월, 독일 기선 프로이센 호로 요코하마 출발. 10월, 일주일 간 파리에 체재하며 만국박람회를 구경한 뒤 런던 도착.

1901 1월, 차녀 쓰네코(恒子) 출생. 5월, 『호토토기스』에 「런던 소식」을 발표.

1902 3월, 「문학론」 집필 착수. 심한 신경쇠약으로 일본에서는 소세키가 미쳤다는 소문이 퍼지다. 9월 18일, 마사오카 시키 사망. 큰 충격을 받다. 12월, 귀국.

1903 4월, 제일고등학교 강사로 임명. 도쿄 제국대학 문과대학 강사를 겸임. 7월, 신경쇠약으로 약 2개월 간 아내와 별거. 9월, 도쿄 대학에서

「문학론」 강의를 시작하여 1905년 6월 초까지 계속되다. 그외에 「셰익스피어」를 강독. 10월, 셋째딸 에코(榮子) 출생. 수채화를 배우기 시작. 11월, 신경쇠약 재발.

1904 1월, 『제국문학』에 「맥베스의 유령에 대하여」를 발표. 4월, 메이지(明治) 대학 강사 겸임. 12월, 다카하마 교시의 권유로 「나는 고양이로다」를 씀.

1905 1월, 『호토토기스』에 「나는 고양이로다」 제1부를 게재하여 호평을 얻다. 9월, 도쿄 대학에서 「18세기 영문학」(나중에 「문학평론」이라는 제목으로 간행) 개강. 10월, 『나는 고양이로다』 상편 간행. 12월, 넷째딸 아이코(愛子) 출생.

1906 4월, 『호토토기스』에 「도련님」을 발표. 9월, 『신소설』에 「풀베개」 발표. 11월, 『나는 고양이로다』 중편 간행. 10월 중순부터 목요일 오후 3시 이후를 면담일로 정한 데서 「목요회(木曜會)」라는 담화회가 생김.

1907 4월, 교직을 그만두고 아사히 신문사에 입사. 5월, 『아사히 신문』에 「문예의 철학적 기초」를 연재(이하, '연재'는 동일 신문을 말함). 『문학론』『나는 고양이로다』 하편을 간행. 6월, 장남 준이치(純一) 출생. 「양귀비」 연재 시작.

1908 1월부터 「갱부(坑夫)」를 연재. 4월, 「창작가의 태도」를 『호토토기스』에 발표. 7월, 「열흘밤의 꿈(夢十夜)」을 연재. 9월, 「산시로」를 연재. 12월, 차남 신로쿠(伸六) 출생.

1909 6월, 「그후」를 연재. 8월, 지병인 위장병을 앓다. 9월 초부터 10월 중순에 걸쳐 만주와 한국을 여행. 「만주 한국 이곳 저곳(滿韓ところど ころ)」을 연재. 11월, 『아사히 신문』에 「문예란」을 신설, 담당.

1910 2월, 「객관 묘사와 인상 묘사」를 『아사히 신문』에 발표. 3월, 다섯째 딸 히나코 출생. 『문(門)』을 연재. 6월, 위궤양으로 한 달 간 입원. 8

	월 6일, 전지 요양을 위해 슈젠지 온천으로 가다. 8월 24일 밤, 심한 토혈로 잠시 위독상태에 빠지다. 10월, 도쿄로 돌아와 입원.
1911	1월,『문』간행. 2월, 문부성의 문학박사 학위 수여를 거절. 8월, 오사카 아사히 신문사가 주최한 강연회를 위해 오사카로 가다. 오사카에서 위궤양이 재발하여 입원. 10월, 아사히 문예란 폐지. 11월, 소세키는 사표를 제출했다가 철회.『아사히 강연집』간행. 막내딸 히나코 급사.
1912	1월,「피안까지(彼岸過迄)」를 연재. 8월, 닛코(日光), 가루이자와(輕井澤) 등지로 여행. 9월 말, 치질 재수술로 입원. 이 무렵부터 서예와 남화풍(南畵風)의 수채화를 그리다. 12월,「행인」을 연재.
1913	1월부터 수개월 간, 극심한 신경쇠약 재발. 3월 말, 위궤양 재발. 이로 인해「행인」중단. 9월 16일부터「행인」연재 재개, 11월 완결. 12월, 제일고등학교에서「모방과 독립」이라는 제목으로 강연.
1914	1월,『행인』간행. 4월,「마음」을 연재. 이후 서화(書畵)의 세계에 몰입. 9월 중순, 네번째 위궤양 재발. 10월,『마음』간행. 11월,「나의 개인주의」강연.
1915	4월, 도쿄로 돌아옴.『유리문 안』간행. 6월,「노방초」연재. 10월,『노방초』간행. 12월, 아쿠타가와 류노스케(芥川龍之介), 구메 마사오(久米正雄)가 문하생이 되다.
1916	1월부터 2월까지 유가와라(湯河原)에서 류머티즘 치료를 위해 체재. 4월, 당뇨병 진단을 받고 약 3개월 치료. 5월,「명암」을 연재. 집필 중에도 서화를 그리는 한편, 많은 한시(漢詩)를 지었다. 11월 22일, 위궤양 악화. 12월 9일 오후 6시 45분, 사망.「명암」은 14일까지 연재되어 미완에 그쳤다.

■ 기획의 말

'대산세계문학총서'를 펴내며

　근대 문학 100년을 넘어 새로운 세기가 펼쳐지고 있지만, 이 땅의 '세계 문학'은 아직 너무도 초라하다. 몇몇 의미있었던 시도에도 불구하고, 전체적으로는 나태하고 편협한 지적 풍토와 빈곤한 번역 소개 여건 및 출판 역량으로 인해, 늘 읽어온 '간판' 작품들이 쓸데없이 중간되거나 천박한 '상업주의적' 작품들만이 신간되는 등, 세계 문학의 수용이 답보 상태에 머물러 있었음을 부인하기 힘들다. 분명한 자각과 사명감이 절실한 단계에 이른 것이다.
　세계 문학의 수용 문제는, 그 올바른 이해와 향유 없이, 다시 말해 세계 문학과의 참다운 교류 없이 한국 문학의 세계 시민화가 불가능하다는 의미에서, 보다 근본적으로, 우리의 문화적 시야 및 터전의 확대와 그 질적 성숙에 관련되어 있다. 요컨대 이것은, 후미에 갇힌 우리의 좁은 인식론적 전망의 틀을 깨고 세계 전체를 통찰하는 눈으로 진정한 '문화적 이종 교배'의 토양을 가꾸는 작업이며, 그럼으로써 인간 그 자체를 더 깊게 탐색하기 위해 '미로의 실타래'를 풀며 존재의 심연으로 침잠하는 작업이라 할 수 있다.
　우리의 현실을 둘러볼 때, 그 실천을 위한 인문학적 토대는 어느 정도 갖추어진 듯이 보인다. 다양한 언어권의 다양한 영역에서 문학 전공

자들이 고루 등장하여 굳은 전통이나 헛된 유행에 기대지 않고 나름의 가치있는 작가와 작품을 파고들고 있으며, 독자들 또한 진부한 도식을 벗어나 풍요로운 문학적 체험을 원하고 있다. 새롭게 변화한 한국어의 질감 속에서 그 체험이 이루어지기를 바라는 요청 역시 크다. 그러므로 필요한 것은 어쩌면 물적 토대뿐일지도 모른다는 판단이 우리를 안타깝게 해왔다.

이러한 시점에서, 대산문화재단의 과감한 지원 사업과 문학과지성사의 신뢰성 높은 출판을 통해 그 현실화의 첫발을 내딛게 된 것은 우리 문화계의 큰 즐거움이 아닐 수 없다. 오늘의 문학적 지성에 주어진 이 과제가 충실한 결실을 맺을 수 있도록, 우리는 모든 성실을 기울일 것이다.

'대산세계문학총서' 기획위원회

대 산 세 계 문 학 총 서

001-002 소설	**트리스트럼 샌디**(전 2권)	로랜스 스턴 지음 | 홍경숙 옮김
003 시	**노래의 책**	하인리히 하이네 지음 | 김재혁 옮김
004-005 소설	**페리키요 사르니엔토**(전 2권)	
	호세 호아킨 페르난데스 데 리사르디 지음 | 김현철 옮김	
006 시	**알코올**	기욤 아폴리네르 지음 | 이규현 옮김
007 소설	**그들의 눈은 신을 보고 있었다**	조라 닐 허스턴 지음 | 이시영 옮김
008 소설	**행인**	나쓰메 소세키 지음 | 유숙자 옮김
009 희곡	**타오르는 어둠 속에서/어느 계단의 이야기**	
	안토니오 부에로 바예호 지음 | 김보영 옮김	
010-011 소설	**오블로모프**(전 2권)	I. A. 곤차로프 지음 | 최윤락 옮김
012-013 소설	**코린나: 이탈리아 이야기**(전 2권)	마담 드 스탈 지음 | 권유현 옮김
014 희곡	**탬벌레인 여왕/몰타의 유대인/파우스트스 박사**	
	크리스 로 지음 | 강석주 옮김	
015 소설	**러시아 인형**	아돌포 비오이 까사레스 지음 | 안영옥 옮김
016 소설	**문장**	요코미쓰 리이치 지음 | 이양 옮김
017 소설	**안톤 라이저**	칼 필립 모리츠 지음 | 장희권 옮김
018 시	**악의 꽃**	샤를 보들레르 지음 | 윤영애 옮김
019 시	**로만체로**	하인리히 하이네 지음 | 김재혁 옮김
020 소설	**사랑과 교육**	미겔 데 우나무노 지음 | 남진희 옮김
021-030 소설	**서유기**(전 10권)	오승은 지음 | 임홍빈 옮김
031 소설	**변경**	미셸 뷔토르 지음 | 권은미 옮김
032-033 소설	**약혼자들**(전 2권)	알레산드로 만초니 지음 | 김효정 옮김
034 소설	**보헤미아의 숲/숲 속의 오솔길**	아달베르트 슈티프터 지음 | 권영경 옮김
035 소설	**가르강튀아/팡타그뤼엘**	프랑수아 라블레 지음 | 유석호 옮김
036 소설	**사탄의 태양 아래**	조르주 베르나노스 지음 | 윤진 옮김

| 037 시 | **시집** 스테판 말라르메 지음 | 황현산 옮김
| 038 시 | **도연명 전집** 도연명 지음 | 이치수 역주
| 039 소설 | **드리나 강의 다리** 이보 안드리치 지음 | 김지향 옮김
| 040 시 | **한밤의 가수** 베이다오 지음 | 배도임 옮김
| 041 소설 | **독사를 죽였어야 했는데** 야샤르 케말 지음 | 오은경 옮김
| 042 희곡 | **볼포네, 또는 여우** 벤 존슨 지음 | 임이연 옮김
| 043 소설 | **백마의 기사** 테오도어 슈토름 지음 | 박경희 옮김
| 044 소설 | **경성지련** 장아이링 지음 | 김순진 옮김
| 045 소설 | **첫번째 향로** 장아이링 지음 | 김순진 옮김
| 046 소설 | **끄르일로프 우화집** 이반 끄르일로프 지음 | 정막래 옮김
| 047 시 | **이백 오칠언절구** 이백 지음 | 황선재 역주
| 048 소설 | **페테르부르크** 안드레이 벨르이 지음 | 이현숙 옮김
| 049 소설 | **발칸의 전설** 요르단 욥코프 지음 | 신윤곤 옮김
| 050 소설 | **블라이드데일 로맨스** 나사니엘 호손 지음 | 김지원·한혜경 옮김
| 051 희곡 | **보헤미아의 빛** 라몬 델 바예-인클란 지음 | 김선욱 옮김
| 052 시 | **서동 시집** 요한 볼프강 폰 괴테 지음 | 안문영 외 옮김
| 053 소설 | **비밀요원** 조지프 콘래드 지음 | 왕은철 옮김
| 054-055 소설 | **헤이케 이야기 (전 2권)** 오찬욱 옮김
| 056 소설 | **몽골의 설화** 데. 체렌소드놈 편저 | 이안나 옮김
| 057 소설 | **암초** 이디스 워튼 지음 | 손영미 옮김
| 058 소설 | **수전노** 알 자히드 지음 | 김정아 옮김
| 059 소설 | **거꾸로** 조리스-카를 위스망스 지음 | 유진현 옮김
| 060 소설 | **페피타 히메네스** 후안 발레라 지음 | 박종욱 옮김
| 061 시 | **납** 제오르제 바코비아 지음 | 김정환 옮김
| 062 시 | **끝과 시작** 비스와바 쉼보르스카 지음 | 최성은 옮김
| 063 소설 | **과학의 나무** 피오 바로하 지음 | 조구호 옮김
| 064 소설 | **밀회의 집** 알랭 로브-그리예 지음 | 임혜숙 옮김
| 065 소설 | **홍까오량 가족** 모옌 지음 | 박명애 옮김